Übersetzung aus dem Englischen von Vanessa Tockner

# Zwischen Sehnsucht und Skalpell

Faith Prize

# Widmung

In Gedenken an meine Großmutter,
die mir ihre Liebe zu Liebesromanen vererbt hat,
und die ich furchtbar vermisse.

# Kapitel 1

## *Fünf Fragen zur sexuellen Vorgeschichte*

Als Nadia in die Notaufnahme ging, um nach dem nächsten Patienten zu sehen, waren ihre Gedanken immer noch auf der kardiologischen Intensivstation bei dem Mann in Bett elf – einem fünfundvierzigjährigen Patienten mit Herzinsuffizienz im Endstadium. Eigentlich war er Singhs Patient, aber alle in der Herz-Thorax-Chirurgie kannten ihn, weil sein Körper nach einer Herztransplantation vor fünf Jahren das Spenderorgan abstieß. Nun stand er wieder auf der Warteliste.

Aber es war nicht seine Krankengeschichte, an die Nadia an diesem Morgen dachte. Es war der verzweifelte Ausdruck, der sich dauerhaft auf dem Gesicht seiner Frau festgesetzt zu haben schien. Sie wusste genauso gut wie die Ärzte, dass es keine Garantie dafür gab, rechtzeitig ein weiteres passendes Spenderherz zu bekommen, um das Leben ihres Mannes zu retten. Mit jedem weiteren Tag schrumpften seine Chancen auf einen glücklichen Ausgang exponentiell dahin.

»Nadeschda!«

Nadia erstarrte, als eine vertraute fröhliche Stimme aus dem Besprechungszimmer nach ihr rief. Sie hob den Kopf und drehte sich zu Ashley Rylan um, der Fachärztin für Chirurgie. Aber Rylan war nicht nur Fachärztin, sondern auch die Oberärztin der Abteilung Herz-Thorax-Chirurgie, in der Nadia ihre Facharztausbildung absolvierte.

Irritierenderweise entsprach Rylan überhaupt nicht dem, wie man sich eine Chirurgin vorstellte. Sie war fröhlich und gutmütig und versuchte, mit allen befreundet zu sein, was oft die Qualität ihrer Ausbildung schmälerte.

Nadia unterdrückte einen Seufzer. Trotz ihrer mangelnden Autorität war Rylan allerdings immer noch ihre Vorgesetzte, also betrat sie den Raum.

Zwei Dutzend Grundschüler starrten sie stumm an.

Nadja starrte zurück.

»Was machen Sie gerade?«, fragte Rylan und schaute Nadia aus ihren großen blauen Augen verzweifelt an.

»Ich bin auf dem Weg in die Notaufnahme«, antwortete sie und hoffte, damit wäre das Gespräch beendet. Am liebsten wäre sie gleich weitergegangen, aber Rylan war ihre Chefin, und so blieb sie einzig aus Respekt vor dem Titel stehen, nicht vor der Person, die ihn trug.

Rylan sah wieder auf den Gang hinaus. »Jack, komm mal.«

Hatte Rylan etwa vor, das gesamte Team in den Raum mit den Schülern zu holen?

»Nadeschda, Sie erinnern sich an Jack, den Medizinstudenten, der diesen Monat bei uns ist?«

Sie erinnerte sich nicht, also blieb sie reglos stehen, die Lippen zu einem dünnen Strich zusammengepresst.

»Warum lassen Sie nicht Jack die Untersuchung an Ihrem Patienten durchführen und sich dann seinen Bericht geben?«

Nadia nickte knapp. Wenn der Student das übernahm, bedeutete es am Ende nur mehr Arbeit für sie. Aber es gab nichts, was sie jetzt dagegen tun konnte.

»Wunderbar.« Rylan strahlte und ignorierte Nadias völligen Mangel an Begeisterung. »Ich muss mich um einen Notfall kümmern, aber ich bin in spätestens zehn Minuten zurück. Diese Kinder sind hier, um etwas über den Chirurgenberuf zu erfahren. Sie sind auf einem Berufsorientierungsausflug.« Sie hielt inne und fügte leiser hinzu: »Seien Sie nett«, bevor sie davoneilte.

Nadia drehte sich zu dem Medizinstudenten um. Während sie innerlich brodelte, bewahrte sie nach außen eine kühle Fassade. Jack, der Medizinstudent, war nur ein weiteres Kind, das Rylan ihr aufgebürdet hatte. »Der Patient ist in der Notaufnahme, Zimmer fünfzehn.«

Jack nahm einen Notizblock aus seiner Tasche und hielt wartend seinen Stift bereit.

Nadia verschränkte die Arme und trommelte sich mit den Fingern auf den Arm. Wenn die Zimmernummer bereits zu viel für sein Gedächtnis war, graute ihr davor zu sehen, wie sein Bericht ausfallen würde.

Schließlich fragte Jack: »Wie alt ist der Patient und was sind die Hauptbeschwerden?«

Nadias erster Impuls war, es ihm zu sagen, aber wenn Studenten etwas lernen sollten, durften sie die Antworten nicht so leicht bekommen. »Genau das sollst du herausfinden und mir berichten.«

Die Kinder kicherten und Jacks Gesicht lief rot an.

»Du hast fünfzehn Minuten«, sagte Nadia. »Mach eine Anamnese auf und untersuche ihn. Ich will wissen, ob er ein Kandidat für den OP ist. Los.«

Jack hatte genug Verstand, um sofort loszugehen.

Nadia wandte sich den übrigen Kindern zu und biss die Zähne fester zusammen. Was sollte sie ihnen nur erzählen? Sie konnte schon die meisten Erwachsenen nicht ertragen und Kinder erforderten eine noch größere Geduld. Ihre eigene Schulzeit war zermürbend gewesen. Sie hatte nie zu den anderen gepasst. Die Leute hielten ihre Direktheit für Unhöflichkeit und Nadia korrigierte sie nur selten.

»Sind Sie eine Krankenschwester?«, fragte ein Junge, der die Brust herausstreckte wie ein Vogel.

Sie sah ihn mit zusammengekniffenen Augen an. »Wie kommst du darauf?«

»Weil Dr. Rylan Sie mit dem Vornamen angeredet hat.«

»Gut beobachtet. Trotzdem falsch.«

Die anderen Kinder kicherten und der Junge senkte den Blick.

»Für euch bin ich Dr. Keating. Und wie es aussieht, bin ich diejenige, die euch heute etwas über die Chirurgie erzählt. Also, wie viele von euch –«

»Warum hat Dr. Rylan Ihnen gesagt, was Sie tun sollen, wenn Sie auch Ärztin sind?«, fragte eine andere Schülerin zaghaft und schaute mit braunen Augen unter ihrem Pony zu ihr auf.

»Weil sie meine Chefin ist.«

»Sind Sie nicht beide Ärztinnen?« Sie verzog verwirrt das Gesicht.

»Ja, aber sie ist die Oberärztin und ich bin in der Facharztausbildung.« Nadia sah in die verständnislosen Gesichter der Kinder. Sie waren hier, um etwas über das Berufsbild der Chirurgen zu lernen, und wenn sie das Krankenhaus so ahnungslos verließen, wie sie es betreten hatten, wäre das Nadias Schuld. Sie ging zum Whiteboard und nahm einen Filzstift. »Es gibt eine bestimmte Hierarchie in …«

Sie unterbrach sich. Komplizierte Wörter verstanden sie vielleicht nicht. »Die chirurgische Klinik in einem Krankenhaus ist wie eine Pyramide aufgebaut. Ganz oben ist der Leitende Oberarzt für Chirurgie.« Sie schrieb die Bezeichnung oben auf das Whiteboard. »Er oder sie ist ein voll ausgebildeter Chirurg und beaufsichtigt alle chirurgischen Teilbereiche.«

Sie zeichnete ein paar Linien nach unten. »Unter dem Leitenden Oberarzt gibt es Oberärzte, die für die verschiedenen Bereiche zuständig sind. Kann jemand ein Beispiel für einen chirurgischen Teilbereich nennen?«

Die Kinder starrten sie weiterhin verwirrt an. Sie schienen ihr überhaupt nicht zu folgen. Schließlich sagte der Junge, der zuvor danach gefragt hatte, ob sie Krankenschwester war: »Neurologie.«

Nadia lächelte positiv überrascht. »Arbeitet deine Mutter oder dein Vater im Bereich Medizin?«

»Meine Tante.«

Nadia nickte. »Guter Vorschlag mit der Neurologie«, ermutigte sie ihn, um ihm eine weitere Runde Gekicher von seinen Mitschülern zu ersparen. Es gab zwar zweifellos dumme Fragen und dumme Antworten, aber niemand sollte davon abgehalten werden, sich Mühe zu geben. »Aber die Neurologie ist ein sogenanntes medizinisches Fachgebiet. Das chirurgische Gegenstück dazu ist die Neuro*chirurgie*. Alle Ärzte behandeln Patienten mit Medikamenten, Physiotherapie und einigen nicht chirurgischen Verfahren, aber nur die Chirurgen können sie operieren.«

Sie schrieb *Oberarzt* und *Neurochirurgie* auf das Whiteboard und fügte einige weitere Beispiele hinzu. »Dr. Rylan ist eine Oberärztin. Hat sie euch gesagt, was für eine Chirurgin sie ist?«

Die Kinder runzelten die Stirn, als müssten sie eine komplexe mathematische Gleichung lösen.

»Sie ist die Oberärztin für Herz-Thorax-Chirurgie. Also eine Chirurgin, die an Herz und Lungen operiert.« Nadia zeichnete einige weitere Zweige auf das Whiteboard. »Unter jedem Oberarzt gibt es sogenannte Fachärzte. Die haben ihre Ausbildung abgeschlossen und sind dafür zuständig, ihre Patienten zu behandeln und alle Behandlungen von den ihnen unterstellten Ärzten in Ausbildung zu beaufsichtigen. Der Leitende Oberarzt und die Oberärzte sind auch Fachärzte, die sich um Patienten kümmern. Sie haben nur zusätzlich dazu noch administrative Pflichten.«

Die Kinder hörten aufmerksam zu. Einigen standen die Münder offen und andere sahen aus, als hätten sie vergessen zu blinzeln. Die meisten kamen wahrscheinlich nicht gut mit, aber alle wirkten irgendwie gefesselt. Nadia lächelte. Die Aufgabe, die Rylan ihr aufgedrängt hatte, war gar nicht so schrecklich, wie sie gedacht hatte.

»Und unter den Fachärzten sind sogenannte Ärzte in Ausbildung wie ich. Wir sind in der fortgeschrittenen Ausbildung in einem Teilbereich tätig. Dazu gehören auch chirurgische Assistenzärzte, die normalerweise noch in allgemeiner Medizin ausgebildet werden.« Sie schrieb *Arzt in Ausbildung* und *Assistenzarzt* auf das Whiteboard.

»Sie sind eine Ärztin in Ausbildung?«

»Korrekt. Ich operiere Patienten, aber es ist immer noch ein fertiger Facharzt mit mir im Raum.« Sie schrieb *Arzt im Praktikum* auf das Whiteboard. »Und ihr habt vielleicht von Praktikanten gehört. Die kommen frisch von der Universität und stehen ganz unten in der Pyramide. Alle über ihnen können ihnen sagen, was sie tun sollen.«

»Wir auch?«, fragte ein Mädchen.

Nadia lächelte. Selbst in diesem Alter war Macht schon attraktiv. »Nein. Tut mir leid.« Sie schrieb *Schüler* ganz unten in ihr Diagramm. »Solange ihr zur Schule geht, müsst ihr auf alles hören, was euch gesagt wird.«

Bei dieser Bemerkung schoben einige Kinder enttäuscht die Unterlippe vor.

Nadia fühlte mit ihnen. Sie selbst hatte nur wenig Verständnis für die Hierarchie in Krankenhäusern. Sie war klüger als der Leitende Oberarzt, die übrigen Oberärzte und alle Fachärzte zusammen. Dazu kam, dass sie ein Fachwissen aus ihren Forschungsjahren vorzuweisen hatte, das ihr Ausbildungslevel übertraf. Trotzdem musste Nadia auf alle hören, die in der Pyramide über ihr standen.

In diesem Moment kehrte Jack zurück, den Blick auf seine Notizen geheftet. Er musste jetzt eine präzise Schilderung der Beschwerden des Patienten abgeben. Nadia würde seinen Bericht beurteilen, den Patienten selbst untersuchen und die präsentierten Fakten überprüfen, um den Patienten zu behandeln und gleichzeitig Jacks medizinisches Wissen zu erweitern.

Das war eine Menge Verantwortung, aber es hatte auch seine Vorteile. Nadia sah zu den Schülern und sagte: »Er ist nur ein Medizinstudent. Ihm könnt ihr Befehle geben.«

Die Klasse jubelte laut.

Jack sah erschrocken von seinem Block auf.

Bevor Nadia ihn bitten konnte, den Fall vor ihrem jungen Publikum zusammenzufassen, kehrte Rylan hochrot im Gesicht und außer Atem zurück. Mit hochgezogenen Augenbrauen sah sie die Kinder an. Dann lächelte sie und sagte: »Ähm, danke.«

Nadias inneres Kind sehnte sich danach zu erwidern: *Sehen Sie? Ich kann nett sein, wenn ich nur will.* Stattdessen blieb sie bei ihrem Pokerface. »Ich gehe jetzt zu meinem Patienten.« Sie warf Jack einen Blick zu. »Mir nach.«

Die Klasse kicherte wieder.

Während sie davonging, hörte Nadia, wie ein Mädchen stolz verkündete, dass sie Chirurgen beaufsichtigen wollte, wenn sie groß war. Sie lächelte. Trotz Ashley Rylans rücksichtsloser Unterbrechung ihrer Arbeit war die Zeit nicht komplett verschwendet gewesen, wenn Nadia wenigstens ein Kind im Raum inspiriert hatte.

Ashleys Kopf pochte, ihre Füße fühlten sich an wie Blei und jeder einzelne Muskel in ihrem Rücken schmerzte, als sie nach einem weiteren langen Tag im Krankenhaus endlich nach Hause kam. Es war bereits nach zehn Uhr abends.

Es hatte eine Zeit gegeben, als körperliche Erschöpfung ihre innere Einstellung nicht beeinflusst hatte, aber in letzter Zeit war sie schlecht gelaunt. Die Tage, Wochen und Monate gingen ineinander über, während sie immer wieder demselben Kreislauf folgte: Arbeit, Schlafen, Arbeit und wieder Schlafen.

Ashley sah sich in der leeren Wohnung um. Die Stille war ohrenbetäubend.

Sie ließ die Schlüssel in die kleine Holzschale auf der Kommode im Eingangsbereich fallen. Ihr Blick blieb an dem Geschenk ihrer Expartnerin hängen. Maya hatte gedacht, Ashley würde ihre Schlüssel weniger oft verlegen, wenn sie einen eigenen Platz dafür hätte. Und sie hatte recht gehabt. Ashley konnte sich nicht mehr erinnern, wann sie die Schlüssel zuletzt morgens nicht gleich gefunden hatte. Die Erinnerung tat trotzdem weh. Nach zwei gemeinsamen Jahren hatte Maya beschlossen, dass neben Ashleys Arbeit kein Platz für Romantik war. Sie schluckte den Kloß herunter, der sich in ihrer Kehle gebildet hatte. Maya hatte sie aufgefordert, sich zwischen ihrer Karriere und ihrer Beziehung zu entscheiden. Ashley bereute die Frage, aber nicht die Wahl, die sie getroffen hatte.

Ihr Handy piepte und unterbrach ihre Gedanken. Sie merkte, dass sie die verdammte Schale mehrere Minuten lang angestarrt hatte. Maya war vor acht Monaten gegangen. Es hatte keinen Sinn, in Erinnerungen an die Vergangenheit zu versinken, das erschöpfte nur noch mehr.

Die Nachricht kam vom Krankenhaus. Ashley seufzte und tippte eine Antwort, um die Arzneimittelverordnung für eine Patientin zu bestätigen. Dann warf sie ihr Handy auf den Couchtisch neben dem Sofa und schleppte sich ins Badezimmer, um sich bettfertig zu machen. Bei jedem Schritt zog ihre Brust sich mehr zusammen. Die letzten paar Monate hatte sie nichts anderes getan als aufzustehen, zur Arbeit zu gehen, zu spät und zu müde für alles andere nach Hause zu kommen und direkt ins Bett zu fallen. Es war immer dieselbe erdrückende Routine. Sie sehnte sich nach einer Veränderung. Die Dankbarkeit ihrer Patienten, wenn sie ihre Sache gut gemacht hatte, gab ihr zwar immer noch einen Kick, aber je länger sie sich darauf verließ, dass die Herz-Thorax-Chirurgie ihrem eindimensionalen Leben einen Sinn verlieh, desto dünner wurde diese Rettungsleine.

Sie kroch unter die Decke und klappte ihren Laptop auf. So müde sie auch war, sie wollte diesen Tag nicht genauso beenden wie alle anderen. Ihr Verlangen nach Veränderung war zu groß.

Ihre Freundin Pari lag ihr ständig damit in den Ohren, dass es höchste Zeit für Ashley war, eine neue Partnerin zu finden. In letzter Zeit war Pari sogar noch einen Schritt weitergegangen und hatte sie auf einer Dating-Website angemeldet. Ashley hatte zwar kein Interesse daran, eine weitere Frau mit ihrem Mangel an freier Zeit zu enttäuschen, aber vielleicht konnte sie eine finden, mit der sie reden konnte, keine Kollegin, sondern eine, die ihr helfen würde, aus ihrem Alltagstrott auszubrechen.

Sie rief die Website auf und tippte ihre Login-Daten ein, zögerte aber mit dem Finger über *Enter*. Ihr Puls beschleunigte sich bei der Vorstellung, das hier ernsthaft zu versuchen. Aber die Alternative – den Laptop zu schließen und zu schlafen – bewirkte, dass ihr Bauch sich verkrampfte.

Ashley schloss die Augen und atmete tief durch. Schließlich öffnete sie sie wieder, tippte entschlossen auf die Taste und klickte sich zu ihrem Profil durch.

Ihr spontaner Anflug von Mut verpuffte umgehend. Sie hatte vergessen, wie wenig Informationen sie auf ihrer Profilseite gepostet hatte. Nicht einmal ein Foto. Kein Wunder, dass sie keine neuen Nachrichten bekommen hatte. So enttäuschend das war, die Alternative war auch nicht viel besser. Mehr Informationen würden nur eine Aufmerksamkeit auf sie lenken, die sie nicht bereit war zu erwidern.

Sie scrollte durch mehrere neue Profile. Ihr Blick blieb schließlich an einem hängen, das ebenso wie ihres kein Foto hatte. Wenn diese Person kein Interesse daran hatte, ihr Profil auszufüllen, hatte sie vielleicht ähnliche Bedenken, sich auf eine Beziehung einzulassen.

Sie klickte auf den Link. Erstaunlicherweise bot das Profil noch weniger Informationen als ihres, falls das überhaupt möglich war. Laut der Beschreibung war die Frau zweiunddreißig und fit, hatte dunkelbraune Haare und Augen.

Und sie war online.

*Merkwürdig*. Warum sollte jemand sich die Mühe machen, ein Profil auf einer Datingseite zu erstellen, und dann so wenig über sich zu verraten?

Bevor sie es sich anders überlegen konnte, tippte sie:

*Hi.*

Die Frau antwortete sofort.

*Haben Sie Sex mit Männern, Frauen oder beiden?*

Ashley schob den Laptop beiseite und sprang aus dem Bett. Sie hatte die Motive der Frau völlig falsch interpretiert. Ganz offensichtlich suchte sie keine Freundschaft.

Ashley starrte auf den Cursor, der auf dem hellen Bildschirm blinkte, während ihre Gedanken rasten. Ja, sie hatte etwas anderes gewollt, aber das war vielleicht *zu* anders. Die sichere Wahl wäre, sich auszuloggen und schlafen zu gehen.

Doch sie blieb wie angewurzelt stehen. Ein Teil von ihr wollte wissen, wohin dieses Gespräch führen könnte. Das hier war eine kontrollierte Umgebung. Was konnte es schaden, noch ein paar Nachrichten auszutauschen?

Sie atmete einmal tief ein und wieder aus, stieg zurück ins Bett und nahm den Laptop auf den Schoß. Dann tippte sie ihre Antwort und wartete leicht amüsiert. In letzter Zeit erlebte sie ihre einzigen Abenteuer im Operationssaal, aber das würde sich gleich ändern, auch wenn es nur ein anonymer Onlinechat war. Sie drückte auf *Enter*.

**acr_34:** *Mit Frauen.*

**MargaretBulkley:** *Mit wie vielen Partnern hatten Sie in den letzten 2 Monaten Sex?*

Ashley schnaubte. Diese Frage war sogar noch direkter als die vorherige. Und warum war die Zeitspanne so konkret? Zwei Monate schien ziemlich willkürlich gewählt. Ob es nun die Neugier auf diese Frau war oder die Aussicht darauf, zum ersten Mal seit Monaten mit jemandem abseits der Arbeit zu sprechen, wusste Ashley nicht. Sie tippte eine weitere knappe Antwort.

**acr_34:** *Mit gar keinen.*

**MargaretBulkley:** *Mit wie vielen Partnern hatten Sie in den letzten 12 Monaten Sex?*

Diesmal schnaubte Ashley spöttisch. Langsam fühlte sich das Gespräch an wie ein Verhör. Sie trommelte mit den Fingern auf die Matratze, während sie überlegte, ob sie antworten sollte.

**acr_34:** *Mit einer. Was ist mit dir?*

**MargaretBulkley:** *Was unternehmen Sie, um sich vor sexuell übertragbaren Infektionen und HIV zu schützen?*

Was zur Hölle war das? Unruhig stieg Ashley wieder aus dem Bett. Direktheit schön und gut, aber das fühlte sich eher wie die jährliche Vorsorgeuntersuchung bei der Gynäkologin an als ein Gespräch mit einer möglichen Partnerin.

Sie ging in die Küche und schenkte sich ein Glas kaltes Wasser ein. Allmählich wurde sie nervös, und das fühlte sich nicht gut an.

Warum musste alles so kompliziert sein? Ihre Karriere beeinträchtigte ihre Beziehungen, aber sie liebte ihren Job zu sehr, um ihn aufzugeben. Ihr ereignisloses Privatleben störte sie, aber vielleicht doch nicht genug, um anonym mit einer Frau zu chatten, die sie vermutlich nie treffen würde – einer Frau, die sich stur weigerte, sich dem üblichen Verhaltensschema von Leuten auf Datingseiten anzupassen.

Ashley kehrte ins Schlafzimmer zurück, um über ihre Optionen nachzudenken. Erstens: Sie konnte dieses bizarre Gespräch beenden und ins Bett gehen. Sie hatte morgen eine achtstündige Operation vor sich, für die sie um fünf Uhr aufstehen musste. Schlafen zu gehen wäre das Vernünftigste, was sie tun konnte.

Option zwei: Sie konnte weiterhin die Fragen dieser Frau beantworten, obwohl das Gespräch einseitig und einfach nur seltsam war.

Im Kopf ging sie die Fragen noch einmal durch. Sie waren komisch, ja – aber vielleicht doch nicht so willkürlich? Diese Margaret hatte nach ihren Partnern und Schutz vor Geschlechtskrankheiten gefragt. Ashley setzte sich auf die Bettkante und nahm ihren Laptop wieder auf. Sie öffnete ein neues Browserfenster und tippte: *Fragen zur sexuellen Vorgeschichte*. Als Herz-Thorax-Chirurgin musste sie Patienten nur selten auf diese Dinge ansprechen, aber an der Uni hatte sie gelernt, dass es einen Leitfaden mit den wichtigsten Fragen gab. Sie klickte auf einen Link zur Website eines Gesundheitsdienstleisters, die den Titel *The Five Ps of Sexual Health* trug. Sie enthielt eine Anleitung für Ärzte, inklusive der relevanten Fragen. Die fünf Kategorien waren Anzahl der Partner, Schwangerschaftsverhütung, Schutz vor Geschlechtskrankheiten, Praktiken und Geschichte der Geschlechtskrankheiten.

Ashley las die Fragen in allen Kategorien durch. Genau diese Fragen hatte die Frau gestellt. *Wie merkwürdig.*

Das musste nicht zwangsläufig bedeuten, dass *MargaretBulkley* Ärztin war. Jeder konnte Fragen zu Risiken und Geschlechtskrankheiten recherchieren. Aber Menschen, die nicht in medizinischen Berufen arbeiteten, taten das nur selten.

Ashley strich sich mit der Hand über das Kinn. Mit Antworten hatte sie nichts erreicht, also war es an der Zeit, ihre Taktik zu ändern.

**acr_34:** *Ist es nicht etwas früh für dieses Gespräch?*

**MargaretBulkley:** *Nicht in Anbetracht des Zwecks, den dieses Gespräch erfüllt.*

Ashley lächelte. Endlich hatte sie Margaret dazu gebracht, von ihrem Fragebogen abzuweichen.

**acr_34:** *Also kannst du auch Nachrichten schreiben, die nicht direkt aus einem medizinischen Lehrbuch kommen.*

**MargaretBulkley:** *Würdest du meine Frage beantworten?*

**acr_34:** *Warum sollte ich?*

Diesmal antwortete Margaret nicht sofort. Mehrere Minuten verstrichen und Ashleys Lächeln verschwand. Vielleicht war sie zu weit gegangen.

Dann: *Ping!*

**MargaretBulkley:** *Wie lautet deine E-Mail-Adresse?*

Ashleys Lächeln kehrte zurück. Margaret war wirklich direkt. Und scharfsinnig.

**acr_34:** *Ich dachte mir, dass du das gutheißen würdest. Sicherheit ist dir ja sehr wichtig, oder?*

**MargaretBulkley:** *Check deine E-Mails.*

Ashley öffnete den Anhang – und erstarrte.

Was hatte sie erwartet?

Ein Foto von einer Frau vielleicht?

Auf jeden Fall nicht Testergebnisse für die elf häufigsten Geschlechtskrankheiten. Ashley runzelte die Stirn. Sie war daran gewöhnt, in ihrem Beruf alle möglichen Patientendaten auszuwerten, aber sie hätte nicht erwartet, auch in ihrer Freizeit medizinische Testergebnisse zu sehen zu bekommen.

Aus dem Bericht ging hervor, dass die Proben vor einer Woche genommen worden waren, und alle Ergebnisse waren negativ. Die persönlichen Angaben waren geschwärzt. *Also ist das vielleicht gar nicht Margaret Bulkley, hm?*

Während sie das Dokument studierte, wurde ihr eines klar – Margaret oder wer auch immer diese Person war, wollte keine persönlichen Fragen beantworten, obwohl sie selbst welche stellte. Ashley lächelte amüsiert.

Ihre Finger flogen über die Tastatur, als sie die Schwäche von Margarets Plan aufzeigte.

**acr_34:** *Du kannst doch nicht ernsthaft erwarten, dass ich so einen Testbericht abliefere, nur weil du einen hast.*

**MargaretBulkley:** *Deshalb stelle ich dir die Fragen, um einzuschätzen, ob du dich besser testen lassen solltest, bevor wir Sex haben.*

Ashley lachte laut auf. Sie lehnte sich an das Kopfteil ihres Betts zurück. Die Frau hatte Nerven.

**acr_34:** *Sex? Geht das nicht etwas schnell?*

**MargaretBulkley:** *Ist das nicht der Grund, warum du mich kontaktiert hast?*

Ashley lachte noch lauter. Diese Frau, die bisher nichts gesagt hatte, was einem normalen Gespräch gleichkam, war sich ziemlich sicher, worauf das alles hinauslief.

Aber so tickte Ashley nicht. Sie wusste nichts über Margaret, außer dass sie anscheinend sexuell gesund war. Was für ein seltsames erstes Detail für eine neue Bekanntschaft, die nicht eine ihrer Patienten war.

**acr_34:** *Ich habe keinen Sex mit Frauen, die ich nicht kenne.*

**MargaretBulkley:** *Ist eine emotionale Bindung wichtig für dich?*

**acr_34:** *Für dich etwa nicht?*

**MargaretBulkley:** *Nein.*

Die schnelle Antwort drückte Ashleys Stimmung. Was sollte sie als Nächstes schreiben? Hatte es überhaupt einen Sinn, das Gespräch fortzuführen? Sie schienen sehr unterschiedliche Ziele zu haben.

Aber wie viele Leute, die an einem One-Night-Stand interessiert waren, schrieben in ganzen Sätzen und recherchierten Fragen über sicheren Sex?

Ashley hatte noch nie mit einer Frau geschlafen, die sie nicht gut kannte, aber wohin hatte das geführt? Sie war seit über acht Monaten allein und ihr Privatleben war so gut wie nicht existent. Vielleicht war es an der Zeit, etwas Neues zu versuchen. Immerhin wäre ihre Partnerin bei einer zwanglosen sexuellen Beziehung ohne weitere Verpflichtungen nicht enttäuscht, dass Ashley aufgrund ihres Jobs so selten verfügbar war.

Mit einem kapitulierenden Seufzer beschloss Ashley, Margaret zu geben, worum sie gebeten hatte. Mal sehen, wo das noch hinführte.

> **acr_34:** *Ich hatte noch nie eine Geschlechtskrankheit. Meine letzte Beziehung hat zwei Jahre gedauert und war vor acht Monaten zu Ende. Ich war bisher immer in langfristigen monogamen Beziehungen. Das ist alles, was ich vorerst verraten werde. Du wirst mir mindestens einen Drink spendieren müssen, bevor ich dir von meinen ›Praktiken‹ erzähle.*

Ashley hielt den Atem an, während sie auf eine Antwort wartete. Sie las die Nachricht, die sie geschickt hatte, immer wieder durch und wünschte bald, sie hätte den letzten Teil weggelassen. Er war als Witz gemeint gewesen, aber rückblickend klangen ihre Worte so, als würde sie Margaret auf einen Drink einladen wollen.

> **MargaretBulkley:** *Es erscheint mir sinnlos, dieses Gespräch noch weiter fortzuführen. Ich habe kein Interesse daran, deine Freundin zu sein.*

Ashley verdrehte leicht genervt die Augen. Diese Frau hatte ein Talent dafür, gute Dinge schlecht klingen zu lassen. *Ich muss verrückt sein, dass ich immer noch Interesse habe.*

> **acr_34:** *Wer hat etwas von Freundin gesagt?*

**MargaretBulkley:** *Du glaubst also, du kommst damit klar, mit einer Frau Sex zu haben, die du nicht kennst und nie wiedersehen wirst?*

Ashley wusste nicht einmal, wie die Frau aussah, stellte sich aber trotzdem ein spöttisches Grinsen auf ihrem Gesicht vor. Allerdings war sie keine naive Tugendwächterin. Sie konnte auch locker sein. Und es war ein aufregender Gedanke, Margaret zu widerlegen.

**acr_34:** *Natürlich. Also, was kommt als Nächstes? Tauschen wir Fotos aus?*

**MargaretBulkley:** *Ein gutes Foto kann jeder machen. Das bedeutet nicht, dass er oder sie auch wirklich gut aussieht.*

Ashley kicherte. Margaret schien zu allem eine Meinung zu haben.

**MargaretBulkley:** *Treffen wir uns persönlich. Diesen Freitag um acht Uhr abends an einem öffentlichen Ort. Vielleicht in einer Bar. Das ist kein Date. Es wird kein Essen geben. Nur einen Drink und wir reden. Es ist mir egal, wie du wirklich heißt oder was du beruflich machst. Wenn es nach dem Drink eine beiderseitige körperliche Anziehung zwischen uns geben sollte, haben wir Sex.*

Ashley verdrehte erneut die Augen. Margaret musste sich mal lockermachen. Und zwar gründlich.

**acr_34:** *Abgemacht.*

Sie tauschten Handynummern aus und wählten einen Treffpunkt. Dann ging Margaret offline.

Ashleys Finger erstarrten mitten im Satz. Sie schüttelte zum tausendsten Mal an diesem Abend den Kopf, klappte ihren Laptop zu und legte ihn auf den Nachttisch.

Warum hatte sie bloß zugestimmt, diese Verrückte zu treffen? Das war völlig untypisch für sie. Das gesamte Gespräch hatte sich so unpersönlich angefühlt. Wollte sie sich wirklich mit einer Fremden treffen, nur um Sex zu haben? Nur weil diese Unbekannte sie herausgefordert hatte?

Ashley rieb sich die Schläfen. Die Zweifel bewirkten, dass die erdrückende Einsamkeit, die sie seit Monaten verspürte, sich erneut schwer auf ihre Seele legte. Aber vielleicht war es irgendwie auch ein Schritt in die richtige Richtung, sich mit einer namenlosen Frau zu treffen, die auf eine einmalige sexuelle Aktivität aus war. Oder wenigstens ein Schritt in irgendeine Richtung. Es würde ihre Routine unterbrechen und sie dazu bringen, sich in ihrem Beziehungsleben mehr Mühe zu geben. Ja, wenn sie auch nur ein Zehntel der Energie, die sie in ihre Arbeit steckte, in ihr Privatleben investierte, würde sie sich vielleicht nicht jede Nacht so einsam fühlen.

Kurz bevor sie einschlief, machte sie sich noch eine geistige Notiz, sich den Freitagabend frei zu halten.

# Kapitel 2

## *Kriterien für Förderungswürdigkeit*

Während Nadia auf dem Weg zu Pari Singhs Büro war, protestierte ihr Bauch bei jedem Schritt. Je näher sie dem Freitagabend kam, desto unruhiger wurde sie. Aber sie war entschlossen, das durchzuziehen, zum Teufel mit ihren Ängsten und ihrer Nervosität. Sie hob die Hand, um an die Tür zu klopfen, und hielt dann inne.

»Ich kann dieses Wochenende keinen Bereitschaftsdienst übernehmen. Das ist die einzige Zeit, in der ich meine Kinder sehen kann.« Eine Stimme war durch die geschlossene Tür zu hören.

Sie erkannte den feindseligen Unterton in der Stimme von Peter Williams, einem der erfahrenen Fachärzte. Sein lauter Protest verriet ihr, dass sie besser warten sollte, bevor sie anklopfte.

»Das ist der Dienstplan, auf den wir uns geeinigt haben, Peter. Alle Fachärzte haben jeweils eine volle Woche im Monat Bereitschaft. Sieben Tage lang. Du kannst nicht einfach in letzter Minute entscheiden, dass du die Wochenenden nicht übernimmst, und deine Familie als Ausrede vorschieben. Wir alle haben ein Leben neben dem Krankenhaus. Warum solltest du ein Sonderfall sein?«

Ein Lächeln lag auf Nadias Gesicht, als sie hörte, wie Singh sich gegen Williams behauptete. Ihre Stimme war ruhig, aber bestimmt, und strahlte deutlich mehr Autorität aus als die ihres lauten Kollegen. Singh war die Leiterin des kardiothorakalen Ausbildungsprogramms und daher Nadias direkte Vorgesetzte.

»Ich habe nie zugestimmt, so oft von meiner Familie getrennt zu sein. Jedes Mal, wenn ich in Bereitschaft bin, gibt es einen Notfall nach dem anderen. Das ist unerhört. Wenn dir deine eigenen Kinder wirklich wichtig wären, würdest du meinen Standpunkt verstehen.«

Nadia verdrehte die Augen. Manchmal fragte sie sich, ob Williams nur Kinder hatte, um sie in Momenten wie diesem als Ausrede einsetzen zu können.

Es war nicht ungewöhnlich, dass erfahrene Fachärzte wie Williams glaubten, ihnen würden Sonderrechte zustehen. Chirurgen machten sich selten die Mühe, nett zu sein, vor allem untereinander. Sie waren direkt, schroff und gelegentlich richtig kindisch. Nadia verstand, warum – wer zwanzig Stunden lang ohne Pause gearbeitet hatte, neigte nun mal dazu, auf Höflichkeiten zu verzichten und gleich zum Punkt zu kommen.

»Fang nicht damit an.« Singhs Stimme war kalt wie Eis. »Zieh meine Kinder da nicht mit rein.«

»Die Chefin hat keine Kinder«, fuhr Williams fort, als hätte er sie nicht gehört. »Setzt sie doch auf den Plan. Sie wird bestimmt nicht protestieren. Sie lässt sich alles gefallen.«

»Peter! Ich erwarte, dass du mehr Respekt für deine Kollegen zeigst. Nur weil Ashley die Stelle bekommen hat, die du wolltest, bedeutet das nicht, dass du dich wie ein schlechter Verlierer aufführen kannst. Außerdem wissen wir beide, dass du deine Familie ständig als Ausrede vorschiebst. Was wirst du diesmal stattdessen tun? Mit Bratton zum Golf gehen? Einen mit ihm trinken gehen? Oder hast du wieder mal eine Pflegerin dazu überredet, mit dir zu schlafen?«

»Was ich in meiner Freizeit mache, geht dich nichts an«, knurrte Williams.

Nadia erinnerte sich an sein rotes Gesicht, als er zuletzt in einer kompromittierenden Situation ertappt worden war, und schob jegliche Schuldgefühle von sich. Ihre Situation war eine ganz andere als seine. Sie richtete sich kerzengerade auf und bewunderte Singhs Direktheit. Nur wenige brachten den Mut auf, Williams Fehltritte so offen vor ihm anzusprechen. Das war eine der Eigenschaften, die sie mit ihrer Vorgesetzten teilte.

»Aber wie du so richtig erwähnt hast, Bob und ich sind alte Freunde, also kannst du überhaupt nichts machen.« Williams hatte sein Selbstbewusstsein wiedererlangt. Schließlich hatte er Robert Bratton, den Leitenden Oberarzt für Chirurgie, in der Tasche. »Ich arbeite dieses Wochenende nicht und das ist mein letztes Wort. Du kannst die Patienten entweder sterben lassen oder selbst einspringen, wenn du es deinem kleinen Schützling von einer Oberärztin ersparen willst. Es ist mir egal. Ich schalte mein Handy aus.«

Williams stürmte aus Singhs Büro und grinste Nadia im Vorbeigehen an.

Sie starrte ihm nach, bis er verschwunden war.

Trotz seines Verhaltens waren Williams' Drohungen nicht mehr als das – Drohungen. Wenn er sich erst einmal ausgeschlafen hatte, würde er wahrscheinlich am Wochenende den Bereitschaftsdienst übernehmen. Er war ein Idiot, aber er leistete seinen Teil.

»Keating, was gibt's?« Singhs Miene entspannte sich, als sie Nadia sah. Ihre langen rabenschwarzen Haare hatten sich aus dem üblichen straffen Pferdeschwanz gelöst und fielen ihr auf die Schultern und den beigen Blazer. »Ich hoffe, du bist nicht auch gekommen, um mir zu sagen, dass du dieses Wochenende nicht arbeiten willst.«

»Natürlich nicht, Dr. Singh«, sagte Nadia. Sie schlug bewusst einen professionellen Ton an. »Ich habe Ihnen den Artikel gemailt, um den Sie gebeten haben, unsere frisch operierten Patienten besucht, mich um ihre Arzneimittelverordnungen gekümmert und mit den Pflegekräften gesprochen. Brauchen Sie noch etwas, bevor ich für heute gehe?«

»Was? Keine spätabendlichen Forschungen? Das ist neu.«

Nadias Nervosität kehrte zurück. Sie hoffte, Singh würde nicht merken, dass ihr ganz heiß im Gesicht war. Sie grinste etwas gezwungen und wiederholte Singhs eigene Worte. »Wir alle haben ein Leben neben dem Krankenhaus.«

»Das hättest du nicht hören sollen. Assistenzärzte und alle in der Facharztausbildung sollten hundert Prozent ihrer Zeit mit Arbeit verbringen.« Singh lachte. »Aber ich schätze, dir muss ich das nicht sagen. Du arbeitest mehr als deine drei Kollegen zusammen.«

Nadia zuckte mit den Schultern. »Ich versuche, meinen Teil zu leisten.« Sie war nicht sicher, ob es ein Kompliment war oder nicht, Workaholic genannt zu werden.

»Seit wann bist du so bescheiden?«

»Nur weil ich die Beste bin, heißt das nicht, dass ich nicht bescheiden sein kann.«

Singh rollte amüsiert die Augen, als Nadia sie lächelnd herausforderte, ihr zu widersprechen.

Nadia wusste, dass sie die beste Herz-Thorax-Ärztin im Krankenhaus war und sah keinen Grund, so zu tun, als ob das nicht so wäre. Wahrscheinlich würde sie bald die beste Chirurgin der Westküste oder sogar der Vereinigten Staaten sein. Aber nur eine Verrückte würde das zu ihrer Chefin sagen. Nadia kannte die Spielregeln gut genug, um genau das nicht zu tun. Blinder Respekt für die Vorgesetzte war ein wesentlicher Faktor einer erfolgreichen Karriere.

Nadia zögerte einen Moment, bevor sie hinzufügte: »Allerdings bin ich schon froh, dass ich dieses Wochenende nicht mit Dr. Williams arbeiten muss.« Respekt war wichtig, aber mit der geschätzten Mentorin über eine gemeinsame Abneigung zu sprechen, war erlaubt. Es gab so wenige Kollegen, die Nadia mochte, dass sie sich ab und zu einen Moment der Vertrautheit mit Singh erlauben konnte. Natürlich im angemessenen Rahmen.

»Hm. Was hältst du davon, wenn ich die Oberärztin darum bitte, seinen Dienst zu übernehmen? Ich weiß, wie sehr dir das gefallen würde.«

Der Sarkasmus entging Nadia nicht. Sie konnte nicht sagen, was schlimmer war: mit Williams oder mit Rylan zu arbeiten. Der eine war ein hoffnungsloser Chauvinist und die andere war einfach nur eine durch und durch schwache Person. Beides konnte Nadia schlecht ertragen.

»Wenn das so ist, denke ich, Sie sollten Dr. Rylan einteilen. Sie muss hier etwas mehr Verantwortung übernehmen. Aber aus rein egoistischen Gründen wäre es mir am liebsten, Sie würden selbst einspringen.«

»Schmeichelei kann nie schaden.« Singh lächelte. »Diesmal hast du Glück. Ashley hat heute Abend etwas Privates vor, da will ich sie nicht stören. Aber vielleicht bitte ich sie trotzdem, am Wochenende zu kommen. Also sei nett zu ihr. Ich will keine Beschwerden von den Pflegekräften hören.«

»Ich war niemals nicht *nett*, Dr. Singh. Es ist nur, sie ist immer so … positiv und energiegeladen. Das ist erschöpfend.«

»Du weißt schon, dass sie meine Freundin ist.«

Nadia verzog keine Miene. »Das war die netteste Art und Weise, es zu formulieren.«

»Du bist unmöglich.« Singh lachte. »Besser, du verschwindest von hier, bevor ich noch etwas sage, das wir beide bereuen werden.«

»Rufen Sie mich an, wenn Sie mich brauchen.«

Nadia drehte sich um und verließ das Büro mit einem unheimlichen Gefühl der Vorfreude. Sie würde heute zum ersten Mal das Krankenhaus vor sieben Uhr abends verlassen, seit sie vor sieben Monaten hier angefangen hatte. Ihr Herz schlug bis zum Hals. Ihre Hände zitterten und sie musste nach Luft schnappen, als sie daran dachte, dass sie gleich etwas tun würde, was sie noch nie in ihrem Leben getan hatte: Sie würde Sex mit einer Frau haben.

Nadia betrat die Bar. Laute Musik dröhnte ihr entgegen. *Gut.* Intensive Gespräche waren nicht, worauf sie heute aus war.

Langsam ließ sie den Blick durch den vollen Raum wandern und widerstand dem Drang, sich sofort wieder umzudrehen und hinauszurennen. Ihr Bauch rumorte schon den ganzen Tag. Wenn sie jetzt ging, würde sich die Anspannung für den Moment zwar lösen, aber nichts würde sich ändern.

Nadia ging in Richtung Theke. Sie wollte das hier. Ihr Herz hämmerte hart gegen ihr Brustbein, als wollte es sie vom Gegenteil überzeugen, aber sie ballte entschlossen die Hände zu Fäusten und machte einen weiteren Schritt.

Normalerweise bekam sie nicht so schnell Angst. Das letzte Mal war sie vor sieben Jahren so nervös gewesen, als sie ihren ersten Vortrag vor einem Saal mit Chirurgen aus dem ganzen Land gehalten hatte. Seitdem hatte sich eine Menge geändert und Nadia war nicht länger jene verängstigte junge Frau ohne Titel. Jetzt war sie die selbstbewusste Chirurgin, die ihren jüngeren Kollegen Angst einjagte. So war es besser. Wenn sie andere auf Abstand hielt, konnte sie auch nicht enttäuscht werden.

Sie schloss für einen Moment die Augen und atmete langsam ein und aus. Indem sie ihren Atem kontrollierte, signalisierte sie, dass sie die Kontrolle über ihren Körper hatte, anstatt umgekehrt. Solange sie nur selbst fest daran glaubte, sollte das ihren Herzschlag auf seinen normalen Rhythmus verlangsamen.

Diese Atemtechnik hatte ihr in der Vergangenheit schon gute Dienste geleistet. Zum Beispiel, bevor sie die Fehler von Ärzten, Medizinstudenten oder wissenschaftlichen Mitarbeitern korrigiert hatte. Außerdem half sie Nadia, ihre Emotionen zu beherrschen, wenn sie Patienten schlechte Neuigkeiten überbringen musste.

Sie hatte gedacht, diese Technik zur Beruhigung außerhalb des beruflichen Umfelds nicht mehr zu brauchen, aber wenn sie sich ihren momentanen emotionalen Zustand so ansah, lag sie offensichtlich falsch. Sie runzelte die Stirn. Diesen Irrtum zuzugeben war beinahe so schlimm wie die sture Weigerung ihres Herzens, sich wieder zu beruhigen.

Nadia ballte die Hände fester zusammen und fand einen Tisch im hinteren Eck der Bar, wo die laute Musik erträglicher war, und setzte sich. Sie bestellte zwei Getränke, holte ihr Handy aus der Tasche und tippte:

*Ich bin da.*

Bevor sie es sich anders überlegen konnte, drückte sie auf *Senden.*

Ashley erstarrte mitten in der Bewegung, als sie sich in der Spiegelung des Taxifensters dabei ertappte, wie sie eine Locke um ihren Finger wickelte. So brachte sie ihre Frisur nur durcheinander und machte alles noch schlimmer. Sie legte die Hände in den Schoß, nagte nervös an ihrer Unterlippe und zappelte auf dem Sitz herum. Eine seltsame Frau, von der sie nichts wusste – außer dass sie ihre Testergebnisse kannte –, für einen One-Night-Stand zu treffen, war das Verrückteste, was sie je getan hatte.

Ihr Handy piepte und holte sie in die Realität zurück. Sie sah auf den Bildschirm und verfluchte sich dafür, dass sie zu spät zu ihrem Blind Date kam. *Falls das überhaupt ein Date genannt werden kann.*

Obwohl sie sich den ganzen Tag lang beeilt und Pari ihr geholfen hatte, hatte Ashley am Ende zwei Stunden in einem kurzfristig angesetzten Meeting der Notaufnahme festgesessen, in dem über den Nutzen der Fragebögen zur Patientenzufriedenheit diskutiert wurde. Sie schüttelte den Kopf. Diese Bürohengste hatten ja keine Ahnung davon, was als Notfall galt.

Immerhin war sie jetzt endlich unterwegs zur Bar.

Sie hatte sich immer wieder selbst eingeredet, dass sie dieses Blind Date wollte, aber das half jetzt auch nicht gegen ihre aufsteigende Panik. Was, wenn sie sich nicht mochten? Oder schlimmer noch – was, *wenn* sie sich mochten? Würden sie zu Ashley oder zu Margaret gehen? Oder in ein Hotel? Und was würde danach passieren? Sollte Ashley einfach ... gehen?

Um ihre rasenden Gedanken zu beruhigen, griff sie auf eine Technik zurück, die ihr durch die meisten stressigen Situationen half: Sie zwang sich, sich den bestmöglichen Ausgang vorzustellen. Sie würde diese Frau mögen. Sie würden eine wunderbare gemeinsame Zeit haben. Ashley würde aus ihrem Alltagstrott herauskommen und ihr Leben würde interessanter werden. Und vielleicht würde sie eine Frau kennenlernen, die ihr etwas bedeutete.

Ihr Handy piepte erneut. In der Nachricht stand:

*Ich bin da.*

Ashleys Bauch krampfte sich zusammen. Sie fühlte sich wie gelähmt vor Angst. *Was, wenn sie wieder geht, bevor wir uns überhaupt getroffen haben?*

Der Gedanke jagte ihr noch größere Angst ein und sie zwang sich zu handeln. Sie sah aus dem Fenster auf die Straßenschilder und tippte dann:

*Verspäte mich. Tut mir so leid! Komme in 10 Min.*

Die zwei Minuten, die Nadia nach ihrer SMS auf eine Nachricht wartete, waren die längsten ihres Lebens. Mit klopfendem Herzen las sie die Antwort und zog eine finstere Miene. Das Einzige, was schlimmer war als eine Verspätung, war jemand, der sich wegen der eigenen Verspätung ganz unterwürfig entschuldigte.

Sie legte ihr Handy auf den Tisch. Es war sinnlos zu antworten, da sie nichts Nettes zu sagen hatte. Sie zwang sich wieder dazu, tief zu atmen, und beschloss, einfach zu warten … geduldig.

Niemand hatte gesagt, dass sie diese Frau mögen musste.

Nadia tippte unruhig mit dem Finger neben den unberührten Getränken auf den Tisch. Normalerweise würde sie ihre Zeit nicht mit sexuellen Spielereien verschwenden, aber sie wollte einmal mit einer Frau schlafen, damit sie das danach abhaken konnte.

So funktionierte es nun mal. Die Neugier brachte einen dazu, neue Erfahrungen zu suchen. Das Unbekannte brachte einen Adrenalinrausch mit sich. Sobald die Fantasie ausgelebt war, würde das Gefühl des Neuen verfliegen, zusammen mit dem Verlangen, die Erfahrung zu wiederholen.

Der gestrige Chat hatte ihr Interesse geweckt. Die Frau hatte in ganzen, zusammenhängenden Sätzen geschrieben. Sie war ein paar Jahre älter als Nadia, also in einem angemessenen Alter, und sie hatte eine unauffällige Sexualgeschichte. Das entscheidende Eignungskriterium war gegenseitige Anziehung. Wenn der körperliche Funke übersprang, würde die heutige erste Begegnung gleichzeitig das letzte Kapitel dieser Geschichte sein. Nadia war bereit, es hinter sich zu bringen.

Um 20:14 Uhr, genau zehn Minuten nach der letzten Nachricht, sah Nadia auf und suchte den Eingang nach einer Blondine in einem langen schwarzen Mantel ab. Stattdessen betrat eine sehr vertraute Person die Bar.

Ashley Rylan. Nadia traute ihren Augen kaum. *Was machte die denn heute hier?* Warum musste sie von allen Orten, an denen sie sein könnte, ausgerechnet dieselbe Bar aussuchen wie Nadia?

Nadia ballte die Hände zu Fäusten. Rylans Erscheinen bedeutete, dass sie umgehend verschwinden musste. Wenn Rylan sie sah, würde sie zweifellos fröhlich lächelnd auf sie zukommen und ein freundliches Gespräch beginnen.

Dann kam Nadia ein noch schlimmerer Gedanke. Was, wenn die Frau, mit der sie verabredet war, auftauchte, bevor sie Rylan loswerden konnte? Rylan, die schließlich ihre Vorgesetzte war? Der Gedanke daran, dass irgendjemand aus der Klinik von ihren Plänen erfahren könnte, wirkte auf sie wie eine kalte Dusche. Sie hielt ihr Berufs- und Privatleben schon seit Jahren getrennt und daran würde sich auch jetzt nichts ändern. Ashley unterteilte ihr Leben mit voller Absicht in Kategorien, um Struktur, Sicherheit und Komforträume darin zu schaffen.

*Das heute war ein Fehler.*

Nadia nahm ihr Handy und tippte rasch.

*Mir ist was dazwischengekommen. Ich muss gehen.*

Sie drückte auf *Senden* und winkte dem Kellner, um die Rechnung zu begleichen.

Als Ashley die Bar betrat, piepte ihr Handy. Sie las die Nachricht und seufzte. So nervös, wie sie war, sollte es eigentlich eine Erleichterung sein, aber das war es nicht. Ihr wurde ganz schwer ums Herz, als sie daran dachte, allein in ihre leere Wohnung zurückzukehren.

Hatte die andere Frau Zweifel bekommen? Oder gab es einen anderen Grund?

Ashley ließ den Blick durch den Raum wandern und war überrascht, als sie eine der Kolleginnen aus der Herz-Thorax-Chirurgie an einem Tisch sitzen sah. Nadeschda Keating versuchte gerade, die Aufmerksamkeit eines Kellners zu gewinnen, der am Nebentisch beschäftigt war.

Ashley starrte sie ungläubig an. Sie hatte sich Nadias Leben abseits des Krankenhauses als ein dunkles Nichts vorgestellt. Wahrscheinlich sollte sie besser gehen und Nadia in Ruhe lassen, aber sie konnte den Blick nicht abwenden. Es war, als hätte sie einen Beweis für die Existenz des Monsters von Loch Ness gefunden.

Sie ging einen Schritt in Richtung des Tisches und blieb dann stehen. Nadia war eine hoch talentierte Ärztin mit vielversprechender Zukunft, aber sie war auch der Inbegriff von Arroganz. Ashley konnte sich nicht erinnern, je auch nur eine positive Emotion an ihr wahrgenommen zu haben. Es wäre zwar höflich, Hallo zu sagen, aber Nadia würde mit großer Sicherheit nicht empfänglich dafür sein.

Was diese Frau betraf, war Ashley von zwei Dingen fest überzeugt: Es lag in Nadeschda Keatings Bestimmung, große Dinge zu tun, aber Liebenswürdigkeit würde nie dazugehören.

Trotzdem fragte Ashley sich: *Warum ist Nadeschda heute hier?*

Zufälle waren zwar möglich, aber als Wissenschaftlerin glaubte sie nicht an so etwas. Sie ging in Gedanken die Fakten durch und ihr Herz begann schneller zu schlagen. Nadia passte genau auf die Beschreibung der Frau, die sie heute treffen sollte. Sie hatte glatte braune Haare und trug einen schwarzen Pullover mit V-Ausschnitt. Außerdem hatte sie zwei Drinks vor sich stehen und niemand saß neben ihr. Und sie wollte offensichtlich gerade gehen – was ihr Date eine Minute zuvor geschrieben hatte.

Ashley schnappte nach Luft. Sie konnte auch völlig falschliegen, aber etwas in ihr drängte sie dazu, die Theorie zu überprüfen. Ihre Füße setzten sich in Bewegung, bevor sie es sich anders überlegen konnte. Sie nahm ihr Handy und tippte eine Textnachricht, aber anstatt auf *Senden* zu drücken, steckte sie es wieder ein und behielt den Daumen über der Schaltfläche.

Nadia machte sich bereit, als sie Rylan näher kommen sah. Sie hatte zwar gerade gezahlt, aber es war zu spät, der Begegnung zu entkommen. Nadia hatte schon am Arbeitsplatz keinerlei Verlangen, mit Rylan zu reden, geschweige denn abseits davon. Dank jahrelanger Übung schaffte sie es, ihre Gesichtszüge zu ihrer üblichen ausdruckslosen Maske werden zu lassen.

»Nadeschda, was für eine Überraschung«, sagte Rylan und lächelte hölzern.

Nadia nickte. »Dr. Rylan.«

Ihr Handy, das noch auf dem Tisch lag, vibrierte. Der Bildschirm leuchtete auf:

*Sie sollten sich besser etwas überlegen, um das wiedergutzumachen.*

Nadia sah auf und merkte, dass Rylan ihr Handy anstarrte. *Warum?* Sie wollte die Frage keineswegs weiterverfolgen, stand auf und steckte ihr Telefon ein. »Ich wollte gerade gehen.«

Gerade als sie sich an Rylan vorbeischieben wollte, packte die Frau ihren Arm und zog sie näher zu sich. »Also, wie willst du das hier wiedergutmachen?«

Nadias Herz verarbeitete die Information schneller als ihr Gehirn. Es begann so laut zu hämmern, dass sie überzeugt war, alle in der Bar müssten es hören. Sie starrte Rylan an wie ein Reh im Scheinwerferlicht, aber der Aufprall, der diesen katastrophalen Moment beenden könnte, blieb aus.

Schließlich holte ihr Verstand auf.

Ashley Rylan, die Oberärztin der Herz-Thorax-Chirurgie, war die Frau, die sie ausgewählt hatte, um Sex mit ihr zu haben.

# Kapitel 3

## *Hypothesentest*

»Wir sollten reden«, sagte Ashley nach einer langen Pause.

Nadia stand reglos da, ihre Miene war unverändert. Sie erinnerte Ashley an eine Patientin mit Katatonie.

»Setz dich.« Ashleys Ton war überraschend gebieterisch. Aber als sie erkannt hatte, dass ihr Date eine Kollegin war, für die sie zudem noch verantwortlich war, hatte sie die Zähne fest zusammengebissen und ihre Stimme klang entsprechend angespannt. Je schneller sie dieses Mitarbeiterdesaster epischen Ausmaßes beendete, desto besser.

Sie zog an Nadias Arm und Nadia setzte sich wieder. Wortlos ging Ashley um den Tisch herum und nahm ihr gegenüber Platz.

So sollte das nicht laufen. Dieser Abend hätte unterhaltsam und sorglos sein sollen. Stattdessen sah Ashley sich einer Mitarbeiterin gegenüber, die wirkte, als hätte sie gerade einen akuten Schlaganfall erlitten. Sie nahm eins der Getränke – Scotch ohne Eis – vom Tisch, trank die Hälfte und stellte das Glas ab. Sie sah Nadia an, die nicht einmal blinzelte.

Es gelang Ashley nicht, die Hände zu verschränken, so sehr zitterten ihre Finger. Und du liebe Güte, warum zeigte Nadia immer noch kein Lebenszeichen? Ihr Gesicht war immer noch ausdruckslos, ihr Blick ging ins Leere.

Als das Schweigen sich in die Länge zog, wurde es immer angespannter und schwerer zu ertragen. Was hatte Ashley geritten, diesem Treffen überhaupt zuzustimmen? Sie verfluchte sich dafür, dass die Einsamkeit ihre Vernunft überstimmt hatte. Es gab keine Ausrede dafür, dass sie in dieser Situation steckte, und das ausgerechnet mit Nadia. »Hör mal, ich wusste nicht, dass du es warst. Natürlich nicht. Ich habe es erst gemerkt, als ich dich hier gesehen habe.«

Nadia blinzelte einmal langsam, sagte jedoch nichts.

»Meine Güte, Nadeschda, sag etwas!« Es war unprofessionell, eine Untergebene so anzufahren. Es verriet einen Mangel an Selbstbeherrschung und normalerweise tat Ashley so etwas nie. Aber Nadias komatöser Zustand alarmierte sie. War ihr Anblick so schrecklich, dass sie diese Frau lähmen konnte, wo sie doch dazu ausgebildet war, selbst unter größtem Stress zu arbeiten?

Endlich sah Nadia Ashley mit kühlem Blick an und sagte: »Dr. Rylan, ich weiß nicht, was in einer Situation wie dieser zu sagen angemessen ist.« Ihre Stimme klang monoton, noch ausdrucksloser als sonst.

»Ashley.« Unter Nadias Blick wäre sie am liebsten auf ihrem Stuhl herumgerutscht. »Bitte sag Ashley zu mir.«

Nadia starrte sie an, ohne zu blinzeln.

Wieder dehnte sich das schmerzhafte Schweigen zwischen ihnen. Ashley trank ihr Glas aus, in der Hoffnung, der Alkohol würde ihr die Verlegenheit nehmen und ihre Nerven beruhigen. Aber zu ihrem Schrecken führte Nadias starre Haltung dazu, dass sie sie unentwegt anstarrte. Ashley hielt sich an ihrem leeren Glas fest.

Sie war nie gut im Umgang mit Konfrontationen gewesen. Und dieser Versuch, mit Nadia ins Gespräch zu kommen, war fast so schlimm wie ihre mündliche Abschlussprüfung. Die einschüchternden Chirurgen damals hatten wenigstens versucht, freundlich zu sein.

Vielleicht sollte sie einfach gehen, etwas Abstand zwischen sie bringen, damit sie beide die Situation verarbeiten konnten.

Nadia, die ihren Blick immer noch festhielt, schob das zweite Getränk zu Ashley. »Ich habe Bereitschaft.«

Ashley nahm es und leerte das Glas. Es war die erste Freundlichkeit, die Nadia ihr je entgegengebracht hatte. Vielleicht saß Ashley doch einem Menschen gegenüber. »Warum hast du dann Drinks bestellt?« Es war die erstbeste Frage, die ihr in den Sinn kam.

»Fragen Sie mich jetzt, ob ich eine verantwortungslose Ärztin bin?«

So viel zum Thema Nettigkeiten. Nadias mörderische Miene ließ Ashley bereuen, dass sie die Frage auch nur gedacht, geschweige denn gestellt hatte. Aber es lag nicht in ihrer Natur, Feuer mit Feuer zu bekämpfen. »Nein! Natürlich nicht.«

Sie sah auf ihr leeres Glas hinab. Vielleicht wäre es die bessere Option, sofort zu gehen. Aber irgendetwas bewirkte, dass sie bleiben wollte, obwohl ihr nichts einfiel, das sie sagen oder machen könnte, um die Spannung zu zerstreuen.

»Ich wusste nicht, dass du Frauen magst«, platzte sie heraus, bevor sie so vernünftig sein und es sich verkneifen konnte.

Die Mauer von Nadias Gesicht zeigte keine Risse. »Ich halte mein Privatleben privat.«

»Aha.«

Ihre knappen Antworten halfen nicht gerade. »Ich rufe meine sexuelle Orientierung nicht gerade von den Dächern, aber ich verheimliche sie auch nicht.« Warum hatte sie das Gefühl, sich erklären zu müssen?

»Ich wusste nicht, dass Sie Frauen mögen.« Nadia wandte unverkennbar unbehaglich den Blick ab.

Ashley blinzelte. Nadia hatte zum ersten Mal von sich aus etwas gesagt, anstatt nur knappe Antworten auf Ashleys Bemerkungen zu geben. Und ihre Reaktion – ein weiterer unerwarteter Ausdruck von Emotionen, wenn auch subtil. *So … verschlossen.*

Nadia räusperte sich. »Nicht, dass es eine Rolle spielt. Es geht mich nichts an.«

Sie blickte wieder auf und sah Ashley mit der üblichen Arroganz an.

Ashley rutschte auf ihrem Sitz hin und her. Sie bezweifelte, dass sie Nadia je wieder so ansehen könnte wie früher. Wenn die Umstände anders wären – *sehr* anders –, hätte sie heute wahrscheinlich mit Nadia geschlafen. *Sie ist eine sehr attraktive Frau.* Ashley schob den Gedanken sofort von sich und tadelte sich dafür, ihn überhaupt gedacht zu haben.

»Es steht mir auch bestimmt nicht zu, mit irgendjemandem darüber zu sprechen«, fügte Nadia hinzu und ihr Tonfall beendete effektiv das Gespräch zu diesem Thema.

»Ah, ja«, sagte Ashley. »Gut zu wissen.«

»Ich hoffe, ich kann mich auch auf Ihre Diskretion verlassen?«

Wie konnte Nadia eine so steinerne Fassade aufrechterhalten? Und wie schaffte sie es, dass sie dabei so sexy aussah?

Ashley runzelte die Stirn, ebenso wütend auf ihre unangemessenen Gedanken wie über Nadias Frage. »Es überrascht mich, dass du überhaupt fragst. Warum sollte ich irgendjemandem von dieser Sache erzählen wollen?«

»Ich weiß nicht, was Sie tun oder nicht tun würden, Dr. Rylan.«

Bei Nadias Erwähnung ihres Titels und der schmerzhaften Erinnerung daran, wie falsch diese Situation war, verzog Ashley das Gesicht.

»Warum hielten Sie es beispielsweise für angemessen, mich heute Abend überhaupt anzusprechen?«, fuhr Nadia fort. Sie hielt den Blick weiterhin auf Ashley gerichtet.

*Mein Gott.* Ihr Selbstbewusstsein ließ Ashley schaudern. »Ich wusste nicht, dass du es warst.«

»Sie wussten es, als Sie mich gesehen haben. Sie hätten einfach gehen können.«

»Ich habe es vermutet. Ich war mir nicht sicher.«

»Also war die Überprüfung einer Hypothese Grund genug, mich in Verlegenheit zu bringen?« Nadia brachte jedes Wort mit klinischer Präzision hervor.

»Was?« Die Anklage ließ Ashley zurückweichen. Sie hatte nie vorgehabt, irgendjemanden in Verlegenheit zu bringen.

»Sie hätten einfach gehen können. Ich hätte nie davon erfahren und Sie hätten ebenfalls so tun können, als wüssten Sie von nichts. Das Leben wäre normal weitergegangen.«

»Ich, äh …« *Die Aussage war völlig richtig.* »Das hätte ich tun sollen. Ich habe nicht nachgedacht. Habe einfach gehandelt. Es tut mir leid.«

Nadia verzog das Gesicht.

»Aber du bist hier kein Opfer«, fügte Ashley hinzu.

»Ich bin diejenige in der peinlichen Position.«

»Wir sind beide in einer peinlichen Position! Und für mich ist es noch viel schlimmer.«

»Ich habe doch gesagt, dass ich nicht darüber sprechen werde.«

»Und ich werde auch nicht darüber sprechen«, sagte Ashley und stieß den Zeigefinger in die Luft, um ihre Worte zu betonen. Warum hatte Nadia so wenig Vertrauen in ihre Verschwiegenheit? Sie hatte nie getratscht oder Nadia irgendeinen Grund gegeben, so wenig von ihr zu halten.

»Aber Sie *wissen* es jetzt.« Nadias harte Fassade zeigte einen feinen Sprung. Sie wirkte … beunruhigt. »Sie wissen etwas von mir, das ich auf der Arbeit niemals erzählt hätte. Das ist … erniedrigend.« Sie spuckte das Wort regelrecht aus, als hätte es einen schlechten Geschmack in ihrem Mund hinterlassen.

*Das ist die Gefühlslage, in der sie sich befindet?* Ashley verdrehte genervt die Augen. Nadia hatte auf jeden Fall eine Begabung für dramatische Gesten. »Na und? Die große Keating wird also genauso scharf wie wir anderen auch. Als wäre das so außergewöhnlich.«

»Hören Sie auf«, zischte Nadia.

Sie starrten einander an und keine war bereit wegzusehen, obwohl Ashley jeden Muskel in ihrem Körper anspannen musste, um dem Blick standzuhalten.

»*Wir* werden es nicht tun.« Nadia funkelte Ashley an.

»Oh, wir werden es definitiv nicht tun«, fauchte Ashley. »Ich gehe jetzt nach Hause. Wir werden auch nicht mehr darüber sprechen.«

»Einverstanden.«

Ashley kramte in ihrer Tasche nach ihrer Geldbörse.

»Das ist schon erledigt«, sagte Nadia.

Ashley hielt inne. »Ich habe die beiden Gläser ausgetrunken. Lass mich die Rechnung übernehmen.« Es erschien ihr nicht richtig, Nadia bezahlen zu lassen, die deutlich weniger verdiente als Ashley.

»Wirklich?« Nadia zog die Augenbrauen hoch. »Haben Sie mich für einen Abend noch nicht genug in Verlegenheit gebracht?«

Wieder war *sie* verlegen. Ashley schnaubte. »Na gut.« Alle ihre Versuche, die Situation erträglich zu machen, hatten Feindseligkeit hervorgebracht. Es hatte keinen Sinn, nett zu sein. »Guten Abend, Nadeschda.«

Ashley marschierte davon und wünschte, sie müsste Nadia nie wiedersehen. *Was für ein komplettes Desaster.*

Nadia warf sich in ihrem leeren Bett hin und her und schlug frustriert auf das Kissen ein. Sie kniff die Augen fest zu, als könnte das den Schlaf herbeibefehlen. Als Chirurgin hatte sie gelernt, zu jeder beliebigen Zeit und an jedem Ort einzuschlafen. Heute Nacht schien eine Ausnahme zu sein.

Der Abend in der Bar war ein Desaster gewesen. Wie hoch war die Wahrscheinlichkeit, dass die Frau von der Datingseite sich als ihre Oberärztin herausstellte? *Verdammt, Rylan!*

Nadia rollte sich unruhig herum, packte blind das zweite Kissen und warf es quer durch den Raum. Sie beschloss, sich mit einem Problem nach dem anderen zu beschäftigen, und konzentrierte sich wieder auf den Moment, als Rylan in der Bar erschienen war. Diese Dreistigkeit! Wie hatte sie es wagen können, zu Nadia zu gehen und dabei so umwerfend auszusehen? Die dunkelgrüne Bluse hatte ihren Körper perfekt umschmeichelt und die ausdrucksstarken blauen Augen betont, die selbst im trüben Licht noch geleuchtet hatten. Nadia schnaubte höhnisch. *Wen kümmert es schon, wie Rylan sich kleidet oder welche Augenfarbe sie hat?*

Tatsächlich trieben Rylans modische Outfits Nadia in den Wahnsinn. Sie trug ihre OP-Kleidung nur im Operationssaal. Wenn sie sich nicht so viel um ihre Garderobe kümmern würde, wäre sie vielleicht eine bessere Chirurgin.

Professionell gesehen war Rylan zu nett, zu schwach und zu zaghaft, um eine Anführerin zu sein. In der Bar hatte Nadia eine andere Version von ihr gesehen, eine Version, die sie etwas besser gemocht – nun ja, *akzeptiert* – hatte, aber sie war immer noch dieselbe unsichere Jasagerin, die es nie schaffte, Nadia zu beeindrucken. Professionell gesehen. Der Rest war nicht relevant.

Am besten, sie tat so, als wäre die Katastrophe in der Bar nie passiert, und konzentrierte sich auf ihre Arbeit, wie sie es immer schon getan hatte. Nadia hatte zwei Tage, bis sie wieder mit Rylan zusammenarbeiten musste. Bei dem Gedanken regte sich etwas in ihr, aber sie schob es schnell wieder von sich. Sie würde heute Nacht keinen weiteren Gedanken an Menschen außerhalb dieses Schlafzimmers verschwenden.

Nadia zog sich die Decke über den Kopf. Wenn sie damit unerwünschte Gedanken fernhalten konnte, würde sie die ganze Nacht lang Schäfchen zählen.

Ashley schloss die Wohnungstür und lehnte sich mit dem Rücken dagegen. Abgesehen davon, dass sie sich zur Idiotin gemacht hatte, hatte sie heute Abend nichts erreicht. Jetzt war sie nicht nur allein, sondern auch frustriert und peinlich berührt.

Sie schüttelte ungläubig den Kopf. Nadia hatte so getan, als wäre sie die Einzige, die in Verlegenheit geraten war, und als wäre das das Schlimmste auf der Welt. In den sieben Monaten, die sie bereits zusammenarbeiteten, hatte Ashley sie noch nie so aufgebracht gesehen. Im Gegenteil, Nadia zeigte nur selten Emotionen. Diese neue Seite an ihr hatte Ashley nicht unberührt gelassen. Schlimmer noch, der Gedanke, dass sie bei Nadia schlechte Gefühle ausgelöst haben könnte, beunruhigte sie mehr als ihre eigene Seelenlage.

Sie versuchte, ihre Enttäuschung abzuschütteln, während sie T-Shirt und Pyjamahose anzog. Wenn sie heute irgendetwas gelernt hatte, dann dass sie nicht versuchen sollte, ihr Leben zu ändern. Sie sollte sich einfach auf das konzentrieren, worin sie gut war – Chirurgie.

Sie nahm ihren Laptop und setzte sich auf das Sofa. Sie konnte zwar nicht ändern, was passiert war, aber sie konnte zukünftigen Missverständnissen vorbeugen. Blind Dates oder One-Night-Stands oder wie auch immer man dazu sagte, waren ganz offensichtlich nichts für sie.

Sie öffnete die Website, um den verdammten Date-Account zu löschen, der erst zu diesem Schlamassel geführt hatte. Stattdessen klickte sie Margaret Bulkleys Profil an. Sie stellte sich Nadia in der leeren Silhouette des Profilbilds vor.

Ohne die blaue OP-Kleidung und in dem Oberteil mit V-Ausschnitt, der Ashleys Blick auf sich zog, hatte Nadia heute so anders ausgesehen. Nicht dass ihr stahlharter Gesichtsausdruck dadurch leichter zu ertragen gewesen wäre. Aber allein der Gedanke an die auffallend hohen Wangenknochen, die noch markanter gewirkt hatten, und die dunkelbraunen Augen, die von schwarzem Eyeliner betont gewesen waren, ließ Ashley sogar jetzt noch schaudern.

Sie hatte Nadia noch nie geschminkt gesehen. Das musste der Grund sein, warum sie heute so unangemessen abgelenkt gewesen war.

*Nicht, dass sie Make-up braucht.* Ashley stöhnte. Warum dachte sie immer noch an eine Frau, die sie nicht wollte und nie haben konnte?

Sie schüttelte die aufdringlichen Gedanken ab und löschte ihren Account. Es war besser so. Ihre Routine war zwar langweilig, aber sicher. Niemand wurde verletzt oder blamiert oder sonst irgendetwas. Sie würde vergessen, was heute passiert war, und Nadia wieder nur als ihre untergebene Kollegin sehen. Ashleys Leben sollte sich nicht ändern, so war das halt.

Nachdem ihre Zukunft entschieden war, schlich Ashley ins Schlafzimmer und stellte sich einer weiteren einsamen Nacht.

# Kapitel 4

## *Eine völlig unangebrachte Bemerkung*

Ashley fuhr sich mit einer Hand durchs Haar. Sie wäre im Moment überall lieber als gerade hier im Krankenhaus. Die chirurgische Abteilung zu führen und dabei ständig einer bestimmten Mitarbeiterin aus dem Weg zu gehen, war eine stressige Angelegenheit. Ihre feste Entschlossenheit, sich professionell zu verhalten, wurde täglich auf die Probe gestellt, ganz besonders heute.

Der Freitagmorgen begann mit der üblichen täglichen Visite. Die Ärzte, die noch in der Ausbildung waren, mussten dabei jeweils kurz die Krankengeschichten der einzelnen Patienten vorstellen. Heute aber präsentierte Nadia jeden einzelnen Fall, als wolle sie Ashleys Entschlossenheit testen.

Ashley bemühte sich nach Kräften, Nadia aus ihren Gedanken zu verbannen. Sie kannte sie seit Monaten, aber nach dem Fiasko der letzten Woche wusste sie, dass mehr an Nadia dran war als nur ihre überragende Arbeitsleistung.

Ja, Nadia war normalerweise direkt und versäumte es oft, *Bitte* und *Danke* zu sagen, wenn sie mit Kollegen sprach, aber durch ihre Taten zeigte sie, dass sie sehr viel freundlicher war. Sie unterstützte das OP-Personal jedes Mal dabei, Patienten ins Bett zurückzubringen, oder half den Patienten, nach einer Untersuchung die Socken wieder anzuziehen. Anstatt die Pfleger anzuweisen, einer Patientin mit Atemnot ein Kissen zu bringen, um sie nach einem Thoraxeingriff aufrechter hinsetzen zu können und damit die Schmerzen zu lindern, ging sie es selbst holen.

Und es war nicht nur ihr Umgang mit Patienten, der Ashley neuerdings auffiel und den sie faszinierend fand. Nein, sie fand jetzt auch die Art und Weise, wie Nadia sich mit den Fingern die Frisur richtete, nachdem sie stundenlang eine Haube getragen hatte, liebenswert. Und dass Nadia das Oberteil ihrer OP-Kleidung immer ordentlich in die Hose gesteckt trug. Oder dass sie ihr Namensschild immer in die Mitte ihres

V-Ausschnitts klemmte, was Ashleys Blick auf eine Stelle lenkte, an der er nichts zu suchen hatte.

Ashley hätte all diese Dinge lieber nicht bemerkt. Denn sie führten nur dazu, dass ihr Herz jedes Mal einen Schlag aussetzte, wenn Nadia in der Nähe war.

»Der Patient ist dreiundvierzig Jahre alt, präoperativ, hier wegen eines VSD.« Nadia stellte den nächsten Fall vor.

Ein Ventrikelseptumdefekt bedeutete, dass der Mann ein Loch zwischen linker und rechter Herzkammer hatte, das durch eine Operation geschlossen werden musste. Ashley nickte, während sie der Beschreibung seines Zustands zuhörte. Sie betrachtete den Patienten, die Überwachungsgeräte – sah überallhin, nur nicht zu der Ärztin, die den Fall vortrug – Nadia.

Wenn Ashley geglaubt hatte, sie wäre in der Bar aufgrund ihres beschwipsten Zustands oder Nadias modischer Erscheinung so hingerissen von ihr gewesen, hatte sie sich schwer geirrt. Ihr nüchterner Verstand fand die jüngere Chirurgin in der blauen OP-Kleidung jetzt sogar noch attraktiver. Aber es wäre völlig unangebracht, das laut auszusprechen.

»Der Patient kam vor vier Monaten mit Kurzatmigkeit …«

Warum hatte Ashley solche Probleme, Nadia anzusehen? Sie musste sich richtiggehend bemühen, professionell zu bleiben, während Nadia gar keine Schwierigkeiten mit Ashleys Nähe zu haben schien. Es war, als versuchte Nadia zu beweisen, dass sie auch nach dem, was geschehen war, noch miteinander arbeiten konnten.

»Die Untersuchung ergab ein lautes diastolisches Geräusch vierten Grades …«

Nadia sah Ashley immer aufmerksam an, wenn sie miteinander sprachen. Und immer, wenn Ashley ihren Blick erwiderte, fühlte sie sich, als würde sie etwas falsch machen.

»Im Hinblick auf die sich verschlimmernde Zyanose, pulmonale Hypertonie und …«

Es war, als hoffte Nadia, Ashley würde etwas Falsches sagen, damit sie sie wieder mit diesem mörderischen Blick bedenken konnte.

»Die OP ist für das Zeitfenster morgen früh vorgesehen …«

Ashley biss die Zähne zusammen. Sie hatte kein Recht, sich über Nadia zu ärgern. Schließlich war sie diejenige, die in diesem Chat zuerst *Hi* gesagt, die darauf bestanden hatte, dass sie weiterredeten, und die zugestimmt hatte, sich mit ihr zu treffen. Und Nadia hatte nur allzu deutlich gemacht, dass Ashley die Schuldige war, weil sie auf sie zugekommen war.

»Dr. Rylan?«

Die Frage unterbrach Ashleys Gedankenausflüge.

Vier Ärzte in Ausbildung sahen sie erwartungsvoll an.

»Ja, Nadeschda?«, fragte Ashley, während ihr ganz heiß im Gesicht wurde. Sie hatte keine Ahnung, was Nadia zuletzt gesagt hatte.

»Sind Sie mit dem präoperativen Behandlungsplan einverstanden?«, fragte Nadia mit dem Hauch eines süffisanten Lächelns auf den Lippen.

»Äh … ja.« Ashley verfluchte sich dafür, dass sie nicht zugehört hatte. Sie nahm die Schultern zurück. »Sind wir hier fertig?«

»Ja, sind wir, Dr. Rylan.«

Die Gruppe zerstreute sich, als alle ihre nächsten Aufgaben angingen. Ashley folgte ihrem Assistenzarzt, der am weitesten in der Ausbildung war.

»Hey, Dan.« Sie senkte die Stimme. »Welche Medikamente hat Nadeschda für den letzten Patienten vorgesehen?«

»Nur die üblichen, außerdem Sildenafil und Antibiotika zur IE-Prophylaxe. Sie wirken etwas abwesend. Kann ich Ihnen einen Kaffee bringen oder so?«

Ashley lächelte den aufmerksamen jungen Mann freundlich an, lehnte ab und ging auf die Intensivstation zurück. Bisher hatte sie es vermieden, privat mit Nadia zu sprechen, aber jetzt musste sie ihr Bescheid sagen, dass sie diesem Patienten noch ein weiteres Medikament verschreiben musste.

Sie fand Nadia im Gespräch mit einem von Peter Williams' Patienten. Peter war der Chirurg, dem Nadia heute assistierte. Ashley stellte sich ans Fußende des Betts.

»Schwester, wann kommt endlich der Arzt?«, fragte der Patient Nadia. »Ich will ihm ein paar Fragen stellen.«

Ashley verdrehte die Augen. Inzwischen gab es nur noch wenige Menschen, die sämtliche Frauen in Krankenhäusern automatisch für Krankenschwestern hielten, und wenn es doch passierte, wusste sie nie, ob sie lachen oder beleidigt sein sollte. Sie hatte daher begonnen, zivile

Garderobe anstelle der OP-Kleidung unter ihrem weißen Kittel zu tragen, um diesem Irrtum vorzubeugen.

»Ich bin die Ärztin. Ich assistiere Dr. Williams heute bei Ihrer Operation. Was möchten Sie wissen?« Nadias Stimme klang ruhig, die Worte routiniert.

»Sie sind Ärztin?« Der Mann starrte auf Nadias Namensschild. »Nadesch…« Er gab es auf, ihren Namen auszusprechen. »Haben Sie Ihren Doktor in der Sowjetunion gemacht?«

Ashley seufzte. Sexismus war also nicht die einzige Stärke des Patienten. *Bezaubernd.*

»Mein Name ist Dr. Keating. Ich habe alle meine Titel in den Vereinigten Staaten verliehen bekommen«, antwortete Nadia immer noch ruhig. Ihre Fähigkeit, unter diesen Umständen ihre Emotionen zu beherrschen, war beeindruckend. »Haben Sie irgendwelche Fragen zu Ihrer Operation?«

Der Blick des Patienten wanderte wieder zu ihrem Namensschild. Er wirkte noch verwirrter. »Sie haben kein MD hinter Ihrem Namen. Was für eine Ärztin sind Sie?«

»Eine *Chirurgin*«, fauchte Nadia.

Beleidigende Bemerkungen wegen ihres Geschlechts oder ihrer Nationalität hatten Nadia nicht gestört, ein Infragestellen ihrer Qualifikationen dagegen schon. Ashley unterdrückte ein Lächeln.

Es war Zeit, einzuschreiten. »Hallo, ich bin Dr. Rylan.« Sie kam einen Schritt näher. »Ich bin die Oberärztin der Herz-Thorax-Chirurgie. Dürfte ich mir Ihre Ärztin kurz ausleihen?«

»Mein Arzt ist Peter Williams«, sagte der Patient. »Aber den habe ich noch nicht gesehen. Er schickt mir immer nur seine Hilfskräfte.« Er deutete zu Nadia. »Aber jetzt, da ich mit einer *richtigen* Ärztin spreche, würden Sie mir meine Fragen beantworten, Schätzchen?«

*Schätzchen? Wirklich?* Ashley lächelte steif. »Mr. –?«

»Zimmerman«, half Nadia ihr.

»Mr. Zimmerman, ich kenne Ihren Fall bei Weitem nicht so gut wie Dr. Keating. Wir sind ein akademisches Lehrkrankenhaus und es sind Assistenzärzte wie Dr. Keating hier, die sich präoperativ um die Patienten kümmern, nicht die Fachärzte. Ich kann Ihnen versprechen, dass alle hoch qualifiziert sind. Sie sind in sehr guten Händen.«

»Kann ich dann eine andere – wie haben Sie es genannt – hoch qualifizierte Assistenzärztin haben?«

Ashleys Lächeln entglitt ihr ein wenig. »Haben Sie ein Problem mit Dr. Keating?«

»Sie ist nicht mal ein MD«, sagte er. »Ich weiß nicht, was DO heißt, aber es klingt nicht nach einem richtigen Arzt.«

»Es steht für Doktorin der osteopathischen Medizin«, erklärte Ashley. »Sowohl DOs als auch MDs sind in allen fünfzig Bundesstaaten zugelassen, in allen medizinischen und chirurgischen Bereichen.«

»Ist Osteopathie nicht so was wie ein Chiropraktiker? Ich werde am Herzen operiert, meinem Genick geht es wunderbar.«

Ashley verbiss sich eine spontane Bemerkung. Der Mann hatte auch so gar nichts Positives an sich. Kein Wunder, dass Nadia ihn angefaucht hatte. »Ich bezweifle auch, dass Dr. Keating Ihnen bei Genickschmerzen helfen könnte. Sie ist auf Herz-Thorax-Chirurgie spezialisiert. Und darin ist sie sehr gut. Sie sollten ihr Ihre Fragen stellen.«

Der Patient kniff die Augen zusammen. »Warum hat sie dann nicht den MD gemacht, wenn es sowieso alles dasselbe ist?«

Ashley sah unsicher zu Nadia. Aber sie hätte sich keine Sorgen machen müssen – Nadia grinste und wartete auf Ashleys Antwort.

»Osteopathie basiert lediglich auf einer anderen Philosophie. Dabei legt man mehr Wert auf vorbeugende Medizin, patientenorientierte Pflege und darauf, dass die natürlichen Selbstheilungskräfte des Körpers durch Behandlungstechniken des Bewegungsapparats angekurbelt werden. Aber das ist zu komplex, um es jetzt zu erklären. Kurz gesagt, Osteopathie ist etwas Zusätzliches, nicht etwas anderes.« Ashley lächelte und hoffte, sie hatte es ausreichend erklärt.

Der Patient verzog das Gesicht. »Patientenorientierte Pflege?«

»Das bedeutet, Patienten liegen uns mehr am Herzen«, sagte Nadia trocken.

Ashley unterdrückte ein Lachen und versuchte, es wie ein Husten klingen zu lassen. Nadias Verhalten verriet definitiv nichts darüber, ob Patienten ihr mehr am Herzen lagen.

»Mr. Zimmerman, niemand ist besser für Ihre Operation qualifiziert als Dr. Keating. Der Leitende Oberarzt der Chirurgie hat sie persönlich für diese Klinik hier rekrutiert. Lassen Sie sie ihren Job machen, dann werden Sie es selbst erleben.«

»Na ja«, sagte der Patient langsam, »wenn der Leitende Oberarzt sie für gut hält –«

»Ausgezeichnet!« Ashley ging zur Tür. »Dürfte ich sie jetzt einen Moment lang entführen?« Sie bedeutete Nadia, ihr aus dem Raum zu folgen, ohne auf seine Antwort zu warten.

»Gott, ich verstehe, warum Peter diesen Kerl meidet. Ist die Sowjetunion nicht 1991 schon zerfallen?«

»Ich wusste nicht, dass Sie sich so gut mit osteopathischer Medizin auskennen.« Nadia zog leicht die Mundwinkel nach oben und deutete so etwas wie ein Lächeln an.

»Das tue ich auch nicht, aber ich hatte mich für dein Bewerbungsgespräch etwas vorbereitet.« Ashley erwiderte das Lächeln. »Aber damals hattest du auf alles, was mit Osteopathie zu tun hat, allergisch reagiert, also habe ich das Thema fallen gelassen.«

»*Sie* haben sich auf ein Bewerbungsgespräch vorbereitet? Sollte es nicht umgekehrt sein?«

Ashley amüsierte sich über Nadias herausfordernden Tonfall. Diese Seite gefiel ihr viel besser an Nadia als die wütende. »Ich wollte der großen Nadeschda Keating ja keine unangemessenen Fragen stellen. Schon damals ist dein Ruf dir vorausgeeilt.«

Jetzt lächelte Nadia wirklich.

Ashley hatte sie noch nie aufrichtig lächeln gesehen und konnte nicht anders, als sie anzustarren. Es war zu gleichen Teilen berauschend und frustrierend.

»Was ist?«, fragte Ashley.

»Sie nennen mich immer bei meinem ganzen Vornamen. Warum?«

»Ich weiß nicht. Ich habe deinen Namen auf der Bewerbung gesehen. Ich schätze, es ist eine Gewohnheit geworden.« *Und ich mag es, ihn auszusprechen.* »Hättest du es lieber, dass ich dich Nadia nenne?«

»Nein«, sagte Nadia. »Ich mag es, wenn Sie ihn sagen.«

Ashleys Puls beschleunigte sich. Und unter Nadias intensivem Blick schwirrte ihr der Kopf.

Dann wandte Nadia den Blick ab und räusperte sich. »Dr. Rylan, worüber wollten Sie mit mir sprechen?« Ihre Miene war nicht mehr zu deuten, ihr Ton geschäftsmäßig.

»Ach ja. Lass Bett neun noch Stickstoffmonoxid inhalieren.«

»Den VSD-Patienten?«

»Ja.« Ashley versuchte, selbstbewusst zu klingen, als wäre sie vorhin nicht unaufmerksam gewesen. Sie war die behandelnde Ärztin; es war nichts dabei, noch eine Medikation hinzuzufügen.

»Obwohl Sie meinem präoperativen Medikamentenplan *ohne* das NO vor weniger als fünfzehn Minuten zugestimmt haben?«

»Ich habe meine Meinung geändert.« Ashley spürte, wie ihr Gesicht leicht rot wurde.

»Sie verordnen bei Hypoxie und pulmonarer Hypertonie immer NO. Eine Meinungsänderung wäre, es wegzulassen.«

Natürlich würde Nadia nicht einfach darüber hinwegsehen. »Ich habe meine Meinung eben ein zweites Mal geändert.« Warum diskutierte Ashley überhaupt? Sie war die Verantwortliche. »Tu es einfach, Nadeschda.«

»Ist bereits erledigt.« Nadia grinste. »Ich habe NO auf die Liste gesetzt, bevor ich den Plan weitergegeben habe. Es war offensichtlich, dass Sie kein Wort von dem gehört haben, was ich gesagt habe. Ich habe Sie getestet. Sie sind durchgefallen.«

»Sehr witzig.« Beschämt wandte Ashley den Blick ab. Sie hätte besser aufpassen sollen. Sie hatte es gehasst, wenn ihre Lehrer ihr nur mit halbem Ohr zugehört hatten, als sie selbst noch in der Ausbildung gewesen war. Damals hatte sie sich geschworen, *nie so eine* Ärztin zu werden.

»Sie gehen mir aus dem Weg.« Nadia trat einen Schritt näher und senkte die Stimme. »Und Sie können sich nicht konzentrieren, wenn wir zusammenarbeiten. Ich hatte schon befürchtet, dass das passiert.«

»Nichts passiert. Das bildest du dir ein.«

»Das fällt mir schwer zu glauben, nachdem Sie mich heute Morgen praktisch angeschmachtet haben.«

»Ich habe nicht geschmachtet!« Ashley biss sich auf die Lippe und bereute, dass sie laut geworden war. Sie sah sich um, ob ihr Gespräch auch keine Aufmerksamkeit erregt hatte, bevor sie hinzufügte: »Ich war vielleicht etwas abgelenkt, aber bestimmt nicht von dir.«

»Warum haben Sie dann nicht aufgepasst?« Nadias spöttischer Ton passte nicht zu dem spielerischen Funkeln in ihren Augen.

Ashley strich ihren weißen Kittel glatt. Leugnen funktionierte nicht. Nadia legte den Finger in die Wunde und Ashley mochte nicht offen zugeben, dass sie an sie gedacht hatte. »Hör mal, es tut mir leid, dass ich etwas unaufmerksam war. Ich vertraute darauf, dass du deine Arbeit gut machst, aber das soll keine Entschuldigung sein. Ich sollte mich nicht so gehen lassen. Es wird nicht wieder vorkommen.« Hoffentlich würde Aufrichtigkeit anstelle einer Antwort durchgehen.

Nadia beugte sich noch näher zu ihr.

Ashley atmete ihren Duft ein: eine Mischung aus blumigem Shampoo und etwas, das ihr eigen war. Ashley könnte es nicht gleichgültiger sein, wer das letzte Wort hatte.

»Sie haben die Frage immer noch nicht beantwortet. Das ist sehr aufschlussreich.«

»Du bist unmöglich!« Ashley schnaubte ungehalten und machte einen Schritt zurück. »Ich muss jetzt wieder an die Arbeit. Du solltest dasselbe tun.«

Sie drehte sich auf dem Absatz um und ging mit einem Grinsen im Gesicht davon. Sie hatte allen Grund, verärgert sein. Aber sie war glücklich, dass Nadia das Gefühl in der Bar, in Verlegenheit gebracht worden zu sein, hinter sich gelassen hatte.

Nadia seufzte und rieb sich die Schläfen. Sie war zu zerstreut, um ihr Manuskript zu überarbeiten. Jedes kleine Geräusch unterbrach ihre Konzentration. Die Uhr an der Wand schien lauter zu ticken als sonst, am liebsten hätte sie das verdammte Ding aus dem Fenster geworfen. Jedes Mal, wenn sie Schritte vor ihrem Labor hörte, sah sie zur Tür.

Warum war sie heute so abgelenkt?

Es war fast acht Uhr abends. Da ihre Arbeit in der Klinik für den Tag erledigt war, hatte sie gedacht, sie könnte einen ihrer Forschungsartikel zu Ende schreiben.

Aber ihre Gedanken wanderten immer wieder zurück zum Vormittag und beschworen Rylans verlockendes Bild herauf. Die aufregenden hochhackigen Stiefel und der enge schwarze Rock, der kaum ihre Knie bedeckte, beschäftigten Nadias Gedanken und kurbelten ihre Fantasie an.

Es war geradezu kriminell. *Warum muss sie sich ständig so verdammt sexy kleiden?* Und warum kümmerte Nadia sich immer noch darum, was Rylan anhatte?

Nadia dachte über ihr Gespräch am Vormittag nach. Rylan hatte sich die Mühe gemacht, mehr über die osteopathische Ausbildung zu erfahren, um Nadias besondere Vorbildung besser einschätzen zu können. Das war … unerwartet. Und es machte ihr ein warmes Gefühl, wie sie sich widerwillig eingestehen musste.

Noch alarmierender war, wie locker Nadia selbst gewesen war. Sie hatte gelächelt und gescherzt, anstatt sich finster hinter ihrer üblichen Mauer der Gleichgültigkeit zu verbergen. Aber sie konnte nicht anders. Letzte Woche hatten der Schock und die Wut sie angetrieben. Aber Rylan hatte Wort gehalten, niemandem etwas von ihrer Begegnung erzählt und Abstand gehalten. Also waren Nadias Ängste verflogen und dem seltsamen Verlangen gewichen, mehr Zeit mit ihr zu verbringen. Sie stellte Rylan bei jeder Gelegenheit auf die Probe, schlicht und einfach, weil sie sich über Rylans gequälten Gesichtsausdruck amüsierte – und ihn mochte.

Nadia schüttelte den Kopf und vertrieb ihre Träumereien. Seit ihrer Ankunft im Labor hatte sie einen halben Satz geschrieben und sonst nichts getan, außer an die Oberärztin zu denken, die sie noch vor ein paar Tagen nicht hatte ausstehen können.

Sie sah aus dem Fenster. Das Tageslicht war bereits verschwunden und alles, was sie sah, war ihr eigenes Spiegelbild. Sie sollte sich entweder an den Artikel machen oder nach Hause gehen, aber keine dieser beiden Optionen reizte sie.

Sie blickte sich in dem leeren Raum um. Warum bekam sie das Gespräch des Vormittags nicht aus dem Kopf? Rylan war so geduldig mit dem engstirnigen Patienten umgegangen und hatte sogar Nadias Wahl der Osteopathie verteidigt, eine Wahl, die sie selbst lieber verdrängte.

Nadia erinnerte sich daran, dass dies nicht bedeutete, dass die muntere, fröhliche Oberärztin sie wirklich verstand.

Wie auch immer, Rylans Persönlichkeit war unwichtig. Nadia suchte keine emotionale Beziehung. Ihr Herz hatte fälschlicherweise Interesse an ihrer Versuchsperson entwickelt. Es war wahrscheinlich eine Art physiologische Reaktion auf die Erkenntnis, dass ihre attraktive Vorgesetzte nicht nur eine Lesbe, sondern auch single war. Wenn sie keine Arbeitskolleginnen wären, wäre der Abend zweifellos anders ausgegangen.

Aber sie waren Kolleginnen. Nadia schlug mit den Händen flach auf den Tisch. Und jetzt geisterte Rylan ständig durch ihre Gedanken.

Nadia hatte vorgehabt, sich eine sexuelle Fantasie zu erfüllen. Vielleicht war Rylan doch die ideale Frau dafür? Vielleicht war ihre

Arbeitsbeziehung doch kein Hinderungsgrund? Sie könnte die Dinge sogar vereinfachen: Rylan würde nie mit einer Untergebenen ausgehen, aber vielleicht würde sie einer Nacht ohne weitere Verpflichtungen zustimmen, damit sie die aufgestaute Spannung abbauen und sich wieder auf die Arbeit konzentrieren konnten. Und genau so ein Arrangement hatte Nadia ihr im Chat angeboten.

Ja, Nadia sah die Vorteile eines solchen Treffens. Es würde die Faszination beseitigen, die sie für die Oberärztin entwickelt zu haben schien – neue Erfahrungen verloren den Glanz, wenn man sie erst einmal gemacht hatte. Das war logisch.

Dabei gab es nur ein Problem: Rylan würde nie mitspielen. Sie war die Oberärztin. Sie würde Abstand halten und das zu Recht.

Und das war gut so.

*Sie würde sowieso nie etwas mit dir anfangen*, sagte die kleine Stimme in Nadias Hinterkopf.

Was aber, wenn Nadia den ersten Schritt tat? Würde Rylan ihr folgen?

Nadia klappte ihren Laptop zu. Unentschlossenheit lag nicht in ihrer Natur. Sie war Nadia Keating. Sie wählte ihre Studiengänge. Sie leitete bahnbrechende Forschungsprojekte. Sie bekam Millionen Dollar an Fördergeldern zugesprochen, um ihre Vorhaben zu finanzieren. Sie würde nicht herumsitzen und warten, bis sie gefragt wurde.

Sie atmete tief durch und ging in Richtung Rylans Büro. *Das endet noch heute Abend.*

Ashley starrte auf den Fluch ihres Daseins – den Bereitschaftsplan der Fachärzte für den nächsten Monat. Der schwierigste Teil ihres Jobs bestand darin, ihn so zu erstellen, dass alle glücklich waren. Die meisten Fachärzte waren Diven und ihre Streitereien um Arbeitsschichten waren auslaugender als eine zwölfstündige Operation nach einem langen Tag in der Klinik.

Peter hielt sich nie wirklich an den Plan, sondern suchte sich die Tage aus, an denen es ihm passte, und Michael weigerte sich, außerhalb seiner zugeteilten Wochen kurzfristig auszuhelfen. Pari versuchte, einzuspringen und zu helfen, aber sie war Transplantationschirurgin und musste alles stehen und liegen lassen, wenn ein Organ verfügbar wurde. Folglich übernahm Ashley mehrere Schichten und machte so gut wie jedes

Wochenende zusätzliche Überstunden. Allein bei dem Gedanken daran schoss ihr Blutdruck in die Höhe und ihr Kopf dröhnte.

Sie sah auf die Uhr. Eigentlich hätte sie vor einer Stunde fertig sein sollen, aber Dinge, die gar nichts mit der Arbeit zu tun hatten, machten es ihr schwer, sich zu konzentrieren.

Ashley seufzte. Na gut, es waren nicht irgendwelche Dinge, die sie ablenkten. Es war Nadia. Einerseits konnte Ashley sich ein wenig entspannen, jetzt, da sie wusste, dass Nadia nicht mehr wütend auf sie war. Andererseits hatte die Sorge um Nadias Gefühle Ashleys Aufmerksamkeit noch mehr auf sie gelenkt. Und ihr gefiel, was sie sah.

Ashley schüttelte den Kopf. Solche Gedanken waren fehl am Platz. Als Oberärztin musste sie mit gutem Beispiel vorangehen. Wenn sie sich mit Untergebenen verbrüderte, würden die sie nur ausnutzen, und das wäre einfach falsch.

Aber was gab es da auszunutzen?

Die Assistenzärzte in der Chirurgie waren alle erwachsen. Sie waren hoch spezialisiert und wussten, was sie taten. Die erwarteten keine Vorzugsbehandlung, egal in welcher Situation.

Außerdem war Nadia keine typische Untergebene. Sie war klug, erfahren und unabhängig, sogar mehr als einige der Festangestellten, die schon länger dabei waren. Sie tat, was nötig war, ohne viele Anleitungen zu brauchen.

Wenn es gar nicht möglich war, eine Untergebene auszunutzen, warum sollte es dann eine schlechte Idee sein, Nadia abseits der Arbeit näher kennenzulernen?

»Wir sollten Sex haben.«

Ashley riss den Kopf herum und ihre Gedanken kamen abrupt zum Stillstand.

Nadia stand kerzengerade und mit verschränkten Armen vor ihr.

Ashley blinzelte. »Wie bitte?«

# Kapitel 5

## *Die Aortenkatastrophe*

Das Unaussprechliche hallte in Ashleys Kopf wider. Sie war so überwältigt, dass sie Nadia bitten musste, die Bemerkung zu wiederholen.

»Ich dachte, ich hätte mich klar genug ausgedrückt.« Nadia behielt ihre starre Haltung bei.

Bevor Ashley auch nur damit beginnen konnte, ihre Gedanken zu sammeln, klingelte ihr Telefon. Sie nahm das Gespräch an, dankbar für die Unterbrechung. »Rylan hier.«

»Hi, Ashley. Hier ist Mary.«

Ashley war sofort in voller Alarmbereitschaft. Die Oberschwester rief *nie* an, außer sie brauchte Ashley persönlich.

»Wir haben einen Patienten im OP-Saal mit akuter Typ-A-Aortendissektion. Laut Hayes gibt das eine Katastrophe, wenn wir nicht sofort operieren. Anästhesie und OP-Personal steht bereit, aber ich brauche eine Chirurgin.«

Ashley warf einen Blick zu Nadia, die sich vorgebeugt hatte und sie aufmerksam beobachtete.

»Ich habe heute keine Bereitschaft.« Ashley versuchte, sich auf Mary zu konzentrieren. »Peter ist dran. Er hat mit Pari das Wochenende getauscht, schon vergessen?«

»Peter beginnt gleich mit einem dringenden Bypass, der vorhin reingekommen ist. Der Patient ist noch nicht im OP, und auch wenn alles glattgeht, wird es mindestens fünf Stunden dauern, bis er wieder frei ist. Der andere hat keine fünf Stunden mehr.«

Ashley seufzte. Mary klang so entnervt, wie Ashley sich fühlte. »Wer hat die Diagnose gestellt?« Ashley sah hoffnungsvoll auf. Nein, Nadia hatte sich nicht bewegt. Sie zwang ihre Aufmerksamkeit wieder zum Anruf. »Warum ist der Patient schon im OP?«

»Pari hat ihn aufgenommen und wollte auch die OP übernehmen, aber dann ist in letzter Minute ein Spenderherz aus Portland für ihren

Intensivpatienten angekommen. Die Transplantation soll in zwei Stunden beginnen. Bevor du jetzt fragst, Michael ist schon dran und öffnet für sie, also kann er auch nicht einspringen.«

Ashley schürzte die Lippen. »Okay, sag der Anästhesie, dass sie ihn noch nicht sedieren sollen. Ich will mir zuerst seine Werte ansehen. Ich bin in fünf Minuten da«, antwortete Ashley ruhig. Wenigstens konnte sie das unangenehme Gespräch mit Nadia vermeiden.

»Was ist los?«, fragte Nadia, sobald Ashley aufgelegt hatte.

»Akute Typ-A-Dissektion. Hayes hat die OP eingeleitet. Peter legt einen Bypass, Pari bekommt gleich ein Herz für ihren Intensivpatienten und Michael bereitet ihn schon einmal für sie vor.« Ashley brachte Nadia auf den neuesten Stand, ohne Blickkontakt aufzunehmen. Sie brauchte Zeit, ihre Gefühle gegenüber Nadias Vorschlag – nun ja, eher dem Befehl – zu ordnen, bevor sie darauf antworten konnte. Es war so … direkt. Über eine bevorstehende Operation zu reden, war sicherer. Nun ja, die OP war nicht sicher, aber es war sicherer, ihr Gespräch auf Arbeitsthemen zu beschränken.

»Der Patient in Bett elf bekommt ein Herz?«

Die Frage riss Ashley aus ihren umherschweifenden Gedanken. Sie nickte.

»Gut für ihn. Ich glaube, er hat nicht mehr viel Zeit.« Nadia hielt kurze inne und schluckte erkennbar. »Brauchen Sie bei der OP Unterstützung?«

Die Spannung zerrte an Nadias Nerven und sie kämpfte gegen den Impuls an, wegzurennen. Tatsache war, dass alle verfügbaren Chirurgen im Einsatz waren und die anderen drei Assistenzärzte die Chirurgen dabei unterstützten. Daher war Nadia die Einzige, die einspringen konnte, obwohl sie keine Bereitschaft hatte.

Sie war nicht sicher, was sie davon halten sollte, Rylan zu assistieren. Einerseits hatte sie noch nie gerne mit der Oberärztin gearbeitet, aber andererseits konnte das eine Gelegenheit sein, Rylan zu beweisen, dass sie als Team funktionieren konnten. Dass sie ihr Berufs- und Privatleben getrennt halten konnten.

»Wie alt ist der Patient?«, fragte Nadia, bevor Rylan auch nur geantwortet hatte.

Eine Aortendissektion war ernst und lebensbedrohlich. Es handelte sich um einen Riss innerhalb der Schichten der Hauptschlagader, die vom

Herzen wegführte. Wenn die geschwächte Stelle nachgab und riss, würde der Patient innerhalb von Sekunden verbluten. Rylan wollte alles dafür tun, um die Überlebenschance des Patienten zu verbessern. Aber das ging nur, wenn sie Nadia als Assistentin akzeptierte.

»Ähm …« Rylan rief die Krankenakte auf ihrem Computer auf. »Zweiundvierzig, Kettenraucher, aber keine Kollagenosen oder andere Begleitkrankheiten.«

Sie konnte Nadia wieder in die Augen sehen. Der Themenwechsel schien ihr Unbehagen vertrieben zu haben.

»Hm, er ist jung. Kein Marfan?«, fragte Nadia.

»Keine Linsenluxation, keine Fälle in der Familie.« Rylan sah mit angespannter Miene zu ihr auf. »Also nein, kein Marfan.«

Rylans Gereiztheit entging Nadia nicht. Na gut, sie hatte gesagt, dass es keine Kollagenosen gab, was bedeutete, dass der Patient keine Bindegewebserkrankungen hatte. Das Marfan-Syndrom war eine Bindegewebserkrankung. Die Frage, ob er Marfan hatte, passte eher zu einer Praktikantin statt zu einer fertigen Ärztin.

Aber wenn sie Rylans Gefühle verletzt hatte, war das Rylans Problem. Nadia hatte auf die harte Tour gelernt, dass die Annahme, andere Leute würden ihre Arbeit ordentlich machen, sich oft genug als Fehler herausgestellt hatte. Egal ob Untergebene oder Vorgesetzte, sie überprüfte alles doppelt und dreifach.

»Du musst nicht einspringen«, sagte Rylan höflich, aber angespannt. Sie hatte die CT-Bilder durchgescrollt und sah jetzt zu Nadia auf. »Es ist dein freier Abend. Ich kann jemanden von der Allgemeinchirurgie bitten, mir zu assistieren.«

Also wollte Rylan doch nicht unbedingt, dass Nadia aushalf. *Hm.* Nadia richtete sich auf und verbiss sich, *Wie Sie wollen* zu sagen und zu gehen. Trotz ihres verletzten Egos war sie entschlossen, Rylan zu beweisen, dass sie eine Teamspielerin sein konnte.

»Nun, zufällig sind meine Pläne für den Abend gerade ins Wasser gefallen.« Nadia sah Rylan vielsagend an. »Außerdem brauchen Sie eine kompetente Assistenzchirurgin, um dem Patienten die beste Überlebenschance zu sichern.«

Rylan verdrehte die Augen und Nadia musste sich beherrschen, um nicht zu grinsen. Sie hatte bescheiden sein wollen und deshalb nur gesagt, der Patient bräuchte eine kompetente *Assistenzchirurgin* und nicht mindestens eine kompetente *Chirurgin*. Rylans Reaktion nach zu schließen waren ihre Bemühungen um Bescheidenheit offenbar vergeblich gewesen.

Bevor Rylan antworten konnte, klingelte Nadias Handy.

Sie zog es aus der Tasche und sah Rylan an. »Das wird wahrscheinlich Mary sein, die wissen will, ob ich Ihnen assistieren kann. Was soll ich ihr sagen?« Sie hielt den Blick fest auf Rylan gerichtet, das klingelnde Telefon in der Hand.

Sie musste nicht wirklich um Erlaubnis fragen. Nadia war hier, um Erfahrungen bei den unterschiedlichsten Operationen zu sammeln. Ob Rylan sie im OP dabeihaben wollte oder nicht, spielte keine Rolle.

Schließlich sagte Rylan: »Ja. Sag ihr, dass du dabei bist. Und danke.« Sie lächelte steif.

»Nichts zu danken.« Nadia nahm das Gespräch an. »Hier Keating … Ja, okay. Ich bin sofort da.«

»Hey, hör mal …«, sagte Rylan, nachdem Nadia geendet hatte. »Was du vorhin gesagt hast, über –«

»Dr. Rylan, da liegt jetzt ein Menschenleben in Ihrer Hand«, unterbrach Nadia sie. Sie war fest entschlossen, zu beweisen, dass sie in der Lage war, mit anderen zusammenzuarbeiten. Jetzt war nicht der richtige Zeitpunkt, um ihr anfängliches Gespräch wieder aufzunehmen. Abgesehen davon war Nadia in diesem Moment auch gar nicht bereit dafür, zu hören, wie Rylan diesen Satz beenden würde. Sie wollte sich jetzt lieber auf die OP konzentrieren. »Wir sollten jetzt an nichts anderes denken als an den Patienten. Wir reden später weiter. Gehen wir.« Ungeduldig wartete sie darauf, dass Rylan aufstand.

Rylan räusperte sich, rührte jedoch keinen Finger.

Nadia kämpfte gegen den Drang an, sie anzufauchen, und fragte: »Was ist?«

»Ich kann doch nicht in hochhackigen Stiefeln am OP-Tisch stehen.«

Natürlich nicht. Was für eine absurde Vorstellung. Und Rylans sexy schwarzen Rock würde das OP-Pflegepersonal bestimmt auch nicht gern sehen.

*Oh.* Nadia bekam einen roten Kopf, als sie begriff, dass Rylan lediglich darauf wartete, dass sie ging, damit sie sich umziehen konnte. »Ich gehe schon mal in den OP, um alles vorzubereiten. Beeilen Sie sich.«

Sie ging schnell aus dem Raum und hoffte, mit dem strengen Tadel überspielt zu haben, dass sie nur zu gern gesehen hätte, was Rylan wohl unter ihrem eleganten Outfit trug.

Als Ashley den Operationssaal betrat, lag der Patient bereits auf dem OP-Tisch. Der Anästhesist und sein Assistent standen bereit für die Narkose. Die beiden OP-Pfleger Jose und Melissa, der Kardiologe Charlie, und Jack, der Medizinstudent, warteten ebenfalls schon. Nadia trug eine OP-Haube über ihren glänzenden schwarzen Haaren und überprüfte etwas auf dem Computer in der Ecke.

Ashley starrte sie an und dachte daran, was sie vorhin gesagt hatte. Nadia hatte bekommen, was sie wollte – sie würden den Abend miteinander verbringen. Natürlich hatte sie es nicht so gemeint, aber die Ironie entging Ashley trotzdem nicht.

Nadia hob den Kopf und sah sie an.

Ashley wendete ihren Blick ab und war dankbar, dass der Mundschutz ihre Wangen bedeckte. Jetzt war nicht der richtige Moment, um ihre widersprüchlichen Emotionen zu analysieren. Nadia hatte nur angeboten, zu helfen, weil gute Assistentinnen das nun mal taten. Je mehr Operationen sie mitmachten, desto bessere Chirurgen würden sie eines Tages werden. Die Tatsache, dass Nadia davor nie angeboten hatte, mit Ashley zu arbeiten, hatte nichts zu bedeuten.

Ashley ging zu dem Patienten. »Hallo, Mr. Freidhof. Ich bin Dr. Rylan. Ich werde Sie heute operieren. Ich nehme an, meine Kollegin Dr. Singh hat Ihnen schon erklärt, was wir gleich machen werden?«

»Ich will nicht sterben.« Die Worte des Patienten kamen etwas undeutlich heraus, weil er schon ein präoperatives Beruhigungsmittel bekommen hatte, aber die Bitte war deutlich. Die Angst stand deutlich sichtbar in seinen halb geschlossenen Augen geschrieben.

»Ich werde mich gut um Sie kümmern, Mr. Freidhof. Ich gebe mein Bestes, um Sie da durchzubringen.« Ashley berührte seine Hand. »Wir sprechen wieder, wenn alles vorbei ist.«

Sie sah auf und nickte dem Team zu, die Narkose einzuleiten.

Ashley hielt die Hand des Patienten, während er allmählich das Bewusstsein verlor, ohne den Blick von seinem Gesicht abzuwenden. Sie spürte, wie sich der vertraute emotionale Druck auf ihre Schultern legte, aber sie blieb neben ihm stehen. Das Leben dieses Mannes lag in ihren Händen. Jede Entscheidung, die sie während der Operation traf, hatte direkte Auswirkungen auf ihn und seine Zukunft.

»Nadeschda«, sagte Ashley, sobald der Patient sediert war, »würdest du bitte die rechte Axillararterie für die Herz-Lungen-Maschine vorbereiten, während ich mit der Sternotomie beginne?« Sie behielt einen geschäftsmäßigen Tonfall bei. Egal, wie ihre private Beziehung aussah, im OP gab es klare Grenzen. Ashleys Puls raste, aber sie war entschlossen, Nadia so zu behandeln wie jede andere Chirurgin in Ausbildung.

»Natürlich, Dr. Rylan.«

Ohne ein weiteres Wort machten sie sich an die Arbeit.

Es war diese Routine, die Ashley alle Zweifel nahm, die sie zuvor vielleicht gehabt haben mochte, und alle Gedanken beseitigte, die nicht in den Operationssaal gehörten. Obwohl ihr Nadias Gegenwart nur allzu bewusst war, beruhigte sich ihr Herzschlag und sie konzentrierte sich. Heute Abend ging es nur um Aaron Freidhof.

*Alles andere wird warten müssen.*

Während sie mit den Fingern die Einschnittstelle im weichen Gewebe unter dem rechten Schlüsselbein des Patienten betastete, betrachtete Nadia das OP-Team. Rylan stand in Kittel und Handschuhen, eine Stirnlampe und eine Lupenbrille auf dem Kopf, links neben dem Patienten. Nadia stand ihr ähnlich ausgestattet gegenüber auf der anderen Seite des OP-Tischs. Neben ihr befand sich Jack, der Medizinstudent im dritten Jahr, daneben Jose, der Pfleger. Der Anästhesiologe und sein Assistent arbeiteten hinter dem sterilen Vorhang am Kopf des Patienten, und Charlie, der Kardiologe, bereitete hinter ihr die Bypass-Maschine vor. Melissa, die zweite OP-Schwester, saß am Computer und aktualisierte die Patientendaten.

Nadia war dankbar, dass sie selbst nicht so weit weg vom Operationstisch war. Sie würde sich später eigene Fallnotizen machen müssen, aber vorerst war sie ein aktiver Teil der OP. Ein vertrauter Adrenalinschub erfasste ihren Körper.

»Warum nutzen wir bei akuter Typ-A-Dissektion vorzugsweise die Achselarterie, Nadeschda?«, fragte Rylan, während sie mit dem Skalpell geschickt in der Mitte die Brust des Patienten hinabfuhr und diese so öffnete.

Nadia starrte finster vor sich hin. Das warme Gefühl von eben verwandelte sich in Eis. Es war zwar durchaus üblich, während einer OP das medizinische Wissen von Auszubildenden zu testen, aber sie war nicht gerade begeistert davon, dass sie als Testobjekt für den Studenten herhalten sollte. Jedenfalls hoffte sie, dass Rylan nur aus diesem Grund eine so einfache Frage gestellt hatte.

Und seit wann hielt sie irgendetwas, was Rylan tat, für *geschickt*?

»Das ist eine sichere Methode, um einen anterograden Blutfluss während der Perfusion und Kühlung zu gewährleisten«, sagte Nadia selbstsicher. Eine weniger gute Assistenzärztin hätte es sicherlich dabei belassen, aber sie sprach weiter und zitierte aus reiner Angeberei sogar aus *Sabiston and Spencer's Surgery of the Chest*.

»Sehr gut.« Rylan sah zu Nadia auf und Fältchen zeigten sich in ihren Augenwinkeln, als sie unter der Maske lächelte.

Nadia kämpfte entschlossen gegen die Freude an, die dieses verdammte Lächeln in ihr auslöste. Stattdessen konzentrierte sie sich auf Jacks ziemlich übereifrige Absaugtechnik mit dem Yankauer Katheter.

»Stopp.« Sie nahm ihm den Yankauer ab, entfernte das Blut aus ihrem Sichtfeld und brachte ihn wieder in Position am Rande des Schnitts.

»Nadeschda ...«, Rylans Warnung war kaum lauter als ein Flüstern.

Nadia biss die Zähne zusammen und rief sich in Erinnerung, dass sie heute Abend nett sein wollte. Sie atmete tief durch. »Halt einfach das Operationsfeld sauber. Saug nur ab, wenn du sehen kannst, was ich schneide. Jetzt gerade bist du meinem Bovie im Weg.«

Der freundliche Ton klang nach Rylan, kam aber von Nadia, die Jack erklärte, was er tun sollte. *Wunderbar*. Jetzt verwandelte Rylan sie auch noch zu einer Menschenfreundin.

Einen Moment hing sie ihren Gedanken nach, doch dann verdeckte Jack wieder ihr Sichtfeld.

»So?«, fragte er eifrig.

Nadia sah zu Rylan und signalisierte ihr stumm ihr Missfallen. Warum assistierte der Student ausgerechnet ihr, anstatt bei der medianen Sternotomie zu helfen? Sie beobachtete den eingespielten Rhythmus zwischen Rylan und Jose: Während die Chirurgin schnitt, hielt Jose den Katheter bereit, um das angesammelte Blut zu entfernen. Sobald etwas austrat, säuberte er die Stelle schnell, damit Rylan sehen konnte, was sie kauterisieren musste.

Nadia nahm Jack den Yankauer wieder aus der Hand, um selbst ihr Arbeitsfeld zu säubern. »Sieh dir an, wie Jose es macht.«

Jack ließ die Schultern sinken und Nadia zog eine finstere Miene. Der OP-Saal war nicht der richtige Ort für Selbstmitleid.

»Danke, Dr. Keating. So ein großes Lob aus Ihrem Mund hätte ich nicht erwartet. Sie haben mir den Tag versüßt«, scherzte Jose.

Alle im Raum kicherten, auch Rylan. Nadias Miene verdüsterte sich noch mehr.

Rylan konzentrierte sich wieder auf den Patienten. »Brustsäge.«

Nadia nahm Jack den Katheter wieder ab und hielt ihn an den oberen Rand von Rylans Einschnitt, um das frische Blut abzusaugen. Dann bat sie Jose um das Dacron, während sie Rylan dabei half, die Sternumblutungen zu stoppen. Sobald sie das Material in der Hand hatte, konzentrierte sie sich wieder auf ihren eigenen kleinen Einschnitt unter dem Schlüsselbein.

Unsicher, ob er Rylan oder Nadia assistieren sollte, hielt Jack den Katheter immer mal wieder an den einen Schnitt, dann an den anderen.

»Achte darauf, dass du das Transplantat mit dem richtigen Lumen vernähst, Nadeschda«, wies Rylan sie an, während sie sich weiterhin auf die Öffnung des Brustkorbs konzentrierte. »Jose, gib Jack bitte eine DeBakey.« Dann sagte sie zu Jack: »Nimm die Pinzette und zieh das Perikard mir gegenüber zurück, damit wir das Herz und die Aorta freilegen können.«

Jack ließ den Yankauer in die sterile Tasche vor sich fallen und nahm die Pinzette, die Jose ihm reichte.

»Nein, leg den Katheter nicht weg«, sagte Rylan leise. »Behalt ihn in der linken Hand und die DeBakey in der rechten.«

Nadia verdrehte genervt die Augen. Rylans Geduld mit Jack machte sie wahnsinnig, ebenso wie ihre unnötigen Anweisungen für Nadia. »In diesem Bereich gibt es nur ein Lumen, Dr. Rylan«, sagte sie mit zusammengebissenen Zähnen.

Wenn Rylan sich die Mühe gemacht hätte, mehr Zeit mit ihr im OP-Saal zu verbringen, hätte sie gewusst, dass Nadia als Assistentin dasselbe leistete wie eine zusätzliche ausgebildete Chirurgin im Raum. Rylan sollte sich die grundlegenden Anweisungen für den Medizinstudenten aufheben.

Nicht, dass Rylan sich je bemüht hatte, irgendjemandem von ihnen beizubringen, wie man richtig assistiert. Nadia riss entsetzt die Augen auf, als sie sah, wie Jack die Pinzette hielt. Offenbar war es Rylan wichtiger, von allen gemocht zu werden.

»Nimm die DeBakey zwischen Daumen und Zeigefinger, sodass die Schenkel auf Höhe deiner Metacarpophalangealgelenke liegen«, befahl Nadia Jack. Sie musste an sich halten, um nicht hinzuzufügen, dass er besser nicht im OP sein sollte, wenn er nicht einmal die wichtigsten Instrumentengriffe beherrschte.

Jack starrte die Pinzette verständnislos an.

*Dummer Junge*. Dort würde er die Antwort auch nicht finden.

»Halt sie wie einen Stift. So.« Jose nahm eine andere Pinzette und zeigte ihm den richtigen Griff.

Nadia beendete ihre Arbeit und half Ashley dabei, den Kreislauf zu stabilisieren.

Ashley lächelte unter der Maske. Vielleicht war es vorhin falsch von ihr gewesen, bei Nadias Hilfsangebot zu zögern. Sie war die Professionalität selbst, konzentrierte sich auf ihre Aufgabe und hielt die Gespräche auf ein Minimum beschränkt. Dadurch konnte Ashley sich ebenfalls bestens auf ihre Arbeit konzentrieren.

Sie tauschten die Plätze. Ashley trat nach rechts, wo normalerweise die leitende Chirurgin stand. Jack folgte Nadia auf die linke Seite.

Die Operation verlief reibungslos. Nadia sah voraus, was Ashley brauchte, und sorgte fachgerecht für die notwendige Retraktion und das Absaugen. Ein Mentor hatte Ashley einmal gesagt, dass gute Assistenzfähigkeiten der erste Schritt auf dem Weg zu einer großen chirurgischen Karriere waren. Wer die Handlungen der Chirurgen voraussehen konnte, konnte sie auch selbst durchführen. Wenn das stimmte, würde Nadia eines Tages eine brillante Chirurgin sein.

Jemand betrat den OP-Saal. Aus dem Augenwinkel sah Ashley, wie der Neuankömmling zum Kopfende des Tisches ging und über den Vorhang schaute.

»Stellt euch vor, wie entzückt ich war, als ich herausgefunden habe, dass heute noch jemand außer mir nicht zum Schlafen kommt.« Die honigsüße Stimme mit dem leichten indischen Akzent verriet, wer gerade hereingekommen war.

»Was ist mit deiner Transplantation passiert, Pari?«, fragte Ashley, während sie weiterhin an der Aorta arbeitete.

Nadia hob den Kopf.

»Augen hierher, Nadeschda. Ich brauche deine Hilfe.«

»Das Herz war beschissen. Ich konnte es nicht nehmen.« Paris Stimme verriet ihre Enttäuschung. »Das ist auch der Grund, warum ich hier bin. Ich muss mit Keating sprechen.«

»Was gibt es, Dr. Singh?«, fragte Nadia, diesmal ohne aufzusehen.

Pari sah über das sterile Tuch. »Mein Intensivpatient ist auf maximale Lebenserhaltung angewiesen und steht kurz vor einem Multiorganversagen.« Ihre Stimme klang brüchig. »Können wir ihn in deine Ex-vivo-Studie aufnehmen? Vielleicht finden wir ja schnell ein passendes Herz für ihn.«

Nadia fuhr damit fort, die Bypass-Anschlüsse auf Lecks zu untersuchen, obwohl Ashley wusste, dass es keine gab. Nach dem, was sie gehört hatte, war der Patient einfach zu krank, und Pari hoffte auf ein Wunder-Transplantat. Ashley packte ihre DeBakey-Pinzette fester. Es gab nichts, das sie tun konnte, um den Ausgang zu verhindern. So, wie es aussah, würde dieser Mann sterben. Bald.

Ashley warf einen schnellen Blick zu Nadia. Warum schwieg sie immer noch? Ashley wusste, dass Nadia Pari sehr schätzte. Und warum auch nicht? Pari war eine bemerkenswerte Ärztin und eine außergewöhnliche Transplantationschirurgin. Auch Ashley hatte viel von ihr gelernt.

Warum krampfte sich ihr also der Magen zusammen, als sie daran dachte, dass Nadia mehr Respekt vor Pari als Chirurgin hatte als vor ihr?

»Der Patient erfüllt die Screening-Kriterien nicht«, sagte Nadia schließlich nüchtern. »Es ist seine zweite Transplantation und wir nehmen keine Wiederholungen. Die Überlebenschance ist zu gering und der Vergleich mit erstmaligen Transplantationen würde zu einem negativen Bias führen.« Ihre Worte kamen roboterhaft, völlig emotionslos. Sie hob den Kopf. »Es tut mir leid, Dr. Singh. Es geht nicht.«

»Kannst du nicht eine Ausnahme aus humanitären Gründen machen?«, fragte Pari leise.

»Er ist nicht geeignet«, antwortete Nadia immer noch ganz nüchtern.

Ashley runzelte die Stirn. War Nadia wirklich so kaltherzig?

»Aber für den Fall, dass ich mich irre, reiche ich gleich morgen früh eine offizielle Anfrage ein. Die Chancen, dass er angenommen wird, sind jedoch gering.«

*Na, sieh mal einer an.* Ashley lächelte. *Sie ist doch ein Mensch.*

Andererseits hatte Nadia ja auch eine Schwäche für Pari. Ashley bezweifelte, dass sie zugestimmt hätte, wenn irgendjemand anders darum gebeten hätte, zum Beispiel Ashley selbst. Vor allem sie. Das wusste sie, aber bisher war es ihr nie so wichtig erschienen. Sie zwang ihre Konzentration zurück auf die Operation.

»Ausgezeichnet«, sagte Pari erleichtert. »Es ist jetzt drei Uhr früh. Treffen wir uns um sieben, um seine Daten durchzugehen, ja? Das Frühstück geht auf mich.«

Ashley richtete sich auf. Ihr Patient hing an der Herz-Lungen-Maschine. Sie hatten die Aorta in Rekordzeit frei präpariert und das Team wartete darauf, dass der Blutkreislauf heruntergekühlt wurde. Ashley erlaubte sich einen Blick auf Pari, die immer noch auf der nicht sterilen Seite des Vorhangs stand.

Pari tippte auf ihr Handy ein, sah dann hoch und erwiderte Ashleys Blick. Wärme lag in den dunklen Augen. Als sie daran dachte, wie sehr Nadia Pari gerade aufgemuntert hatte, wollte Ashley am liebsten dankbar Nadias Hand drücken, die nur wenige Zentimeter neben ihr auf dem Körper des Patienten ruhte. Aber sie widerstand dem Drang.

Pari schnaubte und unterbrach damit Ashleys Gedanken. »Li hat gar nicht verstanden, warum das Spenderherz so schlecht ausgesehen hat. Die Echobilder haben wohl wunderbare Funktionen versprochen.« Sie lachte humorlos. »Ich habe ihm gesagt, es wäre wie Dating: Jeder kann ein gutes Foto machen, aber das bedeutet nicht, dass die Person auch wirklich gut aussieht.«

Ashley erinnerte sich an ihr bizarres Onlinegespräch auf der Dating-Plattform und warf einen Blick zu Nadia, die schnell wegsah.

»Bereit zum Abklemmen?«, fragte Nadia den Kardiologen. Sie war wieder ganz geschäftsmäßig.

»Geben Sie mir noch zwei Minuten. Wir sind bei 34 Grad Celsius«, antwortete Charlie, ohne von seinen Notizen aufzusehen. Er war völlig unbeeindruckt von Nadias Ungeduld.

»Jose, lass mich noch mal die Aortaklemme sehen«, sagte Nadia.

Ashley unterdrückte ein Lachen. Sie hatte sich bereits vergewissert, dass die Klemme die perfekte Größe und Form für ihren Fall hatte. Nadia versuchte ganz offensichtlich, sich zu beschäftigen.

»Apropos Dating«, fuhr Pari fort, »wie ist dein Date letzte Woche gelaufen?«

Nadia erstarrte mit der Klemme in der Hand.

Ashley verging das Lachen. Pari hatte ein Händchen dafür, den unpassendsten Moment für ein Frauengespräch zu wählen. Wahrscheinlich hätte sie diese Frage nie in Nadias Gegenwart gestellt, wenn sie gewusst hätte, wer Ashleys Date gewesen war. Oder vielleicht doch? Paris soziale Verhaltensweisen vorauszusagen, war wie eine Münze zu werfen. Man konnte nie wissen, ob Kopf oder Zahl dabei herauskommt.

»Dr. Singh, es liegt gerade ein Menschenleben in meiner Hand.« Ashley war so durcheinander, dass sie genau mit den Worten herausplatzte, die Nadia zuvor gewählt hatte. Sie nahm Nadia die Klemme ab. Vielleicht war es keine so schlechte Idee, noch einmal zu prüfen, dass es auch *wirklich* das richtige Instrument war.

Das kaum hörbare Aufatmen von Nadia ließ Ashley trotz ihrer zappeligen Hände lächeln.

Pari sah genau hin, was sie da Wichtiges taten. Sie schnaubte. »Du hast ja einen ganz schönen Hang zur Dramatik. Heißt das, dein Date war ein Reinfall?«

»Nein, das heißt es nicht«, murmelte Ashley. Sie spürte, wie ihr die Hitze in die Wangen stieg.

»Dann ist es gut gelaufen?«, drängte Pari ahnungslos weiter.

Im OP war es bis auf das regelmäßige Piepen der Geräte, die die Vitalfunktionen überwachten, still. Alle wollten die Antwort hören, sogar Nadia. Ashley stellte sich ihr spöttisches Lächeln hinter der Maske vor.

»Pari, ich bin beschäftigt.« Sie deutete mit der freien Hand zum Patienten. »Hast du nicht einen Mann, der zu Hause auf dich wartet?«

»Der schläft tief und fest. Ihm ist egal, wo ich bin, bis wieder Zeit fürs Abendessen ist.« Paris Mann kochte und kümmerte sich die meiste Zeit um die Kinder. Seine Frau um das absolute Minimum zu bitten – zum Abendessen da zu sein –, war nicht so unerhört, wie Pari es klingen ließ. »Ich gehe und mache ein Nickerchen in deinem Büro. Dein Sofa ist viel gemütlicher als meins. Du kannst mir ja von deinem Date erzählen, wenn du hier fertig bist.«

»Sie können jetzt abklemmen«, sagte Charlie, während Pari hinter dem Vorhang verschwand.

Ashley verdrehte die Augen. Warum hatte er das nicht dreißig Sekunden früher gesagt? Sie packte die Klemme, die sie noch in der Hand hielt. »Ich werde überhaupt nichts erzählen«, murmelte sie laut genug, dass Nadia es hörte.

In Gedanken ging Nadia die weiteren Schritte der Operation durch. Es war leichter, sich auf das zu konzentrieren, was vor ihr lag, anstatt zu bereuen, wie sie auf Singhs Frage reagiert hatte. Sie hatte die Verzweiflung in der Stimme ihrer Mentorin gehört, als sie um Hilfe für den Patienten gebeten hatte. Aber die Wissenschaft scherte sich nicht um Emotionen. Sie wünschte, Singh würde das verstehen.

»Nadeschda, kannst du erklären, mit welcher Technik wir diese Anastomose nähen?«

Nadia knirschte mit den Zähnen. Wer auch immer behauptet hatte, dass es keine dummen Fragen gab, war ein Idiot. Nadia dachte an den Tag zurück, als sie den Grundschulkindern einfache Fragen gestellt und sie ermutigt hatte, obwohl sie falsch geantwortet hatten. Aber das war etwas anderes gewesen. Es gab keine Entschuldigung dafür, dass Rylan sie wie ein Kind behandelte. Das war beleidigend. Nadia musste nicht beweisen, dass sie in den OP gehörte. Ein wenig hatte sie sogar den Verdacht, dass Rylan ihr die Fragen nur stellte, weil sie nicht wusste, was sie als Nächstes tun sollte, und nicht um Jack etwas beizubringen oder Nadias Wissen zu prüfen.

»Das ist der sogenannte Griepp-Trick.« Nadia vermied jeglichen Ärger in ihrem Tonfall, während sie zu Jack gewandt sprach. »Siehst du, wie wir das abgeschrägte Ende des Transplantats drehen, damit es gegenüber der größeren Kurve des Bogens liegt? Gleich hier, neben der …?« Sie deutete auf ein Blutgefäß und sah abwartend zu Jack, damit er es identifizierte.

Bei Jacks leerem Blick verzog Nadia missbilligend das Gesicht. Wahrscheinlich hatte er nicht einmal eine Ahnung, ob sie gerade am Gehirn oder am Herzen des Patienten operierten. Er war seit über einer Woche bei ihnen und es schien so, als hätte er nichts gelernt. Sein mangelndes Wissen warf ein schlechtes Licht auf Rylan, seine Lehrerin.

Nadia schluckte die harten Worte herunter, die ihr auf der Zunge lagen, und wartete darauf, dass Jack etwas sagte.

»Neben dem Truncus brachiocephalicus.« Rylan eilte ihm zur Hilfe.

Nadia presste die Lippen aufeinander. Der Grund, warum Jack nie etwas lernte, lag darin, dass Rylan ihm immer wieder einen Bärendienst erwies, so wie in der Fabel vom Bären, der seinem Herrn und Meister dabei half, eine Fliege von dessen Gesicht zu verscheuchen, indem er einen Stein auf ihn warf und ihn dabei tötete.

Nach einem tiefen Atemzug setzte sie ihre Erklärungen fort. »Danach sitzt das Transplantat fest in der natürlichen Krümmung des Bogens und verhindert, dass die Innenseite zu lang gerät. Was meinst du, würde passieren, wenn das Transplantat zu lang ist, *Jack*?«

»Äh ... es würde ... ähm ...«, stammelte Jack und sein Blick huschte ziellos durch den Raum.

»Wenn es zu lang ist, würde es knicken und den Blutfluss behindern«, antwortete Rylan fröhlich.

Mit einem schlecht unterdrückten Seufzer zog Nadia sanft an den zwei Nahträndern, um die Aorta und das Transplantat zusammenzubringen. Jack würde heute wieder nichts lernen.

»Was kommt als Nächstes, Nadeschda?«

*Ist das eine Prüfungsfrage oder hat sie wirklich keine Ahnung, was sie als Nächstes tun soll?* »Das Transplantat wird geklammert«, sagte Nadia und reichte Rylan die Klemme.

»Und jetzt?«, fragte Rylan.

*Erwartet sie, dass ich ihr den gesamten Ablauf aufsage?*

Nadia schob ihren Ärger beiseite und nannte die restlichen Schritte. Letzte Woche in der Bar mochte Rylans flüchtiges Aufblitzen von Autorität sexy gewesen sein, jetzt ging es ihr auf die Nerven.

Vielleicht stellte Rylan sie auf die Probe und versuchte, ihr zu vermitteln, dass es ein Fehler wäre, Sex mit ihr zu haben. Bei dem Gedanken packte Nadia ihre Instrumente fester.

»Der Anulus aortae ist deutlich dilatiert«, sagte Rylan, nachdem sie die Pathologie überprüft hatte. »Wir setzen ein Klappentransplantat ein.« Sie bat Melissa um zusätzliches Material.

*Wirklich?* Nadia runzelte die Stirn. Das konnte sie nicht zulassen. Sie hatte Rylan beweisen wollen, dass sie zusammenarbeiten konnten, aber nicht auf Kosten der Lebensqualität des Patienten. »Dr. Rylan, wir sollten die Aortenwurzel ersetzen und die Klappe schonen. Die David-Operation wäre die bessere Lösung.« Nadia brachte ihren Einwand respektvoll, aber bestimmt vor.

»Jack, was Nadia vorschlägt, ist eine technisch anspruchsvolle Prozedur, die mehr Zeit an der Maschine erfordert und die postoperativen

Risiken für den Patienten erhöht«, antwortete Rylan ebenso höflich, aber bestimmt.

Rylan musste doch wissen, dass die David-Methode die bessere Option war – außer sie war zu anspruchsvoll *für sie.*

»Eine künstliche Klappe erfordert lebenslange gerinnungshemmende Medikamente und *das* erhöht die Risiken für den Patienten, *Jack.* Seine Lebensqualität wird beeinträchtigt sein.« Nadia starrte Rylan an. »Bitte überdenken Sie das noch einmal, Dr. Rylan.«

Niemand im Raum machte einen Mucks. Es war unerhört, dass eine Ärztin in Ausbildung mitten in der Operation mit einer Fachärztin diskutierte. Nadias Herz hämmerte, als sie die Bedeutung dessen erkannte, was sie da gerade tat. Aber die Bedürfnisse des Patienten waren ihr wichtiger, als den Regeln zu folgen.

»Jack, Nadeschdas Vorschlag führt in fünfzehn Prozent zu aortischer Regurgitation und könnte ein Herzversagen zur Folge haben.« Rylan starrte zurück, während Jack still seine Hände betrachtete. »Ein Herzversagen würde die Lebensqualität des Patienten ebenfalls beeinträchtigen. Würdest du dem nicht zustimmen, *Jack*?«

»Ich … ich denke schon«, stotterte Jack leise.

»Das. Herz. Wird. Es. Schaffen.« Nadia funkelte Rylan an.

»Nein, wird es nicht«, sagte Rylan mit absoluter Autorität.

Nadia hielt Rylans Blicken stand, obwohl ihr eiskalte Schauder über den Rücken liefen. Sie war sicher, dass ihre Vorgehensweise die bessere für den Patienten war. Die Wut brannte in ihr wie Feuer und sie nahm die Schultern zurück. »Eine leichte Regurgitation würde er gut verkraften. Und ich kann Ihnen versichern, dass es keine geben wird – wenn ich ihn operiere.«

Das Team schnappte synchron nach Luft. Die Anästhesisten schauten über den Vorhang und Melissa erstarrte in ihren Bewegungen.

»Nadeschda, du kannst mir entweder bei *meiner* Operation assistieren oder meinen OP verlassen.« Rylan sprach leise, aber in jedem ihrer Wort lag absolute Endgültigkeit.

Und damit hatte Nadia den Kampf verloren. Rylan hatte deutlich gemacht, dass sie es sich nicht anders überlegen würde. Nadia bebte vor kaum unterdrückter Wut. Sie legte ihre Instrumente in die sterile Tasche vor sich, trat vom Tisch zurück und riss sich den blutigen OP-

Kittel herunter. »Viel Glück bei der Operation, Frau Doktor. Ich hoffe zum Wohle des Patienten, dass Ihr Ego ihn nicht das Leben kostet.«

Sie drehte sich um und ging in Richtung Ausgang.

Das Letzte, was sie hörte, war, wie Rylan Jack bat, die OP-Lampe zurechtzurücken, damit sie besser sehen konnte.

»So?«, fragte Jack.

Und alle im Raum riefen: »Nichts anfassen!«

Nadia sah über die Schulter zurück zu Jacks blutigem Handabdruck auf dem nicht sterilen Teil der Lampe. Ergeben hielt er die Hände in die Luft.

Sie schnaubte genervt. *Was für ein beschissener Zirkus.*

# Kapitel 6

## *Chirurgie ist kompliziert, Dates sind einfach*

Nadia stand im Gang vor dem OP-Saal und konzentrierte sich auf ihre Atmung. In ihrem Kopf hämmerte es vor Zorn und Erschöpfung und ihre nächste Schicht begann in weniger als vier Stunden. Trotzdem durfte sie Rylan nicht mit einem unerfahrenen Assistenten allein zurücklassen.

Nadia hätte mit der Situation besser umgehen können. Es sah ihr nicht ähnlich, so impulsiv zu handeln. Aber sie hatte zugelassen, dass Rylan sich in ihren Gedankengängen festgesetzt hatte.

Sie schloss die Augen. Hier und jetzt die richtige Entscheidung zu treffen, hatte nichts mit Rylan zu tun. Es war lediglich darum gegangen, den Patienten so sicher und erfolgreich wie möglich zu behandeln. Aber sie konnte nicht mehr zurück. Sie würde sich ganz bestimmt nicht so weit beruhigen können, um sich zu konzentrieren, selbst wenn sie es schaffen sollte, Rylans Entscheidung zu tolerieren. Folglich blieb ihr nur eine Option.

Entschlossen marschierte Nadia in den OP-Saal neben dem, den sie gerade verlassen hatte.

»Dan, geh und assistiere Rylan nebenan. Sie ersetzt gerade Herzklappe und Aortenwurzel. Ich assistiere Dr. Williams.« Ihr Ton ließ keinen Raum für Fragen.

Ihr Kollege sah auf und musterte sie, bevor er sich dem Operateur zuwandte. »Dr. Williams, wäre das in Ordnung für Sie?«, fragte er.

Nach einem Blick über den Vorhang des Anästhesisten schätzte Nadia, dass die Operation in weniger als zwei Stunden beendet sein würde. Vielleicht konnte sie noch ein Nickerchen machen, bevor ihr offizieller Arbeitstag begann.

»Oh, ich bin sicher, wir kommen ohne dich klar, Dan«, sagte Dr. Williams mit süßlichem Unterton in der Stimme. »Es ist immer eine Freude, die reizende Dr. Keating neben mir am Tisch zu haben.«

Wenn Williams eins war, dann vorhersehbar. Sein schamloser Hang zum Flirten war der einzige Grund, warum sie mit der Störung durchkam. Dennoch sträubte sich alles in ihr, weil er trotz ihres mangelnden Interesses einfach nicht aufgeben wollte.

Dan verließ den OP und zog seinen Kittel aus.

Nadia folgte ihm in den sterilen Vorbereitungsraum, um sich selbst umzuziehen und neu einzuschleusen. »Dan. Sag Rylan nicht, dass ich dich geschickt habe.« Nadia bereute, wie sie mit der Situation umgegangen war, dass sie nichts unternommen hatte, und vor allem, dass sie den Patienten im Stich gelassen hatte. Aber sie bereute nicht, Rylan stehen gelassen zu haben, und wollte nicht, dass Dans Auftauchen als Entschuldigung aufgefasst wurde.

»Was soll ich ihr sonst sagen?«, fragte Dan und zog eine Braue hoch. »Wir können nicht alle einfach in den OP platzen und unsere Vorgesetzten herumkommandieren.« Ein leichtes Grinsen lag auf seinem Modelgesicht.

Er hatte nicht unrecht. »Sag ihr, dass du bei Williams fertig bist und liebend gerne von ihr lernen würdest, wie sie eine Aortendissektion repariert. Sie wird zu geschmeichelt sein, um weiterzufragen.«

Dan nickte. Er verstand sie besser als die meisten anderen im Krankenhaus.

Nadia hatte gewusst, dass es leicht sein würde, ihn zum Tausch zu überreden. Es war kein Geheimnis, dass Dan gerne mit Rylan arbeitete. Er schätzte ihre Arbeitsethik und ihre Lehrmethoden – fehlte nur noch, dass er ihr seine ewige Liebe gestand.

Bei diesem letzten Gedanken verkrampfte sich alles in Nadia und sie konzentrierte sich auf Dan.

Er sah sie mit seinen sanften braunen Augen an und lächelte.

Nadia wandte den Blick ab. Ihre körperliche Reaktion war unlogisch. Warum sollte es sie kümmern, dass Dan hoffnungslos für ihre Chefin schwärmte?

Anstatt ihre Reaktionen noch länger zu analysieren, wusch sie sich am Waschbecken die Hände und kehrte in den OP zurück.

»Keating, ich wusste ja, dass Sie nicht lange wegbleiben würden.«

Anstatt zu antworten, ließ sie sich schnell dabei helfen, Kittel und Handschuhe anzuziehen, und nahm den leeren Platz Williams gegenüber ein. Wortlos griff sie nach dem Katheter, entfernte das austretende Blut und inspizierte die genähten Transplantate. Williams flirtete immer schamlos, wenn sie zusammenarbeiteten. Sie hatte gelernt, es meistens zu ignorieren.

»Ist heute nicht Ihr freier Abend?« Williams warf ihr einen fragenden Blick zu. »Ich kann mir nicht vorstellen, dass ein hübsches Mädchen wie Sie freiwillig hier ist, nur weil sie kein Date finden konnte.«

*Wirklich? Ein Mädchen?* Sie könnte jetzt zu Hause sein und schlafen, anstatt die Anmachversuche ihres verheirateten Kollegen abzuwehren. Nadia atmete tief ein und langsam wieder aus, bevor sie sich auf ihre Arbeit konzentrierte.

Was tat sie nicht alles für Rylan.

Als Ashley endlich in ihr Büro zurückkehrte, dämmerte es schon fast. Ihr ganzer Körper schmerzte.

Die Operation hatte lange gedauert, aber der Patient war stabil. Sie war dankbar, dass Dan wie durch ein Wunder genau im richtigen Moment aufgetaucht war. Seine Ausbildung würde erst in ein paar Monaten abgeschlossen sein, aber er war bereits ein ausgezeichneter Chirurg.

»Wie spät ist es?«

Erschrocken drehte Ashley sich zu ihrem Sofa um. »Du bist noch immer hier?«

Pari setzte sich auf und blinzelte im hellen Licht der Deckenlampe.

Ashley seufzte. »Es ist halb sieben. Ich habe noch eine Stunde Zeit vor der Visite. Hast du was dagegen, wenn ich mich jetzt selbst auf mein Sofa lege?«

Pari gähnte und streckte sich. Ihre hohen Wangenknochen traten deutlich in ihrem vom Schlaf geschwollenen Gesicht hervor. »Wie ist es gelaufen?«

»Gut …« Ashley lehnte sich an den Türrahmen, sah zu den Unterlagen auf ihrem Tisch und dann wieder zu Pari. »Abgesehen davon, dass Nadeschda eine Szene gemacht und mitten in der OP hinausgestürmt ist.«

»Sie hat was getan?« Plötzlich war Pari sehr aufmerksam.

Ashley ließ sich neben sie auf das Sofa sinken. »Wir hatten eine … eine Meinungsverschiedenheit darüber, ob wir die Klappe ersetzen oder schonen sollten.« Sie biss sich auf die Lippe, um nicht mehr zu sagen. Sie brachte nicht die Energie auf, den Moment noch einmal zu durchleben.

»Lass mich raten: Du wolltest die Klappe ersetzen und sie wollte sie mit einer technisch anspruchsvolleren Prozedur retten.«

Ashley runzelte die Stirn. »Willst du damit sagen, dass ich keine komplexe OP schaffe?« Sie sprach leise und ruhig, obwohl bei Paris Andeutung plötzliche Wut in ihr aufstieg. Es war schon schlimm genug, dass Nadia sie herausforderte; von ihrer Freundin musste sie das nicht auch noch hören.

»Natürlich nicht. Du weißt genauso gut wie ich, dass es nur Schwierigkeiten mit sich bringt, länger als notwendig im OP zu bleiben. Was mich betrifft, ist ›technisch anspruchsvoll‹ nicht unbedingt von Vorteil.«

Ashley musterte Paris Gesicht, bevor sie tief seufzte. Sie hatte zugelassen, dass Nadia ihr unter die Haut ging. Das war die einzige Erklärung dafür, warum sie sich plötzlich so unsicher war. »Tut mir leid, dass ich eben so abweisend war, Pari. Ich bin immer noch sauer, weil ich zugelassen habe, dass sie so mit mir geredet hat.«

»Diese Osteopathen.« Pari kicherte. »Sie halten immer den minimalinvasiven Ansatz für den besten. Es überrascht mich, dass sie noch keine Massage für akute Aortendissektionen entwickelt haben.«

»Osteopathie ist nicht Massage«, sagte Ashley. »Du weißt, dass sie dich umbringen würde, wenn du sie das je hören lässt, oder?«

Nadias akademischer Titel galt im Krankenhaus als Tabuthema.

Während des Vorstellungsgesprächs hatte Ashley selbst erlebt, wie Nadia auf die kleinste Andeutung reagierte, dass ihre Ausbildung sich von der aller anderen unterschied. Als Ashley gefragt hatte, welche Vorteile sie als DO-Ärztin ins Team einbringen würde, hatte Nadia sie mit Beispielen ihrer Forschungserfolge und ihrer MD-akkreditierten Facharztausbildung überhäuft und sie mit einem kalten Blick geradezu herausgefordert zu widersprechen. Es war ein sehr feindseliges Gespräch gewesen. Wenn der Leitende Oberarzt nicht darauf bestanden hätte, hätte Ashley Nadia nie zur Ausbildung zugelassen.

»Was hast du unternommen?« Paris Frage holte Ashley in die Gegenwart zurück.

»Wegen Nadeschdas Verhalten? Ich habe ihr gesagt, sie soll aus meinem OP verschwinden.«

»Mutig.« Pari stand auf und ging, um sich an Ashleys Teevorrat zu bedienen.

Ashley runzelte die Stirn über die lauwarme Antwort. »Willst du nicht wissen, warum ich beschlossen habe, die Klappe zu ersetzen? Nadeschdas Vorgehensweise wäre schließlich der Standard gewesen.«

»Nein. Ich bin sicher, du hattest deine Gründe. Keating hätte auf dich hören sollen.« Sie kramte im Schreibtisch nach einem Pappbecher.

Ashley ließ den Kopf auf die Sofalehne sinken. Sie wünschte, sie könnte genauso sicher sein wie Pari, dass sie die richtige Entscheidung getroffen hatte. Nicht, was die Operation betraf, sondern damit, Nadia aus dem OP rausgeworfen zu haben. Vielleicht hätte sie erklären sollen, warum sie die Entscheidung getroffen hatte, anstatt mit ihr zu diskutieren.

*Nein.* Innerlich sträubte sie sich gegen den Gedanken. Nadias Haltung machte sie wütend und strapazierte ihre Geduld als Lehrerin. Es war falsch von Nadia gewesen, sie anzuzweifeln. Die operierende Chirurgin traf die Entscheidungen und die Assistentin assistierte. Das wusste Nadia. Sie war zwar arrogant, aber sie hatte diese Grenze noch nie zuvor überschritten.

Warum also jetzt?

Es könnte Zufall sein. Oder es könnte daran liegen, dass Nadia Ashley nicht länger als Vorgesetzte respektierte. Wenn das stimmte, würde es alles nur verkomplizieren. Genau deshalb musste Ashley auf Abstand bleiben. Sie schloss die Augen und rieb sich die Schläfen. »Ich weiß nicht, warum deine Starschülerin immer so schwierig sein muss.«

»Ich dachte, wir sollen keine Lieblinge haben.«

Ashley schnaubte. »Als würdest du dich davon aufhalten lassen.«

»Na gut. Ich gebe zu, technische Makellosigkeit, Interesse am Transplantieren und Ehrgeiz gehören zu meiner Vorstellung von einer guten Schülerin. Aber sie ist alles andere als perfekt. Zum Beispiel ist sie ziemlich größenwahnsinnig. Und Ärzte, die ihr prophezeien, dass sie wahrscheinlich die nächste Chirurgin wird, die einen Nobelpreis bekommt, tragen noch dazu bei. Ihr Ego ist größer als dieses Krankenhaus.«

Ashley öffnete die Augen und sah Pari an. »*Dir* hat sie sich nie widersetzt.« Es stimmte, dass Nadia Pari besser leiden konnte. Zwar nur im streng beruflichen Kontext, aber es tat Ashley trotzdem ebenso weh wie ihr Kopf. Auch wenn sie das nie zugeben würde.

»Weil sie weiß, dass ich solchen Unsinn nie tolerieren würde. Es war richtig von dir, ihr nicht nachzugeben. Du hast dich nicht vor ihr zu verantworten oder deine Entscheidungen vor ihr zu rechtfertigen.

Wir haben nicht ohne Grund eine Hierarchie.« Sie rührte etwas Zucker in ihren Tee. »Wie auch immer, du neigst zum Mikromanagement. Ich wette, das ist der Grund, warum sie dich so hasst.«

»Das stimmt nicht.« Ashley verschränkte die Arme vor der Brust. »Sie ist eine Assistentin im ersten Jahr ihrer Herz-Thorax-Ausbildung. Wegen ihrer Forschungserfolge nehmen alle an, dass sie schon alles weiß. Ich will ihr nur helfen, damit sie keine dicken Fehler macht und ihre Karriere ruiniert, bevor sie überhaupt beginnt.«

»Und da irrst du dich.« Pari setzte sich wieder zu Ashley auf das Sofa und blies auf ihren dampfenden Tee. »Sie ist vielleicht im ersten Jahr, aber sie kennt sich mit dem Skalpell aus. Ich wette, sie sieht deine Versuche, ihr die Grundlagen beizubringen, als unter ihrem Intellekt und ihrer Würde an. Sie ist wirklich recht außergewöhnlich. Und du weißt, dass es eine Menge bedeutet, wenn ich das sage.«

Nadia war tatsächlich außergewöhnlich. *In mehr als einer Hinsicht.* Je mehr Ashley sie in der letzten Woche beobachtet hatte, desto deutlicher hatte sie erkannt, dass mehr an Nadia dran war als nur ihre beruflichen Leistungen.

»Aber genug von Keating. Als ich dich gefragt habe, wie es gelaufen ist, habe ich dein Date letzte Woche gemeint. Margaret Bulkley, oder? War das ihr echter Name? War sie wirklich Britin?«

Ashley stöhnte. Sie hatten wirklich schon genug über Nadia geredet.

Williams' Operation war vorbei und Nadia wartete darauf, dass der Patient auf die Intensivstation gebracht wurde. Williams hatte eine ausgezeichnete Technik, was die operativen Aspekte der OP betraf, aber es war genau sein mangelndes Interesse am postoperativen Management, das Chirurgen einen schlechten Ruf einbrachte.

Sobald der Brustkorb wieder geschlossen war, war er gegangen. Nadia hatte sich die Zeit genommen, die Schnittränder perfekt zusammenzubringen, damit nur eine minimale Vernarbung zurückblieb. Auch als der Patient wieder auf der Station war, blieb sie an seiner Seite, bis die postoperativen Röntgenaufnahmen gemacht waren. Sie war stolz auf diese zusätzliche Mühe, um sicherzugehen, dass der Patient stabil war, bevor sie ihn dem Pflegepersonal überließ. Das gab ihr ein gutes Gefühl.

Nachdem sie sich vergewissert hatte, dass die Röntgenbilder und die Laborwerte zufriedenstellend waren, ging sie für ein dreißigminütiges Schläfchen ins Ärztezimmer, bevor sie mit Singh über ihren Herztransplantationspatienten sprechen musste.

Unterwegs traf sie Dan. »Danke, dass du deine Dissektion abgegeben hast. Ich kann gar nicht glauben, dass du die gegen einen normalen Bypass eingetauscht hast. Noch dazu mit Williams.« Nadia versuchte, ihn zu ignorieren, aber er fuhr ahnungslos fort. »Dr. Rylan hat diese Dissektion ausgezeichnet repariert.«

Nadia kramte ein Papiertaschentuch aus ihrer Tasche und hielt es ihm hin.

»Wofür ist das?«

»Damit kannst du dir den Speichel abwischen«, sagte Nadia spöttisch.

Dan schob ihre Hand weg und richtete sich kerzengerade auf.

Wahrscheinlich hatte sie ihn beleidigt. Nadia hätte am liebsten laut aufgelacht. Es war so leicht, ihn zu reizen. Was sie nicht wollte, war, dass die Leute dachten, dass er in Rylan verknallt war. Sie würden ihn dann nur für einen weiteren arroganten weißen Mann halten, der meinte, er könnte Kolleginnen anmachen. Aber Dan war ganz anders als Williams. Er leistete sorgfältige und gute Arbeit und nahm sich die Zeit, um sicherzugehen, dass seine Patienten sich gut aufgehoben fühlten. Nadia hatte großen Respekt vor ihm. Sie entschloss sich für eine mildere Strategie. »Hat sie noch irgendwas über mich gesagt?«

Im Nachhinein ärgerte sich Nadia über ihr eigenes Verhalten. Sie wusste, dass sie unprofessionell, fahrlässig und emotional gewesen war.

»Du meinst abgesehen davon, dass du sie angeschrien und ihr vorgeworfen hast, sie würde die falsche OP durchführen, und dann einfach mittendrin abgerauscht bist?«

»Ich habe nicht geschrien«, fauchte Nadia.

»Wie du meinst. Es war auch nicht mal sie, die das gesagt hat. Jose hat mir alles haarklein erzählt.«

Nadia runzelte die Stirn. Das war komisch. Rylan war normalerweise sehr gesprächig. Dass sie nichts gesagt hatte, war ein schlechtes Zeichen. Nadia ging schneller, um zum Ärztezimmer zu kommen.

Dan beschleunigte ebenfalls, um sie wieder einzuholen. »Ich glaube, du hast die Situation falsch eingeschätzt.« Sein neutraler Gesichtsausdruck verriet ihr nichts über seine Gedanken. »Ich rate dir, ihren Bericht zu lesen. Vielleicht bereust du, was du getan hast.«

Nadia nickte, obwohl sie bezweifelte, dass sie irgendetwas bereuen würde. An diesem Punkt hätte sie lieber nichts mit Rylan zu tun, aber letztendlich würde ihre Neugier siegen. Sobald sie ausgeruht war, würde sie einen Blick in die Akten werfen.

Im ruhigen, dämmrigen Aufenthaltsraum stellte Nadia einen Wecker und streckte sich auf einem der Sofas aus.

»Warum interessierst du dich plötzlich so für mein Privatleben?« Ashley ließ den Blick durch ihr Büro wandern. Normalerweise freute sie sich über die Neugier ihrer Freundin und teilte gerne persönliche Details aus ihrem Leben. Nur zu gerne hätte sie Pari um eine Meinung gebeten, aber sie hatte Nadia auch versprochen, dass sie diskret sein würde. Selbst über sie zu reden, ohne ihren Namen zu erwähnen, fühlte sich wie Verrat an. Nadia war so privat, so verschlossen. Sie würde es hassen, wenn Pari irgendwie herausbekäme, wer Ashleys Blind Date gewesen war.

»Weil ich deine Freundin bin und weil du mir nicht egal bist. Und weil du kaum je ausgegangen bist, seit du dich vor einem Jahr von dieser schrecklichen Frau getrennt hast.«

»Es war vor acht Monaten und Maya war nicht schrecklich. So etwas wie eine schreckliche Kindergärtnerin gibt es gar nicht«, sagte Ashley halbherzig. Maya war etwas … theatralisch gewesen, aber sie glaubte tatsächlich, dass es die wichtigste Tätigkeit auf der Welt war, Kinder zu erziehen.

Ursprünglich hatte sie Maya gemocht, aber aus der Beziehung war schnell reine Bequemlichkeit geworden: Ashley hatte sich an Maya geklammert, weil sie nicht wieder allein sein wollte.

»Deine Ex war nicht ganz richtig im Kopf. Bei ihr klang es so, als wäre es das Heldenhafteste auf der Welt, einem Kleinkind einen Legostein aus der Nase zu ziehen.« Pari schüttelte den Kopf. »Und nicht genug damit, sie hat das auch noch in einem Raum voller Chirurgen behauptet. Meine Güte. Unglaublich, dass du so lange mit ihr zusammen warst. Du bist zu nett.«

»Das …« Ashley zögerte. Egal, wie die Beziehung geendet hatte, sie wollte immer noch instinktiv die Frau verteidigen, mit der sie zwei

Jahre verbracht hatte. Diesmal fehlten ihr allerdings die Worte. Wenn sie ehrlich war, hatte es nur so lange angedauert, weil Ashley die meiste Zeit beschäftigt und Maya durchaus unterhaltsam war – in geringer Dosierung.

*Meine Güte.* Vielleicht war sie wirklich zu nett.

»Wie auch immer, ich habe letztes Wochenende nur gearbeitet, damit du ausgehen konntest. Ich finde, ich habe Details verdient.« Pari stieß Ashley leicht mit dem Ellbogen an. »Also raus damit.«

»Es ist kompliziert.« Ashley hoffte, das Klischee würde funktionieren. Aber hatte es das jemals getan?

»Kompliziert ist es, Herzklappen und Aortenwurzeln zu ersetzen«, widersprach Pari. »Erst musst du die Ursprungsklappe rausschneiden. Dann die richtige Größe des Ersatzteils wählen. Und wenn du alles richtig gemacht hast, hast du am Ende trotzdem einen ungeplanten Röntgeneinsatz und –«

»Moment mal. Du hast einen Tupfer im Patienten gelassen?«

»Natürlich nicht«, knurrte Pari. »Irgendjemand hat ihn in den Müll geworfen, deshalb hat die OP-Schwester ihn nicht mitgezählt. Ich habe eine Stunde damit verschwendet, mir ein portables Röntgengerät zu holen und zweimal den Müll zu durchwühlen. So ein Idiot.«

»Bitte sag mir, dass dieser Idiot Nadeschda war.«

»Tut mir leid.« Pari grinste. »Es war Dan. Keating ist technisch immer makellos. Einmal hat sie eine Nadel entdeckt, die ich um ein Haar im Patienten vergessen hätte.«

*Natürlich hat sie das.* Ashley verdrehte die Augen. Warum musste Nadia immer so perfekt sein?

»Was ich damit sagen will, ist, Chirurgie ist kompliziert. Dates sind einfach.«

»Du warst seit zwanzig Jahren auf keinem Date«, sagte Ashley zur Verteidigung. »Die Dinge haben sich geändert.«

»Unsinn.« Pari wedelte abwehrend mit der Hand durch die Luft. »Dates basieren auf zwei einfachen Prinzipien: Erstens, magst du sie? Und zweitens, mag sie dich?«

»So einfach ist das nicht, Pari«, protestierte Ashley. »Mögen oder nicht mögen ist nicht alles.« Wahre Worte, was Nadia betraf.

»O-kay, versuchen wir es mit einer einfacheren Frage. Hast du sie attraktiv gefunden?«

Das war leicht. »Ja.«

»Gut. Und natürlich hat sie dich auch attraktiv gefunden, sonst wäre sie entweder blind oder eine Verrückte wie deine Ex.«

Ashley grinste. »Du bist Balsam für mein Selbstwertgefühl, meine Liebe.«

»Hast du mit ihr geschlafen?«

»Pari!« Ashley wurde rot. »Was hat das damit zu tun?« Sie hatte es die ganze Nacht lang so erfolgreich geschafft, nicht an Nadias Vorschlag zu denken.

»Die Chemie ist wichtig.«

*Oh, da gibt es eine Menge Chemie: Gegensätze ziehen sich an, Yin und Yang und so weiter.* Ashley wandte den Blick ab. Der Gedanke daran, wie Nadia an jenem Abend in der Bar ausgesehen hatte, ließ ihr Herz rasen. Aber egal, wie sehr ihr Körper sich nach dem Kontakt sehnen mochte, ihr Verstand verlangte Zurückhaltung.

Sie sah Pari an. Vielleicht konnte sie ein kleines Detail teilen, ohne Nadias Privatsphäre zu verletzen. »Eigentlich wurden wir, ähm, unterbrochen. Als du gestern angerufen hast, war ich gerade mit ihr zusammen.«

Pari strahlte. »Ich bin ganz Ohr.«

*Zeit, ihre Begeisterung im Keim zu ersticken.* »Aber sie hat von Anfang an sehr deutlich gemacht, dass sie keine Beziehung sucht. Und sie war nicht gerade glücklich, als ich gegangen bin.« Das war mehr oder weniger wahr. *Abgesehen von dem Teil, dass sie mir in den OP gefolgt ist und gesagt hat, ich wäre eine unfähige Chirurgin, und ich sie rausgeworfen habe.*

»Oh, Süße, du musst sie wirklich gemocht haben, um dem zuzustimmen. Du warst noch nie für One-Night-Stands zu haben. Die sind ein sicherer Weg zu einem gebrochenen Herzen.« Pari nahm Ashleys Hand.

Ashley zog sie stirnrunzelnd weg. Warum hielten andere sie für eine naive Romantikerin? »Meinem Herzen geht es gut. Sinusrhythmus, wunderbare Ejektionsfraktion, alles in allem in fantastischem Zustand. Ich freue mich, dass du dir Sorgen um mich machst, aber ich weiß, was ich tue.« Es war Zeit, dieses Gespräch zu beenden. Sie sah auf die Uhr. »Apropos gebrochene Herzen, hast du nicht ein Meeting mit Nadeschda, damit sie das deines Patienten repariert?«

»Guter Punkt. Ich gehe besser jetzt. Keating ist immer so pünktlich. Du weißt ja, wie sehr sie sich aufregt, wenn andere sich verspäten.« Pari trank ihren Tee aus und stand auf. »Aber dieses Gespräch über die neue Frau in deinem Leben ist noch nicht zu Ende. Ich bin sicher, sie ruft dich für ein zweites Date an. Ihr wurdet unterbrochen, damit du ein Menschenleben retten kannst. Wer würde nicht mit einer Spitzenchirurgin ausgehen wollen?«

*Eine noch bessere Spitzenchirurgin vielleicht?*

Pari warf ihren Becher weg und eilte hinaus.

Ashley bezweifelte, dass Nadia noch einmal Kontakt mit ihr haben wollte. Nun ja, außer sie wollte Ashley einen detaillierten Artikel darüber schicken, warum ihre Aortendissektions-Behandlung die falsche war. Sie schnaubte und bedeckte das Gesicht mit den Händen. Warum hatte sie nicht mit irgendeiner anderen Frau online chatten können?

Egal, was Pari sagte, Dates waren viel schwieriger als Chirurgie.

# Kapitel 7

## *Die Möglichkeit, unrecht zu haben*

Nadia Keating war nicht oft im Unrecht. Sie konnte sich nicht einmal daran erinnern, wann sie zum letzten Mal einen Fehler gemacht hatte. Jetzt allerdings hoffte sie aufrichtig, dass sie gestern im Irrtum gewesen war, als sie Singh gesagt hatte, dass sie nichts für ihren Patienten tun konnten.

Singh war nur selten emotional. Normalerweise zeigte sie eine kühle und starke Fassade, die dafür sorgte, dass sowohl Patienten als auch Kollegen ihr einfach vertrauen mussten. Auch Nadia mochte und bewunderte diese Eigenschaften an ihr.

Heute jedoch hasste sie die Fähigkeit ihrer Mentorin, ihre Gefühle zu beherrschen. Denn dadurch fiel es ihr viel schwerer mitanzusehen, wie Singh doch einmal ihre Emotionen durchscheinen ließ.

Singh hatte Nadia gebeten, ihren Patienten in eine Studie aufzunehmen, für die er nicht geeignet war. Medikamente und Therapien im Versuchsstadium wurden von der Arzneimittelbehörde streng beaufsichtigt. Wenn gewisse Kriterien nicht erfüllt waren, wurde ein Patient nicht zur Behandlung zugelassen, egal, wie lebensrettend sie möglicherweise war.

Es gab diese Regeln nicht ohne Grund. Was, wenn das Medikament schädlich und nicht förderlich war? Im Laufe der Geschichte hatte es viele Arzneimittel und Behandlungsmethoden gegeben, die den Leuten eher geschadet oder sie sogar getötet hatten.

Für Nadia waren die Kriterien der Behörde nachvollziehbar. Aber wenn die Person, die ihr in sieben kurzen Monaten mehr beigebracht hatte, als sie in ihren fünf Jahren als Assistenzärztin gelernt hatte, sie bat, alles möglich zu machen, musste Nadia es versuchen.

Also nutzte sie aus humanitären Gründen eine Ausnahme als Schlupfloch.

Nadia und Singh trafen sich früh, gingen die Krankenakte des Patienten durch und suchten alle Argumente dafür, warum die Ethikkommission ihre Anfrage genehmigen sollte. Aber Nadia wusste, dass sie das nicht tun würde. Es war die düstere Realität, mit der sie sich abgefunden hatte, doch Singh weigerte sich, zu akzeptieren, dass ihr Vorhaben hoffnungslos war.

Also ignorierte Nadia das flaue Gefühl im Magen und konzentrierte sich ein weiteres Mal mehr auf die Unterlagen. »Das war's. Ich rufe den Gutachter gleich am Montag an und bitte ihn um eine beschleunigte Bewertung.«

Singh nickte leicht anerkennend. Diese Geste ließ Nadia vergessen, wie müde sie war, nachdem sie die Nacht durchgearbeitet und bei zwei verschiedenen Operationen assistiert hatte.

»Ashley hat mir erzählt, was während der Aortendissektion passiert ist.« Singh zog eine finstere Miene. »Es war falsch von dir, an ihr zu zweifeln.«

Nadia unterdrückte einen entnervten Seufzer. Natürlich hatte Rylan ihr davon erzählt. Sie waren beste Freundinnen. »Ich habe nur gesagt, was das Beste für den Patienten gewesen wäre. Er war zu weggetreten, um für sich selbst zu sprechen.« Sie hielt den Kopf hoch.

»Ich will keine Ausreden hören. Es war nicht dein Patient und du hattest kein Recht dazu.«

»Sie hätten dasselbe getan.«

»Mit einer Vorgesetzten zu diskutieren?« Singh legte den Kopf schief. »Vielleicht. Aber Ashley zu widersprechen, die eine geniale Chirurgin ist? Niemals.«

Nadia schwieg. Es hatte keinen Sinn, dieses Gespräch fortzuführen. Die Herzklappe des Patienten war ersetzt worden und reden würde daran nichts mehr ändern.

Nadia erinnerte sich, dass Singh Rylan auch nach ihrem geheimnisvollen Date gefragt hatte. Wenn Rylan ihr von ihrem Streit im OP erzählt hatte, konnten sie auch darüber gesprochen haben? Sie beugte sich vor. »Was genau hat sie Ihnen überhaupt alles erzählt?« Diese Formulierung gefiel ihr selbst nicht. Wenn ihre Nerven nach der anstrengenden Nacht nicht so blank gelegen hätten, wäre ihr vielleicht eine subtilere Art zu fragen eingefallen.

»Warum? Glaubst du, sie hat die Situation übertrieben oder falsch dargestellt?«

»Nein. Ich meine, war das alles, worüber Sie beide gesprochen haben?« Nadias Puls beschleunigte sich. Vielleicht machte sie Singh gerade auf etwas aufmerksam, worauf diese gar nicht geachtet hatte.

»Was meinst du damit?«

Trotz Singhs Stirnrunzeln, aus dem eine Mischung aus Ärger und Verwirrung sprach, atmete Nadia auf. Rylan schien ihr Versprechen der Diskretion doch einzuhalten. *Gut.*

»Nichts.« Nadia wandte den Blick ab. Singh konnte zwar keine Gedanken lesen, war aber sehr scharfsinnig. Besser, sie ließ das Thema fallen, solange sie konnte. »Ich muss los und mich um meinen Forschungskram kümmern.« Nadia verzog wieder das Gesicht – sie klang idiotisch. »Ich halte Sie wegen Bett elf auf dem Laufenden.« Sie stand auf, um zu gehen, bevor sie sich in noch größere Verlegenheit brachte.

»Sein Name ist Michael Sanders«, rief Singh ihr nach.

Es war später Sonntagabend, als Nadia endlich in ihrem Labor ankam und erleichtert in ihren Stuhl sank. Ihr Kopf dröhnte und ihre Muskeln waren nach dem Wochenende voller Arbeit ganz steif.

Sie loggte sich in ihren E-Mail-Account ein, um nach neuen Nachrichten zu sehen. Offenbar hatte ihr Auftritt im OP einige Aufmerksamkeit erregt. Jason und Li hatten sie in einer Reihe Nachrichten mit kindischen Emojis für verrückt erklärt.

Und sie hatten nicht unrecht. Nadia schüttelte den Kopf über ihre Dummheit, sie wusste, dass sie zu weit gegangen war. Sie hatte vor Rylan die Beherrschung verloren. Aber sie war immer noch wütend, wenn sie an Rylans ärgerliche und einfach nur falsche chirurgische Entscheidung dachte.

Andererseits hatte Rylan Jasons und Lis Kommentaren nach zu schließen nicht viel zu dem Vorfall gesagt, ihn weder entschuldigt noch beklagt. Nadia entspannte sich und lächelte selbstgefällig. Rylan musste erkannt haben, dass sie im Unrecht gewesen war und – noch viel wichtiger – dass Nadia recht gehabt hatte.

Als sie sich an Dans Worte von vorhin erinnerte, öffnete Nadia die elektronische Akte des Aortendissektionspatienten und sah sie durch. Er war stabil, wach und gut gelaunt. Es gab eine Anmerkung, in der er sich bei dem gesamten Krankenhaus dafür bedankte, dass sie sein Leben gerettet hatten. Nadia rollte mit den Augen. Jemand sollte den Medizinstudenten beibringen, welche Informationen in einen Arztbericht gehören und welche nicht. Außerdem bezweifelte sie, dass er noch länger dankbar sein würde, wenn er erst verstand, dass er dank Rylans gewählter Behandlung eine lebenslange Therapie mit Antikoagulanzien brauchen würde.

Als Nächstes öffnete Nadia den OP-Bericht und überflog das Dokument. Sie erstarrte.

Sie las die Diagnose und dann noch einmal. Der Patient hatte das Marfan-Syndrom.

Sie knallte die Faust auf den Tisch. *Verdammt.*

Dieses kleine Detail änderte alles. Deshalb hatte Nadia Rylan vor der OP ausdrücklich gefragt, ob der Patient Vorerkrankungen hatte. Und Rylan hatte verneint. Nadia verzog das Gesicht. Wenn es so gewesen wäre, wäre ihre vorgeschlagene Methode die richtige Wahl gewesen. Aber bei Patienten mit Marfan-Syndrom lagen die Dinge anders.

Nadias Bauch verkrampfte sich, als sie daran dachte, dass Rylan die Bilder der Echokardiografie und die Struktur des Herzens mehrmals und sorgfältig geprüft hatte. Danach hatte sie über die Art und Weise der Operation entschieden. Und wenn man die zweifelhafte Qualität der vorhandenen Herzklappe bedachte, die sich mit der Zeit nur noch verschlechtern würde, hatte Rylan die richtige Entscheidung getroffen.

Nadia starrte immer noch auf den Bildschirm. Sie fragte sich nicht, wie Rylan in der Lage gewesen war, die richtige Diagnose zu treffen. Das war jetzt irrelevant. Nadia hätte Rylan einfach fragen sollen, warum sie sich für diese Operation entschieden hatte, anstatt davon auszugehen, dass es die falsche Entscheidung war. Rylan hatte sich nicht erklärt, aber Nadia hätte fragen können. Und da das nicht geschehen war, hatten sich beide stur geweigert, ihre jeweilige Meinung aufzugeben. Aber nur eine von ihnen lag falsch – diejenige, die ihrer Fachärztin nicht vertraut hatte.

Nadia schlug mit beiden Händen auf den Tisch, sodass ihre Handflächen brannten.

Sie war es, die unrecht hatte.

»Dan«, begrüßte Ashley den Assistenzarzt, der vor ihrem Büro stand. »Ich wusste nicht, dass du auf mich wartest. Bitte komm rein.« Sie hatte ihm versprochen, mit ihm über seine berufliche Zukunft zu sprechen.

Dan stand etwas unsicher mitten in ihrem Büro und sah zur offenen Tür.

»Mach sie zu«, sagte Ashley und setzte sich hinter ihren Schreibtisch. »Wir haben Wichtiges zu besprechen und ich will keine Störungen.«

Dan nickte angespannt, schloss die Tür und setzte sich ihr gegenüber. »Danke, dass Sie sich Zeit für mich nehmen, Dr. Rylan. Ich weiß, Sie sind wahrscheinlich müde, nachdem Sie das ganze Wochenende durchgearbeitet haben.«

»Ich bin immer ziemlich eingespannt und müde, Dan. Aber deine Zukunft ist wichtig.« Sie lächelte. Es war leicht, zu netten Leuten ebenfalls nett zu sein. »Außerdem wäre ich noch viel beschäftigter, wenn du mir nicht bei diesem Dissektionsfall geholfen hättest. Dein Timing war perfekt. Und zudem machst du immer mehr, als was von dir erwartet wird. Du hast das Zeug zu einem guten Facharzt.«

»Äh … danke.« Dan senkte den Blick. »Aber es war Nadia, die mich gebeten hat, zu Ihnen zu gehen. Ich war nicht ganz ehrlich, als ich gesagt habe, dass der Bypass schon fertig war.« Er sah ihr in die Augen. »Sie hat meinen Platz eingenommen, damit ich Ihnen assistieren konnte.«

»Ich verstehe.« Ashley versuchte, sich die Überraschung nicht anmerken zu lassen. Das war so untypisch für Nadia. Das letzte Mal, als sie etwas Nettes getan hatte, war … nun ja, Ashley konnte sich nicht erinnern, dass Nadia überhaupt jemals etwas Nettes für sie getan hatte. Sie überspielte ein Lächeln mit einem Räuspern. »Danke, dass du mir das gesagt hast.«

»Ich bin froh, dass sie mich darum gebeten hat.« Er lächelte und zeigte seine perfekten Zähne. »Und ich bin beeindruckt von Ihrer Interpretation der Krankengeschichte des Patienten. Es war außergewöhnlich, dass Sie sein Marfan-Syndrom erkannt haben, obwohl keiner der anderen Ärzte davon wusste. Nicht einmal Nadia hat es bemerkt.«

Ashley runzelte die Stirn. »Nadeschda weiß nicht alles. Auch wenn sie das vielleicht anders sehen mag, sie ist keine allwissende Göttin. Aber ich versichere dir, an meiner Einschätzung ist nichts Beeindruckendes. Er schien nicht die Kriterien für die Diagnose zu erfüllen. Aber sein Hausarzt hat mich angerufen, als ich gerade auf dem Weg in den OP war, und mir gesagt, dass er eine FBN1-Mutation hat.«

»Aortenwurzeldissektion und FBN1-Mutation reichen aus, um eine Marfan-Diagnose zu stellen.« Dan nickte. »Der Patient hatte Glück, dass sein Arzt Sie noch erreicht hat.«

»Stimmt.«

Natürlich, Dan sah es so. Er war ein unbekümmerter Mensch. Wenn Nadia hier wäre, würde sie bestimmt irgendjemanden dafür verantwortlich machen, dass diese Information nicht schon früher angekommen war. Sie grinste. Seltsamerweise zog sie Nadias forsche Persönlichkeit Dans umgänglicher Natur vor. »Du verstehst also, warum ich das aggressivere Verfahren vorgezogen habe?«

»Natürlich. Ich nehme an, Nadia wird nicht gerade glücklich sein, wenn sie herausfindet, dass sie sich geirrt hat. Sie sind großartig.« Dan sah sie intensiv an.

Ashley senkte den Blick und beschäftigte sich mit den Unterlagen auf ihrem Tisch. Sie war zwar stolz auf ihre Arbeit, aber Komplimente – auch rein berufliche – gaben ihr ein unbehagliches Gefühl.

Dan räusperte sich. »Dr. Rylan – Ashley –, würden Sie mit mir etwas trinken gehen?«

Ashleys Kopf schoss hoch und sie sah ihn fassungslos an. Hatte sie ihn richtig verstanden? »Lädst du mich gerade ein?« Sie bemühte sich, ihre Stimme neutral klingen zu lassen. »Auf ein Date?«

»Ja.«

Ashley suchte fieberhaft nach Worten. »Ich bin die Oberärztin und du bist hier als Assistenzarzt in Ausbildung. Das wäre unangemessen.«

»Das wird sich bald ändern.« Er sah sie mit seinem Welpenblick an.

Ihr brach schier das Herz. Warum überfiel er sie jetzt damit?

Er beugte sich vor. »Meine restliche Zeit hier ist eine reine Formalie. Ich habe schon alle meine Prüfungen bestanden. Wenn es das Berufliche ist, was dich stört, dann warte ich und frage dich nach meinem Abschluss noch mal. Und wenn ...«

Er redete weiter, aber Ashley hörte nicht länger zu. Sie sollte offen mit ihm sein. Nun ja, nicht allzu offen. Bestimmt nicht mit ihm. *Ach.* Ashley fuhr sich mit den Fingern durch die Haare. Wenn er nur den Mund halten würde, damit sie nachdenken konnte, was sie sagen sollte.

»Ich mag dich wirklich, Ashley. Schon seit –«

»Dan, ich bin lesbisch.«

Sein Mund klappte zu.

Ashley schluckte. Warum hatte sie in letzter Zeit solche Schwierigkeiten, sachliche Gespräche zu führen? Dan hatte sowohl seine Assistenzarztzeit als auch die Facharztausbildung in diesem Krankenhaus absolviert.

Er arbeitete seit fast acht Jahren hier. Sie hatten dieselben Weihnachtsfeiern und Veranstaltungen besucht. Wenn Ashley zu irgendeiner dieser Veranstaltungen eine Begleitung mitgebracht hätte, würde sie jetzt nicht diesen gequälten Ausdruck auf seinem Gesicht sehen.

»Sagst du das jetzt, um mich freundlich abzuweisen?« Er runzelte die Stirn.

»Was das betrifft, würde ich dich nicht anlügen.« Sie nahm die Schultern zurück und hielt seinem Blick stand. Dieses Gespräch musste jetzt enden. »Ich hoffe, wir können *beruflich* weiterhin gut miteinander auskommen.«

Dan lehnte sich resigniert in seinem Stuhl zurück. »Es tut mir so leid, dass ich Sie in eine unangenehme Lage gebracht habe, Dr. Rylan. Ich würde gerne vergessen, dass dieses Gespräch je stattgefunden hat.« Er war höflich, aber distanziert.

Ashley tat sein Anblick in der Seele weh. Aber er hatte das Thema fallen gelassen und das war das Wichtigste. Chirurgen waren schließlich Meister der Distanziertheit.

»Natürlich.« Sie nickte. »Also, ich glaube, du wolltest über deine nächsten Karriereziele sprechen?«

»Richtig.« Er räusperte sich. »Ich hätte gerne Ihre Meinung zu einigen potenziellen Arbeitgebern, die mir eine Stelle angeboten haben. Würden Sie sich die mal ansehen?« Er reichte ihr ein Blatt Papier.

Sie zwang sich zu einem Lächeln. Sie wäre immer noch am liebsten geflohen, aber sie hatte versprochen, ihm zu helfen.

Das würde ein langes Meeting werden.

Sobald Nadia die Antwort der Kommission auf ihre Anfrage für den Patienten in Bett elf gelesen hatte, rief sie Singh an. Ihre Enttäuschung war nichts im Vergleich zu Singhs. Sanders war seit über vier Jahren ihr Patient.

»Ich hab es gerade gesehen.« Singh verzichtete auf jegliche Begrüßungsformel. Ihre Stimme hatte den üblichen melodiösen Ton verloren. »Du musst dich ja mächtig ins Zeug gelegt haben, dass sie so schnell mit der Prüfung waren.«

»Tut mir leid, dass es nichts geholfen hat.« Nadia klang ruhig, obwohl das Gefühl, gescheitert zu sein, an ihr nagte.

»Stimmt das denn, was sie da schreiben?« Singh schnaubte. »Sie meinen, dass es keinen Unterschied machen wird und dass er sowieso sterben wird.«

Sie hatten geschrieben: *Wir sind der Meinung, wir würden nur das Leiden des Patienten verlängern.* Nadia wusste nicht, ob sie diese Ehrlichkeit verfluchen oder bewundern sollte. Die Wortwahl des Ablehnungsschreibens war grausam. Aber lagen sie denn falsch? Eine zweite Transplantation garantierte keinen Erfolg.

»Arschlöcher«, murmelte Singh bitter. »Welches Recht haben sie, Michael seine Chancen zu nehmen? Das ist falsch.«

»Nicht alle Patienten schaffen es«, sagte Nadia unverblümt.

Das waren nicht die tröstenden Worte, die ihre Mentorin brauchte, aber es war die Wahrheit. Nadia schluckte die Verzweiflung herunter, die sie zu ersticken drohte. *So ist es nun einmal mit den Transplantationen,* erinnerte sie sich. Ein Spenderorgan bot die größte Hoffnung auf das Überleben der Kandidaten. Manche schafften es bis zur Transplantation. Andere nicht. Wenn sie um alle Patienten trauerten, die es nicht schafften, würden sie innerhalb eines Jahres wahnsinnig werden.

Singh räusperte sich. »Es war falsch von mir, zu hoffen, dass es ihm entgegen aller Wahrscheinlichkeit gelingen würde.«

Nadia packte ihr Handy fester. »Es ist noch nicht vorbei. Er ist noch immer am Leben.«

Sie legte auf, bevor der Frust sie überwältigte. Sie hatte sowohl Singh als auch ihren Patienten enttäuscht. Jetzt konnte sie nichts mehr für ihn tun. Ihr brach schier das Herz und ihre Gedanken gingen zu der Person, die das ganze Wochenende lang in ihrem Kopf gewesen war: Rylan. Vielleicht gab es wenigstens etwas, das sie heute geraderücken konnte.

»Warum haben Sie mir nicht gesagt, dass der Patient Marfan hat?«, fragte Nadia anklagend. Sie stand mit verschränkten Armen vor Ashleys Schreibtisch. Schon wieder.

Ashley seufzte. »Ich muss meine Entscheidungen nicht vor einer Ärztin in Ausbildung im ersten Jahr rechtfertigen.« Wenn Nadia eine freundlichere Begrüßung erwartet hatte, hätte sie nicht so spät am Abend hereinplatzen und eine Erklärung verlangen sollen. Nach ihrem Meeting mit Dan am Morgen war Ashley nicht in der Stimmung für eine weitere Auseinandersetzung mit Nadias Anspruchsdenken. Sie verhielt sich zwar, als gehörte das Krankenhaus ihr, aber sie war hier diejenige, die einen Fehler gemacht hatte.

Nadia schloss die Tür und drehte sich wieder zu Ashley um. »Nein, müssen Sie nicht. Es war falsch von mir, an Ihnen zu zweifeln. Es tut mir leid.«

Ashley runzelte die Stirn. Die Worte klangen dahergesagt und alles andere als überzeugend, eher wie eine schlecht eingeübte Rede. Ashley konnte keine Spur von Reue darin erkennen. Sie schnaubte verärgert. »Sag mir eins, Nadeschda. Warum hast du drei Tage gebraucht, um dich zu entschuldigen? Liegt es daran, dass ich recht hatte oder dass du unrecht hattest?« Ihr Tonfall war nur selten so kalt und bestimmt. Aber sie war wütend und nicht bereit, die Sache einfach zu vergessen.

Nadia schwieg, was Ashley noch wütender machte. Offensichtlich hatte Nadia keinen Respekt vor ihr. »Gott, du bist unglaublich. In welchem Universum lebst du eigentlich, dass du es für akzeptabel hältst, so unverschämt zu sein? Was, wenn der Patient instabil geworden wäre und ich deine Hilfe gebraucht hätte?«

Nadia zog die Nase hoch. »Oh, ich bin sicher, Jack –«

»Schluss damit! Ich will kein weiteres Wort über den Medizinstudenten hören.«

Nadia erwiderte trotzig Ashleys Blick, sagte aber nichts.

»Nadeschda Keating macht, was Nadeschda Keating will. Ist es das? Ist das der Grund, warum du gedacht hast, du könntest mich in *meinem* OP herausfordern?« Ashley stand auf und ging um den Tisch herum auf Nadia zu. »Du bist hier nicht die Verantwortliche. Das bin ich. Ist das klar?«

Nadia errötete, sagte aber kein Wort.

Ashley ballte die Hände zu Fäusten und stemmte die Füße fest in den Boden. *Zum Teufel mit Nadeschdas Arroganz!* Diese Frau hatte kein Recht, wütend zu sein, nachdem sie mit einer erbärmlichen Entschuldigung hereingekommen war. »Dr. Keating, beantworten Sie die Frage.«

»Es ist klar«, antwortete Nadia schließlich mit zusammengebissenen Zähnen.

Ashley stand Nase an Nase vor ihr, nah genug, um ihren warmen Atem auf dem Gesicht zu spüren. Sie bekam eine Gänsehaut. Aber bevor sie wieder Distanz zwischen ihnen herstellen konnte, beugte sich Nadia abrupt vor und küsste sie.

Für einen Moment vergaß Ashley, wie wütend sie auf Nadia war, und genoss diese weichen Lippen auf ihren. Erstaunlich, wie weich und warm sie waren. Ganz anders als Nadias Verhalten. *Glühend.*

Nadia nahm Ashleys Kopf zwischen ihre Hände. Der Kuss wurde noch intensiver. Ashley stöhnte leicht, als sie den Druck von Nadias Zunge spürte, und öffnete die Lippen. Ihr Körper stand in Flammen, verzehrte sich danach, sich zu verlieren, die Fähigkeiten dieser berüchtigten Chirurgin aus erster Hand zu erleben.

Dann holte ihr Verstand sie ein und sie wich zurück, brachte Distanz zwischen sie. Schwer atmend sah sie Nadia an. Das hier war falsch. Ashley war Nadias Vorgesetzte und Nadia hatte ihr von Anfang an absolut keinen Respekt gezeigt. Und gerade hatten sie noch gestritten. Eine neue Welle der Wut vertrieb Ashleys Erregung. »Du hast überhaupt nichts gelernt, oder? Du machst nur, was du willst.«

Nadia senkte den Blick. »Ich dachte, das wäre es, was du wolltest.«

Ashley schnaubte. »Ich will, dass du dich nicht so benimmst, als wärst du die Chefin hier!«

»Okay.« Nadia schloss die Tür ab und ließ die Rollos an den Fenstern herunter, um sie vom Rest des fast leeren Gebäudes abzuschotten. Sie betrachtete Ashley, die unter dem Blick aus ihren braunen Augen, die Welten eroberten, wie angewurzelt dastand. »Dann bist du jetzt die Chefin.«

Ashley blinzelte. Nadia gab immer noch die Regeln vor. Obwohl Ashley das wusste, trat sie trotzdem einen Schritt vor. Und noch einen. Es war, als würde sie von einem unsichtbaren Seil gezogen. Die frische Erinnerung an Nadias Lippen auf ihren ließ jede Vernunft verfliegen. Obwohl ihr Verstand lautstark protestierte, handelte ihr Körper auf Autopilot und sehnte sich danach, Nadia zu berühren. Und diesmal nicht nur die Lippen.

Ashley schob Nadia gegen die nächste Wand. Nadias Blick bohrte sich in sie, forderte sie heraus.

Ashley war immer noch wütend, ja, aber Wut war nicht der einzige Grund, aus dem ihr Herz wild schlug. Bei dem Gedanken daran, Nadia für sich zu haben, wurde ihr schwindlig vor Verlangen.

Bevor sie es sich anders überlegen konnte, küsste Ashley sie. Diesmal hielt sie sich nicht zurück, sondern legte all ihre Sehnsucht und Frustration in den Kuss. Ihre Münder passten perfekt aufeinander. Ashley drückte sich an sie und verspürte eine Lust wie seit langer Zeit nicht mehr.

Und auch die Lust selbst war anders als jemals zuvor. Ashley drückte ihre Zunge fest gegen Nadias, in dem verzweifelten Wunsch, sie stöhnen zu hören. Gleichzeitig pochte in ihr das Verlangen, sich ihre eigene Befriedigung zu suchen. Sie wollte Nadia alles geben und alles verweigern. Nie zuvor hatte ein einfacher Kuss eine solche Wirkung auf sie gehabt.

*Nichts an Nadeschda ist einfach.*

Unter größter Anstrengung wich Ashley ein wenig zurück. Trotz ihres brennenden Hungers und der Wut, die immer noch in ihr köchelte, musste sie sich vergewissern, dass Nadia das alles noch wollte. Sie blickte in die dunklen Augen und entdeckte darin nichts außer Lust. Und das schürte ihr eigenes Feuer noch mehr.

Ermutigt ließ sie ihre Hand in Nadias Hose gleiten, vorbei an mehreren Schichten von Kleidung, bis warme Feuchtigkeit sie willkommen hieß. Ashley gab ein anerkennendes Knurren von sich. *Nadia will es auch.*

Nadia keuchte, als Ashley einen Finger in sie schob. Sie schloss die Augen und öffnete sie abrupt wieder, als Ashley die Hand zurückzog, den feuchten Finger an ihren Mund führte und demonstrativ daran leckte. Den Blick fest auf Nadia gerichtet hauchte sie: »Köstlich.«

# Kapitel 8

## *Der Geschmack von Macht*

Nadia schloss die Augen und keuchte leise, als sie Rylan dieses Wort flüstern hörte. Es war schwierig, beherrscht zu bleiben, wenn ihre Erregung die ganze Selbstbeherrschung zunichtemachte. Aber Rylans unerschrockene Taten zogen sie an wie Flammen die Motte und sie konnte nicht widerstehen, selbst wenn sie es gewollt hätte.

Als Rylan in Richtung Sofa ging, wollte Nadia ihr schon folgen.

»Bleib.«

Nadia erstarrte in der Bewegung. Seit wann gab Rylan so klare Befehle?

Rylan lächelte ein fast schon gemeines Lächeln und ließ sie zitternd vor Verlangen stehen. Ihr Herz schlug hart, aber sie hatte zugestimmt, dass Rylan die Führung übernahm, also kämpfte sie mit aller Disziplin darum, die einfache Aufgabe zu erfüllen und stillzustehen.

Rylan saß auf dem Sofa, als wäre es ihr Thron, und betrachtete sie nachdenklich. »Ausziehen.«

Nadia schluckte schwer. Ihre Hände zitterten.

»Zwing mich nicht dazu, mich zu wiederholen.« Rylans verschlossene Miene verriet nichts und verlangte alles.

Nadia schluckte wieder, obwohl ihr Mund ganz trocken war. Warum war sie plötzlich so schüchtern? Noch als sie Rylan geküsst hatte, hatte sie fest vorgehabt, sich auszuziehen.

Der Herzschlag, der laut in ihren Ohren trommelte, übertönte alle ihre Gedanken. Mit steifen Bewegungen zog sie sich das OP-Oberteil über den Kopf, während Rylan komplett angezogen zusah. Sie ließ die OP-Hose fallen, dann ihren BH und ihr Höschen.

»Sieh mich an«, befahl Rylan.

Nadia sah auf. Ihre nackte Haut kribbelte, so entblößt fühlte sie sich, während Rylan ihren Körper eingehend musterte. Tausend Gedanken und Gefühle rasten durch Nadia und gipfelten in der Frage, warum sie das hier, mit Rylan, so unglaublich heiß fand.

Sie stand auf und ging um Nadia herum wie ein Geier, der seine Beute umkreiste.

Nadias Klitoris pochte. Ihre Knie waren weich. Was für eine grausame Strafe, einfach dastehen zu müssen und nichts tun zu dürfen. Ihre Kontrolle aufgeben zu müssen, stellte ihre Entschlossenheit auf eine harte Probe.

Während Rylan sie weiter von oben bis unten betrachtete, sehnte Nadia sich danach, sie zu berühren. Ihre Muskeln spannten sich an vor Anstrengung, sich nicht zu rühren. Das Blut in ihren Adern fühlte sich wie geschmolzene Lava an.

»Ich habe dir erst nicht geglaubt, als du meintest, du würdest mich das Sagen haben lassen«, meinte Rylan. »Ich freue mich, dass du es ernst gemeint hast.« Sie nahm Nadias Hand. »Denn allein schon der Gedanke, Nadeschda Keating in die Knie zu zwingen«, sie beugte sich mit einem neckischen Lächeln vor, »macht mich so richtig nass.«

Nadia keuchte. Ihre Beine zitterten. Trotzdem ließ sie sich zum Sofa führen.

»Na?« Rylan sah sie erwartungsvoll an.

Nadia sah in Rylans eisblaue Augen und regte sich nicht.

»Auf die Knie.«

Nadia keuchte auf, gehorchte aber. Ihre Beine waren so weich, dass sie fast erleichtert war, dem Befehl nachzukommen. *Fast.* Es war immer noch ein Akt der Unterwerfung. Aber ihre Bedenken wurden schnell von dem Gedanken verdrängt, dass sie Rylan bald berühren konnte. Sie ging auf die Knie.

Rylan sah auf sie hinab, bevor sie sich wieder auf das Sofa setzte. Dann streckte sie eine Hand aus und berührte Nadias Brust.

Sie hatte das Gefühl, keine Luft mehr zu bekommen, und zwang sich, tief einzuatmen. Wenn eine einzige Berührung von Rylan solch eine Reaktion bei ihr auslöste …

Rylan streichelte Nadias Brust mit einer Hand, ließ sie besitzergreifend hin und her wandern.

Nadia erlebte die totale Reizüberflutung. Alles in ihr zog sich zusammen, wollte mehr, ertrug nicht mehr, sehnte sich nach allem.

»Du hattest heute gar kein Interesse daran, dich zu entschuldigen, oder? Es war nur ein Mittel zum Zweck.«

Nadia biss die Zähne zusammen. Die Rollen waren klar verteilt und wenn sie jetzt sagen würde, was ihr auf der Zunge lag, würde das nur die Stimmung ruinieren.

»Was hast du dir stattdessen vorgestellt?«

Nadia sagte nichts. Sie war auf die unsichtbaren Linien konzentriert, die Rylan auf ihren Bauch zeichnete.

»Hast du dir vorgestellt, wie ich dich hier anfasse?« Sie legte die rechte Hand an Nadias intimste Stelle.

Die sanfte Berührung erschütterte Nadia zutiefst und entlockte ihr ein Stöhnen. Mit ihrer berühmten Selbstbeherrschung war es wirklich vorbei.

Ebenso schnell, wie sie die Hand vorgestreckt hatte, zog Rylan sie wieder weg. Sie lehnte sich majestätisch zurück, hielt Nadias Blick gefangen. Ihre Miene war ausdruckslos und nicht zu lesen. »Soll ich deinen Mangel an Kommunikation dahingehend interpretieren, dass du kein Verlangen hast, befriedigt zu werden?«

Rylans höhnische Stimme war einschüchternd und ebenso aufregend, wie ihre Berührung es gewesen war. So hatte Nadia sie noch nie reden gehört. Sie war auch selbst noch nie so schüchtern gewesen. Und am allerwenigsten hätte sie je gedacht, dass sie mal vor Rylan knien würde.

»Das ist wahrscheinlich besser so«, fuhr Rylan fort, »denn mir ist mehr danach, befriedigt zu werden, anstatt selbst zu befriedigen.«

Nadia keuchte leise, als diese Worte wie eine Schockwelle durch sie liefen. *Seit wann ist sie so gut darin, eine Situation zu kontrollieren?*

»Würdest du gerne zwischen meine Beine kriechen und mir zeigen, wie gehorsam du sein kannst?«

Nadia stockte der Atem. Das hier war wie ein Paralleluniversum. »Ja.« Immerhin war sie trotz ihrer Nervosität noch fähig dazu, *verbal* zu kommunizieren, wenn Rylans Regeln es verlangten.

Rylans triumphierendes Lächeln war berauschend. »Na, das war doch nicht so schwer, oder?« Ihr Tonfall deutete an, dass sie genau wusste, wie schwer es war. Sie spreizte leicht die Beine. »Zieh mir das Höschen aus.«

Nadia rutschte ein Stückchen auf sie zu, erleichtert, die Haltung ändern zu können, und strich mit den Händen Rylans engen Rock entlang. Ihr Puls beschleunigte sich, die Berührung fesselte ihre Sinne. Rylans Haut war weich und glatt, und sie zu berühren war, wie Seide zu berühren.

Nadia fand den Saum von Rylans Bikini-Slip und streifte ihn ab. Dann fuhr sie sich schwer atmend und in qualvoller Erwartung mit der Zunge über die Lippen und wartete auf den nächsten Befehl.

Rylan zog den Rock hoch und spreizte die Beine etwas mehr. »Weiter.«

Die ersten vorsichtigen Berührungen waren schnell in intensive und *sehr effektive* Stimuli übergegangen. Ashley bebte, als die Hitze tief aus ihrem Inneren aufstieg. Sie hob die Hüften an und schob sich vor, sehnte sich nach mehr. Allein der Gedanke an Nadia zwischen ihren Beinen sorgte dafür, dass sie beinahe kam.

»Stopp«, keuchte sie.

Nadia hielt sofort inne. Ihre neue Unterwürfigkeit trug nur zu Ashleys Erregung bei. Sie hatte alle ihre Befehle umgehend befolgt. Das Gefühl der Macht war berauschend.

*Wenn sie bei der Arbeit nur ebenso unterwürfig wäre.*

Sie sah Nadia an, die auf dem Sofa lag. Ihre braunen Augen, die normalerweise so einschüchternd waren, wirkten ganz dunkel vor Lust.

Nadia war hinreißend. Die blaue OP-Kleidung wurde ihr wirklich nicht gerecht. Darunter verbarg sie einen Körper, der Rylan ganz sicher ab jetzt als Vorlage für feuchte Träume dienen würde. Ihre Arme und Beine waren schlank und durchtrainiert. Ihr flacher Bauch war fest, ein perfektes Gleichgewicht zwischen Weiblichkeit und Kraft. Ihre Brüste waren voll und rund und beim Anblick ihrer Nippel lief Ashley das Wasser im Mund zusammen.

Nadias Gesicht war gerötet. Ashley wusste nicht, ob aus Verlegenheit oder ob es an ihren hingebungsvollen Bemühungen lag.

Vor Nadia stehend und immer noch komplett angekleidet, wenn auch ohne Höschen, hielt Ashley ihren Blick fest, während sie langsam den Rock anhob. Ihr Herz pochte und das Blut strömte zwischen ihre Beine.

Nadia sah ihr in die Augen, ohne zu blinzeln.

Einen Moment lang fühlte Ashley eine Verbindung, die tiefer ging als jede Lust, als wäre Nadia ein Teil von ihr, von dem sie nicht gewusst hatte, dass er ihr fehlte. Sie wandte den Blick ab, schob den Gedanken von sich und kehrte in den Moment zurück. Dann kletterte sie über Nadia und rutschte hoch, bis sie sich direkt über ihrem Gesicht befand. Sie griff in Nadias Haar.

War sie je zuvor einmal so grob gewesen?

Nadia lag völlig still da und wartete auf Anweisungen. Ihr schwerer Atem strich heiß über Ashleys empfindliche Haut und zerstreute ihre aufflackernden Zweifel. Trunken von der Macht, die Nadia ihr gab, ließ Ashley sich von ihrem Instinkt führen. »Weiter«, hauchte sie.

Ashley bewegte die Hüften vor und zurück, ihr Verlangen übernahm die Führung.

Nadia stöhnte rau gegen ihre Klitoris und die Vibrationen ließen Ashley vor ungezügelter Leidenschaft aufschreien. Nadia fühlte sich so gut unter ihr an, sie wollte, dass es nie endete. Sie lockerte ihren Griff um Nadias Haare etwas und bewegte sich langsamer, um den Moment zu genießen.

Sofort erhöhte Nadia den Druck, indem sie ihre Arme um Ashleys Beine schlang und sie fester an sich zog. Das reichte, um Ashley über den Rand des Abgrunds zu stoßen. Eine Explosion in ihrem Inneren überwältigte ihre Sinne. Sie biss sich auf die Unterlippe, um ihre Schreie zu dämpfen, während sie jede Millisekunde dieses Augenblicks genoss.

Dann ließ sie Nadia los und streckte sich neben ihr aus. Gemeinsam keuchten sie in die Stille hinein.

*Wow,* das war ... *wow.* Ashleys Verstand hatte sich vor einer ganzen Weile schon verabschiedet und ihre Aufregung wuchs, als sie Nadias glatte Haut an ihrer spürte.

Nachdem sie sich etwas gefangen hatte, setzte sie sich auf und drehte sich halb zu Nadia um. Sie wollte noch nicht, dass es endete. »Geh und setz dich auf den Tisch«, sagte sie heiser.

Als Nadia zögerte, fügte sie hinzu: »Jetzt!«

Nadia rollte sich vom Sofa und ging mit gesenktem Blick zum Tisch.

Ashley näherte sich ihr langsam, während sie den Anblick von Nadia auf sich wirken ließ. Ashleys ganzer Körper kribbelte zustimmend. Sie schnalzte mit der Zunge. »Was soll ich nur mit dir machen?« Sie legte einen Finger unter Nadias Kinn und hob es an, um ihren Blick aufzufangen. »Du warst so ungezogen.«

Sie liebte Nadias neu entdeckte Schüchternheit, die so untypisch für die Nadia war, die sie bisher kennengelernt hatte.

Mit der freien Hand streichelte Ashley die Innenseite von Nadias Schenkel und glitt dabei immer höher, bis ihre Fingerspitzen leicht über Nadias weiche Falten strichen. Bei der Feuchtigkeit, die sie dort fand, leckte sie sich die Lippen.

*Alles für mich?*

Mit einer federleichten Berührung streichelte sie die weiche – *und ach so feuchte* – Haut und zog dann die Hand zurück. Angetrieben von

Nadias Keuchen und Stöhnen, das sie immer schlechter unterdrückten konnte, neckte Ashley sie immer weiter.

»Wir sollten an Ihren Kommunikationsfähigkeiten arbeiten, *Dr. Keating*. Sie waren doch immer so wortgewandt.«

Nadia keuchte auf, errötete und drängte sich vor, um mehr von Ashleys Berührungen zu bekommen, was deren Gefühl der Macht nur verstärkte. Sie sah so verzweifelt, so bereit für das aus, was Ashley ihr geben wollte.

*Noch nicht*. Abrupt zog Ashley die Hand zurück.

Nadia griff nach ihr, aber Ashley hielt ihre Hand außer Reichweite. »Ich habe dir nicht erlaubt, mich anzufassen, oder?«

Nadia sagte nichts, aber Entrüstung stand ihr ins Gesicht geschrieben.

»Hände auf den Rücken.«

Nadia knirschte mit den Zähnen, aber gehorchte.

Ashley lächelte. Offensichtlich verstand Nadia, dass das hier eine Lektion in Sachen Vertrauen sein würde. Sie hatte Ashley nicht zugetraut, die richtige Entscheidung im OP zu treffen. Würde sich das hier ändern?

*Nicht, dass ich Nadeschda zu irgendetwas zwingen könnte, das sie nicht will*. »Gut. Fangen wir an.«

Ohne viel Vorwarnung schob Ashley zwei Finger in Nadia. Die war so feucht, dass das problemlos möglich war. Dann legte sie ihren Daumen auf die empfindliche Stelle darüber.

Nadia kniff die Augen fest zu und stöhnte, was Ashley wiederum mehr erregte, als sie sagen konnte. *Alles nur für mich*. Bei jedem leichten Stoß ihrer Finger in Nadia wurde Ashley mit noch größerer Hitze, noch mehr Feuchtigkeit, noch schwererem Atmen belohnt. Sie wusste, es würde nicht lange dauern, bis Nadia ihren Höhepunkt erreichte. Die lustvollen Laute hallten in ihren Ohren wider und sie verdoppelte ihre Bemühungen, wollte verzweifelt hören, wie Nadia für sie kam.

Trunken vor Macht über Nadias Reaktionen hauchte sie: »Du hast hier nicht die Kontrolle. Die habe ich. Ich mache die Regeln und du wirst gehorchen.« Die doppelte Bedeutung ihrer Worte war mehr als deutlich: Es ging nicht nur um das Sexuelle.

Nadia stieß ein Knurren aus und presste ihre Hüften fester gegen Ashleys Finger.

Das Gefühl von Macht befeuerte Ashleys Lust, machte sie verrückt vor Erregung. »Ich entscheide, ob und wann du befriedigt wirst.« Sie hörte auf, ihre Hand zu bewegen und fing Nadias Blick auf. »Bitte mich darum, weiterzumachen.«

In Nadias Blick lag Verzweiflung. Einen Moment lang war ihr schwerer Atem das einzige Geräusch im Raum. »Rylan, bitte …« Das angestrengte Flüstern brach die Stille.

*Moment mal, was?* Sofort kühlte Ashleys Glut ab. Warum weigerte Nadia sich immer noch stur, sie beim Vornamen zu nennen? Ashley konnte nicht Sex mit einer Frau haben, die nicht einmal ihren Namen ausgesprochen hatte. Nun ja, sie konnte jedenfalls nicht *weiterhin* Sex mit einer Frau haben, die nicht einmal ihren Vornamen aussprechen konnte.

Glücklicherweise hatte sie die Macht, solche Unverschämtheiten sofort zu ahnden. Sie hatte es in der Hand. Wortwörtlich. Ashley lächelte. »Wenn du willst, dass ich weitermache, dann nenn mich bei meinem Vor–«

Der Klingelton ihres Handys unterbrach sie. Fast hätte sie frustriert aufgeschrien. »Beweg dich keinen Zentimeter.«

Ihr Handy lag in Reichweite auf dem Tisch. Sie packte es mit der freien Hand. »Rylan hier.«

»Hi, Ashley, hier ist Mary.«

Ashley hielt den Atem an.

Sie zog auch ihre zweite Hand zurück und hörte Nadias unterdrücktes Keuchen.

Ashley packte das Handy fester, wandte sich von der Versuchung ab und zwang sich, Mary zuzuhören. Sie seufzte, während Mary weitersprach. Es gab eine Patientin mit einem großen Blutgerinnsel in der Lunge und keiner der anderen Fachchirurgen war verfügbar, um eine mögliche Not-Embolektomie vorzunehmen. Wäre es irgendetwas anderes gewesen, hätte Ashley vielleicht beendet, was sie mit Nadia begonnen hatte. Aber Patienten mit Embolien konnten von einem Moment auf den anderen sterben und das war wichtiger als Sex. So gut der auch war.

»Ruf das Team zusammen und sag ihnen, sie sollen alles für eine VA-ECMO vorbereiten. Und sag Dan Bescheid, dass er mir assistieren soll. Ich bin schon unterwegs.« Sie beendete das Gespräch, aber trotz der Ankündigung blieben ihre Füße wie angewurzelt stehen. Gehen war das Letzte, was sie tun wollte.

Wenigstens hatte sie schon ihren Höhepunkt gehabt.

Sie drehte sich zu Nadia um, die bereits ihre OP-Hose und den BH angezogen hatte und gerade dabei war, ihr Oberteil vom Boden aufzuheben.

*Wenigstens muss ich nicht einer nackten Frau sagen, dass ich gehen muss,* dachte Ashley bitter.

»Sie haben also eine Lungenembolie?« Nadia war wieder ihr übliches Selbst, ihr Ton kühl und sachlich. Sie reichte Ashley die Taschentücherbox auf dem Tisch.

»Ja.« Ashley wandte den Blick ab, während sie sich die die Hände mit einem Taschentuch abwischte. Bis jetzt hatte sie ihren körperlichen Instinkten freien Lauf gelassen. Aber das war vorbei und sie musste sich einer Realität stellen, mit der sie sich am liebsten nicht befassen würde. »Die Patientin ist stabil, aber sie spricht nicht auf Antikoagulation an.« Sie sah sich nach ihrer Unterhose um. »Ich muss gehen.« Sie konnte auf keinen Fall ohne Unterwäsche durch das Krankenhaus laufen. *Wo ist sie bloß?*

»Ich weiß.« Nadia reichte ihr, was sie suchte.

»Danke.« Ashley zog den Slip an, während sie immer noch Nadias Blick mied. »Äh …« Schließlich sah sie doch auf. Wie sollte sie elegant ansprechen, was gerade zwischen ihnen passiert war? »Danke.«

Nadia neigte fragend den Kopf.

*O Gott.* Ashley wurde tiefrot. »Danke, dass du dich für den Vorfall im OP entschuldigt hast«, erklärte sie hastig. »Ich werde noch mal ein Auge zudrücken.« Diese klare Botschaft sollte Nadia ermutigen, sich in Zukunft zu benehmen.

»Das ist alles?«

*Oder auch nicht.* »Was gibt es sonst noch zu sagen?«

Ashley holte eine OP-Hose aus ihrem Büroschrank, zog Stiefel und Rock aus und die Hose an.

Nadia zog sich ebenfalls in Rekordgeschwindigkeit an. »Hören Sie, ich sollte Ihnen nicht vorschreiben, wie Sie Ihren Job zu machen haben.«

Ashley grinste. »Aber du wirst es trotzdem wieder tun?«

»Nur wenn Sie es als freundlichen Rat betrachten und nicht als Überschreitung.«

Immer noch nur im BH drehte sie sich zu Nadia um, die mittlerweile vollständig bekleidet war. »Das klingt gut. Ich bin ganz Ohr.« Sie nahm ihr OP-Oberteil in die Hand.

»Wenn Sie ernst genommen werden wollen, sollten Sie nicht zulassen, dass Ärzte in Ausbildung Ihren OP-Saal beherrschen.« Nadias Stimme klang wie immer ruhig, aber ihre Worte kamen hastig heraus. Sie sah Ashley immer noch nicht an.

»Was genau schlägst du vor, soll ich dagegen tun?«

Ashley zog einen Arztkittel über, verließ ihr Büro und ging in Richtung Toiletten, während Nadia ihr zügig folgte.

»Wenn ich Sie wäre, würde ich meine Untergebene nach einem öffentlichen Fehlverhalten nicht mit einer privaten Entschuldigung vom Haken lassen«, sagte sie beiläufig, als ginge es um eine dritte Person, die nichts mit Nadia zu tun hatte.

*Worauf will sie hinaus?* Das konnte doch bestimmt kein selbstloser Versuch sein, Ashleys Ruf wiederherzustellen? Sie schnaubte amüsiert. *Kann Nadia überhaupt selbstlos sein?* Sie dachte über Nadias Worte nach, während sie sich gründlich, wie Chirurgen das eben so tun, die Hände wusch.

»Willst du damit sagen, ich soll eine öffentliche Entschuldigung von dir verlangen?«

»Denken Sie größer.«

»Ich sollte … äh«, wieder spürte Ashley, wie ihr die Hitze in die Wangen stieg, »dich zurechtweisen?«

Nadia atmete geräuschvoll aus. »Meine Güte, Sie sollten die Antwort nicht raten müssen.«

Das war nicht der Grund, warum Ashley gezögert hatte, aber diese Nuance schien Nadia zu entgehen. Ashley räusperte sich, um ihre nervöse Belustigung über Nadias Zielstrebigkeit zu überspielen, und trocknete sich die Hände ab. »Na gut. Du bist für die nächsten drei Wochen suspendiert. Zufrieden?«

»Natürlich nicht! Ich will mich nicht drei Wochen lang vom OP fernhalten. Es wird wehtun. Aber das ist der Sinn der Sache.«

»Welcher Sinn?« Ashley ging zum Aufzug und drückte ungeduldig auf den Knopf.

»Es muss etwas passieren, damit Sie hier mehr Respekt bekommen.«

»Du tust das für mich?« Mit großen Augen sah sie in Nadias ernstes Gesicht.

»Sagen Sie das bloß niemand anderem.«

Ashley grinste. Als Nadia vorhin ihr Büro betreten hatte, hatte sie das beunruhigt. Aber mittlerweile war sie kaum mehr wütend auf Nadia. Das lag an verschiedenen Faktoren, von denen einer vielleicht mit dem erhöhten Endorphin-Spiegel eines gewissen Nachglühphänomens zu tun hatte.

»Im Ernst, sagen Sie kein Wort. Ich habe einen Ruf zu verlieren.« Nadia sah komplett ernst aus, aber ihre Augen funkelten.

»Okay, wir versuchen es auf deine Art. Ich spiele die strenge Chefin. Du scheinst das zu genießen.«

Nadia schnaubte spöttisch. »Ich muss wohl den Verstand verloren haben.«

»Was gerade passiert ist«, Ashley biss sich auf die Lippe, »war ... interessant.« *So viel zum Thema elegant ansprechen.*

»Normalerweise überlasse ich anderen nicht die Kontrolle.«

»Ach, wirklich? Das wäre mir gar nicht aufgefallen.«

»Süß.« Der trockene Ton passte nicht zu dem Wort, aber Nadias Gesichtsausdruck kam einem Lächeln gefährlich nah.

»Wir sollten vermutlich darüber reden.«

»Was gibt es da zu bereden?« Nadia verschränkte die Arme vor der Brust.

Ashley lächelte trotz des scharfen Blicks, den Nadia ihr zuwarf. »Zum Beispiel, dass es mir leidtut, dass wir unterbrochen wurden, bevor ich ... mich revanchieren konnte?«

Der Aufzug war endlich da und Ashley trat hinein, obwohl sie lieber geblieben wäre, um das Gespräch fortzuführen. Aber sie hatte eine kranke Patientin, die auf sie wartete.

»Und mir tut es leid, wie ich mich in Ihrem OP aufgeführt habe. Lassen wir es gut sein.«

»Beim nächsten Mal würde ich es gern wiedergutmachen«, schlug Ashley vor.

Nadias Miene verdüsterte sich und Ashley wurde ganz kalt. Während die Türen sich schlossen, hörte sie Nadia gerade noch sagen: »Das war eine einmalige Sache. Es wird nie wieder vorkommen.«

Ashley ging zur Intensivstation, während Nadias Worte gnadenlos in ihrem Kopf umherwirbelten. *Es wird nie wieder vorkommen.*

*Warum nicht?* Der Sex mit Nadia war ganz anders und unerwartet gewesen, aber er hatte ihren Körper in einem fast vergessenen Verlangen vibrieren lassen.

Ashley biss fest die Zähne zusammen, als Wut in ihr aufstieg. Wie konnte Nadia in einem Moment so gehorsam und im nächsten wieder so stur sein?

Dann kam ihr ein neuer Gedanke, bei dem sich ihr der Magen schmerzhaft zusammenzog. Sie war so im Augenblick versunken gewesen, dass sie nicht daran gedacht hatte, dass es vielleicht … zu viel war. Was, wenn das nichts weniger als ein krasser Machtmissbrauch von ihr gewesen war?

Vielleicht war es ihre Schuld, dass Nadia es nicht wiederholen wollte. Vielleicht war es falsch von ihr gewesen, auf den Kuss und alles Darauffolgende zu reagieren.

»Dr. Rylan.« Hayes fing sie ab, sobald sie die Intensivstation betrat. Sein Gesicht war blass, aber seine Augen aufmerksam und wach. »Die Patientin hatte einen Herzstillstand. Wir arbeiten daran, sie wiederzubeleben, aber vielleicht hat es gar keinen Sinn, sie zu operieren. Was sollen wir tun?«

Ashley ging in Gedanken die Möglichkeiten durch – oder eher den Mangel an Optionen für die Patientin. Ihnen lief die Zeit davon. Ein Herzstillstand kurz nach der Einlieferung bedeutete nichts Gutes. Die Wahrscheinlichkeit, dass die Patientin überlebte, lag bei fünfundzwanzig Prozent. Und das war noch optimistisch.

Vielleicht waren es die Endorphine in ihrem System, vielleicht war es auch nur der Drang, wenigstens etwas richtig zu machen, jedenfalls sagte sie: »Holen wir sie zurück und gehen sofort in den OP.«

Sie biss die Zähne zusammen und folgte Hayes. Sie würde das hier geradebiegen.

# Kapitel 9

## *Alles dreht sich um Sex, nur nicht der Sex*

»Wusstest du, dass Rylan eine Lesbe ist?«

»Wie bitte?« Nadias Stimme klang etwas höher, als ihr lieb war, obwohl sie sich Mühe gab, gleichgültig zu wirken. Sie sah Dan an.

Er hatte sich an ihren Tisch in der Cafeteria gesetzt und gar nicht erst gefragt, ob das okay wäre. *Schade.* Sie hatte gedacht, sie könnte erfolgreich so tun, als würde sie einen Forschungsartikel lesen. Eigentlich drehten sich all ihre Gedanken nur um dieselbe Frau, über die Dan gerade gesprochen hatte. Seit ihrem Fehltritt letzte Woche hatte sie wegen Rylan mehr Schlaf eingebüßt, als akzeptabel war.

»Sie hat mir gesagt, sie wäre lesbisch. Ist das eine bekannte Tatsache?«, fragte er laut und deutlich.

Nadia sah ihn mit zusammengekniffenen Augen an. Er sah aus, als hätte auch er nicht viel geschlafen. Seine Haare waren zerzaust, seine Augen blutunterlaufen und er hatte sich seit mehreren Tagen nicht rasiert. Das alles sprach für Nadias Hypothese, dass er das ganze Wochenende lang seine Sorgen in Alkohol ertränkt hatte. Natürlich litt er an den Folgen eines Katers.

*Er sieht aus wie ein nasser junger Hund.* Nadia unterdrückte ein Lächeln. Es war seltsam befriedigend, zu sehen, dass Rylan diese Wirkung nicht nur auf sie hatte. Und gleichzeitig war es falsch. Außerdem verspürte sie Sympathie für ihren Leidensgenossen – schließlich waren sie beide Opfer des Charmes ein und derselben hübschen Blondine.

Sie räusperte sich und schob die widersprüchlichen Gedanken beiseite. Sie sollte dieses Die-Oberärztin-ist-lesbisch-Gespräch nicht mitmachen. »Ich glaube nicht, dass Dr. Rylan es gern sehen würde, dass du Leute dazu befragst, ob sie eine Lesbe ist.« Nadia wollte Dan nicht anlügen, aber Klatsch war geschmacklos und unhöflich, und daran wollte sie nicht teilhaben.

»Ich frage doch nicht irgendjemanden«, sagte Dan. »Ich frage dich, weil ich weiß, dass du diskret bist, und weil du alles über alle zu wissen scheinst.«

Natürlich stimmte das nicht. Sie hatte selbst gerade erst vor einer Weile herausgefunden, dass Rylan auf Frauen stand. Nadia achtete darauf, welche der Ärztinnen und Ärzte Ehepartner und Kinder hatten, allerdings nur, um besser entscheiden zu können, ob sie mit ihnen forschen wollte oder nicht. Leute mit Familie waren oft zwiegespalten zwischen der Zeit im Krankenhaus und einer Schulaufführung vom *Froschkönig* oder irgendetwas ähnlich Entsetzlichem.

»Nein, das wusste ich nicht.« Sie brachte die Lüge voller Überzeugung vor. *Es war nicht komplett eine Lüge.* Außerdem ging es Dan nichts an.

»Gut«, sagte Dan. »Ich bin froh, dass nicht nur ich getäuscht wurde.«

»Getäuscht?« Nadia kam die Galle hoch. »Es ist keine diabolische Verschwörung, andere glauben zu lassen, dass sie eine heterosexuelle Frau ist, die sich sofort jedem Mann hingibt, der ihr auch nur ein wenig Aufmerksamkeit entgegenbringt. Vergiss diese Besessenheit ihr gegenüber und lass sie ficken, wen immer sie will.«

Nadia kämpfte darum, ihre Atmung wieder in den Griff zu bekommen. Sie redete sich ein, dass der Ärger daher kam, dass sie Rylan verteidigte, und nicht von Dans gedankenloser Bemerkung stammte. Denn das würde ja bedeuten, dass sie Gefühle für Rylan hätte.

Dan musterte sie. »Entschuldige. Ich nehme es zurück.« Er hob ergeben die Hände in die Luft. »Du weißt doch, dass ich es nicht so gemeint habe.«

Nadia lehnte sich auf ihrem Stuhl zurück und ihre Wut verpuffte. Wer konnte einem nassen Welpen lange böse sein?

»Ich kann einfach nicht glauben, wie ahnungslos ich war. Weißt du, hin und wieder dachte ich, sie hätte sogar Interesse an mir. In den letzten Wochen hat sie mich bei jeder OP gebeten, ihr zu assistieren. Und sie ist immer so glücklich und entspannt, wenn wir zusammenarbeiten. Im OP haben wir eine großartige Chemie. Ich ahne ihre Bewegungen voraus und assistiere ihr, ohne erst fragen zu müssen. Unglaublich, dass ich mir das alles nur eingebildet habe.«

Nun, um fair zu sein, hatte er sich nicht *alles* eingebildet. In letzter Zeit hatte Rylan eng mit Dan gearbeitet. Aber ihre Nähe zu ihm kam lediglich daher, dass sie vor Nadia weglief, nicht auf ihn zu. Nadia rutschte auf ihrem Stuhl hin und her, während sie sich einredete, dass sie das nicht anders wollte. Rylans Nähe nicht brauchte. Aber je mehr Zeit verstrich, in der sie nicht miteinander redeten, desto unwillkommener wurde der Schmerz in ihrem Bauch.

Und wenn sie den ständigen Ärger, die Machtspiele und die überwältigenden Meinungsverschiedenheiten ignorierte, hatte Nadia eine bessere Arbeitschemie mit Rylan, als Dan sich je erhoffen konnte.

Nadia rollte genervt mit den Augen. Wem wollte sie etwas vormachen? Sie hasste es, mit Rylan zu arbeiten.

»Äh, entschuldige noch mal«, sagte Dan. »Ich wollte nicht über OPs reden. Es muss hart sein, drei Wochen lang aus den Sälen verbannt zu sein.«

Daran hatte sie gar nicht gedacht, aber jetzt, da er es angesprochen hatte, vermisste sie es wirklich, von der Action ausgeschlossen zu sein. Das Operieren half ihr, alles objektiver zu sehen, und beruhigte ihre stürmischen Gedanken. Ein weiterer Teil ihres Lebens, der jetzt fehlte.

Sie verbiss sich einen verärgerten Seufzer über die vielen negativen Gedanken, die dieses Gespräch wieder in ihr weckte. *Vielen Dank auch, Dan.*

»Es macht mir nichts aus«, sagte sie ruhig. »Ich habe die Woche an etwas Großem gearbeitet, an etwas, das ich schon seit meiner Studienzeit tun wollte. Ich habe die Zeit also gut genutzt. Außerdem werde ich meine Strafe in zwei Wochen schon abgesessen haben.«

Dan lächelte sie an. Es sollte wahrscheinlich tröstend wirken, stattdessen ärgerte es sie nur noch mehr. Sie brauchte sein Mitleid nicht.

»Ich kann immer noch kaum glauben, dass Dr. Rylan dich suspendiert hat. Obwohl du dich geirrt hast und sie ja recht hatte.«

Nadia kniff die Augen zusammen. »Auch eine kaputte Uhr zeigt zweimal am Tag die richtige Zeit an.«

Dan lachte. »Selbst unter diesem Gesichtspunkt kann ich es immer noch nicht recht glauben. Ich dachte, Dr. Rylan wäre zu nett und geduldig für so etwas.«

Sie hätte ja auch nichts getan, wenn sie nicht etwas Unterstützung bekommen hätte. Natürlich war es Nadias geniale Idee gewesen, auf ihre eigenen Kosten den Ruf der Oberärztin zu verbessern. Sie seufzte. Sie hoffte nur, dass ihr Opfer nicht vergeblich gewesen war und Rylan mehr Respekt gewinnen würde.

Nadia runzelte die Stirn, als sie die Schwachstelle in ihren eigenen Gedanken erkannte. Es war schwer, zu glauben, dass sie, Nadia Keating,

Rylans Bedürfnisse an erste Stelle gestellt hatte. Warum war ihr das überhaupt wichtig?

»Es sieht dir auch nicht ähnlich, so etwas ohne einen Mucks hinzunehmen.« Dan musterte sie.

*Oh, oh.* Nadia versuchte, zu schlucken, obwohl ihre Kehle plötzlich ganz trocken war. »Es spielt keine Rolle, ob Dr. Rylan recht hatte oder nicht. Es war falsch von mir, im OP mit ihr zu diskutieren. Sie hat nur getan, was jede in ihrer Position tun würde. In der Chirurgie geht's nicht ohne Grund nicht demokratisch zu. Daran musste ich wohl erinnert werden.« *Und der Oscar für die beste reumütige Vorstellung geht an …*

Dan nahm ihren Unsinn widerspruchslos hin und nickte. »Sie ist freundlich und nett, aber auch stark und entschlossen, wenn es nötig ist.«

Nadia schnaubte bei dieser liebeskranken Ansage. »Du kannst doch nicht immer noch hoffen, mit ihr zusammenzukommen.«

Er sah sie mit seinem traurigen Welpenblick an und entgegnete nichts.

»Ach, hör schon auf.« Nadia schüttelte den Kopf. »Sag bloß nicht, du glaubst, sie ist nur eine Lesbe, weil sie noch nicht den richtigen Kerl getroffen hat. Und dass du derjenige bist, der ihr den Kopf verdrehen und sie in den Himmel der Heterosexuellen führen wird.« Nadia lachte. »Das funktioniert nie. Wenn sie dir gesagt hat, dass sie lesbisch ist, dann hat sie es auch so gemeint.« *Und ich weiß das aus erster Hand.*

Dan sank tiefer auf seinem Stuhl. Schuldgefühle zerrten an Nadias Gewissen. Vielleicht hätte sie nicht so unverblümt sein sollen. Er war ein guter Mann und Nadia wusste, dass sie nur ihren eigenen Groll auf ihn projizierte. Er war nur ein Kerl mit einer hoffnungslosen Schwärmerei für eine unerreichbare Frau.

Nadia biss sich auf die Unterlippe. Sie war ebenso schuldig. Sie hatte Rylan eine ganze Woche lang gemieden. Natürlich hatte sie ihre Gründe und die konnten alle unter dem Klischee *Es ist kompliziert* zusammengefasst werden. Mit Rylan zusammen zu sein war nicht das, was sie im Moment wollte, brauchte oder haben konnte.

*Vielleicht nie.*

Nadia atmete tief ein, um den plötzlichen Druck auf ihre Brust zu lindern. Sie weigerte sich, zu spekulieren. Die ganze Sache hätte ein albernes Experiment sein sollen, um ihren Drang nach einer neuen Erfahrung zu befriedigen.

Aber das hatte nicht funktioniert. Im Gegenteil, jede Faser ihres Körpers sehnte sich danach, wieder von Rylan berührt zu werden.

Sie sah zu Dan, der die Gefühle, die sie so mühsam verbarg, offen zeigte. Es gab rein gar nichts, das sie tun konnte, um ihr eigenes Herz zum Schweigen zu bringen, aber vielleicht konnte sie helfen, seines zu heilen. Vielleicht würden ihm ein paar tröstliche Worte helfen.

Ihr fielen keine ein.

Während sie schweigend nebeneinandersaßen, gesellten sich Jason und Li, die anderen beiden Assistenzärzte, zu ihnen. Nadia begrüßte sie mit finsterer Miene. Warum nahmen alle an, sie könnten sich einfach selbst an ihren Tisch einladen?

»Worüber redet ihr zwei gerade?«, fragte Jason.

Nadia warf Dan einen Blick zu und hoffte, er wäre vernünftig genug, den Mund zu halten.

»Ach, als Facharzt, der ich bald bin, habe ich vor, bei der breit angelegten Studie für Immunsuppressiva mitzumachen, an der Nadia beteiligt ist. Ich habe sie nach den Eintrittskriterien gefragt.« Es war eine mehr oder weniger plausible Geschichte.

»Aufregend«, sagte Jason sarkastisch. »Ich ziehe es vor, mich nach der Zeit hier auf richtige OPs zu konzentrieren. Forschung ist was für Laborratten.«

Nadia musterte ihn mit geschürzten Lippen. Es wäre eine willkommene Ablenkung, ihn in der Luft zu zerreißen. »Es ist eine klinische Studie. Falls du mit diesem Begriff nicht vertraut bist – es bedeutet, dass echte Menschen daran teilnehmen. In unserer Studie sind die Teilnehmer sehr krank – oft lebensbedrohlich.« Nadia schob ihre Unterlagen zu einem ordentlichen Stapel zusammen. »Wäre es etwa besser, wenn Doktoranden diese Patienten behandelten?«

Sie unterbrach sich, damit er antworten konnte, aber er sagte nichts. Unter ihrer kühlen Maske lag ein Anflug von Selbstzufriedenheit. »Aber warum willst du nur die Forschung aus deinem beruflichen Werdegang weglassen? Wenn du die komplette Patientenversorgung anderen überlässt, kannst du dich allein auf den technischen Teil der Chirurgie beschränken. Vielleicht gewinnst du eines Tages eine Auszeichnung für deine Fortschritte auf dem Gebiet.« Ihre Worte durchschnitten die angespannte Stille. »Oder wäre das nicht mehr, als die Chirurgie auf ihre blutigen Wurzeln zu reduzieren?«

Jason öffnete den Mund und schloss ihn dann wieder. Weder Li noch Dan sprangen zu seiner Verteidigung ein.

»Wenn du so gerne auf Dinge einhackst, hättest du Metzger werden sollen. Ich hab gehört, die Ausbildung ist auch wesentlich kürzer.«

Das Gelächter, das von Dan und Li kam, bestätigte sie. Es gab nichts mehr, das sie zu irgendeinem der drei sagen wollte. Sie schob ihren Stuhl zurück und ging. Es war vergebliche Mühe, sich mit ihren Kollegen gutstellen zu wollen.

Gerade als sie die Cafeteria verlassen wollte, wurde sie von einem der Herz-Thorax-Fachärzte aufgehalten. »Keating, ich bin froh, dass ich Sie gefunden habe.« Michael Miller verstellte ihr den Weg. »Die Patientin in Bett sieben hatte gestern eine Aortenklappen-OP, aber der Output ihrer Drainagen ist zu hoch. Sie wird noch irgendwo bluten. Wir müssen sie zur genaueren Untersuchung in den OP zurückbringen. Haben Sie Zeit, um zu assistieren?«

»Dr. Miller, wie Sie sehr gut wissen, darf ich diese Woche die OPs nicht betreten.« Nadia freute sich, dass nichts von ihrer Trauer in ihrer Stimme zu hören war.

»Ach, kommen Sie, Nadia. Ich bin sicher, Ashley wird es verstehen«, sagte Miller angespannt. »Meine Patientin ist in einem kritischen Zustand.«

Nadia hielt ihre Lippen zu einem dünnen Strich zusammengepresst. So arrogant, wie er war, glaubte Miller, er könnte sich über Rylans Autorität als Oberärztin hinwegsetzen. *Diesmal nicht.* Jedenfalls nicht, wenn Nadia es verhindern konnte. »Wenn Sie es mit Dr. Rylan absprechen, wäre ich mehr als gewillt, Ihnen zu assistieren. Aber wenn Ihre Patientin in so einem kritischen Zustand ist, ist jede Minute kostbar und ich schlage vor, Sie bitten einen der anderen Kollegen«, sagte sie und deutete zu dem Tisch, den sie gerade verlassen hatte.

Nadia drehte sich auf dem Absatz um und fügte hinzu: »Ich bin sicher, eins unserer Westküstentalente kann übernehmen, solange ich außer Dienst bin.«

Sie ging, bevor Miller noch etwas sagen konnte, die Fäuste in die Taschen ihres weißen Kittels geschoben. Noch zwei Wochen Suspendierung. Zwei weitere Wochen, ohne Rylan zu sehen. Zwei weitere Wochen, um ihre irrationalen Gefühle zu ordnen. Und sie würde sie ordnen. Wenn sie sich intensiv genug auf ihre Forschung konzentrierte, würde sie vielleicht vergessen, wie es sich anfühlte, Rylan zu berühren. Oder wie sie duftete … oder schmeckte. Nadia schob den Gedanken von sich und ballte die Hände noch fester zu Fäusten.

Zwei weitere Wochen, um zu vergessen, was sie nicht haben konnte.

Ashley ging mit zwei Portionen Salat, einer Tasse Kaffee und einer Tasse Tee in Paris Büro, um wie an jedem Montag mit ihr zu Mittag zu essen. Sie hatten diese Tradition vor sieben Jahren begründet, als Ashley noch in der Ausbildung gewesen war, und führten sie auch jetzt noch fort, wenn ihre Arbeitszeiten es ihnen erlaubten.

Heute waren Ashleys Schritte schwer, allerdings nicht aus Erschöpfung. Die feierabendliche Begegnung in ihrem Arbeitszimmer letzte Woche lastete schwer auf ihr und machte alles, das sie früher genossen hatte, schwer zu ertragen.

»Komm rein. Ich bin fast fertig mit dieser E-Mail.«

Ashley stellte Essen und Getränke auf Paris Schreibtisch ab und wartete darauf, dass ihre Freundin zu tippen aufhörte.

Als sie fertig war, nahm Pari den Salat, der näher bei ihr stand. »Danke. Ich bin am Verhungern.«

Ashley sah auf ihre Schüssel und schob mit der Gabel ein Stück Brokkoli herum. Sie hatte keinen Appetit.

»Gott sei Dank haben wir diese Essensdates, sonst würde ich dich gar nie mehr sehen. Seit du beschlossen hast, die strenge Chefin zu spielen, fehlt uns eine Assistentin im OP«, sagte Pari zwischen zwei Bissen.

»Tut mir leid, dass ich deiner Starschülerin Hausarrest geben musste. Wenn du ihr bessere Manieren beigebracht hättest, wäre es vielleicht nicht nötig gewesen«, sagte sie wütender, als sie vorgehabt hatte. Nadias Weigerung, auch nur mit ihr zu reden, machte es ihr viel leichter, die strenge Oberärztin zu spielen, die aufsässige Untergebene suspendierte.

»Keine Sorge. Ich ziehe es zwar vor, mit Keating zu arbeiten, aber Dan ist ein angemessener Ersatz, obwohl er in letzter Zeit aussieht wie ein getretener Welpe. Hat bestimmt Frauenprobleme, wenn du mich fragst.«

Ashley zuckte zusammen. Dans Niedergeschlagenheit war ebenfalls ihre Schuld.

Pari fuhr fort, scheinbar ohne ihre Reaktion zu bemerken. »Jason war bisher nicht gerade beeindruckend, aber bis zu seinem Abschluss bringe ich ihn schon noch auf Zack. Ich denke, es war richtig von dir, Keating zu suspendieren, obwohl es mich überrascht hat, dass du es in dir hattest.«

*Hatte ich nicht. Es war Nadeschdas Idee.* Ein schmerzhafter Stich ging durch ihr Herz.

»Es tut ihr gut, mal eine Auszeit zu haben«, sagte Pari. »Allerdings ist sie so versunken in ihr neues Forschungsprojekt, ich vermute, sie hat gar nichts aus deiner Entscheidung gelernt.«

»Welches Projekt?« Vielleicht hatte Nadia einen legitimen Grund dafür, sie die ganze Woche über gemieden zu haben.

»Irgendetwas, das die Transplantationsmedizin revolutioniert. Was auch immer das heißen mag. Sie drückt sich ziemlich vage aus.«

*Wunderbar.* Ashley gab das Essen auf und trank ihren Kaffee. *Ein fingiertes Projekt als fingierte Ausrede.*

»Aber genug von der Arbeit. Sag schon, wie läuft es mit dem Daten? Hast du von deinem One-Night-Stand gehört?«

Ashley verschränkte die Arme. »Darüber will ich nicht reden.«

»Sie hat sich nicht gemeldet?« Pari warf ihr einen mitfühlenden Blick zu. »Das erklärt, warum du in letzter Zeit so niedergeschlagen bist.«

»Nein, das ist es nicht. Sie hat mich kontaktiert.« *Sie ist in mein Büro gekommen und hat sich entschuldigt.* »Aber sie hat deutlich gemacht, dass sie kein Interesse an einer Beziehung hat.« *Wir hatten Sex, sie ist gegangen und wir haben seitdem nicht mehr miteinander geredet.*

»Wenn sie nicht mit dir ausgehen will, muss sie verrückt sein.«

»Danke.« Ashley zwang sich zu einem Lächeln. Paris Bemerkungen gaben ihr immer wieder neues Selbstvertrauen.

»Warum zieht ein One-Night-Stand dich eigentlich so runter? War sie *so* gut?«

Ashley errötete. Sex mit Nadia Keating machte süchtig. Obwohl sie diese Droge erst einmal eingenommen hatte und sogar wusste, dass es schlecht für sie war, sehnte sie sich nach mehr. Jedes Mal, wenn sie Nadia sah, blitzten Erinnerungen an jenen Abend in ihrem Kopf auf. Sie sprachen zwar nicht miteinander, aber Ashleys Körper und ihr Herz reagierten reflexartig auf Nadia. Sie wusste, dass die Entzugserscheinungen bei dieser menschlichen Droge noch lange andauern würden.

»Ich habe dich noch nie sprachlos gesehen. So gut, hm?«, scherzte Pari. Sie hatte ihren Salat aufgegessen und griff jetzt nach dem Darjeeling-Tee.

In diesem Moment erkannte Ashley, dass sie Nadia überhaupt nichts schuldig war. Sie würde natürlich die Details verschweigen, aber es gab keinen Grund, nicht mit Pari über die Begegnung zu reden. Anders als Nadia war sie nicht aus Stein. »Sie war … unvergesslich, ja, aber das ist es nicht, was mich beunruhigt. Hast du mal den Spruch gehört: ›Alles im Leben dreht sich um Sex, nur nicht der Sex. Der dreht sich um Macht‹?«

»Klar. Kevin Spacey hat das in *House of Cards* gesagt.«

»Ich habe gehört, dass der Spruch von Oscar Wilde stammt, obwohl das auch unwahrscheinlich ist.«

Pari zuckte mit den Schultern. Genau wie ihre Lieblingsschülerin glaubte sie, dass sie immer richtiglag.

Ashley schüttelte amüsiert den Kopf. »Wie auch immer, früher habe ich das nie verstanden. Ich dachte, es ginge dabei um so etwas wie den heterosexuellen Kampf der Geschlechter. Aber als ich mit, äh, dieser Frau zusammen war, habe ich es verstanden. Der Sex mit ihr war toll, aber er hatte nichts mit Liebe zu tun. Es war pure Lust und Leidenschaft, rein körperlich. Und es ging um Macht. Ich wollte sie besitzen, sie beherrschen. So habe ich noch nie empfunden. Und sie ist eine Frau, die normalerweise die Führung übernimmt, deshalb war es noch heißer, als sie meinen Befehlen gehorcht hat.«

Pari neigte fragend den Kopf.

Ashley senkte den Blick. Hatte sie zu viel gesagt? Sie redeten doch nicht zum ersten Mal über Sex. Und Pari wollte immer Details hören.

»Das kann ich mir nicht vorstellen.« Paris Lippen zuckten amüsiert, obwohl sie sich sichtlich Mühe gab, nicht die Beherrschung zu verlieren.

»Was?«

»Du in Lederklamotten und mit einer Reitgerte.«

Ashley verdrehte die Augen. »So war es nicht. Es gab kein … Zubehör.«

Pari brach in Lachen aus. »Sehr wohl, Ma'am. Wie Sie meinen.«

War die Vorstellung, dass Ashley die Führung übernahm, *so* witzig? »Hör auf!« Sie musste trotzdem lächeln. »Darum geht es mir gar nicht.«

»Entschuldige. Worum geht es dir denn?«

»Na ja, da es so … neu war, glaube ich, ich habe vielleicht eine Grenze überschritten. Wir haben nicht über … Limits gesprochen.« Ashleys Wangen wurden ganz rot. Je mehr sie es zu erklären versuchte, desto mehr klang es nach BDSM. »Und jetzt redet sie nicht mehr mit mir.«

Pari nickte, ihre Miene wurde ernst. »Jetzt verstehe ich, warum du so beunruhigt bist. Du machst dir Sorgen, dass du während eures Rollenspiels deine Macht missbraucht hast.« Sie hielt inne und schnalzte dann mit der

Zunge. »Ashley, ich wünschte, ich könnte dir etwas Tröstendes sagen, aber wenn du nicht die nächste Stunde damit verbringen willst, deine sexuelle Begegnung zu analysieren, denke ich, du solltest es einfach dabei belassen. Sie war von Anfang an nicht an einer Beziehung interessiert. Fühl dich nicht schlecht wegen etwas, das vorbei ist. Du bist ein guter Mensch. Lass es gut sein.« Pari lächelte sie sanft an.

Wenn es nur so einfach wäre. Ein Kloß unausgesprochener Worte verstopfte Ashleys Kehle. Pari würde es nie verstehen, solange sie nicht die ganze Geschichte kannte, und die konnte Ashley ihr nicht erzählen. Sie war an ihre Schweigepflicht gebunden.

Niedergeschlagen sank sie tiefer in ihren Stuhl. Auch wenn sie nicht mehr zusammenarbeiteten, war Nadia schwer zu vergessen – falls Ashley das überhaupt wollte. Aber was sie sehr wohl mehr als alles andere wollte, war, das Verhältnis zwischen ihnen geradezubiegen.

Sie richtete sich entschlossen auf. Sie musste mit Nadia reden, sonst würde sie die Gedanken, die sich hartnäckig in ihrem Kopf eingenistet hatten, nie loswerden.

# Kapitel 10

## *Die unerreichbare Frau*

*Es war nur Sex.* Nadia starrte die Quelle ihrer Qual an und ihr Puls beschleunigte sich allein beim Anblick von Rylan, die eine Reihe vor ihr saß. Es war leicht, sich vor ihr zu verstecken, wenn sie nicht in den OP durfte. Nadia blieb in ihrem Labor. Sie arbeitete an ihrem Forschungsvorhaben. Das war alles. Aber am Montagnachmittag musste sie am gemeinsamen Meeting von Chirurgen und interventionellen Kardiologen teilnehmen, bei dem die zwei Gruppen so taten, als würden sie einander nicht hassen.

Nadia konzentrierte sich auf das Video auf dem großen Bildschirm, das ein Herzkranzgefäßsystem zeigte, das verschwand und wieder erschien, während das Kontrastmittel durch die Arterien floss. Es war eines der schlimmsten Koronarangiogramme, das Nadia je gesehen hatte, aber sie verzog keine Miene. Sie hatte vor langer Zeit gelernt, solche Fälle einfach zu akzeptieren. Auch die Medizin hatte ihre Grenzen.

»Ich sage euch, wenn wir Stents in der LM, der OM1 und der RCA einsetzen, wird der Patient so gut wie neu sein.« Stefan Kowalski, ein erfahrener Kardiologe, reckte seinen Finger in die Luft.

*Wohl kaum.* Nadia unterdrückte ein Schnauben. Das Herz versuchte tapfer, seine Aufgabe zu erfüllen, und scheiterte. Kläglich.

»Das kannst du nicht ernst meinen, Stefan. Und wenn du alle seine Koronararterien mit deinen Metallmonstern erneuerst, dieser Mann würde trotzdem sterben. Er hätte schon gestern auf meiner Transplantationsliste stehen müssen.« Singh starrte ihn finster durch ihre Brillengläser an.

Nadia sah auf die Uhr an der Wand. Es waren erst zehn Minuten vergangen. Sie hatten sich wie zehn Stunden angefühlt. Interventionelle Kardiologen und Herzchirurgen stritten ständig um Patienten. Es überstieg ihren Verstand, warum die Verwaltung beschlossen hatte, dass sie gute Freunde sein sollten.

Nadia sah wieder zum Video. Sie war mit Singh einer Meinung. Das Herz war zu nichts mehr gut. Eine Transplantation war die einzige Hoffnung für den Patienten, um sein Leben zu verlängern.

»Das wird nicht funktionieren, Pari«, widersprach Kowalski. »Warum sollten wir ihm etwas anbieten, auf das er vielleicht zu lange warten muss, wenn wir schon heute Stents einsetzen können?«

»Bei Mehrgefäßerkrankungen ist ein Bypass den Stents vorzuziehen«, sagte Williams sofort.

Und so ging es weiter, jedes Mal dieselbe Choreografie. Die Chirurgen waren der Meinung, dass eine Mehrgefäßerkrankung eine Bypass-Operation erforderte. Die Kardiologen wedelten mit irgendeinem Forschungsartikel herum, als wäre das der Heilige Gral, und behaupteten, dass er für ihr Stent-Argument sprach. Die Chirurgen stellten die Validität des Artikels infrage und die Kardiologen waren beleidigt, weil ihre Integrität angezweifelt worden war.

Schließlich artete es in einen regelrechten Krieg aus, in dem alle mit Fingern aufeinander zeigten und die Moral der Kollegen infrage stellten und behaupteten, dass sie allein an das Wohl des Patienten dachten.

Nadia lehnte sich auf ihrem Platz zurück. Diese Diskussion würde eine Weile dauern.

»Warum versuchen wir es nicht mit einem LVAD?« Die leise Stimme ging im Schreiduell zwischen Williams und Kowalski unter. Diese Meetings endeten immer in einem Schwanzvergleich zwischen den beiden. Der Lärm ging Nadia langsam auf die Nerven.

»Ruhe!«

In der Sekunde, in der Nadia das schrie, erkannte sie drei Dinge. Erstens: Sie musste lernen, ihre Kollegen besser zu tolerieren. Zweitens: Singh hatte gleichzeitig dasselbe Wort gerufen. Und drittens: Alle starrten Nadia an.

Sie räusperte sich. »Ich glaube, Dr. Rylan hatte noch einen anderen Vorschlag.«

Nadia erschrak über ihre eigene Freundlichkeit. Warum mischte sie sich überhaupt ein? Sie hätte es Singh überlassen sollen, Rylan beizustehen.

»Ja«, sagte Rylan etwas lauter. »Danke, Nadeschda«, sagte sie, ohne sie anzusehen. »Ich schlage ein LVAD vor, während wir die Transplantation abklären, wenn sowohl CABG als auch PTCA zu wenig sind und zu spät kommen.«

Die Diskussion ging noch zwanzig Minuten lang weiter. Nadia ignorierte ihren verkrampften Magen und beschloss stur, dass es besser war, wenn sie Rylan das restliche Meeting lang nicht ansah. Sie lehnte sich wieder zurück, verschränkte die Arme und nahm sich vor, still zu bleiben. Die Ärzte vergaßen, dass sie überhaupt da war – außer Singh, die ihr gelegentlich einen verblüfften Blick zuwarf, als käme sie von einem anderen Planeten.

*Einfach wunderbar.* Ihre Mentorin musste sie für mental labil halten.

»Nadeschda, warte. Wir müssen reden.«

Nadia ignorierte Rylan und ging einfach weiter. Rylan machte es ihr wirklich schwer, Abstand zu wahren. Ihr Ausbruch im gestrigen Meeting hatte Nadias Beschluss untergraben, so zu tun, als wäre zwischen ihnen nichts passiert. Aber wenn sie die Nette spielte, würde es ihnen beiden wehtun. Zwischen ihnen konnte nicht mehr sein als das, was sie gehabt hatten. Sosehr sie sich auch nach Rylans Berührungen sehnte, eine Beziehung mit ihr würde nie funktionieren. Sie waren einfach nur zwei Frauen, die Sex gehabt hatten.

Einmal.

*Zählte es überhaupt, wenn wir dabei unterbrochen worden sind?* Nadia schob den Gedanken von sich. Es war besser, sich so weit von Rylan fernzuhalten wie möglich.

Aber bei Rylan war die Botschaft nicht angekommen. Sie stellte sich neben Nadia. »Es tut mir leid«, sagte sie.

Rylan entschuldigte sich wirklich viel zu oft. Nadia sagte nichts, auch wenn ihr das ausgesprochen schwerfiel. Sie wollte, dass Rylan ging, bevor Nadias Körper sie verriet. Die feinen Härchen auf ihren Armen standen bereits zu Berge – jede einzelne Nervenzelle reagierte auf Rylans Gegenwart.

Sie konzentrierte sich auf ihre Atmung und redete ihrem Körper gut zu, sich zu beruhigen. Es würde keine Zugabe geben. Sie hatte klare Bedingungen aufgestellt: *eine* Begegnung. Mehr als das war gefährlich.

»Was auch immer ich falsch gemacht habe, es tut mir leid.« Rylan bestand auf ihrer Entschuldigung.

Schließlich drehte Nadia sich zu ihr um. »Dr. Rylan, ich habe keine Ahnung, wofür Sie sich entschuldigen.«

»Nenn mich Ashley. Und es ist offensichtlich, dass ich irgendetwas falsch gemacht habe. Du gehst mir aus dem Weg.«

Nadia ballte die Hände zu Fäusten. Wenn sie so nahe vor Rylan stand, raste ihr betrügerisches Herz. Sie wollte ihren Arm berühren und ihr versichern, dass sie nichts falsch gemacht hatte. Im Gegenteil, wenn Nadia den Abend objektiv beurteilte, hatte Rylan alles sehr richtig gemacht.

Die Aufzugtüren gingen auf. Singh, Dan, Jason und Li traten ein wenig zurück, um Platz zu schaffen, und Nadia ging hinein. Zu ihrem Entsetzen folgte Rylan ihr.

»Nadia, hallo.« Dan lächelte sie an.

Sie nickte und behielt ihre stoische Miene bei.

Die Männer tauschten ein paar Freundlichkeiten mit der Oberärztin aus. Dann schwiegen alle. Nadia schob sich so weit von Rylan weg, wie es in dem engen Raum möglich war, und stellte sich neben Jason, sodass sie halb hinter seinen breiten Schultern verschwand.

Schließlich sagte Li: »Wir gehen uns den neuen Da Vinci in Aktion ansehen!«

*Großartig*. Sie würde die Vorstellung eines Chirurgieroboters verpassen, nur weil sie etwas *Nettes* getan hatte. Nadia zwang sich, weiterhin ausdruckslos geradeaus zu starren, während das Elend ihr das Herz schwer machte.

Rylan fing ihren Blick auf. »Der Roboter wird auch in zwei Wochen noch da sein.«

Nadia runzelte die Stirn. Rylan machte es nur noch schlimmer. Sie wollte und brauchte ihre Sympathie nicht.

»Keating wird also immer noch bestraft, obwohl sie dir gestern zur Seite gesprungen ist?«, fragte Singh, als wäre Nadia gar nicht anwesend.

Nadia biss fest die Zähne zusammen und wehrte sich dagegen, wegzusehen oder sich von diesem Gespräch aus der Fassung bringen zu lassen.

Rylan schaute Singh an und sagte nichts.

»Gehst du nicht zum PR-Meeting?«, fragte Singh Rylan.

»Das ist in zehn Minuten. Zuerst aber, äh, Nadeschda hat mich gebeten, eine Anschaffung für ihr Forschungsprojekt zu genehmigen.«

Nadia stand reglos da und wünschte, sie wäre unsichtbar. Warum musste Rylan sie gerade vor Singh, der einzigen Ärztin im Krankenhaus, deren Meinung für sie eine Rolle spielte, in eine so durchschaubare Lüge hineinziehen?

»Sie sollten zu Ihrem Meeting gehen, Dr. Rylan. Vielleicht brauche ich Ihre Genehmigung doch nicht.« *Und Sie müssen sich auf Ihre Arbeit konzentrieren und aufhören, mir nachzulaufen.* »Wie Sie wissen, übertrifft mein Forschungsstipendium das Budget der Klinik um das Doppelte.« Nadia hob das Kinn. Sie hatte guten Grund für ihre Selbstzufriedenheit. Schließlich war das die Wahrheit. Rylan hätte sich eine weniger idiotische Ausrede einfallen lassen sollen, wenn sie glaubhaft sein wollte.

»Aber du brauchst meine Zustimmung für den Einsatz der Ausstattung in der Klinik.«

Nadia verzog angewidert das Gesicht. Rylan hatte recht. Ihr neues Gerät musste medizinischen Ansprüchen genügen. Und mittlerweile war es offensichtlich, dass Rylan nirgendwohin ging, also konnte sie das Gespräch ebenso gut hinter sich bringen. Sie hielt Rylans Blick stand, die Lippen zu einem dünnen Strich zusammengepresst. »Natürlich, Dr. Rylan.«

Der Aufzug hielt im Stockwerk mit den OPs, und Singh ging zur DaVinci-Präsentation. Die drei Fellows folgten ihr wie eine Schar Entchen der Mutter.

Ohne das Publikum wandte Nadia sich ab, bereit zu ignorieren, was auch immer Rylan sagen wollte.

Sie sagte nichts.

Nadia warf einen Blick zurück zu ihr – Rylan kämpfte mit einem Knopf am Ärmel ihrer maßgeschneiderten marineblauen Bluse. Nadia versuchte, sich zu beherrschen, aber ihr Blick wanderte trotzdem nach oben. Die Farbe von Rylans Bluse bot einen deutlichen Kontrast zu ihrer blassen Haut und sie hatte die obersten zwei Knöpfe offen gelassen, was einen Hauch ihres Brustansatzes sehen ließ.

Was trug sie wohl unter der Bluse? Wie konnte es sein, dass Nadia so vertraut mit den Lauten war, die Rylan beim Orgasmus ausstieß, aber nicht die Antwort auf diese eine Frage kannte?

Nadia sah weg. Es hatte keinen Sinn. Egal, wie viel Mühe sie sich gab, nicht an Rylan zu denken, ihre Gedanken wanderten immer wieder stur zu ihrem gemeinsamen Abend zurück. Nadia hatte ihn in vielen schlaflosen Nächten neu durchlebt. Alles war zu schnell passiert und Rylan hatte zu viele Kleider getragen. Einige wichtige Elemente hatten gefehlt, beispielsweise hatte sie Rylans anatomische Eigenschaften nicht erkunden können. Stattdessen hatte ihre gemeinsame Zeit lediglich ein heftiges Verlangen nach mehr zur Folge gehabt, ein Verlangen, das ständig um ihre Aufmerksamkeit kämpfte.

Nadia sah wieder zu Rylan hinüber. Sie mühte sich immer noch mit dem verdammten Knopf herum. »Meine Güte, lassen Sie mich das machen.«

Sie ging schnell zu Rylan, um ihr zu helfen, einzig und allein aus dem Grund, ihrer eigenen Versuchung zu entkommen. »Man sollte denken, eine Herz-Thorax-Chirurgin würde geschicktere Hände haben«, murmelte sie und hoffte, die harsche Bemerkung würde ihre Erkenntnis dämpfen, dass sie viel lieber Rylans Bluse aufknöpfen würde.

Rylan seufzte. »Würde es dich umbringen, einmal etwas Nettes zu tun, ohne eine Beleidigung anzuhängen?« Sie zog den Arm zurück, allerdings nicht, bevor Nadia den Knopf richtig geschlossen hatte.

Schließlich hielt der Aufzug im neunten Stock an, wo sich Nadias Labor befand. Sie marschierte voran, ohne sich umzudrehen, hörte aber, dass Rylan ihr dicht auf dem Fuß folgte. Als sie in dem Raum ankamen, nahm Nadia ein Dokument von ihrem Schreibtisch und hielt es Rylan hin.

»Was ist das?«

»Sie wollten ein medizinisches Gerät genehmigen.«

Rylan setzte sich und überflog das Blatt, bevor sie zu Nadia aufsah. »Und wenn ich nicht unterzeichne?«

Nadia zuckte mit den Schultern. »Sie können tun, was Sie wollen. Ich habe sowieso noch vor, die Klinikleitung anzusprechen. Ich dachte nur, nachdem Sie den ganzen Weg mitgekommen sind, wollen Sie vielleicht etwas Produktives tun.«

Rylan sah wieder auf das Papier. »Du willst also einen Bioreaktor für Organe anschaffen?«

»Ich *werde* einen anschaffen«, sagte Nadia mit Nachdruck. »Ich brauche lediglich eine Erlaubnis für den klinischen Einsatz.«

»Du hast vor, Gewebe für die Verwendung am Menschen zu züchten.« Rylan zog die Augenbrauen zusammen, während sie versuchte, die wenigen Puzzleteile zusammenzusetzen, die Nadia ihr gab. »Hast du eine Forschungserlaubnis dafür?«

»Nein. Es ist keine klinische Studie.« Nadia versuchte, beiläufig zu klingen. »Noch nicht. Aber wenn es eine wird, kann ich dasselbe Gerät verwenden.«

»Du ersparst der Klinik die Ausgabe?«

»Gern geschehen.«

Rylan schnaubte. Sie griff zur Brusttasche, als hätte sie ihren weißen Kittel an, aber stattdessen streiften ihre Finger nur den glatten Stoff ihrer Bluse. »Hast du –«

Bevor sie den Satz beenden konnte, reichte Nadia ihr einen Stift.

Ihre Finger streiften sich und sofort begann Nadias verräterisches Herz zu flattern. Sie ignorierte es und zwang sich, sich auf das Dokument zu konzentrieren, das Rylan gerade unterzeichnete.

Danach schenkte Rylan ihr ein halbes Lächeln. »Also gibt es wirklich ein Projekt, an dem du arbeitest? Das war keine Ausrede, um mir aus dem Weg zu gehen?«

Nadia verkniff sich mit Mühe ein Lächeln. Sie überlegte kurz, ob sie Rylan darauf hinweisen sollte, dass sie als hervorragende Multitaskerin beides gleichzeitig tun konnte. Stattdessen entgegnete sie: »Dr. Rylan, ich weiß nicht, was Sie während Ihrer chirurgischen Ausbildung getrieben haben, aber ich bin nicht so weit gekommen, indem ich Beschäftigung vorgetäuscht habe.«

Als sie Rylans verletzten Blick sah, bereute Nadia ihre Worte fast ein wenig, aber sie schob das Gefühl von sich. Nur eine wahre Meisterin konnte in Situationen emotionalen Aufruhrs die Beherrschung wahren.

»Sag mal, ist diese passiv-aggressive Haltung ein fester Teil von dir oder kann ich sie irgendwo abschalten?«

Nadia hielt ihrem Blick stand.

»Und zum hundertsten Mal, nenn mich Ashley!« Sie funkelte sie an. »Ich bin nicht gekommen, um deine Arbeitsleistung zu diskutieren. Warum ist es so schwer für dich, mich beim Vornamen zu nennen?«

»Weil wir keine Freundinnen sind, *Dr. Rylan.*« Es war Zeit, klare Grenzen zu ziehen. »Sie sind meine Chefin und ich bin Ihre Schülerin. Alles andere wäre unangemessene und übertriebene Vertrautheit.«

»Wirklich? Da ziehst du die Grenze des Anstands?« Rylan warf das Dokument auf den Tisch. »Sex mit mir ist erlaubt, aber mich beim Vornamen zu nennen ist Ketzerei?«

Nadias Maske bekam einen Riss und sie sog frustriert die Luft ein. Warum konnte sie das nicht verstehen? Dieses Gespräch tat nur ihnen beiden weh. »Sie haben mir gesagt, Sie würden mit einem One-Night-Stand klarkommen. Warum tun Sie das jetzt *nicht*?«

Rylan klappte den Mund zu. Sie blinzelte und ihr sturer Gesichtsausdruck verwandelte sich in einen, der Nadia das Herz zusammenpresste. Rylan sah zu Boden. »Das liegt daran, Nadeschda«, sagte sie leise und ruhig, »dass die meisten Leute Emotionen haben, die sie nicht nach Lust und Laune abschalten können. Wir sind nicht alle Roboter wie du.«

Nadia runzelte die Stirn. Sie wünschte, sie wäre ein Roboter. Es wäre leichter, keine Emotionen zu haben, als sich so anstrengen zu müssen, um sie zu verbergen. »Eine Chirurgin sollte ihre Emotionen besser im Griff haben.«

Rylan sah zu Nadia auf. Mehrere Sekunden lang sagte sie nichts. »Vergiss es. Es tut mir leid, dass ich überhaupt versucht habe, mit dir zu reden. Die nächsten zwei Jahre gehe ich dir aus dem Weg und du gehst mir aus dem Weg, dann wird alles einfach perfekt sein!«

Nadia nahm ihren Ausbruch mit sturer Entschlossenheit und eiserner Gleichgültigkeit hin. »Einverstanden.«

Rylan ließ kurz die entschlossene Miene fallen. »Warum musst du nur so sehr« – ihre Stimme wurde fast unhörbar – »du sein?«

Nadia starrte sie an und unterdrückte mit dem letzten Rest Disziplin, der ihr noch verblieben war, das Verlangen, etwas Tröstliches zu sagen oder die Hand auszustrecken. Sie blieb einfach still stehen.

Rylan seufzte leise und verließ das Labor ohne ein weiteres Wort.

Nadia stand wie angewurzelt da. Wie kam es nur, dass bei jedem Gespräch, das sie in letzter Zeit mit Rylan geführt hatte, eine von ihnen beiden verletzt davonstürmte?

Sie schüttelte den Kopf, um den Gedanken zu vertreiben, ging zu ihrem Tisch und setzte sich. Fast hilflos starrte sie den schwarzen Computerbildschirm an. *Das ist etwas Gutes*, sagte sie sich immer wieder, in der Hoffnung, sie würde es irgendwann glauben. Endlich war sie allein, um sich auf ihre Arbeit zu konzentrieren. Das sollte sie beruhigen.

Stattdessen saß sie weiterhin bewegungslos in der ohrenbetäubenden Stille da. Ein bestimmtes Gefühl nagte an ihr. Vielleicht hatte sie Rylan gerade ebenso verletzt, wie Rylan Dan verletzt hatte? Sie ballte die Hände zu Fäusten, bis ihre kurzen Nägel sich in die Haut gruben. *Nur bin ich in dieser Geschichte nicht die unerreichbare Frau.*

# Kapitel 11

## *Hohe Geschwindigkeit, niedrige Amplitude*

*Was zum Teufel mache ich?* Obwohl sie sehr wohl wusste, dass sie sich selbst sabotierte, marschierte Nadia zielstrebig mit einem Caffè Latte in der Hand auf Rylans Büro zu.

Beim Gedanken daran, dass sie eine weitere schlaflose Nacht damit verbracht hatte, über ihre letzte Begegnung nachzugrübeln, packte sie den Pappbecher so fest, dass sie ihn fast zerdrückt hätte. Umgehend lockerte sie den Griff ein wenig. Was auch immer diese Frau mit ihr anstellte, es war nicht gut für ihre geistige Gesundheit.

Ein Gewicht lag auf ihrer Brust und machte ihrem Herzflattern Konkurrenz. Es sollte sie eigentlich nicht kümmern, dass sie Rylan verärgert hatte, und doch war sie jetzt hier, um sich zu entschuldigen. Schon wieder. Und diesmal war sie nicht einmal sicher, ob sie etwas falsch gemacht hatte.

Die Tür stand offen. Nadia klopfte lauter als nötig an.

Rylan erstarrte, als sie sah, wer in der Tür stand.

Nadia reagierte reflexhaft mit einem finsteren Blick. *Ein toller Anfang.* Sie trat ein, ohne auf eine Aufforderung zu warten, die wahrscheinlich sowieso nicht kommen würde, und stellte den Kaffee auf Rylans Tisch.

Rylan reckte den Hals, um kurz an Nadia vorbeizusehen, und fragte dann: »Was soll das?«

»Entspannen Sie sich, Ihre Assistentin hat Pause. Und ich verspreche, Sie nicht wieder zu küssen.«

»Okay.« Rylan starrte auf den Becher.

»Das ist ein Friedensangebot«, fügte Nadia etwas sanfter hinzu. »Ich dachte, Sie könnten ein wenig Koffein gebrauchen. Sie sehen müde aus.«

»In punkto Romantik könntest du noch einiges zulegen.«

Nadia verzog das Gesicht, als wäre das Wort ein loderndes Feuer. »Es ist eine *freundliche* Geste. Das ist alles.«

»Ach?«

»Ich habe gesagt, dass ich kein Interesse an einer Beziehung mit Ihnen habe. Das habe ich sehr deutlich gemacht. Es würde nie funktionieren«, sagte Nadia mit Nachdruck, sowohl um sich, als auch Rylan zu überzeugen. »Aber wir müssen zusammenarbeiten und das tun wir momentan nicht. Das ist meine Schuld. Ich hätte mit Ihnen reden sollen, anstatt Sie auszuschließen.«

»Das ist … sehr großzügig von dir.«

Bei Rylans missmutigem Blick presste Nadia die Lippen fest aufeinander.

Wenigstens grinste Rylan, nachdem sie einen Schluck Kaffee getrunken hatte, ihre Stimmung hatte sich sichtlich aufgehellt. »Das ist ein Triple-Shot-Latte. Mein Lieblingskaffee.«

Nadia versuchte, nicht zu zeigen, dass sie sich über diese Bemerkung freute. »Das hat nichts zu bedeuten, ich weiß von allen Fachärzten hier, wie sie ihren Kaffee mögen.«

»Aha.«

»Singh trinkt Darjeeling, außer sie hatte weniger als zwei Stunden Schlaf, dann wechselt sie zu Espresso. Williams nimmt seinen Kaffee schwarz ohne Zucker und Miller tut so, als bräuchte er kein Koffein, trinkt aber zwei bis drei Dosen Cola pro Tag, wenn er glaubt, dass niemand hinsieht.«

Rylan zog eine perfekt gezupfte Augenbraue hoch. »Ich bin also nichts Besonderes, willst du das damit sagen?«

»Na ja …« Nadia trat einen Schritt näher, als würde sie ihr gleich ein großes Geheimnis verraten. Ihr Verteidigungsinstinkt schrie sie zwar an, zu bestätigen, dass Rylan nichts Besonderes war, aber deren offenes Gesicht mit dem amüsierten Blick bewirkte aus irgendeinem Grund, dass Nadia ehrlich zu ihr sein wollte. »Ich habe niemandem von den anderen je einen Kaffee gebracht. Es ist nur eine Gewohnheit aus der Studentenzeit, dass ich mir die Getränkevorlieben der Doktoren gemerkt habe. Sie wären überrascht, wie leicht es ist, sich mit einem kleinen Becher Kaffee bei Ärzten einzuschmeicheln.«

»Darum geht es also? Du schmeichelst dich bei mir ein?«

Nadia lächelte. »Es wäre dumm von mir, nichts zu unternehmen, wenn die Oberärztin meiner Klinik sauer auf mich ist.«

»Ich würde nie zulassen, dass meine persönlichen Gefühle meine berufliche Urteilsfähigkeit beeinflussen.« Rylans sanfter Blick ruhte auf ihr. »Ich würde niemals deine Karriere sabotieren.«

»Ich weiß«, sagte Nadia leise. Natürlich wusste sie das, aber es aus Rylans Mund zu hören, erfüllte sie mit einer seltsamen Wärme. Sie war von diesem Gefühl so abgelenkt, dass die nächsten Worte an ihrer inneren Verteidigungsmauer vorbeischlüpften. »Aber es hat sich trotzdem falsch angefühlt, dass Sie wütend auf mich waren.« Sie räusperte sich und wandte den Blick ab. »Übrigens haben Sie nichts falsch gemacht. Ich war es, die unsere … private Beziehung begonnen und beendet hat. Ich verstehe, dass es frustrierend für Sie war, da nicht mitreden zu können.«

»Du hast dich eine Woche lang geweigert, mit mir zu reden. *Frustrierend* ist noch sehr untertrieben.«

»Ich wollte Ihnen keine falschen Hoffnungen machen. Ich dachte, es wäre leichter für uns beide, wenn ich Sie ausschließe.« Nadia kämpfte gegen den Drang an, die Arme um sich zu legen, als könnte sie ihr entblößtes Herz schützen. »Ich hätte besser damit umgehen können.«

Rylan starrte auf den Becher vor ihr. »Also habe ich nichts falsch gemacht, als wir … äh …«

»Nein«, sagte Nadia mit fester Stimme. »Haben Sie nicht.«

»Ich weiß nicht, was in mich gefahren war. Ich habe doch keine Grenzen übertreten, oder?« Ihr zaghafter Blick suchte Nadias.

Sie sah so verletzlich, so besorgt aus, gar nicht wie die Frau, die Nadia befohlen hatte, sich auszuziehen und sie zu befriedigen. Nadia erwiderte diesen zerbrechlichen Blick und sagte kühl und mit leiser Stimme: »Als könnten Sie mich dazu bringen, irgendetwas zu tun, das ich nicht will.«

Endlich entspannte Rylan sich wieder.

Es war merkwürdig, wie sehr es sie beschäftigt hatte, dass sie während des Sex etwas falsch gemacht haben könnte. Dass Nadia ihr dieses Gefühl vermittelt hatte, war ihr nicht gleichgültig. »Aber eins will ich klarstellen«, fügte Nadia hinzu. »An dem Abend hatte ich nichts anderes vor, als mich bei Ihnen zu entschuldigen.«

Rylan lächelte. »Das weiß ich. Sonst hättest du nicht vorgeschlagen, dass ich dich aus dem OP suspendieren soll. Tut mir leid, dass ich gehen musste, bevor du … äh …« Sie errötete.

Nadia zog fragend eine Braue hoch, was sie noch nervöser machte. *Sie ist so verdammt süß, wenn sie versucht, über Sex zu reden.* »Sie entschuldigen sich zu viel.«

»Tut mir leid.« Rylans Mundwinkel hoben sich.

Nadia lachte laut auf. Das war gefährlich. Sie räusperte sich, als sie sich erinnerte, warum Rylan an jenem Abend gegangen war. »Es tut mir leid, dass die Patientin mit der Embolie es nicht geschafft hat.«

Sofort verdüsterte sich Rylans Miene. »Ich schätze, du willst mir sagen, dass ich mir die Mühe der OP hätte sparen können.«

»Nach diesem Ausgang ist es recht offensichtlich, dass die Mühe vergeblich war.«

Als sie den Schmerz in Rylans Blick sah, wollte Nadia ihre Worte am liebsten zurücknehmen. Sie hätte das Thema nicht ansprechen sollen. Chirurgen gewöhnten sich nie an den Tod ihrer Patienten, obwohl die meisten mit der Zeit besser darin wurden, ihre Gefühle zu verbergen. Aber Rylan war keine typische Chirurgin. Sie sorgte sich ernsthaft und offen um all ihre Patienten. Verletzlichkeit bei anderen zu sehen, hatte sie immer verabscheut. Aber alles in ihr sehnte sich jetzt danach, Rylan zu trösten.

»Auch wenn die Patientin überlebt hätte«, sagte Nadia, »wären Sie für eine unnötige Operation kritisiert worden, weil sie es mit der medikamentösen Therapie allein hätte schaffen können. Jetzt, wo sie hirntot ist, wirft man Ihnen vor, dass es ein verzweifelter Versuch war. Die Embolektomie ist eine umstrittene Operation. Sie wird gern bereits für gescheitert erklärt, bevor auch nur der erste Schnitt gemacht ist.«

»Und was denkst du, was ich hätte tun sollen?«

Nadia setzte ihr bestes Besserwisserlächeln auf. »O nein, Dr. Rylan, ich werde nichts dazu sagen, was Sie in *Ihrem* OP-Saal machen. Die Lektion habe ich gelernt.«

Rylan erwiderte das Lächeln. »Mitten in der OP solltest du das auch auf keinen Fall. Aber außerhalb des OP-Tischs schätze ich sehr wohl ein respektvolles Feedback. Was für eine Oberärztin wäre ich, wenn ich ständig andere Meinungen ignorieren würde?«

»Eine meinungsstarke?«, sagte Nadia, bevor sie sich beherrschen konnte.

»Du glaubst, anderen Raum für ihre Meinung zu geben, ist Zeitverschwendung?« Rylan runzelte die Stirn. »Hast du vor, deinen OP später einmal als Diktatur zu führen?«

Nadia dachte oft darüber nach, wie es wohl wäre, wenn sie erst einmal Fachärztin war. »Wenn Sie unentschlossen sind, neigen die Leute dazu, Ihre Führungsqualitäten anzuzweifeln. Außerdem haben die meisten nichts zu einer Diskussion beizutragen; sie reden nur, um irgendetwas zu sagen.«

Rylan schüttelte den Kopf. »Wie kannst du nur Ärztin sein und dabei eine so schlechte Meinung von den Menschen haben?«

»Ich bin Chirurgin. Ein Überlegenheitskomplex ist praktisch Teil der Jobbeschreibung.«

»Und ich nehme an, ich sollte genauso denken, um deinen Anforderungen an eine gute Chirurgin gerecht zu werden?«, drängte Rylan.

Nadia öffnete den Mund, überlegte es sich aber anders und schloss ihn wieder. Das war eine Fangfrage und sie wollte nicht in diese Falle tappen. »Ich denke, es war richtig von Ihnen, die Embolektomie zu machen«, sagte sie stattdessen. »Sie haben sie sofort in den OP gebracht. Dass sie es nicht bis dahin schafft, war nicht zu verhindern. Sie konnten nicht vorhersehen, dass sie nicht mehr aufwachen würde.«

Rylan nickte mit feuchten Augen. »Ich wusste, dass ihr Herz jederzeit wieder aussetzen konnte. Ich hätte sie im Krankenzimmer operieren können, anstatt sie zum OP transportieren zu lassen.«

»Nein, das wäre heller Wahnsinn gewesen.« Wenn Rylan schon an sich zweifelte, was sie auf keinen Fall tun sollte, konnte sie wenigstens eine plausiblere Alternative anbieten. »Außerhalb des OPs am offenen Herzen zu operieren ist vergebliche Mühe. Außer Sie meinen, Autopsien gehören ebenfalls zu den Aufgaben einer Chirurgin.«

»Du hast wahrscheinlich recht.« Rylan rieb sich die Stirn.

»Was ist?«

»Ach, nichts. Nur Kopfschmerzen.«

»Aha.« Nadia kam ein unmöglicher Gedanke. »Wissen Sie, viele Chirurgen leiden an Spannungskopfschmerzen.« Trotz ihres Stakkato-Herzschlags blieb ihre Stimme ruhig. »Die Nackenmuskeln versteifen sich, weil sie ständig Stirnlampen tragen. Wenn Sie möchten, kann ich es mir ansehen.«

Rylan hob den Kopf. »Du willst mich behandeln?«

Nadia nickte.

»Mit, äh, osteopathischen Techniken?«

»Ich kann Ihnen auch Oxycodon verschreiben, wenn Sie schulmedizinische Behandlungen vorziehen«, sagte Nadia trocken.

Zwei tiefe Falten erschienen zwischen Rylans zierlichen Augenbrauen, und in Nadias Bauch regte sich ein nervöses Flattern. Vielleicht hätte sie nicht anbieten sollen, zu helfen.

»Ich will nicht, dass du mir das Genick brichst«, sagte Rylan leise.

Nadia unterdrückte ein Schnauben. Dieses Zögern und der Drang, Ja zu sagen, nur um Ja zu sagen, war typisch für Rylan. Untypisch war nur Nadias plötzliche Entschlossenheit, Rylan trotz all ihrer Proteste zu helfen. Sie versuchte, sich selber davon zu überzeugen, dass sie sich nur für ihr Verhalten in der letzten Woche schuldig fühlte, mehr nicht. »Planen Sie sofort eine OP, sobald ein Patient mit Brustschmerzen zu Ihnen kommt?«

»Natürlich nicht.«

»Warum lassen Sie sich dann nicht zuerst von mir untersuchen? Vielleicht brauchen Sie ja gar keine HVLA-Manipulation.«

»HV – was?«

»Das steht für High Velocity, Low Amplitude, also hohe Geschwindigkeit und niedrige Amplitude. So nennen wir es, wenn wir den Hals knacksen lassen. Und wenn Sie nicht wollen, dass ich es mir ansehe, verstehe ich das. Ich wäre nicht beleidigt.«

»Es ist nicht so, dass ich dir nicht vertraue. Aber du sprichst nie über Osteopathie. Ich weiß nicht, wie gut du bist. Und es geht immerhin um meinen Hals.«

Nadia presste die Lippen zusammen, um ein Lächeln zu verbergen. *Vielleicht kann sie nur beim Sex dominant sein.* »Das klingt, als würden Sie mir nicht vertrauen«, spottete sie. »Wie wäre es, wenn ich zuerst Ihre Rücken- und Nackenmuskeln abtaste, um das Problem einzuschätzen? Dann können wir über Behandlungsoptionen sprechen. Ich verspreche, dass ich nichts machen werde, womit Sie sich nicht gut fühlen.«

»Äh, okay.«

»Legen Sie sich auf das Sofa.« Nadia behielt ihre ausdruckslose Miene bei, obwohl sie sich daran erinnerte, dass diese Worte in diesem Raum vor nicht allzu langer Zeit schon einmal ausgesprochen worden waren. Allerdings nicht von ihr.

Rylan errötete, gehorchte aber.

Nadia kniete sich hinter sie und legte die Hände auf ihren Nacken. Sie konzentrierte sich auf ihre Arbeit, obwohl der Wunsch, mit den Fingern über die weiche Haut zu streichen, fast übermächtig war. Trotzdem konnte sie sich einen letzten Seitenhieb nicht verkneifen. Sie beugte sich zu Rylans Ohr hinab und flüsterte: »Möchten Sie ein Safeword?«

Nadia hatte Ashleys Kopf und Arm in eine bestimmte Haltung gebracht und sie angewiesen, sich zu entspannen. Offenbar half die sogenannte Strain-Counterstrain-Technik, Muskelschmerzen zu beseitigen. Sie würde vielleicht besser funktionieren, wenn Ashley sich nicht so auf Nadias Hände an ihrem Oberkörper konzentrieren würde. Sie räusperte sich und fragte: »Warum hast du dich nicht dazu entschieden, Osteopathie zu praktizieren? Du weißt bestimmt, wie gut du darin bist.«

»Es gibt viele Dinge, in denen ich gut bin.« Nadia war so nahe, dass ihr Atem Ashleys Ohr wärmte und Schauder ihre Wirbelsäule hinabschickte. »Das bedeutet nicht, dass ich in allen Karriere machen will.«

»Aber du liebst es, mit deinen Stärken anzugeben«, neckte Ashley. Sie hatte gerade überrascht festgestellt, dass die Spannung in ihrem Nacken und ihren Schultern zusammen mit ihren Kopfschmerzen verschwunden war. »Warum redest du nie über Osteopathie?«

»Entspannen Sie sich.« Nadia drückte sanft ihren Arm. »Ich wollte nie etwas anderes sein als Chirurgin. Bei Osteopathie geht es um nichtinvasive Heilung.«

»Chirurgie und Osteopathie sind gar nicht so verschieden.«

»Mhm, und weiter?«

Vielleicht war es keine gute Idee, mit einer Frau zu diskutieren, die einen Abschluss in einem der Bereiche hatte und genial im anderen war. Ashley beschloss, das Rad nicht neu zu erfinden. Ein weiserer Mensch hatte es weit besser ausgedrückt, als sie es je konnte. »Chirurgen haben keinen Einfluss auf die Heilmechanismen. Auch die präzisesten Nähte würden nichts helfen, wenn der Organismus sich nicht selbst reparieren könnte.«

Nadia führte Ashleys Kopf langsam in eine neutrale Position zurück und setzte sich auf. Ashley drehte sich zu ihr um und sah, dass sie sich auf ihre Fersen zurückgelehnt hatte. Ihre Haltung war steif, obwohl ihre Miene ausdruckslos blieb.

»Das ist von Alexis Carrel, dem Chirurgen, der Pionierarbeit im Nähen von Blutgefäßen geleistet hat«, sagte Nadia.

»Es überrascht mich, dass du den Ausspruch kennst.« Andererseits wusste Nadia ja alles über Chirurgie.

»Und ich nehme an, damit wollen Sie sagen, dass Chirurgie und Osteopathie dieselbe Philosophie vertreten?«

»Genau. Es ist alles dasselbe Konzept. Wir sind alle Heiler und versuchen, die Welt aus unseren verschiedenen Perspektiven heraus zu erklären, aber letztendlich ist es immer noch dieselbe Welt. Es ist ganz natürlich, dass die Ideen sich überlappen.«

»Ich bin neugierig«, fragte Nadia beinahe amüsiert. »Wie kommt es, dass Sie Carrels Buch gelesen haben? Es ist nicht gerade Pflichtlektüre im Medizinstudium.«

Ashley versuchte, sich zu erinnern. »Ich glaube, irgendjemand hat es mir vor einigen Jahren auf einer Konferenz empfohlen.«

Nadia behielt ihr Pokerface bei. »Wissen Sie noch, wer es war?«

Wenn das ein Test war, fiel Ashley gerade durch. Nadia kannte ganz offensichtlich die Antwort. »Vielleicht wurde es während der Vorträge am Vormittag erwähnt. Du weißt ja, die wollen sie immer inspirierend machen.«

Nadia schnaubte abfällig.

Bei dem unerwarteten Gefühlsausbruch zog Ashley überrascht und verwirrt die Augenbrauen hoch.

Nadia räusperte sich. »Ja, diese Reden klingen wohl eher wie epische Legenden und bieten wenig historische Fakten.« Sie neigte den Kopf. »Sie erinnern sich nicht daran, wer gesprochen hat?«

Ashley zuckte mit den Schultern. »Nein. Es ist lange her.«

Nadia stand auf, ging langsam zu Ashleys Schreibtisch und setzte sich darauf, bevor sie die Arme vor der Brust verschränkte.

Ashleys Gesicht wurde ganz heiß, als sie sich an das letzte Mal erinnerte, dass sie Nadia in dieser Position gesehen hatte.

»Ich muss sagen, mein Ego ist ziemlich angeschlagen«, sagte Nadia scherzhaft. »Ich dachte, ich wäre einprägsamer als ein Mann, der vor siebzig Jahren gestorben ist.«

Ashley fiel die Kinnlade herunter. »Du warst die Rednerin?«

»Warum sind Sie so überrascht?«

»Du hast nie erwähnt, dass wir uns vorher schon einmal getroffen haben.«

Ashley versuchte, sich an die Begegnung mit Nadia auf der Konferenz zu erinnern. An dem Tag hatte sie wahrscheinlich dreißig verschiedene Leute kennengelernt und seitdem viele andere Konferenzen besucht. Trotzdem war sie über sich selbst enttäuscht. Wie hatte sie eine so unvergessliche Person vergessen können?

Nadia zuckte mit den Schultern. »Wir haben vor meinem Vortrag kurz miteinander gesprochen. Sie schienen mich nicht zu erkennen, als wir uns bei meinem Vorstellungsgespräch wieder begegnet sind. Warum sollte ich Sie daran erinnern, da ich offenbar so leicht zu vergessen bin?«

Ashley wandte den Blick ab. *Leicht zu vergessen* war die letzte Eigenschaft, mit der sie Nadia beschreiben würde. »Es tut mir leid, dass ich mich nicht an dich erinnert habe.« Sie sah lächelnd wieder zu ihr auf. »Das erklärt wohl, warum das Gespräch so aggressiv war.«

Nadia schürzte die Lippen. »Zugegeben, meine Gefühle waren ein winziges bisschen verletzt.«

Inzwischen kannte Ashley Nadia gut genug, um zu sehen, dass es sie hinter der kühlen Fassade sehr gestört haben musste. Das würde sie wiedergutmachen müssen.

Nadia sprang vom Tisch und ging zur Tür. »Ich sollte zurück an die Arbeit. Sie auch.« Sie warf einen Blick auf den leeren Kaffeebecher. »Ist zwischen uns alles in Ordnung?«

Ashley lächelte. »Das ist es.«

Ashley betrachtete nervös ihr Spiegelbild. Eine hellblaue Bluse und die maßgeschneiderte schwarze Hose betonten ihre Figur. Die Stöckelschuhe verliehen ihr Selbstbewusstsein.

Was sie dringend benötigte. Nadia würde gleich noch einmal in ihr Büro kommen. Nachdem Ashley *beiläufig* erwähnt hatte, dass ihre Kopfschmerzen zurückgekehrt waren, hatte Nadia angeboten, sie noch einmal zu behandeln. Die Wahrheit war, dass ihr Kopf und ihre Nackenmuskeln sich wunderbar anfühlten und sie seit der letzten Behandlung schmerzfrei war. Aber wenn sie das zugab, müsste sie auf Nadias berauschende Berührungen verzichten.

»Ich hoffe, ich störe nicht.« Nadia erschien auf die Minute pünktlich.

»Überhaupt nicht.« Ashley lächelte und die Schmetterlinge in ihrem Bauch beschleunigten ihr Flattern. »Ich habe dich schon erwartet. Die letzte Behandlung war unglaublich.«

»Allerdings nicht so unglaublich, dass sie länger als zwei Tage angehalten hätte.« Nadia trat ein und nahm ihre vertraute Position auf Ashleys Tisch ein.

Ashley senkte den Blick. *Macht Nadia das mit Absicht oder ist sie sich ihrer Handlungen gar nicht bewusst?* Sie leckte sich die Lippen. Es musste Absicht sein, schließlich ignorierte niemand aus Versehen Möbel, die zum Sitzen bestimmt waren. Oder?

Ashley lehnte sich an die Wand – sie war zu nervös, um sich zu setzen. »Warum hast du die Ausbildung gemacht, wenn du doch so gegen Osteopathie bist?«

»Es ist nicht so, dass ich dagegen wäre; es ist nur nicht das, was ich mir für mich vorgestellt hatte«, sagte Nadia tonlos, ohne Gefühle zu verraten.

»Was ist dann passiert?«

Nadia musterte den Boden. »Ich hatte sehr wohl Angebote von einigen guten allopathischen Hochschulen, aber …«

Ashley wartete geduldig, ließ Nadia ihre Gedanken sammeln und hoffte, dafür zu sehen, wie sie sich öffnete.

»Ich wollte, dass nichts und niemand mir und meiner medizinischen Ausbildung im Weg steht. Das habe ich dem Mann, mit dem ich damals zusammen war, auch sehr deutlich gesagt. Aber als ich einen Studienplatz in einem anderen Bundesstaat bekommen habe, hat er gesagt, er würde mir bis ans Ende der Welt folgen.«

*Nadia mag auch Männer?* Oder vielleicht hatte sie eine Weile gebraucht, um ihre Vorlieben zu erkennen? In Ashleys Magen grummelte es nervös. Sie schob die Frage beiseite und wartete, dass Nadia fortfuhr.

»Er war tolerant, fürsorglich und so charmant. Ich war ganz eingenommen von der Idee, diesen unglaublichen Menschen an meiner Seite zu haben. Er war bereit, mich bedingungslos das ganze Studium hindurch zu unterstützen, und ich habe im Gegenzug versprochen, zu beschäftigt zu sein, um ihm überhaupt Aufmerksamkeit zu schenken.«

Es folgte eine Pause, die deutlich machte, wie schwierig es für Nadia war, über all das zu sprechen. Der Mann klang wie der Traumpartner und Nadia hatte offensichtlich Gefühle für ihn gehabt. Ihre Stimme klang immer noch zurückhaltend, aber ihre Miene war weich und ihre Augen warm und zärtlich, als sie die Vorzüge des Mannes beschrieb. Ein unerklärlicher Knoten zog Ashleys Bauch zusammen.

Nadia räusperte sich. »Dann wurde bei seiner Mutter Brustkrebs im vierten Stadium diagnostiziert. Es erschien mir nur fair, gewisse Opfer zu bringen. Ich habe mich bei der einzigen medizinischen Hochschule in der Nähe beworben und wurde angenommen. Zufällig war es eine für Osteopathie. Wir sind in der Stadt geblieben. Er ist bei seiner Mutter eingezogen. Dreizehn Monate später ist sie gestorben.«

Ashley starrte sie sprachlos an. Nadeschda Keating hatte ihre Pläne geändert, um einem anderen Menschen in einer schweren Zeit beizustehen.

Das hatte sie nicht kommen gesehen. Eine Schwangerschaft, Probleme mit den Studiengebühren, sogar eine Entführung durch Aliens war plausibler als Nadias Erklärung.

Ihre kalte, nüchterne Erzählung ließ die übliche Romantik einer so großen Geste vermissen, aber das lag wohl daran, dass sie ihre potenziellen Karrierechancen in ihrem gewählten Berufsfeld für einen Mann geopfert hatte. Chirurgische Assistenzstellen waren hart umkämpft und neigten dazu, MD-Kandidaten vorzuziehen. Klar, theoretisch konnten Dos alles, was MDs auch konnten, aber in Wahrheit endeten die meisten Dos als Hausärzte.

»Schauen Sie nicht so überrascht«, sagte Nadia locker. »Ich leiste sehr wohl ab und zu Akte der Menschlichkeit.«

»Du bist wegen einer Beziehung geblieben?« Ashley brachte nur diese Frage heraus, ihr Kopf war immer noch leer.

»Es war richtig, zu bleiben. Und ehrlich gesagt gefiel mir die Ausbildung besser, als ich dachte.«

»Was ist mit ihm geschehen, nachdem seine Mutter gestorben war?«, fragte Ashley, bevor sie sich beherrschen konnte. Wollte sie das wirklich wissen?

Nadia strich ein paar unsichtbare Flusen von ihrer Kleidung. Dann nahm sie ihren Kopf hoch und ihre Miene war so undurchschaubar wie immer. »So funktioniert das nicht. Ich habe Ihnen etwas Persönliches erzählt. Jetzt sind Sie dran.«

Ashley lächelte. Das war nur fair. »Was möchtest du wissen?«

»Wann … wussten Sie es?« Nadias Blick ging wieder in Richtung Boden.

Ashley verwandelte ihr inneres Lächeln in einen Gesichtsausdruck, der Ahnungslosigkeit ausdrückte. »Was denn?«

Nadia erwiderte ihren Blick. »Sie genießen es, mich dazu zu bringen, Dinge auszusprechen, die mir unangenehm sind, oder?« Sie lächelte, was ihrer stoischen Fassade endgültig den Garaus machte.

»Ich weiß gar nicht, was du meinst.« Auch Ashley musste lächeln.

»Wann wussten Sie, dass Sie sich zu Frauen hingezogen fühlen?«, sagte Nadia und ein leichtes Zittern in ihrer Stimme verriet, wie wichtig ihr die Frage und die Antwort waren.

»Ich habe es immer gewusst.« Ashley biss sich auf die Unterlippe. Wenn sie ihre Antworten kurzhielt, wäre Nadia dazu gezwungen, mehr *unangenehme* Fragen zu stellen.

»Sie meinen, Sie waren nie –«

»Nie was?« Ashley genoss das Unbehagen, das Nadia ins Gesicht geschrieben stand. Zu sehen, wie die sorgfältig konstruierte Maske von ihr abfiel, machte Ashley vor Entzücken ganz schwindlig. »Ich habe gesagt, ich würde deine Fragen beantworten, aber dafür musst du sie zuerst aussprechen.«

»Sie waren nie mit einem Mann zusammen?«

»Nein, nie.«

»Aber wie können Sie dann sicher sein, dass Sie sich nicht auch von Männern angezogen fühlen?«

Ashley blinzelte. Eine so naive Frage hatte sie von jemandem wie Nadia nicht erwartet. *Sie weiß doch nicht alles.* »Hast du je einen orthopädischen Eingriff durchgeführt?«

»Nein. Warum ist das relevant?«

Es war erfrischend, dass zur Abwechslung mal Nadia die Ahnungslose war.

»Woher weißt du, dass du nicht lieber orthopädische oder neurologische oder plastische Chirurgie praktizieren würdest, wenn du sie nie ausprobiert hast?«

»Ich habe immer gewusst, dass ich Herz-Thorax-Chirurgin werden will. Ich habe keinen Sinn darin gesehen, andere Spezialgebiete auch nur in Betracht zu ziehen.«

Ashley lächelte. »Ich habe auch keinen Sinn darin gesehen.«

Nadias Gesicht sah man an, dass sie verstand. Sie lehnte sich auf die Hände gestützt zurück. »Muss ich mit den Fragen weitermachen? Ich habe Ihnen immerhin eine Geschichte erzählt.«

Nadias Direktheit brachte Ashley zum Lachen. Sie hatte ja nicht unrecht. »Ich hatte meine erste Beziehung mit sechzehn. Ich dachte, wir wären verliebt, aber in meiner Schule war es damals nicht einfach, Homosexualität auszuleben.« Ashley zuckte mit den Schultern und versuchte, das plötzliche Druckgefühl in ihrer Brust abzuschütteln. Diese Geschichte war wirklich Vergangenheit. »Am Ende hat sie sich für den Quarterback des Footballteams entschieden. Sie wurden Königin und König des Abschlussballs und ich habe einem Hetero-Mädchen nachgeweint.«

»Das tut mir leid.«

Genau so eine automatische Antwort hatte Ashley von Nadia erwartet. Es waren die Worte, die alle Medizinstudenten lernten, wenn sie zum ersten Mal schlechte Nachrichten überbringen mussten. In typischer Keating-Manier lag nicht ein Funke Sympathie darin. Wahrscheinlich war Nadia immer diejenige gewesen, die eine Beziehung selbst beendete, und nicht verlassen wurde.

Ashley schüttelte das Gefühl der Unsicherheit ab, das sie zu überwältigen drohte, und winkte ab. »Das ist das größte Klischee überhaupt. Es ist lange her und ich bin darüber hinweg. Was ist mit dir? Wie war deine erste Erfahrung mit einer Frau?«

Nadia setzte sich kerzengerade auf, ihre Miene wurde abweisend.

Gerade als Ashley den Mund öffnete, um nachzuhaken, klingelte ihr Handy. Sie unterdrückte ein Stöhnen und warf einen finsteren Blick auf die Uhr an der Wand. Es war fast sieben Uhr abends. Warum nahmen alle an, dass sie rund um die Uhr verfügbar war?

Sie ging schnell zu ihrem Schreibtisch hinüber und griff an Nadia vorbei nach dem Handy. Dabei streifte ihr Arm Nadias Hüfte und ihr Herz setzte einen Schlag aus. »Rylan hier«, sagte Ashley mit rauer Stimme.

»Tu mir einen Gefallen.« Pari machte sich selten die Mühe eines höflichen *Hallo*. »Wir haben heute Abend zwei Transplantationen und ich brauche noch jemanden für die Organbeschaffung. Ich kann Li damit nicht alleinlassen. Die Lungen sind grenzwertig, also brauche ich jemanden, der oder die genau weiß, was zu tun ist.«

»Du willst, dass ich das für dich übernehme?« Ashley versuchte, Paris Worte zu interpretieren.

Pari brach in lautes Gelächter aus. »Wann hast du das letzte Mal ein Organ für die Transplantation in der Hand gehabt? Vor vier, fünf Jahren? Danke, aber nein danke.«

Ashley verdrehte genervt die Augen. Ein schlichtes Nein hätte es auch getan.

»Ich wollte dich bitten, Keating gehen zu lassen. Ich weiß, sie ist suspendiert, aber das ist wichtig. Du kannst sie ein anderes Mal bestrafen.«

»Warte kurz.« Ashley schaltete das Handy auf stumm.

Nadia beobachtete sie aufmerksam und ihre stechend dunklen Augen bewirkten, dass Ashley den Faden verlor.

»Äh.« Sie riss sich blinzelnd los. »Es ist Pari. Sie braucht dich, um eine Lunge für sie zu beschaffen.«

Ein winziger Schatten huschte über Nadias Züge. »Und?«

»Und sie bittet mich, deine Suspendierung aufzuheben.« Wider besseres Wissen wollte sie, dass Nadia bei der Entscheidung mitreden konnte.

»Sie können mich doch nicht ernsthaft fragen, was Sie tun sollen«, tadelte Nadia sie.

Ashley verdrehte wieder die Augen. Nadia hielt ihre Einbeziehung für Unentschlossenheit. »Hey, das war deine geniale Idee. Und jetzt hat die Klinik Personalmangel, weil alle denken, dass ich zu empfindlich auf ein wenig Diskussionen in meinem OP reagiert habe.«

Nadia sagte spöttisch: »Glauben Sie mir, ich bereue es jetzt schon, dass ich Ihr Image verbessern wollte.«

Die harten Worte ließen Ashleys Irritation in Schuldbewusstsein umschlagen. Ashley liebte es, im OP zu sein. Das taten alle Chirurgen. Und Nadia hatte für sie darauf verzichtet.

Ashley musste ziemlich erbärmlich dreinschauen, denn Nadia seufzte. »Sagen Sie ihr, dass ich es übernehmen kann, aber lassen Sie es so klingen, als hätten Sie das letzte Wort gehabt.«

Nachdem sie einen Moment lang darüber nachgedacht hatte, nahm Ashley das Telefon wieder ans Ohr. »Na gut. Nadeschda kann gehen.« Sie beobachtete Nadias Gesicht. »Aber lass sie nicht bei der Implantation assistieren. Sie kommt. Sie bringt die Lungen zu dir. Aber sie setzt keinen Fuß in den OP des Empfängers.«

Nadia lächelte anerkennend, passend zu Paris begeistertem »Ja, Ma'am.«

Ashley legte auf und unterbrach Paris Dank.

»Nicht schlecht«, sagte Nadia. Ihr sanfter Blick wanderte über Ashleys Gesicht und blieb an ihren Lippen hängen.

Keine von beiden sprach und einen Moment lang schien es, als würde Nadia sich vorbeugen und …

Stattdessen wandte sie sich ab. »Ich gehe besser etwas schlafen, bevor ich losmuss.« Sie machte keine Anstalten zu gehen.

Schließlich war Ashley sich der ohrenbetäubenden Stille zwischen ihnen überdeutlich bewusst. »Danke.«

»Wofür?«

»Dafür, dass du deine Geschichte mit mir geteilt hast.«

Nadia öffnete den Mund, aber es kam kein Laut heraus und sie presste die Lippen wieder aufeinander.

Ashley beobachtete sie, in der Hoffnung, einen weiteren Blick auf die Frau hinter der Maske zu bekommen.

Sie schwiegen.

Dann klingelte das nächste Telefon.

Das Geräusch zerrte an Ashleys Trommelfellen und zerstörte den flüchtigen Moment. Diesmal war es Nadias Handy.

»Hier Keating … Haben Sie das mit Dr. Rylan geklärt?« Sie sah Ashley verschmitzt an. »Wenn das so ist, kann ich es machen, ja. Wann brauchen Sie mich? … Verstanden. Ich werde dort sein.« Nadia beendete den Anruf und sprang vom Tisch. »Ich muss los.« Sie nahm eine kleine Schachtel aus der Tasche und gab sie Ashley. »Die sind für Sie.«

Ashley betrachtete die Schachtel. Ibuprofen. Sie sah Nadia fragend an.

Nadia schenkte ihr ein Mona-Lisa-Lächeln. »Gegen Ihre Kopfschmerzen.«

»Ach ja?«

»Sie sollten konsistenter mit Ihren Symptomen sein, wenn Sie glaubwürdig wirken wollen«, sagte Nadia. »Oder nächstes Mal einen einfacheren Vorwand finden, um mich zu sehen.«

Ashleys Gesicht brannte und sie strengte sich an, etwas Schlaues zu sagen. Oder überhaupt irgendetwas.

Glücklicherweise wartete Nadia ihre Antwort nicht ab, sondern drehte sich auf dem Absatz um und ging.

Ashley starrte ihr nach, dann kicherte sie. Natürlich hatte Nadia sie durchschaut. *Sie liebt es, das letzte Wort zu haben*. Ashley streckte sich auf dem Sofa aus und seufzte. Was tat sie da nur?

In wenigen Tagen hatte sie mehr über Nadia gelernt als in den sieben Monaten davor. Es war eine passende Metapher für Nadias osteopathische Technik. Wie nannte die sich noch gleich? Kurze Distanz mit hoher Geschwindigkeit? So etwas in der Art.

Aber der aufregende Rausch brachte auch einen ängstlichen Schauder mit sich.

Ashley rieb sich fest die Augen. Sterne und bunte Farbpunkte wirbelten hinter ihren geschlossenen Lidern umeinander. Sie lag mit sich selbst im Krieg: Sie wollte Nadia näherkommen und wollte es auch wieder nicht. Aber obwohl sie hin- und hergerissen war, eins wurde deutlich – wenn sie mit Nadia zusammen war, verschwand die Leere aus Ashleys Herzen.

# Kapitel 12

## *Die Entnahme*

Nadias Handy piepte und sie nahm es, halb in Vorfreude, halb in Angst, in die Hand. Ihre Aufregung verflog schnell. Es war nicht Rylan. Die Enttäuschung wurde zu Schuldgefühlen, die sie packten wie eine kalte Hand. Sie musste endlich damit aufhören, Rylan in die Irre zu führen – und alle anderen auch.

Trotzdem machte ihr Herz jedes Mal einen Satz, wenn sie und Rylan sich nahe waren oder wenn sie auch nur an sie dachte. *Erbärmlich.* Es sah ihr nicht ähnlich, in der Nähe einer Frau so befangen zu sein. Sie steckte das Handy wieder in die Tasche. Die Nachricht hatte nichts mit der Arbeit zu tun. Sie konnte warten.

Als das Auto anhielt, sah Nadia aus dem Fenster. Überrascht stellte sie fest, dass sie an dem kleinen Privatflughafen angekommen waren. Sie hatte die Fahrt kaum wahrgenommen. Ihre Gedanken waren zu beschäftigt mit dem Chaos gewesen, in das sie sich manövriert hatte.

»Guten Abend, Sie müssen Dr. Keating und Dr. Wei sein.« Der Mann las ihre Namen von einem Zettel ab. »Ich bin John, Ihr Pilot. Wir fliegen zu einer, äh … Extraktion?«

Nadia lächelte. »Ich habe noch nie gehört, dass jemand eine Organentnahme so bezeichnet hätte, aber ja, genau. Ich bin Dr. Keating.« Die drei gaben sich die Hand und gingen zu den Stellplätzen für die Privatjets.

Das hier wirkte zwar alles sehr luxuriös, aber die Art zu reisen hatte absolut nichts Glamouröses an sich. Wie erwartet wurden die Flugzeuge immer kleiner, je weiter sie gingen.

»Nehmen wir ein Flugzeug oder wird es doch eher ein Ruderboot?«, fragte Nadia trocken.

John lachte. »Es sind nur fünfzig Minuten. Die SF50 reicht dafür völlig aus.«

Li und der Pilot verluden die Ausrüstung in der kleinen Kabine und Nadia hatte einen Moment Ruhe. Sobald sie eingestiegen waren, suchte Li das Gespräch mit ihr. Nadia knirschte mit den Zähnen. Li war ein guter Mann, neigte aber dazu, zu viele Fragen zu stellen. Statt sich mit ihm zu unterhalten, wollte sie sich lieber selbst mit einer Frage beschäftigen, nämlich der, warum sie es sich selbst erlaubte, Rylan so nahe zu kommen.

Nadia tat so, als würde sie einen Fachartikel zum Thema Lungentransplantation auf ihrem Handy lesen, während sie abhoben. Li versuchte trotzdem, noch ein wenig mit ihr zu plaudern, aber es war unmöglich, den dröhnenden Motor zu übertönen, und so schwieg er schließlich. Nadia starrte auf ihren Artikel, aber alles, was sie sah, war Rylans Lächeln. Sie schüttelte den Kopf, um das Bild zu vertreiben.

Allmählich passierte genau das, was sie von Anfang an hatte vermeiden wollen – sie entwickelte Gefühle für die Versuchsperson ihres einmaligen Experiments. Rylan. Nadia atmete tief durch, um den Druck auf ihrer Brust loszuwerden. Zeit mit Rylan zu verbringen war wie ein katastrophaler Mahlstrom, dem sie nicht entkommen konnte. Sie schüttelte wieder den Kopf. Diese irrationale Sehnsucht musste aufhören.

Nadia konzentrierte sich auf ihren Atem, änderte bewusst ihren Rhythmus, atmete tief und langsam und machte sich klar, dass sie alles unter Kontrolle hatte. Sie zwang sich zur Entspannung. Trotz ihrer inneren Unruhe wusste sie, dass mehr an Rylan war, als sie ursprünglich gedacht hatte. Sie war fast so weit, zuzugeben, dass sie zu schnell über sie geurteilt hatte – beruflich gesehen, versteht sich.

Bei dem Gedanken, dass sie sich vielleicht auch sonst noch geirrt hatte, runzelte Nadia die Stirn. Rylan war unentschlossen und ließ einige grundlegende chirurgische Fähigkeiten vermissen – daran hatte sich nichts geändert. Aber Nadia hatte womöglich einige ihrer Stärken übersehen. Zum einen war Rylan offen für Feedback und Ratschläge, egal, von wem sie kamen. Nadia selbst fand es unmöglich, von anderen Leuten Rat anzunehmen, vor allem nicht von Untergebenen. Es war bewundernswert, dass Rylan das konnte. Außerdem versuchte sie, durchsetzungsfähiger zu werden. Allein der Gedanke daran sorgte dafür, dass Nadia lächeln musste.

*Freundschaft.* Ihre Gedanken kehrten immer wieder zu diesem Wort zurück. Das musste es sein, was sie gerade erlebte.

*Na gut.* Sie konnten Freundinnen sein. Diese Erklärung beruhigte sie. Sie konnte Rylans Gesellschaft genießen und endlich damit aufhören, ihre Gefühle zu analysieren. Und jetzt, da sie beschlossen hatte, dass es um

Freundschaft ging, würde Nadia Rylan helfen, eine bessere Chirurgin zu werden. Denn das bedeutete, dass sie aus reiner Selbstlosigkeit Zeit mit ihr verbringen konnte.

Das Flugzeug landete und rollte zum Hangar. John stellte den Motor ab. »Willkommen in Arcata, Kalifornien.«

Der Flug und Nadias Gedankenspiele waren vorüber. Jetzt war es Zeit, an die Arbeit zu gehen. »Wir werden wahrscheinlich zwei, drei Stunden brauchen, John. Jemand vom Organnetzwerk wird Sie anrufen und Bescheid sagen, wann wir wieder zurückfliegen können.«

Nadia und Li nahmen die Ausrüstung und trugen sie zum Fahrzeug, das bereits auf sie wartete. In dem luxuriösen Wagen war es warm und roch nach Leder und Raumspray. Nadia sah durch das Fenster zu dem kleinen weißen Flugzeug hinüber, das sie gerade verlassen hatten, und grinste. Es war zwar eng gewesen, aber es hatte auch seine Vorteile, keine Sicherheitsschranken passieren, an Schaltern anstehen und auf das Gepäck warten zu müssen.

Anders als der Flug war die Fahrt – leider – alles andere als ruhig. Die Fahrerin erzählte Li begeistert von den Freuden, in Arcata zu leben, irgendetwas über altmodischen Charme, wunderschöne Redwood-Wälder und Strände ganz in der Nähe.

*Gott, sie klingt wie eine Tourismusbroschüre.*

Nadia verschränkte die Arme und weigerte sich, an dem Gespräch teilzunehmen. Und sie nahm es Li übel, über Sightseeing zu reden. Es war fast ein Uhr nachts und sie würden gleich die Organe eines armen Studenten entnehmen, der sich an seinem einundzwanzigsten Geburtstag betrunken hatte, die Treppe hinuntergefallen und zu Tode gekommen war.

So etwas kam nicht selten vor, aber die Geschichte ging ihr trotzdem nahe und stellte ihre antrainierte Teilnahmslosigkeit auf die Probe. Jemand starb vor der Zeit und andere würden den Nutzen daraus ziehen, aber es war trotzdem eine schreckliche Tragödie.

Diese Erinnerung an die Grundvoraussetzungen der Transplantationsmedizin war es, warum Nadia keine Transplantationschirurgin hatte werden wollen. Wenn sie Leute operierte, wollte sie sie heilen. Spender waren über jegliche Heilung hinaus. Es gab nichts mehr, was sie tun konnte, um ihnen zu helfen.

Aber vor sieben Jahren hatte eine Fachärztin für Herz-Thorax-Chirurgie ihre Meinung geändert. Als sie damals Rylan davon erzählt hatte, dass ihrer Meinung nach die Immunsuppression eine barbarische Lösung für das Abstoßungsproblem darstellte, hatte Rylan den Kopf geschüttelt und Nadias Ansichten naiv genannt. Nadia hatte das als Herausforderung verstanden, die den Ehrgeiz in ihr geweckt und ihr Leben verändert hatte. In dem Moment hatte sie beschlossen, eine bessere Methode zu entwickeln, um Organversagen im Endstadium zu behandeln. Und die Verbannung aus dem OP hatte ihr die Zeit gegeben, die sie brauchte, um die ersten Puzzleteile zusammenzusetzen.

Sie runzelte die Stirn. *Keine Gedanken an Rylan mehr.* Die brachten ärgerliche und unerwünschte physiologische Effekte mit sich wie beschleunigten Herzschlag und das unerklärliche Verlangen, völlig grundlos vor sich hin zu lächeln.

Nadia lehnte sich zurück, sah aus dem Fenster und zwang sich, die restliche Fahrt über die dunklen Silhouetten der vorbeiziehenden Bäume und Gebäude zu beobachten und an nichts anderes zu denken.

Als sie das örtliche Krankenhaus erreichten, nahmen sie und Li die Ausrüstung aus dem Kofferraum und gingen in Richtung OP, um sich für die Organentnahme fertig zu machen. Um diese Uhrzeit waren die Gänge der Klinik fast leer und ihre Schritte zerrissen die Stille. Aber als sie sich den OPs näherten, hörten sie die ohrenbetäubenden Schläge von etwas Hartem auf etwas Hartes.

Es war ein vertrautes Geräusch, ein Vorbote des Schicksals, das jede Organentnahme begleitete. Es war das Geräusch von Eis, das zerstoßen wurde, um die entnommenen Organe für den Transport zu kühlen.

Nadias Konzentration nahm zu, als die Koordinatorin für die Organentnahme mit den verschiedenen Teams die Patientenakte des Spenders durchging. Drei andere Chirurgen waren anwesend, um die Nieren und die Leber mitzunehmen.

»Der Spender ist bereit für den OP, aber …« Liz, die Koordinatorin, sah die Ärzte an. »Die Familie hat zuerst noch einige Fragen. Sie möchten mit einem von euch Chirurgen sprechen.«

Niemand rührte sich. Alle sahen überallhin, nur nicht zu Liz.

Nadia verstand ihren Widerwillen. Sie waren nicht die behandelnden Ärzte des Jungen. Sie waren hier, um Leben zu retten, aber es war nicht das Leben des Jungen, um das sie kämpfen würden. Er war über jede

Rettung hinaus. Ihre Aufgabe bestand darin, trotz seines vorzeitigen Endes etwas Gutes zu tun.

Das Schweigen zog sich peinlich in die Länge. Irgendetwas in Nadia bewegte sie dazu, zu sagen: »Ich übernehme das.«

Ihre älteren Kollegen sahen sie an und schüttelten die Köpfe. Normalerweise würde Nadia so eine Begegnung auch nicht gutheißen. Es war besser, den Spender nicht zu kennen, die leidenden Angehörigen nicht zu sehen. Es sollte ihre oberste Priorität sein, sich auf die Interessen ihrer eigenen Patienten zu konzentrieren, Aber der Gedanke, die Bitte der Spenderfamilie zu ignorieren, machte sie ganz krank. Sie biss die Zähne zusammen und blieb bei ihrer Entscheidung.

»Danke, Dr. Keating. Sie warten auf der Intensivstation. Folgen Sie mir.«

Als Nadia in Richtung der Doppeltüren ging, lief Li ihr nach. »Was tust du da?«

»Nach was sieht es denn aus?« Nadia zwang unerschütterliches Selbstbewusstsein in ihre Stimme.

»Dr. Singh hat immer gesagt, dass wir nie so was machen sollen. Es wäre geschmacklos.«

Natürlich hatte er recht. Aber Singh war nicht hier und Nadia hatte sich entschieden. Und wie die meisten Chirurgen blieb sie stur bei ihrer einmal getroffenen Entscheidung. Ohne langsamer zu werden, sagte sie: »Dann verrate mich nicht.«

Einen Moment später erreichten Nadia und Liz die Intensivstation. Ein Mann und eine Frau mittleren Alters standen neben dem Bett des Spenders. Das Gesicht der Frau war ganz verschwollen, ihre Augen rot. Der Mann starrte stoisch und ausdruckslos vor sich hin wie ein Soldat im Krieg.

Nadia versuchte, ebenfalls keine Gefühlsregung zu zeigen, obwohl ihr bei dem Anblick der Eltern das Herz schwer wurde.

In dem Versuch, sich einen Moment Zeit zu nehmen und zu sammeln, warf sie einen Blick auf den Spender. Das war ein Fehler. Abgesehen von dem blutigen Verband um seinen Kopf und dem Schlauch im Mund, durch den er beatmet wurde, sah der gut aussehende junge Mann gesund aus. Seine Brust hob und senkte sich gleichmäßig, als würde er leben, auch wenn es nur das Beatmungsgerät war, das Luft in seine Lungen pumpte und seinen Zellen den Sauerstoff gab, den sie brauchten. Aber sein Gehirn war bei dem Sturz zu sehr beschädigt worden, als dass er je das Bewusstsein wiedererlangen oder auch nur aus eigener Kraft atmen würde.

Nadia räusperte sich leise und versuchte, die überwältigende Trauer zu verdrängen, die sich über sie gelegt hatte. »Guten Abend. Mein Name ist Dr. Keating. Ich bin eine der Transplantationschirurgen.«

Die Frau begann zu schluchzen, was Nadia einen Stich versetzte. Sofort bereute sie es, hier zu sein. Wie konnte sie ihr irgendwelche Unterstützung bieten, wenn ihre eigenen Beine unter ihr nachzugeben drohten?

Der Vater trat vor und schüttelte Nadias Hand.

»Mein aufrichtiges Beileid«, sagte sie leise. »Wie ich höre, haben Sie einige Fragen zum Spendeverfahren.«

»Wir wollen wissen, wer die Organe unseres Sohnes bekommt.«

»Ich habe ihnen gesagt, dass die Empfängerdaten vertraulich sind«, flüsterte Liz in Nadias Ohr.

Nadia griff nach der Akte des jungen Mannes. Sie hatte nicht die Absicht, vor seinen Eltern auf der strikten Geheimhaltung zu bestehen. Sie wollte das Leid des Paars lindern, nicht dazu beitragen. Nadia zog einen Stuhl heran und setzte sich neben die Mutter. Die Akte enthielt die Codes für die Zielorte der Organe, ohne dass die Empfänger selbst identifiziert werden konnten.

Auf dem Blatt für den Empfänger der einen Niere stand *PKD 62*.

»Eine Niere Ihres Sohns geht nach Utah zu einem Patienten mit polyzystischen Nieren, einer Erbkrankheit, die die Nieren der Patienten zerstört und sie wie Seifenblasen aussehen lässt. Die Patienten haben große Schmerzen und brauchen eine ständige Dialyse, um zu überleben. Die Prognose ist schlecht und eine neue Niere ist die letzte und beste Hoffnung auf ein normales Leben.«

Sie blätterte zur nächsten Seite, auf der *Post-Strep 25* stand. »Die andere Niere«, fuhr Nadia ruhig fort, »geht nach Minnesota. Dieser Empfänger ist ungefähr im selben Alter wie Ihr Sohn. Er war gesund, bis es nach einer Streptokokken-Infektion, wahrscheinlich einer Halsentzündung, zu einem Nierenversagen kam. Daraufhin hat sich sein eigenes Immunsystem gegen seine Nieren gerichtet, was eine akute Glomerulonephritis zur Folge hatte. In den meisten Fällen legt sich das Problem von selbst wieder. Aber manchmal führt es zu Nierenversagen im Endstadium. Er ist auf die Dialyse angewiesen, was für einen

Menschen in den Zwanzigern eine Katastrophe ist. Mit der Niere Ihres Sohns kann dieser Junge zu dem Leben zurückkehren, das er kennt.«

Nadia blätterte zur dritten Seite und überflog die Informationen für die Leber: *HCC 54*.

»Die Leber Ihres Sohns geht an jemanden hier in diesem Bundesstaat, einen Patienten mit Leberzellkarzinom, einer Krebserkrankung. Normalerweise ist das innerhalb von zwei Jahren tödlich. Mit der Leber Ihres Sohns könnte die Person weitere zwanzig Jahre leben.«

Der Mann stellte sich neben seine Frau und nahm ihre Hand. Seine eigene beherrschte Fassade löste sich allmählich auf.

Nadia wandte den Blick ab, um ihnen so etwas wie ein wenig Privatsphäre zu geben und ihre eigene Trauer zu verbergen. Sie rutschte unruhig auf dem Stuhl herum und fragte sich, ob die Informationen dem Paar halfen oder ihnen nur noch mehr wehtaten.

Schließlich sagte der Vater: »Was ist mit seinem Herzen?«

»Er hat so ein gutes Herz. *Hatte*«, brachte die Mutter schluchzend heraus.

Da Herz, Lungen und alle anderen Organe im Thorax Nadias Spezialgebiet waren, kannte sie die Antwort, ohne in die Akte zu blicken. »Das Herz wird nicht entnommen. Es bleibt bei Ihrem Sohn.«

»Warum? Was stimmt nicht damit?«

Nadia blinzelte, die Frage überraschte sie. Sie war für die Lungen hier, nicht für das Herz. Sie blätterte die Akte durch, um etwas Zeit zu schinden. »Nichts. Eigentlich ist es perfekt.« Nadia starrte noch eine Weile auf die Seiten, bevor sie aufsah. »Aber Ihr Sohn hat eine sehr seltene Blutgruppe, AB positiv. Es gibt keine Empfänger, die für eine sichere und erfolgreiche Herztransplantation infrage kommen. Ein Herz kann nicht länger als sechs Stunden ohne Sauerstoff sein, sonst fängt es nicht wieder zu pumpen an, wenn es transplantiert wird.«

»Ich verstehe nicht. Wie kann ihm der Sauerstoff ausgehen? Es schlägt doch noch«, fragte der Vater.

»Um Organe ununterbrochen mit Sauerstoff zu versorgen, müssten sie in Ihrem Sohn bleiben und mit ihm in jedes einzelne Transplantationszentrum gebracht werden. Aber das ist weder logistisch noch ethisch vertretbar, daher kommen die verschiedenen chirurgischen Teams zu ihm. Sobald wir die Organe entnommen haben, bewahren wir sie für den Transport zu den Empfängern in Eis auf, um ihren Sauerstoffbedarf gering zu halten. Manche Organe halten gekühlt länger durch als andere. Das Herz ist am empfindlichsten.«

Nadia warf einen weiteren Blick auf die Unterlagen und die Laborwerte, bevor sie fortfuhr. »Aber seine Blutgruppe ist genau die, die unsere zwanzigjährige Lungenempfängerin braucht.« Sie schloss die Akte. »Sie hat Mukoviszidose und kämpft schon ihr ganzes Leben lang damit. Sie hatte öfter Lungenentzündungen als ein neunzig Jahre alter Mensch. Sie weiß nicht, wie es ist, leicht zu atmen. Die Lunge Ihres Sohnes wird ihr die Chance geben, ihr Leben so angstfrei zu führen, wie es sein sollte.«

Als sie Leben erwähnte, schluchzte die Mutter heftig auf und Nadia überkam eine hilflose Frustration. Wie sollte sie dem Paar irgendwelchen Trost bieten, wenn sie selbst doch dazu ausgebildet war, gegen den Tod anzukämpfen, anstatt ihn zu akzeptieren?

Nadia legte die Hand auf den Arm der Mutter. »Ich weiß, nichts, was ich sage, wird Ihren Schmerz lindern. Es war noch nicht seine Zeit. Aber wir alle sind heute wegen ihm hier. Seine Organe werden im Leben der Empfänger einen Unterschied machen. Einen großen Unterschied. Seine Erinnerung wird in ihnen weiterleben.«

Die Eltern nickten und der Mann legte die Arme um seine Frau, deren Schluchzer leiser geworden waren. Nadia stand auf und wandte sich zum Gehen, aber der Vater berührte ihre Hand. »Noch eins, Frau Doktor«, sagte er. »Grayson hat Anzüge gehasst, aber es hieß, ein T-Shirt würde die Operationsnarben nicht verbergen.«

Nadia nickte. Egal, wie wenig es war, das konnte sie immerhin für sie tun. »Er kann tragen, was Sie möchten. Ich verspreche Ihnen, dass kein Schnitt sichtbar sein wird.«

Das Paar bedankte sich bei ihr, obwohl sie nicht das Gefühl hatte, es verdient zu haben. Nach einem letzten Blick auf den Spender kehrte Nadia zum OP zurück. Sie konzentrierte sich auf ihre Atmung und versuchte, das Gefühl der Hilflosigkeit hinter sich zu lassen.

Warum konnte sie nicht ein bisschen mehr wie Rylan sein?

Die schlichte Wahrheit war, dass Rylan besser mit dieser Situation umgegangen wäre. Ihr Umgang mit Patienten und Angehörigen war bemerkenswert. Sie hätte das Leid dieses Paares gelindert, nicht mit den Worten, die sie gesagt hätte, sondern mit der Art, wie sie sie gesagt hätte.

Nadia knirschte mit den Zähnen. Ihre Emotionen lauerten dicht unter der Oberfläche und ihre Gedanken sprangen zwischen Rylan und den

Eltern des Spenders hin und her. Auch wenn sie sich nicht mit Rylan verglich, würde es eine Herausforderung sein, sich nach dem trauernden Paar auf die Operation zu konzentrieren. *Deshalb sprechen wir nicht mit den Angehörigen der Spender.*

Zurück im OP warteten schon ihre Kollegen. »Li, hast du je einen Clamshell-Schnitt bei einer Lungenentnahme durchgeführt?«

Er wirkte überrascht. »Davon habe ich noch nie gehört.«

»Normalerweise wird es auch nicht gemacht. Es ist zeitraubend und nicht so direkt wie eine mediane Sternotomie«, sagte Nadia sachlich. »Aber da der Schnitt unter den Brustwarzen angesetzt wird, kann der Tote danach bei der Beerdigung auch im T-Shirt und im offenen Sarg aufgebahrt werden.«

»Ich nehme an, davon erzählen wir Dr. Singh auch nichts?«

Nadia grinste. »Guter Mann.«

»Der Hämatokritwert des Patienten ist 23. Sollen wir eine Bluteinheit besorgen?«, fragte Li.

Sie hatten die Brust des jungen Mannes geöffnet und arbeiteten daran, die kleinen Blutungen zu stoppen.

»Nicht notwendig. Wir klemmen gleich. Und es ist der Hämatokritwert des *Spenders*«, korrigierte Nadia ihn scharf. Den Spender als Patienten zu bezeichnen, würde es nur schwieriger machen, sein Herz zu stoppen. »Patienten sind am Leben. Spender sind tot.«

Sobald Nadia ihren sterilen Kittel und die Handschuhe angezogen hatte, kehrte sie zu ihrer distanzierten Objektivität zurück. Ihr Herz war immer noch bei der Tragödie der Familie, aber ihre Hände waren ruhig.

Schweigend sezierten sie den Thymus, ein Organ, das nach der Pubertät zu schrumpfen begann und durch Fettgewebe ersetzt wurde. Die Tatsache, dass dieser Spender noch eine größere Menge Thymusgewebe hatte, war ein weiterer düsterer Hinweis auf sein jugendliches Alter. Nadia sah auf ihre Handgelenke, dort, wo der Baumwollsaum des Kittels ihre Handschuhe überlappte. Die Schutzkleidung war wie eine Rüstung, die alle Gefühle dämpfte, die das Alter des Spenders in ihr hervorrufen mochte. Mit dieser Mahnung machte sich Nadia wieder an die Arbeit.

Sie öffneten den Herzbeutel, der das Herz umgab, und legten einen starken Muskel mit minimalem Fettanteil und großartiger Funktion frei.

Sofort musste Nadia an Singhs sehr kranken Patienten denken, der immer noch auf ein Spenderorgan wartete. Aber auch diese Beobachtung hielt sie auf Distanz, ließ sie nur im Kopf, aber nicht in ihren Gefühlen zu. *Trotzdem ist es eine Schande, auf ein so gutes Organ verzichten zu müssen, obwohl es andere Leute retten könnte.*

Michael Sanders würde wahrscheinlich sehr bald sterben. Das war die kalte, nackte Wahrheit. Aber das Herz dieses Spenders war nicht das richtige für ihn.

Nadia schüttelte alle ihre Gedanken ab. »Sehen wir uns die Lunge an, bevor wir die großen Gefäße durchtrennen. Dr. Singh wartet auf Nachricht.« Inzwischen war das Herz nur noch ein nutzloses Organ, das beerdigt werden würde. Es hatte keinen Sinn, deswegen sentimental zu werden.

Nadia und Li durchschnitten die Pleurahöhle und fanden die zum Teil kollabierte Lunge. Während sie daran arbeiteten, die Lunge wieder vollständig mit Luft zu füllen, fragte sie Li jeweils nach den nächsten Schritten. Als er einige der Tests selbst durchführte, nickte sie anerkennend. Es war leicht, eine gute Lehrerin zu sein, wenn der Schüler die Vorgehensweise so gut kannte.

»Würdest du diese Lunge nehmen?«, fragte sie, nachdem sie alles zu ihrer Zufriedenheit begutachtet hatten.

Die Fältchen in Lis Augenwinkeln verrieten, dass er hinter der Maske lächelte. »Mit dieser Lunge wird unsere Patientin in null Komma nichts selbst atmen.«

»Ja«, stimmte Nadia zu. Sie ließ den Blick durch den Raum wandern. »Liz, bitte informieren Sie Dr. Singh, dass die Lunge gut ist. Wir entnehmen sie in ungefähr zwanzig Minuten.«

Nadia sah wieder zu dem Herzen. Trotz ihrer geübten Distanziertheit regte sich hartnäckig etwas in ihr, sobald sie es ansah. Die anderen Organe würden bestens genutzt werden, aber dieses Herz würde bald aufhören zu schlagen und niemandem helfen. Und es gab so viele Patienten, die ein gesundes Herz brauchten. Es war eine gewaltige Verschwendung, die jedes Mal, wenn sie es ansah, ihre Rüstung durchstieß.

Sie packte Pinzette und Kauter fester und konzentrierte sich wieder auf die übrigen Schritte der Lungenentnahme.

Zwanzig Minuten später war sie bereit, das Organ aus dem Brustkorb zu holen. Das Blut des Spenders war mit einem Gerinnungshemmer versorgt worden und die Teams hielten das zerstoßene Eis und die Kältelösung für die Organe bereit, sobald Nadia das Herz zum Stillstand gebracht hatte. *Das starke, schöne Herz, das niemand gebrauchen kann.*

Nadia injizierte Prostaglandin, ein Medikament für die Lungenkonservierung, und beobachtete, wie das Herz sich abmühte, weiter zu schlagen. Das Medikament störte seine Funktion. Trotzdem versuchte der Muskel weiterhin, sich kräftig zusammenzuziehen. Einen Moment lang traten die geschäftigen Geräusche der Menschen um sie herum in den Hintergrund und sie sah nur noch das Herz. Fast konnte sie hören, wie das Blut es durchströmte und es pumpte. Kämpfte. Leben wollte.

*Das Herz ist tot.* Sie blinzelte die Trance weg. *Niemand ist nahe genug dran und könnte davon profitieren. Es würde nichts ändern, den Vorgang aufzuhalten.*

Sie setzte entschlossene Schnitte an den richtigen Stellen und das Blut begann, in den Brustraum zu strömen.

»Abgeklemmt«, rief sie ruhig, als sie die Klammer um die Aorta schloss.

Li begann, das sich sammelnde Blut abzusaugen, und gab gleichzeitig Eis hinzu.

»Pneumoplegie beginnen.«

Als sie sah, wie ungeschickt Li sich anstellte, juckte es sie in den Fingern, einzugreifen. Stattdessen wartete sie einfach ab. Er musste lernen, mehrere Dinge gleichzeitig zu tun, wenn er die Operation einmal alleine durchführen sollte.

Es gab eine kleine Pause, während die Kältelösung in die Lunge lief. Da sie nichts zu tun hatte, sah Nadia wieder zum Herzen. Allen Widerständen trotzend pumpte es immer noch, obwohl jeder Schlag schwächer war als der vorherige. Nadia blickte sich im Raum um. Alle anderen ignorierten die heldenhaften Anstrengungen des Herzens komplett. Sie waren auf Lunge, Leber und Nieren konzentriert. Warum konnte Nadia nicht auf die Lunge konzentriert bleiben?

Das Mitleid schloss sich wie ein Ring um ihre Brust und zog sie zusammen, machte ihr das Atmen schwer. Es war so untypisch für sie, sich im OP von ihren Emotionen überwältigen zu lassen. Und doch: *Es war so ein schönes Herz.*

Dann schob ein gewagter Gedanke Nadias Hilflosigkeit beiseite. Sie sah sich nach Liz um. »Hat dieser Spender auch eine Einwilligung zu Forschungszwecken?«

»Ja, die Eltern haben allem zugestimmt.«

»Nimmt irgendjemand das Herz?«, fragte Nadia, obwohl sie die Antwort bereits kannte.

»Nein, lassen Sie es einfach auf dem Tisch liegen. Wir setzen es später wieder ein.« Liz klang, als redete sie über Einkäufe im Supermarkt. Nadia nahm an, ihre Arbeit hatte sie gegen Tod abgehärtet.

»Kann ich es haben?«

Liz starrte sie wortlos an. Jedes Organ, jedes bisschen Gewebe und jede Zelle musste vorhanden beziehungsweise seine Entnahme gerechtfertigt sein. Niemand konnte einfach etwas mitnehmen. Es war lediglich Nadias Instinkt, der sie danach fragen ließ, ob sie auch das Herz behalten konnte.

»Ich, äh … ich kann meinen Vorgesetzten anrufen und fragen.«

Mit dieser Antwort war sie auf der sicheren Seite. Wenn der Vorgesetzte ablehnte, konnte Liz nicht dafür verantwortlich gemacht werden. Aber Nadia war nicht in der Stimmung für Spielchen. Anstatt mit irgendeinem Vertreter zu sprechen, war es besser, den Direktor des Transplantationsnetzwerks selbst zu fragen. Sie hatte mehrere Organentnahmen mit ihm durchgeführt und sie respektierten einander.

»Rufen Sie Dr. Rodriguez an und geben Sie ihn mir.« Sie klang ruhig und beherrscht, aber tief im Inneren war sie keins von beidem. »Während wir warten, arbeite ich weiter daran, das Herz ebenfalls zu entnehmen. Wenn er Nein sagt und ich es nicht bekommen kann, gebe ich es zurück.« Nadia schöpfte etwas Eis aus dem Becken neben ihr und gab es auf das Organ. Sie sah Li an. »Wir werden dem Herzentnahmeprotokoll folgend das Herz entfernen. Bereite Kardioplegie vor.«

»Äh … okay.«

Nadia war dankbar, dass Li nicht nach dem Warum fragte. Sie war sich selbst nicht sicher, was genau ihr Plan war, aber sie vertraute auf ihr Bauchgefühl. Alles war besser, als dass das Herz unter der Erde verschwand.

Die Chirurgen fuhren mit der Organentnahme fort, entfernten zuerst das Herz, dann die Lunge und schließlich die übrigen Organe im Bauchraum. Nadia packte die Lunge sorgfältig für den Transport ein, wobei sie sich bewusst war, dass sie damit ihre Faszination für das Herz überkompensierte. Das Herz war schließlich nur ein Nebenprojekt. Ihre oberste Priorität galt der Lunge und ihrem Empfänger.

Aber sobald die Lunge sicher eingepackt war, kehrte ihre Aufmerksamkeit zu dem Herzen zurück, das in Eiswasser eingelegt auf dem sterilen Tisch lag. Nadia trug immer noch ihre OP-Kleidung und stand wie eine Wächterin mit vor der Brust verschränkten Armen daneben. Sie wippte auf den Fußballen vor und zurück und warf ungeduldige Blicke zu Liz, die mit jemandem telefonierte, der nicht Rodriguez war. Sie mussten die Lunge transportieren, je schneller, desto besser. Es war falsch, hier zu stehen und auf das Herz zu warten, aber Nadia machte trotzdem keine Anstalten, ihren Kittel abzustreifen. *Noch zwei Minuten.*

Schließlich kam Liz mit dem Telefon zu ihr und hielt ihr den Hörer ans Ohr. Es war Rodriguez.

Er klang verschlafen.

Sie sah zur Uhr an der Wand. Es war kurz nach drei Uhr morgens. Dass er direkt alle Höflichkeitsfloskeln übersprang, bestärkte ihre Vermutung, dass er durchaus wusste, wie spät es war. Sie hörte sich kurz seine Standpauke an, dass sie nicht dem vorgeschriebenen Ablauf folgte, bevor sie ihn unterbrach. »Dr. Rodriguez«, sagte sie scharf, »Sie haben mein Wort. Sie bekommen mein Forschungsprotokoll gleich morgen früh.«

Er fuhr mit seiner Standpauke fort, als hätte sie gar nichts gesagt. Nadia biss sich auf die Lippe. Je länger sie blieb, desto schlechter fühlte sie sich, weil sie die Lunge nicht sofort ins Krankenhaus zurückbrachte. Aber sie war entschlossen, mit Lunge *und* Herz zu gehen. Sie hielt seinen Monolog aus und sagte so oft »Ja, ich verstehe«, dass es jegliche Bedeutung verlor. Sie ließ ihn ausreden. Letztendlich würde er Ja sagen.

Schließlich beendete er seine Predigt und fügte hinzu: »Aber da Sie sich als ausgezeichnete Forscherin erwiesen haben, bin ich gewillt, eine Ausnahme zu machen. Natürlich im Namen der Wissenschaft.«

»Danke, Herr Doktor.« Triumph schwang in ihrer Stimme mit.

»Und alle Veröffentlichungen, die dabei herauskommen, werden eine Erwähnung der OPO in der Danksagung haben.«

Nadia verdrehte die Augen. *Im Namen der Wissenschaft? Von wegen.* »Natürlich. Ich würde die Hilfe der Organ Procurement Organization nie zu erwähnen vergessen.«

»Und – Keating?«

»Ja, Dr. Rodriguez?«

»Wenn mir auch nur eine Silbe Ihres Forschungsberichts nicht zusagt, hole ich dieses Herz persönlich aus Ihrem Labor ab. Und jetzt lassen Sie mich endlich schlafen.«

Nadia lächelte. »Gute Nacht, Herr Doktor.« Sie legte auf und sah zu Liz, wobei sie ihre Züge zu geübter Neutralität arrangierte, um ihre übermütige Freude zu verbergen, dass sie ihren Willen bekommen hatte. »Er ist einverstanden. Ich kann das Herz mitnehmen. Verschwenden wir keine Zeit mehr und fliegen nach Hause.«

Adrenalin strömte durch Nadias Körper, als sie um sechs Uhr abends zur Intensivstation marschierte. Nach der Entnahme am frühen Morgen hatte sie den ganzen Tag in ihrem Labor verbracht. Jetzt verstand sie, warum dieses Spenderherz sie so gefesselt hatte. Jetzt begriff sie sein Geheimnis und konnte es kaum erwarten, es zu teilen.

Sie fand Singh an Bett elf neben Michael Sanders. Auf der anderen Seite des Betts stand seine Frau und hielt seine Hand. Ihre drei kleinen Kinder saßen still daneben. Er verlor seit mehreren Tagen immer wieder das Bewusstsein.

Nadia nahm die Szene mit geübter Distanziertheit wahr. Ihr Kinn bebte nicht länger und sie hatte auch keinen Kloß mehr in der Kehle, an dem ihre Stimme nur mühsam vorbeikam. Sie hatte sich vor Jahren schon an den Anblick sterbender Patienten gewöhnt. Und doch bewirkte ihr Schlafmangel und der Gedanke, dass sie diesmal ein Fünkchen Hoffnung bieten konnte, dass ihr eigenes Herz unvernünftig schnell schlug.

Nadia berührte Singhs Schulter. »Können wir reden?« Es war eine Frage, aber ihr Ton ließ keinen Zweifel daran, wie dringend es war.

Singh runzelte die Stirn, aber dann nickte sie und folgte Nadia auf den Gang.

Inzwischen rauschte Nadias Blut wild in ihren Ohren. Sie atmete tief durch.

»Was ist?«, fragte Singh.

Nadia erwiderte entschlossen ihren Blick. Sie atmete tief ein. »Vergessen Sie den Versuch, Sanders ein anderes Herz zu besorgen. Wir bauen ihm eins.«

# Kapitel 13

## *Die richtige Anastomose*

Ashley trommelte mit den Fingern leicht auf die Tastatur. Sie hatte schon wieder den Faden verloren. Noch nie war es ihr so schwergefallen, einen OP-Bericht zu beenden. Sie tippte noch ein paar Zeilen und loggte sich aus. Es war kurz nach halb sieben und sie konnte sich nicht erinnern, wann sie sich zum letzten Mal so darauf gefreut hatte, ihr Büro zu verlassen.

Nadia war ihr den ganzen Tag lang im Kopf herumgeschwirrt, aber Ashley hatte sie gar nicht gesehen. Es konnte nicht schaden, auf dem Weg hinaus an ihrem Labor vorbeizugehen. Ihr Magen flatterte zustimmend.

Sie kam bis zum Aufzug, als die Türen aufgingen und Nadia vor ihr auftauchte. »Sie sind immer noch hier. Gut. Folgen Sie mir.«

Nadia war wie immer. Keine Erklärungen. Keine Höflichkeiten. Einfach unverbesserlich. Und doch folgte Ashley ihr bereitwillig in den Aufzug. Sie standen verlegen schweigend da, während Ashleys Wangen unter Nadias Blick zu brennen begannen.

»Warum ziehen Sie sich eigentlich immer so …« Nadia deutete auf Ashleys Outfit. »Wir sind hier in einem Krankenhaus, nicht auf einer Modenschau.«

Instinktiv strich Ashley mit den Fingern über die langärmlige beige Bluse, die sich weich an ihre Körperformen schmiegte. Sie steckte im Bund einer Figur umschmeichelnden Wollhose. Die dunklen Wildleder-Pumps, die sie den ganzen Tag lang getragen hatte, waren in der Tat allmählich unbequem, aber sie vergaß ihre schmerzenden Füße, als Nadia ihr Aussehen kommentierte.

»Es wäre bei Weitem nicht so irritierend, wenn Sie wie alle anderen einfach auch Krankenhauskleidung tragen würden.«

Ashley zog belustigt eine Augenbraue in die Höhe. »Nur damit das klar ist, du wolltest, dass ich dir folge, nur damit du mir sagen kannst, ich soll mich anders anziehen, damit du bei der Arbeit nicht abgelenkt bist?«

Nadia starrte sie finster an, aber die Röte in ihrem Gesicht war unübersehbar.

»Oder wolltest du mir erzählen, warum der Direktor der OPO mich um drei Uhr morgens angerufen hat?«

»Rodriguez hat Sie angerufen?«, fragte Nadia sanfter, besorgter. »Was hat er gesagt?«

»Nicht viel. Er hat gefragt, an welchen Forschungsprojekten du arbeitest und ob du die entsprechenden Genehmigungen hättest.«

»Und was haben Sie gesagt?«

Sie verließen den Aufzug. Ashley folgte Nadia, als sie nach rechts, dann nach links, dann wieder nach rechts ging. Für sie sahen die Gänge im Laborflügel alle gleich aus. »Ich habe gesagt, meines Wissens nach sind deine Projekte alle von den notwendigen Kommissionen genehmigt und du hättest eine ausgezeichnete Erfolgsbilanz, was Compliance betrifft.« Ashley lächelte. »Und dass er deine Bitte genehmigen solle, egal, wie verrückt sie auch klingt.«

»Das war sehr nett von Ihnen.« Nadia drehte sich mit einem kleinen Lächeln zu ihr um.

Ashley fuhr sich mit der Zunge über die Lippen. Es war berauschend, so einen offen erfreuten Gesichtsausdruck an Nadia zu sehen.

»Ich will heute aber nicht über meine Forschungen sprechen.« Nadia ging schnell weiter und blieb vor der Labortür stehen. Ihre Miene war wieder verschlossen. »Da ist noch etwas anderes, das ich schon seit unserem gestrigen Gespräch machen wollte, und ich kann mich auf nichts anderes konzentrieren, bis das erledigt ist.«

»Ach ja?« Ashleys Puls beschleunigte sich.

»Ja.« Nadia räusperte sich. »Sie haben gemeint, Sie würden respektvolles Feedback schätzen.«

Ashley nickte vorsichtig. Das ging nicht gerade in die Richtung, die sie erwartet hatte.

»Da unsere Beziehung ... freundschaftlich geworden ist, wollte ich Ihnen ein paar Tipps geben, wie Sie Ihre chirurgischen Techniken verbessern können.«

Ashleys riss erstaunt die Augen auf und fragte sich, ob Nadia komplett den Verstand verloren hatte. »Wie bitte?«

»Schauen Sie, Sie haben das medizinische Wissen. Natürlich. Sie haben nicht ohne Grund so schnell Karriere gemacht.« Die Worte kamen hastig heraus, offensichtlich zählte Nadia verzweifelt alle Gründe auf, um ihren absurden Vorschlag zu rechtfertigen. Dann hielt sie kurz inne und holte tief Luft. »Aber in der Chirurgie geht es nicht nur um wissenschaftliche Fakten. Sie erfordert eine Menge Übung. Sie können nicht ein paar Jahre Praxis überspringen und erwarten, so gut zu sein wie andere, die mehr Zeit im OP verbracht haben. Sie haben eine verkürzte Ausbildung abgeschlossen, daher ist es ganz normal, dass einige Ihrer Techniken nicht so ausgereift sind. Daran sollten wir arbeiten.«

Ashley starrte Nadia mit großen Augen an. Das war doch ein Witz. *Oder?*

Nadia atmete ungeduldig aus. »Wie wäre es damit: Sie bleiben offen für Kritik und ich beantworte Ihre Frage von gestern. Und alle fachlichen Fragen, die Sie haben. Glauben Sie mir, das werden nicht wenige sein.«

Ashley blieb wie angewurzelt stehen, hin- und hergerissen zwischen dem Wunsch, Nadia zuzustimmen, und heftig zu protestieren. Die Geschichte über Nadias erstes Mal mit einer Frau im Tausch gegen professionelle Kritik von einer Untergebenen war nicht gerade ein fairer Deal.

Sie standen einander schweigend gegenüber und Nadias Miene wurde mit jedem Moment, der verstrich und den sie nicht ihren Willen bekam, härter. Wenn Ashley nicht den Drang verspürt hätte, zu antworten, hätte sie über ihre Ungeduld gelacht.

»Na gut. Ich fange an«, sagte Nadia wütend, als Ashley nicht reagierte. Sie holte erneut tief Luft. »Als Sie mich gefragt haben, wie mein erstes Mal mit einer Frau war – na ja, das müssten Sie selbst am besten wissen –, Sie waren dabei.«

Ashley blinzelte irritiert. Das war nicht das, was sie erwartet hatte. Sie schluckte und sah Nadia, die sich nicht bewegt hatte, durchdringend an. Sie musste irgendetwas sagen. Nadia hatte ein sehr persönliches Geständnis gemacht. Das Mindeste, was Ashley tun konnte, war, nicht zu heftig zu reagieren. Sie nickte, zum Zeichen dafür, dass sie verstanden hatte, und zwang ihren Körper, in Richtung Laboreingang zu gehen. »Dann bin ich mal gespannt darauf, was ich deiner Meinung nach falsch mache.«

Als sie das Labor betraten, hörten sie das Geklapper von Metall.

*Mist.*

Ashley erstarrte und vergaß sofort Nadias Geständnis oder wie sie darauf reagieren sollte. Sie war nicht in der Stimmung, irgendjemandem zu erklären, was sie um sieben Uhr abends mit Nadia hier machte. Sie griff nach Nadias Arm.

Nadia erlangte schnell ihre Fassung wieder. »Entspannen Sie sich«, sagte sie mit einem leichten Lächeln. »Das ist nur Ihr Lieblingsstudent.«

Ashley verdrehte genervt die Augen. Nur weil sie jemanden nicht anschrie, bedeutete das nicht, dass er ihr Liebling war. Es zeigte vielmehr, dass sie ein anständiger Mensch war.

»Keine Sorge. Ich kümmere mich darum.« Nadia wandte sich dem jungen Mann zu. »Jack, richtig?«

Er sprang auf. »Äh ... ja, Ma'am.«

»Also, *Jack*, wenn du eines Tages Arzt werden willst, nennst du mich nie wieder ›Ma'am‹.«

Nadias drohender Tonfall half Ashley nicht gerade dabei, sich ›keine Sorgen‹ zu machen. Sie kicherte und räusperte sich sofort, um es zu überspielen. Sie fand es nicht gut, wie Nadia Jack behandelte, aber ihre Einschüchterungstaktik war durchaus witzig.

»Ja, Dr. Keating.« Ihm war alles Blut aus dem Gesicht gewichen.

Nadia ging zum Labortisch, vor dem Jack stand. »Also, Jack, was machst du so spät noch hier?«

Ashley beobachtete die beiden und hielt sich bereit, Jack wiederzubeleben, falls er bei diesem Gespräch einen Herzstillstand bekam.

»Ich ... ich arbeite an meiner subkutanen Naht«, stammelte Jack. »Dr. Williams meinte, ich könnte morgen nach seiner CABG für ihn schließen.«

Ashley runzelte ärgerlich die Stirn. Peter Williams war unglaublich faul. Er ließ Studenten nur schließen, um schneller aus dem OP zu kommen, nicht, um ihnen etwas beizubringen. Um das kosmetische Ergebnis der Narbe scherte er sich überhaupt nicht.

»Ich verstehe.« Nadia biss fest die Zähne aufeinander.

Also störte es Nadia auch, dass Jack für Peter schließen sollte. *Interessant*. Sie hatte angenommen, dass Nadia trotz seines zweifelhaften Charakters seine Fähigkeiten als Operateur bewunderte. Jetzt war sie froh, dass sie sich geirrt hatte.

»Und du weißt Bescheid, wie eine CABG abläuft?«

Jack nickte.

»Du hast gerade das Sternum geteilt. Was ist der nächste Schritt?«

»Äh ... ich öffne den Herzbeutel –«

»Nein. Nächster Versuch.«

»Äh ... ähm ... ich stoppe die Blutungen mit – «

»Jack, ich habe nicht die ganze Nacht Zeit. Lass die Details weg. Was kommt als Nächstes?«

»Ich ... ich weiß nicht, Dr. Keating.« Jack sah aus, als würde er jeden Moment in Tränen ausbrechen.

Ashley war hin- und hergerissen, Nadia weiterhin die Situation zu überlassen oder doch einzuschreiten. Aber Nadias Plan schien Wirkung zu zeigen. Wenn sie sich Jacks entsetzten Gesichtsausdruck so ansah, würde er sehr bald aus dem Labor fliehen und sie wäre mit Nadia allein. *Tut mir leid, Jack.*

»Dann schlage ich vor, du gehst und findest es heraus«, sagte Nadia beinahe flüsternd. »Chirurgie ist mehr als nur handwerkliches Geschick. Das Wissen sollte immer zuerst kommen. Wenn du nur Dinge aufschneiden willst, solltest du besser den nächsten Metzger um eine Stelle bitten.«

Nadia beugte sich vor, um Jacks Nähte zu inspizieren, während er mit angehaltenem Atem neben ihr stand.

Selbst aus der Entfernung sah Ashley, dass die Nähte schlampig und nicht stabil genug waren. Sie machte sich auf ein Donnerwetter gefasst, überzeugt davon, dass Nadia Jack nun tadeln würde, obwohl die meisten Medizinstudenten genauso ungeschickt nähten wie er.

Nadia richtete sich auf. »Wann ist die OP?«

»Morgen um acht ... Doktor.«

»Komm um sieben hierher. Du wirst mit mir den ganzen Ablauf der CABG noch einmal durchgehen und ich zeige dir, wie diese Naht richtig gemacht wird.«

Ashley blinzelte. Wieder falsch. Ein Lächeln verbarg ihre Überraschung.

Jack wirkte nicht gerade dankbar für die Hilfe, er schien eher starr vor Angst.

»Geh jetzt«, sagte Nadia mit einer Stimme, bei der sich Ashley die Haare sträubten.

Er packte seinen Rucksack und ging schnell zur Tür, wobei er Ashley im Vorbeigehen zunickte.

Ashley winkte ihn zu sich. »Die Antwort, die Nadeschda hören wollte, ist: Du präparierst die LIMA, um sie als Transplantat zu verwenden.«

Nadia durchbohrte sie mit Blicken, während Jack floh. »Wie soll er jemals etwas lernen, wenn Sie ihm alle Antworten vorsagen?«

Ashley weigerte sich, den Köder zu schlucken. Sie bereute es nicht, Jack helfen zu wollen. Aber so stur, wie Nadia war, wäre es leichter, durch eine Wand zu gehen, als sie davon zu überzeugen, dass Jack dieses Fachwissen gar nicht brauchte. Stattdessen sagte sie: »Es war nett von dir, ihm vor der OP deine Hilfe anzubieten.«

»Das habe ich nur getan, um den Patienten zu schützen. Wir wissen beide, dass Williams den OP verlassen wird, sobald die Knochen verdrahtet sind.«

Ashley schüttelte den Kopf. »Gott, Nadeschda, geht etwa die Welt zugrunde, wenn du einmal zugibst, dass du etwas Nettes tust? Du musst nicht die ganze Zeit über gemein sein.«

»Sie müssen nicht die ganze Zeit über nett sein«, schoss Nadia zurück. »Ich bringe ihm bei, wie die wirkliche Welt funktioniert. Sie tun ihm keinen Gefallen, wenn Sie ihn ständig verwöhnen.«

Ashley lächelte wissend. Sie hatte die Diskussion gar nicht weiterführen wollen, aber das bedeutete nicht, dass sie sie nicht gewinnen konnte. »Weißt du, auf welchen Bereich Jack sich spezialisieren will?«

»Das spielt keine Rolle.«

»Psychiatrie.«

Nadia verdrehte die Augen.

»Er muss nicht wissen, wie chirurgische Instrumente richtig gehalten werden oder wie man Operationswunden vernäht, um seinen Job gut zu machen. Nicht alle sind so leidenschaftliche Chirurgen wie du. Mit der Zeit wirst du lernen, dass gute Lehrer wissen, was ihre Schüler brauchen.«

»Aber er muss die Schritte für die OP kennen, die er morgen durchführt.«

»Die kennt er wahrscheinlich, er hatte nur zu große Angst, um sie dir aufzusagen.«

Nadia kam näher und zwang Ashley, einen Schritt in Richtung Wand zurückzuweichen. Ihre Beine zitterten, als sie Nadias berauschenden Duft einatmete.

»Also hätte er mir sagen können, was der nächste Schritt nach der LIMA ist?« Nadias Atem strich heiß über ihre Wange. »Sagen Sie es mir.«

»Den Herzbeutel – «

Nadia schnalzte mit der Zunge. Sie strich eine Haarsträhne aus Ashleys Gesicht, ließ aber ihre Finger an Ashley Wange liegen. »Kommen Sie schon, Dr. Rylan. Das war die Antwort des Studenten. Sie können das viel besser.« Sie streichelte zart über ihre Haut.

»Ich würde die RIVA –«

»Mhm.« Nadia drückte sich an sie und Ashleys Gehirn erlitt einen Kurzschluss.

Ashley keuchte leise und unterdrückte ein Stöhnen. Sie schluckte, was ihrem Verstand einen Moment Luft verschaffte, sich zu sammeln. »– eine endseitige Anastomose mit der LIMA durchführen und den distalen LIMA-Pedikel mit Nähten verankern, um eine Spannung oder ein Abknicken des Conduits zu verhindern.«

Nadia trat einen Schritt zurück. »Sehen Sie? Wenn das Wissen da ist, brauchen Sie keine Ausreden.«

Ashley blinzelte. Ein Sturz in ein eiskaltes Meer hätte einen kleineren hypothermischen Schock ausgelöst als den, den sie gerade erlebte. Irgendwie schaffte sie es, zu stammeln: »Das ist nicht dasselbe.«

»Wollen Sie damit sagen, seine Angst war größer als Ihre …«, Nadia ließ den Blick über Ashleys Körper wandern und leckte sich verführerisch mit der Zunge über die Lippen, »… Ablenkung?«

Ashley öffnete den Mund, aber Nadia kam ihr zuvor.

»Vorsicht. Mein Ego ist ziemlich zerbrechlich.«

Ashley brach in lautes Gelächter aus.

Nadias Ego konnte eine Atombombe aushalten.

Zwanzig Minuten später fragte Ashley sich, ob sie beim Operieren je etwas richtig gemacht hatte.

Nadia nahm jede Bewegung von ihr unter die Lupe, angefangen bei ihrem Griff des Nadelhalters.

»Sie haben von den Allgemeinchirurgen schreckliche Gewohnheiten übernommen«, sagte Nadia. »Ihn mit der ganzen Hand zu halten ist nicht der Standardgriff. Das wird nur in wenigen Situationen so gemacht. Es gibt einen Grund, warum das Instrument Löcher hat. Benutzen Sie sie für Ihre Finger.«

»Viele Wege führen nach Rom, Nadeschda. Mit der ganzen Hand habe ich einen größeren Bewegungsumfang.«

»Der Standardgriff erlaubt genauere Bewegungen. Wenn Sie in einem begrenzten Bereich wie der Brust arbeiten, wollen Sie Präzision.« Nadia zog herausfordernd eine Augenbraue hoch. »Suchen Sie jetzt keine anderen Wege nach Rom, sondern zeigen Sie mir den richtigen Griff.«

Sobald Ashley ihre Instrumente anders hielt, wurde sie ungeschickter. Am liebsten hätte sie alles zu Boden geschleudert und Nadia angeschrien. Aber sie hatte noch nie dermaßen die Beherrschung verloren und würde jetzt nicht damit anfangen.

Außerdem stellte Nadia zwar ihre Geduld auf die Probe, aber sie hatten eine Abmachung und Ashley hatte vor, die einzuhalten.

Sie begannen damit, ein Dacron-Polyester-Transplantat zu vernähen. Unabhängig von Nadias Meinung vertraute Ashley auf ihre chirurgischen Fähigkeiten und wusste, dass sie nach etwas Übung mit jedem Griff nähen konnte. Trotzdem konnte sie ein wenig Stolz nicht unterdrücken, als sie endlich Nadias hohe und *sehr* konkreten Standards erfüllte.

Und sobald ihre Hände die Aufgabe begriffen hatten, war es Zeit für Nadia, ihren Teil der Abmachung einzuhalten. »Also, als wir … das war dein erstes Mal mit einer Frau?«

»Ich dachte, das hätten wir schon geklärt«, sagte Nadia trocken.

Für eine Frau, die immer Abstand hielt, stand sie ziemlich dicht neben Ashley und sah ihr über die Schulter. Ihre Worte strichen als heiße Luft in Ashleys Ohr und ließen ihr Nervensystem wild übersteuern. »Stimmt.« Sie versuchte, das Zittern ihrer Hände zu beherrschen. Chirurgen sollten unbedingt ruhige Hände haben.

Ihr schwirrte der Kopf vor lauter Fragen, die sie am liebsten alle auf einmal stellen wollte. Sie kramte in ihren Gedanken, um die richtige für den Anfang zu finden. Und dann erinnerte sie sich entsetzt an ihr eigenes Verhalten. »Wenn ich gewusst hätte, dass das dein erstes Mal war, wäre ich nicht so …« *Dominant? Energisch? Selbstsüchtig?* »Unverblümt gewesen.«

Nadia beugte sich noch näher zu ihr, sodass ihre Lippen beinahe Ashleys Ohr berührten. »Weil Sie Ihrer Partnerin normalerweise erst beim zweiten Mal befehlen, dass sie sich ausziehen und zwischen Ihre Beine kriechen soll?«

Die Pinzette fiel Ashley aus der Hand und landete scheppernd auf dem Tisch. *Muss sie immer so direkt sein?* »Ich hätte es für dich zu etwas Besonderem machen können.« Die Worte sprudelten nur so aus ihr heraus. »Wir hätten uns Zeit lassen können. Du hast nicht mal Gelegenheit bekommen –«

»Drehen Sie sich bei diesem Teil etwas zur Seite.« Nadia ging einen Schritt zurück und brachte etwas Abstand zwischen sie. »Das gibt Ihnen einen besseren Winkel, um zu sehen, was Sie nähen.«

Während sie versuchte, aus Nadias Worten schlau zu werden, sah Ashley zur Pinzette auf dem Tisch und dann zum Transplantat. Jetzt waren sie also wieder beim Nähen? Sie nahm die Pinzette und stellte sich anders hin. Wie üblich hatte Nadia recht. So war es leichter, an dem Gefäß zu arbeiten. Ashley hasste es, dass ihre Anweisungen so … hilfreich waren.

»Wenn Ihre Vorstellung von *besonders* Rosenblüten und Kerzenlicht meint, bin ich froh, dass ich es Ihnen nicht gesagt habe.«

Ashley verdrehte die Augen. Nadia hatte ein Talent dafür, Schönes schrecklich klingen zu lassen. »Ich hätte nie erraten, dass es dein erstes Mal war«, platzte sie heraus. »Du warst so«, sie drehte sich zu Nadia um, »geschickt.«

»Dr Rylan, inzwischen sollten Sie wissen, dass ich auf alles vorbereitet bin«, sagte Nadia typisch nüchtern und beherrscht, aber ihre zusammengepressten Lippen zuckten ein wenig und der Hauch eines Lächelns war unübersehbar.

Ashley drehte sich zurück zum Tisch, um ihr Grinsen zu verbergen. »Ich würde liebend gern wissen, welche ›Literatur‹ du zu diesem Thema konsultiert hast.«

Nadia lachte. »Darauf wette ich.«

»Also, äh …« Ashley schluckte, ihre Kehle war ganz trocken. »Bedeutet das, du bist bisexuell? Oder war es eine einmalige Sache und du bist hetero? Wenn du dich von Frauen angezogen fühlst, hast du es schon immer gewusst oder gerade erst erkannt?« Jetzt, da Nadia sich ein wenig geöffnet hatte, konnte sie die Fragen nicht zurückhalten.

»Das hat länger gedauert als erwartet«, sagte Nadia spöttisch. »Ich bin beeindruckt, dass Sie sich so lange beherrscht haben.«

»Du hast versprochen, zu antworten.«

Nadia beugte sich vor und zupfte an dem künstlichen Gefäß herum. »Lassen Sie nicht auf beiden Seiten die gleichen Abstände. Die Gefäße haben nicht denselben Durchmesser. Korrigieren Sie den Unterschied, indem Sie auf der schmaleren Seite enger nähen.«

Ashley nickte und korrigierte ihre Abstände. Sie vermutete, dass Nadia die Anweisungen gab, um etwas Zeit für ihre Antwort zu schinden. Oder sie war wirklich besessen von Ashleys Nähtechnik.

»Ich habe sehr lange darüber nachgedacht«, sagte Nadia. »Ich dachte immer, ich würde die Antwort kennen. Aber wie sich herausstellt, liege ich oft falsch, was Sie betrifft.«

Ashley arbeitete an dem halb genähten Gefäß vor sich weiter. Jahrelange Erfahrung im OP hatte sie gelehrt, sich mühelos auf ihre Hände und Gedanken gleichzeitig zu konzentrieren.

»Ich denke, ich habe mich schon immer von Frauen angezogen gefühlt. Aber ich habe mir selbst nie erlaubt, zu viel darüber nachzudenken. Ich wurde in dem Glauben erzogen, dass Heterosexualität die Norm ist, und bin einfach auf dem Weg des geringsten Widerstands geblieben. Ich hatte ohnehin nie großes Interesse an anderen Menschen. Also habe ich meinen Mangel an … Erfülltsein auf die Mittelmäßigkeit der Menschheit geschoben anstatt nur auf die Männer.« Nadia hielt inne und schnalzte mit der Zunge. »Verstehen Sie mich nicht falsch. Der Sex war nicht schlecht. Es war einfach Sex. Mechanisch. Richtig stimuliert kann jeder und jede sexuelle Befriedigung erfahren, egal mit welchem Partner.«

Ashley presste die Lippen aufeinander, um nichts zu sagen. Wenn sie jetzt eine Debatte über Sex begann, erzählte Nadia ihre Geschichte vielleicht nicht weiter, und Ashley wollte alles hören.

»Also bin ich in der heterosexuellen Schublade geblieben und hatte ausschließlich Beziehungen mit Männern. Und der Sex war … nett, aber ich war nicht begeistert von dem Akt selbst. Ich dachte, vielleicht wäre es einfach nicht so berauschend, wie andere immer behaupten. Schließlich beschloss ich, dass ich es einmal mit einer Frau versuchen musste. So verschieden kann der Sex doch gar nicht sein. Vielleicht wäre das das Ende meiner naiven Fantasien.«

»Damit liegt eine Menge Druck auf einer Sexualpartnerin, vor allem auf einer, die du gar nicht kennst.« Ashley versuchte, jegliches Urteil aus ihrer Stimme herauszuhalten. Ihr Bauch verkrampfte sich. Wenn sie auch nur etwas davon geahnt hätte, hätte sie nie zugestimmt, bei Nadias Experiment mitzumachen.

»Und deshalb habe ich es Ihnen nicht gesagt«, meinte Nadia leichthin. »Ich wollte nicht, dass es Ihre Leistung beeinträchtigt.«

»Warum erzählst du es mir jetzt?«

»Ich habe gesagt, ich werde Ihre Fragen beantworten.«

»Du kannst doch nicht ernsthaft aufgrund einer einzigen hastigen sexuellen Erfahrung entscheiden, ob du lesbisch bist oder nicht. Und ich kann nicht für alle Lesben sprechen, aber was zwischen uns passiert ist, war definitiv nicht so, wie der Sex mit mir normalerweise ist. Du bist überhaupt nicht –«

»Warum sprechen Sie immer wieder diese Bagatelle an?«

Ashley legte die Instrumente weg und drehte sich zu Nadia um. »Für mich ist es keine Bagatelle. Ich konnte dir kein so gutes Gefühl geben, wie du es mir gegeben hast.« Es war weit einfacher, sich auf einen bestimmten Aspekt jenes Abends zu konzentrieren, anstatt über all die Ungereimtheiten in ihrer Beziehung nachzudenken.

»Ich habe Ihnen ein gutes Gefühl gegeben?« Nadias selbstgefällige Miene verriet, dass sie die Antwort bereits kannte.

Ashley verdrehte die Augen.

»Nun, wie sich herausstellte, habe ich mich geirrt«, sagte Nadia. »Der Sex mit Ihnen war anders. Und das meine ich nur positiv.«

Der Knoten in Ashleys Bauch lockerte sich etwas, Hoffnung kam auf. Sie hielt den Atem an, als könnte Nadia die Worte zurücknehmen, wenn sie nun etwas Falsches sagte. Und es waren so *herrliche Worte.*

»Dank Ihnen habe ich erkannt, dass Sex nie großartig sein kann, wenn das psychische Vergnügen vom physischen getrennt ist. Aber genau so habe ich es all die Jahre gemacht.«

Ashleys Herz schlug heftig. Obwohl die Worte so analytisch-distanziert gewählt waren, dass sie wie die Dissertation einer Psychiaterin klangen, hatte Nadia gerade zugegeben, dass sie Ashley *mochte.*

Nun ja, eigentlich hatte sie nur gesagt, dass sie den Sex mit ihr mochte.

Oder vielleicht hatte sie gemeint, dass sie Sex mit Frauen allgemein mochte?

*Gott! Warum muss Nadeschda immer alles intellektualisieren?* Ashley starrte Nadia an und suchte nach Antworten auf Fragen, die sie aus Angst nicht stellte.

»Natürlich kann ich nicht sicher sein, dass die Ergebnisse mit anderen Frauen reproduzierbar wären. Vielleicht wäre meine Theorie, dass das Geschlecht für mich keine Rolle spielt, mit jeder anderen Frau außer Ihnen bestätigt gewesen.« Nadia hielt Ashleys Blick fest. »Aber es waren nun mal Sie und es war überhaupt nicht so, wie ich erwartet hatte.«

Bei diesen Worten vibrierte Ashleys ganzer Körper vor ausgelassener Aufregung. Ermutigt kam sie näher. »Weißt du, eine gute Wissenschaftlerin würde einen Schluss nie nach nur einem Testlauf ziehen. Gib mir eine Chance, dir zu zeigen, wie viel besser es sein kann.«

Nadia wich zurück, als wären die Worte giftig. »Das sollten wir besser lassen.«

Ashley verspürte einen Stich, ihr Herz schmerzte, als wäre es mit Säure übergossen. »Warum?«

»Sie sind immer noch meine Chefin.«

»Ja.« Ashley wusste nicht, was sie sagen oder fühlen sollte.

Nadia war die Königin der widersprüchlichen Botschaften. In einem Moment teilte sie ihre intimsten Gedanken und Gefühle mit Ashley und im nächsten zitierte sie die Personalvorschriften. Hatte Nadia nicht gesagt, dass ihre Arbeitsbeziehung kein Problem war, dass sie beides getrennt halten konnte? Vielleicht traute sie Ashley nicht zu, dasselbe zu tun.

Ashley wandte sich wieder der Anastomose zu und hob die Instrumente auf. Nach der Achterbahnfahrt, auf die Nadia sie gerade mitgenommen hatte, hatte sie genug. Es hatte keinen Sinn, begreifen zu wollen, warum Nadia immer wieder Gründe suchte, Zeit mit ihr zu verbringen, obwohl sie kein Interesse an einer Beziehung hatte.

Zu ihrer Überraschung stellte Nadia sich neben sie. Sie arbeiteten schweigend, während Ashley beide Seiten zu Ende nähte und die Naht inspizierte. Sie schüttelte frustriert den Kopf. Es war eine verdammt gute Anastomose.

»Sind wir hier fertig?«, fragte Ashley und schaffte es nicht, ihre Stimme neutral zu halten.

»Erst will ich Ihnen zeigen, wie verknotet wird.« Nadia hatte die Dreistigkeit, wie ihr übliches reserviertes Selbst auszusehen und auch so zu klingen. »Sie machen eine überflüssige Zusatzbewegung, wenn Sie den ersten Teil des Kreuzknotens binden, das verlangsamt den gesamten Prozess.«

Ashley schnaubte. Wenn sie Nadias Einschätzung Glauben schenkte, hatte sie offenbar nicht begriffen, was Medizinstudenten im ersten Jahr lernen. Aber trotz der Kritik würde Ashley ihren Teil der Abmachung einhalten, denn Nadia hatte dasselbe getan.

Nadia führte Ashleys Hand, um den Knoten zu binden. Die intime Berührung ließ ihr eine Gänsehaut über den ganzen Körper laufen. Wie konnten sie sich körperlich so nahe und emotional so fern sein?

Als der Knoten gebunden war, trat Nadia zurück und räusperte sich. »Also, wie war Ihr Tag?«

Stirnrunzelnd drehte Ashley sich zu ihr um. »Das ist ja jetzt eine ziemliche Kehrtwende. Warum fragst du?« Sie hoffte aufrichtig, dass sie als Nächstes nicht ihren administrativen Zeitplan analysieren würden.

Nadia zuckte mit den Schultern, ohne sie anzusehen. »Fragen Freundinnen sich nicht, wie ihr Tag war oder so?«

»Wir sind jetzt Freundinnen?«

Nadia erwiderte ihren Blick. »Wenn Sie nicht wollen, müssen wir es nicht sein.« Ihre Lippen waren zu einem dünnen Strich zusammengepresst.

Ashley verspürte den irrationalen Drang, Nadia an sich zu ziehen und ihr zu versichern, wie sehr sie sie wollte. Aber das war es nicht, was Nadia anbot. Ashley zwang sich zu einem Lächeln. Sie konnte Nadia zwar nicht dazu zwingen, genauso zu empfinden wie sie, aber sie würde ihr nie die Freundschaft verweigern, nachdem Nadia sich ihr so geöffnet hatte. »Ich hatte einen Termin mit dem Leitenden Oberarzt, um Peters Weigerung wegen des Bereitschaftsdiensts zu besprechen. Du kannst dir vorstellen, wie das gelaufen ist.«

Nadias Gesicht entspannte sich. »Der Mann ist zu rückgratlos, um irgendetwas dagegen zu unternehmen.«

»Er war nicht zu rückgratlos, um mir zu befehlen, dass ich diesen Freitag an seiner Stelle den Gastvortrag halten soll.«

Nadia lachte. »Sie sind also hingegangen, damit Bratton Ihnen Arbeit abnimmt, und sind dann mit mehr wieder herausgekommen?«

»Schön, dass du das witzig findest.«

Nadia hörte auf, zu lachen, aber das Lächeln blieb. »Worum geht es bei dem Vortrag?«

»Es gibt kein bestimmtes Thema. Er ist für die Medizinstudenten im ersten Jahr gedacht und muss nur mit Chirurgie zu tun haben. Leider waren meine anderen Präsentationen alle über LVADs und ECMO, aber die sind zu speziell für dieses Publikum. Ich muss in den nächsten zwei Tagen etwas Neues vorbereiten.«

Nadia räusperte sich. »Wenn ich gewusst hätte, dass Sie so viel zu tun haben, hätte ich heute nicht Ihre Zeit verschwendet.«

»Du hast nicht –«

»Ich habe eine Präsentation, die Sie verwenden können«, sagte Nadia entschlossen.

Inzwischen hätte Ashley es besser wissen sollen, als zu protestieren, wenn sie so anfing. Aber sie hatte trotzdem nicht davon erzählt, damit Nadia den Job für sie übernahm. »Danke, aber du musst nicht –«

»So machen das Freundinnen«, fügte Nadia schnell hinzu. »Ich maile sie Ihnen heute Abend noch und wir können sie morgen früh durchgehen.«

»Na gut.« Ashley lächelte und gab erfreut auf.

Es wäre gut, eine weitere Freundin auf der Arbeit zu haben.

*Aber Nadeschda ist mehr als eine Freundin.*

Sie ignorierte den nagenden Gedanken und versuchte, das Gespräch wieder aufzunehmen, obwohl sie wusste, dass ihre Stimme angespannt klang.

*Das wird nie funktionieren.*

# Kapitel 14

## *Die vier Chirurgen*

Ashley schloss ihre Wohnungstür hinter sich und kickte die Pumps von den Füßen. Sie war erschöpft und es fühlte sich an, als klopfte ein Hammer gegen ihren Schädel. Sie schleppte sich in ihr Schlafzimmer und schlüpfte in eine Schlafanzughose und ein lockeres T-Shirt, auf dem ein Zelt vor ein paar Bergen im Hintergrund und darunter der Schriftzug OUTSIDER aufgedruckt war. Sie hatte es aus Spaß gekauft, aber inzwischen fand sie es nicht mehr witzig.

Zurück im Wohnzimmer ließ sie sich auf das Sofa fallen und in die weichen Polster sinken. Sie war so müde, als hätte sie gerade drei Schichten hintereinander gearbeitet. Sie schloss die Augen und saß in der Dunkelheit da.

Es war still.

*Zu still.*

Das Gefühl der Leere in ihr wurde immer größer. Es drohte sie zu ersticken, als wäre sie am Grund des Ozeans angekommen.

Sie öffnete die Augen und schaltete die Lampe neben sich an. Es brauchte keine medizinische Ausbildung, um die Folgen der Einsamkeit zu erkennen. Sie hatte alles für ihre Karriere geopfert und im Gegenzug das Alleinsein akzeptiert.

Sie sah sich im Wohnzimmer um. Es war sauber und ordentlich.

*Zu sauber. Zu ordentlich.*

Die Wohnung sah aus, als wäre sie für eine Zeitschrift über Innenausstattung eingerichtet worden und nicht wie ein Ort, an dem tatsächlich jemand wohnte. Im Wohnzimmer standen luxuriöse Möbel, die sie kaum nutzte, ein großer Fernseher, den sie nie einschaltete, an der Wand hingen schöne abstrakte Gemälde, die niemand außer ihr je sah. Ebenso war es in den anderen Räumen, dem Büro, dem Gästezimmer, dem Schlafzimmer und der Küche.

Sie drehte sich um in Richtung der makellosen, ungenutzten Küche. Sie konnte sich nicht erinnern, wann sie zum letzten Mal selbst gekocht oder gebacken hatte. Selbst wenn sie die Zeit dafür hatte, für eine Person zu kochen motivierte sie nicht gerade, aktiv zu werden. Als Studentin hatte sie oft Freunde zu sich zum Essen eingeladen, aber in den letzten sechzehn Jahren war ihre Welt immer mehr geschrumpft. Jetzt waren die einzigen Menschen, die sie traf, Herzkranke oder Ärzte, die sie behandelten.

Wann hatte sie zum letzten Mal Gäste bewirtet? War es gewesen, als Pari mit ihrer Familie gekommen war? Oder als sie und Maya noch zusammen gewesen waren? Oder vielleicht war es auch der letzte Besuch ihrer Eltern gewesen.

Bei dem Gedanken an ihre Eltern drehte sich Ashley der Magen um. Wie hatte sie vergessen können, welcher Tag heute war? Sie nahm ihr Handy und tippte eine Nachricht:

*Seid ihr noch auf?*

Die Schuldgefühle lasteten schwer auf ihren Schultern.

Ihr Handy klingelte.

»Jetzt ist es offiziell – ich bin die schlechteste Tochter aller Zeiten. Es tut mir so leid.«

Zur Antwort bekam sie ein weiches, melodisches Lachen, das ihre Scham ein wenig linderte. »Nein, bist du nicht, Ashley. Das ist in Ordnung. Wir wissen, wie beschäftigt du bist.«

»Nein, es ist nicht in Ordnung«, protestierte Ashley. Sie ließ die Schultern hängen. Es war nicht die Arbeit, die ihr in letzter Zeit nicht aus dem Kopf ging. »Und ich verspreche, dass ich es wiedergutmachen werde. Ist Dad auch noch auf?« An der Ostküste war es nach Mitternacht, also standen die Chancen schlecht, aber in ihrer Stimme schwang trotzdem die Hoffnung mit.

»Er ist in der Küche und macht sich ein Sandwich. Er ist gerade erst von einem Herzinfarkt zurückgekommen.«

»Geht es dem Patienten gut?«, fragte Ashley, obwohl sie die Antwort hätte erraten können. Ihr Vater war ein ausgezeichneter Kardiologe.

»Ja, du weißt doch, dein Dad ist sehr gut in seiner Arbeit. Außerdem gibt es keinen besseren Weg, einen Geburtstag zu feiern, als ein Leben zu retten, oder? Ich bin sicher, du kennst das Gefühl.«

»Ich bin froh, dass du es so siehst, Mom. Die meisten Frauen wären enttäuscht, dass er seinen Jubeltag in der Klinik verbringt.«

»Sprichst du aus persönlicher Erfahrung?«, fragte ihre Mutter wissend.

»Es, äh, ist mir durchaus ein, zweimal passiert.« *Oder vielmehr an jedem Geburtstag der letzten zwölf Jahre.*

»Die richtige Partnerin würde es verstehen. So weißt du, dass sie die Richtige für dich ist.«

Die Worte trafen wie ein Schwert in Ashleys Herz. Ihre Eltern waren das perfekte Beispiel dafür, wie Liebe sein konnte, und doch erschien ihr die Messlatte unerreichbar hoch.

Unwillkürlich fragte sie sich, wie Nadia in dieser Situation reagieren würde, wenn Ashley an ihrem Geburtstag arbeiten müsste. Wahrscheinlich wäre sie sauer. Allerdings nicht, weil es am Geburtstag wäre, sondern dass sie nicht gebeten wurde, zu operieren. Ashley presste fest die Lippen aufeinander, um bei dem Bild nicht laut aufzulachen.

Ihre Mutter riss sie aus ihren Gedanken, als sie sagte: »Hier ist er. Ich schalte dich auf Lautsprecher.«

»Hallo, Liebes. Ich bin so froh, dass du anrufst. Ich versuche seit einer halben Stunde, deiner Mutter die Vorteile der PCI-Technik zu erklären, die ich angewendet habe, aber sie schätzt es einfach nicht so, wie du es tun würdest.«

»Hey, Dad. Alles Gute zum Geburtstag.« Ashley kniff verlegen die Augen zu. »Entschuldige, dass ich so spät dran bin.«

»Ich verspreche dir, dass ich in einem Jahr wieder einen Geburtstag haben werde. Aber was ich heute gesehen habe, sehe ich vielleicht nie wieder. Hör zu: Ein fünfundachtzigjähriger Herr, der vor einem Jahr einen Transkatheter-Aortenklappenersatz hatte, kommt jetzt mit einer LM-Läsion distal zur Bifurkation rein.«

Ashley lächelte. Nach jahrzehntelanger Praxis liebte ihr Vater es immer noch, über seine Arbeit zu reden.

»Ich habe etwas Kontrastflüssigkeit injiziert, nur um den Sinus in der Klappe zu finden.«

»Bist du durch sie hindurch?«

»Darauf kannst du wetten! Der Medizintechniker, der dabei war, meinte, das hätte noch niemand gemacht. Du hättest ihre Gesichter sehen sollen. Die Kissing-Stents, die ich an der Bifurkation eingesetzt habe, haben den Zweck erfüllt und das Herz des Mannes hat sofort angesprochen. Das war wirklich etwas Besonderes, Ash. Ich wünschte, du wärst hier gewesen und hättest es gesehen.«

Ashleys Lächeln verblasste. Sie hatten alle ihre Karrieren, aber so weit von ihrer Familie entfernt zu sein, verstärkte ihre innere Leere nur.

Ihre Mutter räusperte sich. »Apropos Küssen, gibt es jemand Neuen in deinem Leben?«

Die Frage lenkte Ashley sofort von ihren traurigen Gedanken ab. Ihr Gesicht wurde heiß. Ihre Mutter war schlimmer als Pari. Sie neugierig zu nennen war maßlos untertrieben.

»Mom, du weißt schon, dass Kissing-Stents etwas anderes meint, oder?«

»Nicht so sehr anders.« Ihr Vater lachte. »Du würdest es uns erzählen, wenn da jemand wäre, oder? Egal, wie vielen Babys deine Mutter auf die Welt hilft, sie will trotzdem eigene Enkelkinder.«

»Ethan!«

Ashley hörte einen leichten Klaps und ihr Vater lachte.

»Dad, ich werde so tun, als hättest du das gerade nicht gesagt.«

»Also keine neue Lady in deinem Leben?«, fragte ihr Vater. »Was ist mit der neuen Assistenzärztin? Ist die von deinem Ufer?«

Ashley blieb der Mund offen stehen, ihr Kopf war wie leer gefegt. Dieser Anruf wurde allmählich persönlicher, als ihr lieb war.

»Welche neue Ärztin?«, fragte ihre Mutter.

»Du weißt schon, die berühmte Nadia Keating. Ashleys neue Herzensfreundin.«

Bei der Formulierung stöhnte Ashley. Nadia war *nicht* ihre Irgendetwas.

»Ich habe sie kennengelernt, als sie ein Vorstellungsgespräch bei uns hatte.« Ihr Vater schien die Wirkung seiner Worte nicht bemerkt zu haben. »Ihr Lebenslauf ist beeindruckend und ihr Geist messerscharf. Aber sie ist eine typische Chirurgin. Sie war nicht gerade begeistert, nur mit einem Kardiologen zu sprechen. Hält sich für ein Geschenk Gottes. Ich hätte sie gerne eines Besseren belehrt, aber Ashley hat sie uns weggeschnappt.«

»Dabei hatte ich gar nichts zu sagen. Es war Brattons Entscheidung.« Ashley fühlte sich nicht gut bei der Vorstellung, ihre Eltern könnten denken, sie hätte Nadia ausgenutzt oder sonst wie umgarnt, damit sie mit ihr ausging.

»Du hast meine Frage nicht beantwortet, Liebes«, sagte ihr Vater.

Ihre Mutter warf ein: »Will sie Kinder?«

Ashleys ganzer Körper brannte vor Verlegenheit. »Das ist keine Frage für ein Vorstellungsgespräch, Mom.«

»Vielleicht sollte es das sein.«

»Du weißt schon, dass ich ihre Chefin bin. Ich kann ihr nicht einfach so persönliche Fragen stellen.«

»Ach, bitte«, sagte ihre Mutter unbeeindruckt. »Eure Generation ist so empfindlich. Ich schlage ja nicht vor, dass du ihr die Hand in die Hose steckst und abwartest, was passiert.«

Die Bilder von Nadia, wie sie in ihrem Büro an die Wand gedrückt stand, während Ashley genau das tat, gingen durch ihren Kopf, und Ashley war sich sicher, dass sie gerade selbst einen Herzinfarkt erlitt.

»Ich meine ja nur, wenn du eine Frau findest, die dein Herz einen Schlag lang aussetzen lässt, dann geh ruhig mal ein Risiko ein.«

Ashley biss sich auf die Lippe, um nicht frustriert aufzustöhnen. So unangenehm dieses Gespräch auch war, ihre Mutter hatte nicht unrecht. Ihr Herz tat mehr, als nur einen Schlag lang auszusetzen, wenn Nadia in der Nähe war. Tatsächlich war es Nadia komplett ausgeliefert. Mit jeder Aktion oder Reaktion von Nadia beschleunigte es oder wurde langsamer, schwerer oder leichter, überhitzte oder erstarrte zu Eis. Nadia war arrogant und kühn, distanziert und doch warmherzig und so anders als alle anderen Menschen, die Ashley kannte. Sie war es sich selbst schuldig, zu erkunden, ob es wert wäre, das weiterzuverfolgen.

»Können wir über etwas anderes reden als mein nicht existentes Liebesleben?« Ashley schob den Rat ihrer Mutter beiseite, um zu weniger heiklen Themen zu wechseln. »Mom, wie läuft's bei dir auf der Arbeit? Hast du die Stelle der MA in deiner Klinik endlich besetzen können?«

Ashley lauschte den Neuigkeiten und entspannte sich endlich auf dem Sofa.

Nachdem Ashley das Gespräch schließlich beendet hatte, fühlte sie sich besser. Leichter.

Ihre Eltern hatten zugesagt, sie öfter zu besuchen. Sie hatten sogar ein Datum in ein paar Monaten ausgemacht. Zugegeben, der Termin fiel mit dem einer Konferenz zusammen, an der beide vielleicht teilnehmen würden, aber Ashley war einfach froh, dass sie kamen, egal aus welchem Grund.

Sie sah sich in ihrer Wohnung um. Sie war genauso leer wie zuvor, aber die Leere hallte nicht mehr so laut in ihrem Herzen wider. Dann sah sie auf die Uhr an der Wand. Es ging auf Mitternacht zu und ihre Augen brannten vor Müdigkeit. Aber bevor sie sich aufraffen konnte, ins Bett zu gehen, dachte sie daran, was ihre Mutter darüber gesagt hatte, dass man für wichtige Dinge auch mal Risiken eingehen musste. Sie kämpfte gegen den Drang an, sofort das Handy zu nehmen und Nadia anzurufen, um ihr zu sagen, dass ihre Freundschaft nicht genug war, dass sie mehr wollte.

*Warum ist Nadeschda nur so stur?* Ihre Weigerung, sich zu öffnen, konnte nicht nur ihrer Arbeitssituation geschuldet sein. Was war der wahre Grund, warum sie keine Beziehung wollte?

Ashley stand auf und ging in die Küche. Es hatte keinen Sinn, weiter darüber nachzudenken. Sie musste ihre Hände beschäftigen, um zu vergessen. Sie nahm Mehl und gefiltertes Wasser und wog gleiche Mengen der beiden Zutaten ab. Das Geräusch des Kochlöffels in der Glasschüssel, als sie Mehl und Wasser zu einem Teig vermischte, war alles, was in der leeren Wohnung zu hören war. Heute Abend war es mehr als nur die Einsamkeit, die ihr im Herzen wehtat.

Sie wollte nicht irgendjemanden bei sich haben.

Sie wollte Nadia.

Ashley deckte die Schüssel mit einem Geschirrtuch ab und schob sie zur Seite. Vielleicht würde sie morgen früh klarer sehen. Tief seufzend ging sie ins Schlafzimmer.

»Haben Sie sie durchgesehen?«

Ashley sah auf und starrte den makellosen weißen Kragen des Arztkittels an, der Nadias langen Hals umrahmte. *Nichts ist auch nur ein bisschen klarer geworden über Nacht.* Sie schüttelte den Kopf. »Tut mir leid, nein. Ich habe gerade erst gesehen, dass du mir die Präsentation gemailt hast. Entschuldige.« Da sie wusste, wie sehr Nadia Entschuldigungen liebte, betonte Ashley das Wort besonders.

Nadia grinste und kam ins Büro. »Eigentlich wollte ich Ihre Reaktion sehen, wenn Sie sie aufmachen. Haben Sie jetzt Zeit, die Folien durchzugehen?« Sie zog einen Stuhl neben Ashleys, ohne erst die Antwort abzuwarten.

Ashley lächelte. Unglücklicherweise fand sie diese Selbstsicherheit sehr sexy. »Natürlich. Danke. Du ersparst mir eine Menge Zeit. Die Folien mit dir durchzugehen ist das Mindeste, was ich tun kann. Das ist übrigens auch sehr nett von dir. Danke.«

Im selben Moment bereute sie ihr Geplapper auch schon wieder und warf einen Blick zu Nadia, die sie mit in die Hand gestütztem Kinn belustigt ansah.

»Sind Sie jetzt fertig mit *Entschuldigung* und *Dankeschön*?«

»Ich kann nichts versprechen.« Ashley sah auf den weit weniger verlockenden Bildschirm und öffnete die Datei. Der Titel lautete *Die Nobel-Chirurgen*. Ashley lachte. »Das ist der Vortrag, den du als Studentin gehalten hast.«

Nadia neigte den Kopf. »Ich dachte, daran würden Sie sich nicht erinnern.«

»Ich, äh, hab womöglich im Onlinearchiv deinen Namen gesucht.« Ihre Wangen wurden heiß.

»Hm.« Nadias Blick ruhte noch einen Moment auf Ashley, bevor sie die Finger auf die Tastatur legte.

Ein vertrauter blumiger Shampoo-Duft wehte zu Ashley hinüber, die sich der guten Sitten halber auf ihrem Bürostuhl zurücklehnte.

Nadia klickte mit der Maus. »Die erste Folie erklärt sich von selbst. Sie könnten etwas sagen wie: ›Alfred Nobel, Chemiker und Erfinder des Dynamits, verwendete den Großteil seines Vermögens darauf, den Nobelpreis zu stiften. In seinem Testament ist festgelegt, dass die Preise alljährlich an *diejenigen, die der Menschheit den größten Nutzen erbracht haben*, verliehen werden sollten.‹«

»Klar.« Die Medizinstudenten würden eine historische Sicht auf den Nobelpreis vielleicht spannend finden. »Aber ich denke, ich fange etwas aufregender an, um ihre Aufmerksamkeit zu fesseln, ungefähr so: ›Zu Lebzeiten galt Nobel aufgrund der Zerstörungskraft des Dynamits als Kaufmann des Todes. Das war nicht das Vermächtnis, das er hinterlassen wollte, also hat er es durch etwas Gutes ersetzt.‹«

Nadia starrte sie völlig ausdruckslos an.

»Was?«, fragte Ashley.

»Es soll ein Vortrag sein, kein Unterhaltungsprogramm. Sie sollten die Fakten nicht überzeichnen.«

Ashley kicherte, aber Nadia behielt ihre eiskalte Miene bei.

»Na gut.« Ashley hob bereitwillig die Hände. »Vielleicht sollte ich dir den Vortrag überlassen. Du wirkst sehr … leidenschaftlich, was das betrifft.«

Nadia schüttelte leicht den Kopf. »Bratton wurde angefragt, weil es eine prestigeträchtige Sache ist, einen Leitenden Oberarzt der Chirurgie als Gastdozenten zu haben und den Studenten Gelegenheit zum Netzwerken zu geben. Stattdessen bekommen sie nun eine Oberärztin, was auch noch akzeptabel ist, aber wenn am Ende eine Assistenzärztin spricht, bezweifle ich, dass irgendjemand kommen würde.«

Ashley lachte. Wie üblich hatte sie nicht unrecht. »Ich bin froh, dass du mich akzeptabel findest.« Als sie sah, wie Nadia auf ihrem Stuhl hin und her rutschte, hörte sie auf, zu lachen, und räusperte sich. Sie hatte nicht flirten wollen. »Also, wie viele Chirurgen hast du eingebaut?«

»Vier. Streng genommen gibt es neun Chirurgen, die einen Nobelpreis gewonnen haben, wenn Sie diejenigen mit chirurgischer Ausbildung mitzählen, aber nur vier haben eine Leistung direkt im Bereich Chirurgie erbracht. Bantings Entdeckung des Insulins oder Forßmanns Erfindung des Herzkatheters zählen nicht. Es sind tolle Geschichten, aber es sind keine Fortschritte in der Chirurgie.«

»Ich wusste nicht, dass du dich so gut in der Medizingeschichte auskennst.«

Nadia zuckte mit den Schultern. »Wer die Fehler der Vergangenheit versteht, kann sie in Zukunft vermeiden.«

Ashley runzelte die Stirn, als ihr ein ungebetener Gedanke in den Kopf kam. Sah sie ihre gemeinsame Zeit genauso?

Nadia beugte sich wieder über die Tastatur und klickte zur nächsten Folie. »Der erste Nobelpreis der Chirurgie ging an Emil Kocher. Er hat eine Technik zur Entfernung der ganzen Schilddrüse entwickelt, aber dafür hat er den Preis nicht bekommen. Da seine Technik die hohe Mortalitätsrate bei der Operation beseitigte, konnten Ärzte das Fehlen der Schilddrüse erforschen, was bewies, dass jedes Organ eine eigene Funktion hatte. Das war seine Entdeckung. Nachdem diese Verbindung einmal hergestellt war, dachten Forscher, beschädigte Organe könnten vielleicht durch gesunde ersetzt werden. Kocher hat selbst versucht, dieses Problem zu lösen, aber Alexis Carrel ist den nächsten Schritt in der Transplantation gegangen, indem er herausfand, wie Blutgefäße genäht werden konnten.«

Ashley nickte. Alle Herzchirurgen kannten diesen Namen. »Carrel hat den Grundstein für Herzchirurgie und Transplantationsmedizin gelegt. Noch heute nutzen wir viele seiner Techniken.«

»Das hat er aber nicht alleine geschafft«, fügte Nadia hinzu. »Er hatte Mitarbeiter wie Tuffier und Lindbergh, die geholfen haben, die Herzchirurgie voranzutreiben.«

»Niemand hat ganz alleine Erfolg. Die Wissenschaft ist ein Mannschaftssport.«

*Genau wie das Leben.* Ashley hielt Nadias Blick fest. Ihre gemeinsame Zeit war kein Fehler gewesen.

»Außerdem war er für die Eugenik«, bemerkte Nadia ruhig.

Ashley grinste. »Na gut, du hast gewonnen. Er war ein schrecklicher Mensch.« Vielleicht las sie eine Botschaft in Nadias Worte hinein, die gar nicht da war.

»Unglücklicherweise war die Eugenik damals beliebt in gewissen elitären Kreisen. Man darf nie vergessen, dass auch jemand, der ansonsten intelligent, spirituell und tief humanitär ist, sich gründlich irren kann.« Nadia verstummte. Ihr Blick ging in die Ferne.

Ashleys Lächeln verschwand. Wieder stellte sich dieses unheimliche Gefühl ein. Warum sprach Nadia immer wieder von Fehlern?

Bevor Ashley nachfragen konnte, klickte Nadia zur nächsten Folie weiter. »Erzählen Sie den Studenten unbedingt von Carrels Transplantationsexperimenten. Einmal hat er eine Hundeniere in den Nacken eines anderen Hundes implantiert. Die Operation war einwandfrei, konnte aber nur mit der eigenen Niere des Hundes funktionieren. Sobald sie von einem anderen Hund stammte, starb sie ab.«

»Wegen der Immunabstoßung.«

»Carrel vermutete, dass irgendeine Eigenart unserer Körper den Erfolg der Transplantation verhinderte. Die Forschung des Organersatzes ruhte ungefähr dreißig Jahre, bis diese Tatsache beschrieben werden konnte.«

»Das hat Murray erkannt«, sagte Ashley.

Es lag keine Spur von Sorge mehr in Nadias Worten, im Gegenteil brachte ein Hauch von Aufregung nun ihre Augen zum Glänzen. »Aber davor ging ein weiterer Nobelpreis an António Moniz für seine Entdeckung des therapeutischen Werts der Leukotomie.«

Ashley runzelte die Stirn. »Der Erfinder der Lobotomie hat einen Nobelpreis bekommen?«

»Ja. Moniz war eigentlich kein Chirurg, sondern Neurologe, aber er bekam den Preis für eine chirurgische Entdeckung, daher hielt ich es für wichtig, ihn zu erwähnen. In seinem entscheidenden Experiment wurde an zwanzig Patienten operiert. Einem Drittel ging es danach besser, einem Drittel schlechter und bei einem Drittel gab es keine Veränderung. Er hat den Preis bekommen, als es noch keine antipsychotischen Medikamente gab. Die Psychochirurgie bot eine Lösung für etwas, das bis dahin keine Lösung hatte. Die Eispickel-Variante wurde entwickelt und von anderen Ärzten populär gemacht.«

»Noch ein umstrittener Preisträger«, bemerkte Ashley.

»Das ist er wohl.« Nadia runzelte die Stirn. »Unser Fachgebiet braucht wirklich bessere Vertreter.«

»Vielleicht auch mal eine Vertreterin?«

»Vielleicht.« Ein leichtes Lächeln verdrängte das Stirnrunzeln aus Nadias Gesicht. Sie fuhr fort. »Und natürlich ist da noch John Murray, der 1954 die erste erfolgreiche Nierentransplantation durchführte. Das Bemerkenswerte dabei ist, dass immunsuppressive Medikamente erst in den Sechzigern entdeckt wurden.«

»Also hat er geschummelt.«

Nadia lachte. »Genau. Es war ein Preis für den Nachweis. Ärzte vermuteten, dass das Immunsystem an der Organabstoßung schuld war, aber sie waren nicht sicher.«

»Murray hat identische Zwillingsbrüder getroffen, von denen einer krank war und einer gesund.« Ashley lehnte sich zurück und richtete den Blick auf Nadia. »Zwillinge sind natürliche Klone. Er hat dem kranken Bruder eine Niere des gesunden gegeben. Das Immunsystem des kranken Bruders hat die Niere des anderen nicht als fremd eingestuft und daher nicht angegriffen. Und heute können wir –«

»Erinnern Sie sich noch an unser Gespräch vor dem Vortrag?« Nadia sah Ashley gespannt an.

Die Präsentation kam ihr zwar vage bekannt vor, aber Ashley erinnerte sich immer noch nicht daran, mit Nadia gesprochen zu haben. Ihr Bauch rumorte, so frustriert war sie über ihr eigenes schlechtes Gedächtnis. Sie schüttelte den Kopf.

»Auch gut.« Nadia stand auf. »Sie werden sich schon bald daran erinnern.« Sie lächelte selbstsicher und wandte sich zum Gehen.

»Wie wäre es mit einem kleinen Hinweis?«, fragte Ashley, obwohl Nadia bereits halb zur Tür hinaus war.

Sie winkte mit der Hand ab, ohne sich umzudrehen. »Ich habe Ihnen schon einen Tipp gegeben. Den Rest müssen Sie selbst herausbekommen.«

Die Tür fiel klickend ins Schloss und Ashley war allein in ihrem Büro. Sie schüttelte den Kopf. Warum musste sie immer alles selbst herausfinden?

Sie schloss die Augen und massierte sich die Schläfen. Sie war weit von einem persönlichen Durchbruch entfernt und Nadias Hinweise auf Fehler trugen noch zu ihrer Verwirrung bei.

Ashley stöhnte. Warum konnten neue Erkenntnisse nicht leichter sein?

# Kapitel 15

## *Der osteopathische Unterschied*

Nadia rieb sich die Augen und versuchte, ihre Erschöpfung abzuschütteln. Da sie versprochen hatte, ein Herz für Singhs Patienten zu bauen, verbrachte sie doppelt so viel Zeit im Labor wie sonst. Sie schlief noch weniger als üblich und die Müdigkeit machte es ihr schwerer, ihre alberne und lästige Schwärmerei für Rylan zu ignorieren.

»Dr. Keating?«

Jack stand zögerlich in der Tür. Sie bedeutete ihm hereinzukommen. Seit sie sich getroffen hatten, um Williams' CABG-OP durchzugehen, hatte Jack sein theoretisches Wissen erweitert, aber seine Fähigkeiten, zu nähen, waren immer noch mangelhaft. Es spielte für Nadia keine Rolle, ob er Psychiater, Pathologe oder Astronaut werden wollte. Wenn er im OP war, sollte er wissen, wie genäht wurde.

»Hast du geübt?«, fragte Nadia.

»Ja.« Er holte ein kleines Silikon-Pad aus der Tasche, das um die Schnittstellen herum bereits auseinanderfiel.

Nadia beobachtete, wie er die gebogene Nadel zittrig durch die künstliche Haut führte. Als ihr Rylans Worte in den Kopf kamen, runzelte sie die Stirn. Es war nicht *nett* von ihr, Jack zu helfen, es war *notwendig*. Nettigkeit erntete in der Welt der Chirurgie keinen Respekt. Sie rettete keine Patienten. Und es war keine Eigenschaft, die sie häufiger an ihren Kollegen beobachtete.

*Außer an der Oberärztin.* Ein warmes Gefühl stieg in ihrer Brust auf. Trotz Nadias Bemühungen, sich zu konzentrieren, weigerte Rylan sich stur, aus ihren Gedanken zu verschwinden.

In dem Versuch, sich abzulenken, trat Nadia näher zum Tisch und beurteilte stumm Jacks Nähtechnik. Er zitterte immer stärker und sie fragte sich unwillkürlich, ob Rylan nicht vielleicht doch recht hatte. Womöglich würde Jack besser auf Ermutigung ansprechen. Sie konnte es ja mal versuchen. »Gut, dass du heute Morgen pünktlich gekommen bist.« Selbst in ihren Ohren klangen die Worte gekünstelt und bemüht.

Kaum dass sie sie ausgesprochen hatte, fielen Jack die Instrumente aus den Händen und landeten scheppernd auf dem Boden. Er sah sie so ängstlich an, als könnte sie ihn jederzeit in Brand stecken.

Nadia massierte sich die Nasenwurzel und verbarg ihr Grinsen hinter der vorgehaltenen Hand.

Schweigend hob er den Nadelhalter und die Pinzette auf und arbeitete weiter.

Nein, sie war nicht wie Rylan und es war unsinnig, die Eigenschaften an ihr zu bewundern, die Nadia eindeutig abgingen. Bei dem Gedanken fühlte sie sich unbehaglich. Sie spürte einen Knoten in ihrem Bauch und spannte ihre Muskeln an. Woher kam bloß diese Idee, dass sie auch nur ansatzweise wie Rylan sein könnte?

Sie räusperte sich und konzentrierte sich wieder auf Jack. »Leg den Oberarm an deinem Körper an und behalte den Hypothenar nach Möglichkeit lateral auf dem Tisch. Das wird dir helfen, die Hände ruhig zu halten. Im Moment siehst du eher aus wie ein Parkinson-Patient und nicht wie ein Arzt.«

Was Nadia am meisten beunruhigte, war, dass sie niemandem außer Rylan je so viel über sich erzählt hatte. Sie verstand nicht recht, wie es geschehen konnte. Rylan hatte nichts Einzigartiges an sich, das einen solchen Ausrutscher gerechtfertigt hätte. Klar, sie war attraktiv, aber das waren viele andere Menschen auch. Äußerlichkeiten erklärten Nadias Interesse an Rylan keineswegs und Nadia weigerte sich, zu glauben, dass sie sich von Rylans Mitgefühl ermutigt geöffnet hatte.

Was war es dann?

Sie ermahnte sich selbst, keine Fragen zu stellen, die sie nicht beantworten wollte, und streckte die Hand aus, um den Nähfaden von Jacks Arbeitsfeld wegzuhalten. Ihr Geist rebellierte und sie erinnerte sich, dass sie vor einigen Tagen genau dasselbe für Rylan getan hatte. Ihr Herz machte einen Satz, als sie daran dachte, wie nahe Rylan ihr gewesen war. Anders als jetzt, da ihr Blutdruck wegen Jacks ungeschickter Stiche in die Höhe schoss, hatte ihr Herz damals gerast, als sie die leichten Bewegungen von Rylans zierlichen Fingern beobachtet und dem melodischen Tonfall ihrer Stimme gelauscht hatte. Selbst als sie entzückend nervös herumgestottert hatte, als es um Sex ging.

Nadia schüttelte die Erinnerung ab. Das war falsch. Alles. Es spielte keine Rolle, wie ihr Körper auf Rylan reagierte. Sie hatte die Kontrolle über ihre Emotionen, nicht umgekehrt. Zähneknirschend befahl sie sich selbst, alle Gedanken an Rylans feinen Duft, ihre weiche Haut und ihre durchdringenden blauen Augen zu ignorieren.

Nadia verschränkte fest die Arme vor ihrem Körper, als könnte sie ihre wackelige Entschlossenheit festhalten. Ihre Gefühle für Rylan fühlten sich wie ein inoperabler Krebs an – wenn es unmöglich war, zu erkennen, wo der Tumor endete und das gesunde Gewebe begann, gab es wenig Hoffnung auf Genesung.

Sie ignorierte die düstere Erkenntnis und sah zu Jack. Er hielt immer noch die Instrumente in den Händen, hatte aber zu arbeiten aufgehört. Er schaute sie ratlos an, seine Augen waren groß genug, um eine Untersuchung auf Gehirnschäden hin zu rechtfertigen.

Sie presste die Lippen zusammen, um eine Mischung aus Missfallen und Belustigung zu verbergen. »Du hast keine Ahnung, was ein Hypothenar ist, oder?«

Als Ashley sich der Kaffeetheke näherte, ging ihre Atmung so schnell, als stünde sie kurz vor einer Panikattacke. *Das ist peinlich.*

Sie hatte gerade ihren Vortrag über die Chirurgen, die Nobelpreise gewonnen hatten, beendet und er war so gut aufgenommen worden, dass sie Nadia zum Dank einen Kaffee bringen wollte. Allerdings hatte sie keine Ahnung, wie Nadia ihn gerne trank.

»Hi, Ashley. Das Übliche?«, fragte die junge Frau hinter der Theke.

»Hi, Janet. Äh, ja.« Ashley lächelte warm. »Und … noch einen, bitte.«

Janet wartete, während Ashley die Getränkekarte überflog. *Was mag Nadeschda wohl?*

»Weißt du, was die anderen Ärzte so bestellen?«, fragte sie. »Die, an die ich denke, ist ungefähr so groß wie ich und hat braune Haare. Und sie sieht meistens wütend aus.«

Janet zuckte mit den Schultern. »Keine Stammkundin, tut mir leid.«

Wie wahrscheinlich war es eigentlich, das Richtige zu treffen? Nadia schickte wahrscheinlich ihre Helfer im Labor los, um ihr einen Kaffee zu holen.

Ashley seufzte. »Ich nehme von deinen vier meistbestellten Varianten jeweils einen.«

Mit einem Viererträger in einer Hand und einem fünften Becher in der anderen ging sie zu Nadias Labor. Der Kaffee in den Bechern schwappte so wild durch die Gegend wie Ashleys Gedanken. Hin- und hergerissen davon, den Kaffee als gute und als grauenhafte Idee zu sehen, lief sie weiter.

»Die Nähte gehen von außen nach innen, nicht umgekehrt. Das ist so nicht richtig.« Nadia stand im sterilen Bereich am anderen Ende des Labors und kritisierte Sarah, ihre Laborassistentin und Medizinstudentin im ersten Jahr.

»Ich mache die Anastomose noch mal, Dr. Keating.«

Als Sarah nach den Instrumenten griff, warf sie ein Klammernahtgerät zu Boden.

»Ich bin nicht dafür da, um teure Fehler auszubügeln«, sagte Nadia mit Eis in der Stimme. »Geh und besorg mir einen anderen.«

Ashley wollte gleichzeitig den Kopf schütteln und lachen. Nadias Reaktion war übertrieben, aber es war auch lustig, dass sie immer etwas Einschüchterndes zu sagen hatte. Trotzdem standen die Chancen schlecht, dass Sarah den Humor in der strengen Bemerkung erkannte.

Die junge Frau zog hastig den sterilen Kittel aus und ging in Richtung Ausgang. Auf dem Weg hinaus trafen sich ihre Blicke.

»Ich bin froh, dass sie nicht meine Chefin ist«, scherzte Ashley im Versuch, die junge Frau etwas zu beruhigen.

Sarahs Augen wurden noch panischer, bevor sie davonhuschte.

»Musst du so streng mit dem armen Mädchen sein?« Ashley runzelte die Stirn, obwohl ihre Lippen immer noch zu einem Grinsen verzogen waren. »Sie lernt doch noch.«

»Wenn Sie die Patientin wären, würden Sie nicht wollen, dass irgendeine ahnungslose Medizinstudentin an Ihnen übt. Manche Fehler sind schwerer zu tolerieren als andere.«

Ashley grinste. »Du liebst es einfach, die Böse zu sein, oder?«

»Es ist ein willkommener Bonus«, sagte Nadia einen Hauch nachgiebiger. Sie trat zu Ashley und streifte ihren sterilen Kittel in einer einzigen Bewegung ab. »Ich bin beschäftigt. Was wollen Sie?«

»Ich habe dir Kaffee mitgebracht«, sagte sie. Je näher Nadia ihr kam, desto schwerer fiel es ihr, zu atmen.

Nadia sah auf den Träger. »Welcher ist für mich?«

»Ich war mir nicht sicher.« Ashleys Wangen wurden heiß. »Ich hatte keine Ahnung, welchen ich nehmen soll.«

Nadia wusch sich ausführlich die Hände und bedeutete Ashley dann, die Getränke auf der Bank neben der Labortür abzustellen.

Ashley gehorchte und war erleichtert, die Becher loszuwerden. Aber danach hatte sie nichts mehr in der Hand, um sich vor Nadias abschätzendem Blick abzuschirmen, und sie trat nervös von einem Fuß auf den anderen.

Nadia machte sich nicht einmal die Mühe, den Kaffee genauer anzusehen. »Ich trinke keinen Kaffee.«

»Überhaupt nicht?« Ashley stand der Mund offen. Chirurgen liebten im Allgemeinen Kaffee, aber vielleicht zog Nadia Tee vor?

»Kein Tee, Cola, Guarana oder anderen koffeinierten Unsinn, den die Leute heutzutage in sich schütten.«

So viel also zur Frage, ob die Idee eine gute war. Ashley runzelte die Stirn. »Aber du bist ständig hier. Ich habe gesehen, wie du Doppelschichten stemmst, ohne mit der Wimper zu zucken. Willst du mir sagen, dass du das aus reiner Sturheit schaffst?«

Nadia zuckte mit den Schultern. »Ich mag keine Stimulanzien. Sie bewirken körperliche Abhängigkeiten. Und ich mag es nicht, von irgendetwas abhängig zu sein.«

»Oder von irgendjemandem« fügte sie nicht hinzu, aber Ashley hörte die Worte ebenso laut und klar. Enttäuscht wollte sie die Kaffeebecher wieder zurücknehmen. *Das war mal eine richtig dumme Idee.*

»Lassen Sie sie da.« Nadia berührte ihre Hand. »Meine Mitarbeiter werden sich drüber freuen.«

Bei der Berührung machte Ashleys Herz einen Satz und sieh sah mit großen Augen auf. Nadia zog die Hand schnell zurück, was ein Gefühl der Sehnsucht auf Ashleys Haut, aber auch tief in ihrem Körper hinterließ. Sie räusperte sich und ignorierte das Gefühl. »Ich dachte, Nettsein würde nicht in deiner Natur liegen«, scherzte sie.

Nadia zuckte sichtlich zusammen. »Ich bin nicht … so.« Sie nahm einen der Becher und inspizierte ihn. »Sie haben Sarahs Lieblingsgetränk erraten.«

Ashley grinste. »Dafür, dass du keinen Kaffee trinkst, weißt du eine Menge über die Vorlieben anderer Leute.«

Nadia zuckte beiläufig mit den Schultern, und Ashley überlegte, ob sie wohl allergisch auf Komplimente war. »Ich würde ja sagen, dass es nett von dir ist, etwas über sie zu wissen, aber ich fürchte, du würdest einen anaphylaktischen Schock erleiden.«

Nadia schnaubte und drehte den Becher so, dass Ashley die Stelle sehen konnte, wo die Barista »Sojamilch« darauf gekritzelt hatte. »Es gibt eine Studie, bei der man erforscht hat, was die Kaffeevorlieben über die Persönlichkeit aussagen. Ich wollte herausfinden, ob die Ergebnisse auf meine Mitarbeiter zutreffen.«

Ashley grinste. Natürlich hatte es etwas mit Forschung zu tun. »Und – tun sie das?«

»Leute, die ihren Kaffee mit Sojamilch trinken, neigen zu Detailgenauigkeit. Auf Sarah trifft das zu.« Nadia sah zu Sarahs Arbeitsstelle. »Das heißt, wenn sie nicht gerade vergisst, das Transplantat richtig zu vernähen.«

Ashley kicherte über Nadias trockenen Humor. »Und die anderen?«

Nadia hob die übrigen Becher einen nach dem anderen hoch. Die Doktorandin, die mit ihr zusammenarbeitete, war kreativ und motiviert, was sich in ihrer Vorliebe für den üppigen und komplexen Geschmack des Cappuccinos zeigte. Der geradlinige allgemeinchirurgische Assistenzarzt trank schwarzen Kaffee. Der Frappuccino-Trinker neigte eher dazu, Risiken einzugehen, und tatsächlich war er der einzige Mitarbeiter, der ihr je widersprach.

»Das bedeutet auch, dass er keine gesunden Entscheidungen trifft, aber dafür brauche ich keine Studie, so viel Zucker, wie er reinschüttet.«

Ashley lachte. Sie genoss Nadias meisterhafte Fähigkeit, Humor und Disziplin in der Waage zu halten. Dafür, dass sie nur selten plauderte, machte ihr umfangreiches Wissen über ihre Mitarbeiter Ashley nur noch neugieriger. »Und was ist mit dem hier?« Ashley stellte den fünften Becher auf den Tisch. Es war ihr eigener Kaffee, ein Latte.

Nadias Miene versteinerte, als sie den Becher ansah.

»Was ist?«, fragte Ashley.

»Nichts. Ich muss zurück an die Arbeit.«

Ashley packte ihre Hand. »Was ist los?«

»Nichts. Es war eine dumme Studie von einem Möchtegernpsychologen. Sie kann kaum als Forschung durchgehen. Vergessen Sie es.«

Ashley erkannte, was das Problem war. »Jetzt muss ich wissen, was sie über Latte-Trinker sagt.«

Nadia verschränkte die Arme. »Ich werde es Ihnen nicht verraten.«

Es war kindisch und doch niedlich, wie Nadia versuchte, ihre Gefühle zu schonen. Ashley zog ihr Handy aus der Tasche. »Na gut. Dann finde ich es eben selbst raus.« Wie viele Studien über Persönlichkeitsmerkmale und Kaffee konnte es schon geben?

Nach kurzer Suche fand sie einen Blogpost, in dem die Studie erwähnt wurde. Sie konnte sich nicht vorstellen, dass Nadia je einen laienhaften Artikel über eine Forschung las, aber wenn eine Abkürzung irgendwann angemessen war, dann jetzt. Eine Tabelle beschrieb die Persönlichkeitsmerkmale der verschiedenen Kaffeetrinker. Sie fand für den Caffè Latte: wollte es allen recht machen, neurotisch, unentschlossen. Sie schnaubte. »Ja, ungefähr so siehst du mich.«

»Nein.« Nadia hob abwehrend die Hand, zog sie aber zurück und ballte sie zur Faust. »Sie haben ihn mit einem Extra-Shot genommen. Ich denke, die Beschreibung für Espresso ist zutreffender.«

Ashley sah wieder auf ihr Handy. Die Eigenschaften für Espresso waren: natürlicher Anführer und fleißig. Sie lächelte. Die gesamte Studie war albern, wie Nadia gesagt hatte, aber es war nett von ihr, Ashley aufheitern zu wollen. Und es funktionierte. »Ich ändere sofort meinen Kaffeegeschmack«, verkündete Ashley so ernst, wie sie nur konnte.

Nadia lächelte. »Ich denke nicht, dass Sie irgendetwas ändern sollten.«

Bei diesen Worten stockte Ashley der Atem. Sie starrte Nadia an. Der Blick dieser eindringlichen braunen Augen heizte ihren ganzen Körper auf – vor Leidenschaft, Verlangen und etwas, das sich nicht in Worte fassen ließ. Keine Freundin hatte sie je so angesehen wie Nadia.

Nadia wandte den Blick ab und kappte die Verbindung. »Außer natürlich die Art und Weise, wie Sie die Fäden verknoten«, fügte sie trocken hinzu. »Die ändern Sie hoffentlich, um im OP Zeit zu sparen.«

Ashley zwang sich zu einem Lachen. Nadia hatte deutlich gemacht, dass sie nicht zusammen sein konnten. Sie musste sich gegen emotionale Rückfälle wie diesen wappnen. »Wenn ich alle Knoten so mache, wie du willst, spare ich vielleicht fünfzehn Sekunden«, sagte sie, nachdem sie sich gefasst hatte. »Und das ist noch optimistisch.«

Die Tür schwang auf. Es war Sarah, die mit dem Hefter zurückkam.

Sofort war Nadia wieder starr und unnahbar. »Das wurde auch Zeit. Bist du dafür bis nach Indien gelaufen?«

Ashley trat einen Schritt zurück. Der Moment war vorüber und es war Zeit, dass auch sie an die Arbeit zurückging. Sie wandte sich an Sarah. »Sag Bescheid, wenn sie zu streng zu dir ist, dann rede ich ein ernstes Wörtchen mit ihr.«

»Dr. Keating ist eine großartige Mentorin«, protestierte Sarah sofort. »Es ist ein Privileg, mit ihr zu arbeiten. Sie ist eine Inspiration und ihre Pionierarbeit wird die Welt verändern.«

Ashley sah zu Nadia, die arrogant lächelte.

»Haben Sie das gehört? Es ist ein Privileg, mit mir zu arbeiten.«

Ashley schnaubte im Hinausgehen. »Ich werde versuchen, mir das zu merken.«

Nadia rutschte im Bett herum. Die Matratze fühlte sich an, als wäre sie mit Steinen gefüllt und nicht aus Formschaum. Sie hatte heute einige wesentliche Fortschritte bei ihrem Projekt gemacht, warum war sie also so unruhig? Ihr Hintergrund als Osteopathin gab ihr das Grundwissen, um ein Herz zu konstruieren, aber das war nicht auf einen Bereich beschränkt. Wie hatte Ashley es formuliert? *Heiler erklären die Welt aus verschiedenen Perspektiven heraus. Es ist ganz natürlich, dass die Ideen sich überlappen.*

*Ah, Grenzen.* Grenzen waren gut. Sie halfen den Menschen, sich innerhalb festgelegter Parameter zu bewegen. Emotionen waren kompliziert, unvorhersehbar und in einem ordentlichen, geregelten Universum unerwünscht.

*Aber es liegt in der Natur des Menschen, zu fühlen.*

Nadia schüttelte ihr Kissen auf. Es frustrierte sie, wie die Logik ihr immer wieder durch die Finger schlüpfte.

*Ashley.* Wann hatte sie angefangen, Rylan insgeheim beim Vornamen zu nennen?

Sie schob den Gedanken beiseite und zwang sich, an ihr Experiment zu denken. Ein Herz wuchs wie jedes andere Organ im Körper. Die Osteopathie lehrte, dass der Körper als Ganzes funktionierte und nur als Einheit verstanden werden konnte. Die Ironie dabei war, dass Nadia ihr Leben leidenschaftslos in Bereiche eingeteilt hatte, was Beziehungen betraf. Aber diese Mauern waren künstlich. Was, wenn sie sie einriss?

Nadia wälzte sich wieder herum. Warum konnte sie ihr Privatleben nicht mit derselben Konsequenz führen wie ihr Berufsleben? Sie kniff die Augen zu und versuchte, das Mondlicht auszublenden, das durch die Spalten des Rollos ins Zimmer fiel. Sie war so weit, zuzugeben, dass ihre Schlaflosigkeit nichts mit ihrem Experiment zu tun hatte. Jedenfalls nichts mit ihrem *Labor*experiment.

Über ihr soziales Experiment konnte sie das nicht sagen. Grenzen waren überschritten worden, Linien waren verwischt und Gefühle waren aufgekommen. Sie konnte nicht länger ignorieren, dass ihr Herz jedes Mal schneller schlug, wenn sie Ash– nein, Rylan sah. Sie drehte sich wieder auf die andere Seite. Es war hoffnungslos. Gegen ihre Gefühle anzukämpfen war eine Schlacht, die sie verloren hatte, bevor sie überhaupt begonnen war. Es war naiv von ihr, zu denken, sie könnte Emotionen und Handlungen trennen. Die Wahrheit war offensichtlich: Nadia hatte innige, kitschige, erschütternde Schmetterlinge-im-Bauch-Gefühle. Für Ashley. *Ja, Ashley.* Denn egal, wie oft sie es leugnete, Nadia konnte nicht mehr anders von ihr denken.

Es war nie »nur« Sex. Und wenn Nadia ihre Emotionen weiterhin begrub, könnte ihr das Herz brechen.

Wortwörtlich.

Die einzige vernünftige Strategie bestand darin, ihre Gefühle zuzulassen, anstatt sie zurückzuweisen.

Die Matratze neben ihr auf der anderen Bettseite bewegte sich und sie kämpfte gegen den Drang an, zur Seite zu rutschen, als ein Arm über sie gelegt wurde. Sie schob den Arm sanft von sich und schlüpfte aus dem Bett. In dem spärlichen Licht starrte sie auf das hübsche Gesicht hinunter, während die Schuldgefühle in ihr tobten. Warum konnte sie nicht für ihn empfinden, was sie für Ashley empfand?

Der Frust über ihre emotionale Unfähigkeit überwältigte sie und ihre Augen wurden feucht.

So konnte sie nicht weitermachen. Sie musste reinen Tisch machen. Vor allen. Und vielleicht wäre Ashley dankbar für ihre Ehrlichkeit. Vielleicht würde sie verstehen – und ihr verzeihen.

Aber selbst wenn nicht, Nadia konnte nicht länger Geheimnisse vor den Menschen haben, die ihr wichtig waren. Es war das Richtige, die Wahrheit zu sagen.

*Das Richtige für alle Beteiligten.*

# Kapitel 16

## *Der unvollkommene Mann*

Auf dem Weg zur nächsten anstehenden Operation ging Ashley am Ärztezimmer vorbei. Dan würde ihr heute assistieren und sie hatte es nicht eilig, den üblichen schmerzvollen Ausdruck, vermischt mit einem Funken Hoffnung, in jedem seiner Blicke zu sehen.

Zu dieser Zeit – sieben Uhr morgens – war der Raum fast leer. Die Ärzte bereiteten sich entweder noch auf den Arbeitstag vor oder waren bereits auf Visite bei ihren Patienten. Ein üppiges Kaffeearoma überflutete ihre Sinne. Ihr lief das Wasser im Mund zusammen und sie schluckte neidisch. Sich eine zweite Tasse direkt vor einer vierstündigen Operation zu gönnen, ohne zwischendurch den OP verlassen zu können, war keine gute Idee. Widerwillig wandte sie den Blick von der Kaffeemaschine ab und sah Pari, die vor dem Computer saß und mit Jason sprach. Sie diskutierten wohl den ersten Fall des Tages. Ashley ging zu ihnen.

»Ach, kommen Sie schon, Dr. Singh«, bettelte Jason. »Lassen Sie mich anfangen. Sie lassen Nadia so viel mehr tun als mich. Das ist peinlich. Sie ist ein Jahr unter mir.«

Pari sah nicht vom Bildschirm auf. »Keating weiß, was sie tut. Du nicht.«

Jason schnaubte. »Jedenfalls denkt sie das. Deshalb benimmt sie sich auch wie die größte Zicke.«

So eine Bemerkung konnte Ashley nicht durchgehen lassen. »Wenn ich noch einmal so etwas von dir höre, fliegst du sofort aus diesem Krankenhaus«, sagte sie zu Jason, während sie spürte, wie ihr Zorn wuchs.

Jason drehte sich überrascht zu ihr um. Seine Miene verriet Ashley, dass sie den richtigen Ton angeschlagen hatte.

»Dr. Rylan, ich wusste nicht, dass Sie –«

»Sprich nie wieder so über eine Kollegin. Verstanden?«

Jason nickte beschämt.

Pari drehte sich auf ihrem Stuhl um. »Jason, geh den Patienten vorbereiten. Ich assistiere und du kannst öffnen. Los.«

Jason sprang auf und hastete zur Tür hinaus.

Ashley sah Pari aus zusammengekniffenen Augen an. »Du belohnst sein Verhalten auch noch?«

Pari starrte sie ausdruckslos an. »Was ist los mit dir?«

»Nichts«, fauchte Ashley. Sie ließ sich auf Jasons leeren Stuhl fallen und verschränkte die Arme vor der Brust. »Ich hasse es nur, wenn Leute sich dermaßen abfällig über andere äußern.«

Pari schnaubte. »Warum verteidigst du dann die Bösartigste von allen?«

»Denkst du, Nadeschda hat es verdient?« Ashley runzelte die Stirn. »Ich dachte, du magst sie.«

»Ich kann Keating sehr gut leiden. Aber sie wirkt auch an einem guten Tag bestenfalls zickig.«

»Das ist sie nicht«, protestierte Ashley. »Nur weil sie ihre Gefühle besser verbirgt als wir, bedeutet das nicht, dass sie nicht da sind.«

Pari neigte fragend den Kopf. »Bist du plötzlich im Team Keating?«

»Bin ich nicht«, ruderte Ashley hastig zurück. »Du hast gesagt, ich soll ihr eine Chance geben, weißt du noch? Ich bin deiner Meinung – sie ist außergewöhnlich.« Ihre Wangen begannen zu glühen. »Eine außergewöhnliche Mitarbeiterin.«

Pari stand auf. »Ich muss gehen und nachsehen, ob wir noch einen Fall haben. Jasons Umgang mit Patienten ist nicht gerade der beste.« Aber anstatt zu gehen, drehte sie sich zu Ashley um. »Übrigens, wie hieß die Frau noch mal, die du online getroffen hast?«

»Warum?« Alarmglocken schrillten in Ashleys Kopf.

Pari grinste breit. »Nur so. Bis später.«

Nadias Herz hämmerte, aber egal, wie viel Furcht sie heute Morgen verspürte, sie war entschlossen, Ashley alles zu erzählen. Mit jedem Schritt, den sie tat, wurden ihre Beine weicher und ihre Brust brannte. Aber das spielte keine Rolle.

Als sie an den Aufzügen ankam, klingelte ihr Handy. Sie biss die Zähne zusammen. Ihr Herzschlag beruhigte sich, bis er wieder einen normalen Rhythmus hatte. Der Anruf war eine willkommene Unterbrechung – alles war ihr recht, um die Konfrontation mit Ashley aufzuschieben, auch wenn es nur ein paar Augenblicke waren.

»Hier Keating.«

»Pari braucht dich im OP Zehn. Sofort!« Es war Melissa, eine der OP-Schwestern. Sie klang dringlich.

Die vertraute Ruhe ersetzte jegliches andere Gefühl in Nadias Brust. In medizinischen Notfällen gab es klare Schritte, die zu befolgen waren. Es war kontrolliertes Chaos. Damit konnte sie umgehen – von ihren privaten Emotionen, die Amok liefen, konnte sie das nicht sagen.

Nadia ging schnell in den Aufzug und drückte auf den Knopf für das Stockwerk mit den OPs. Patienten kamen immer zuerst. Ashley würde warten müssen. Sie tippte ungeduldig mit dem Fuß auf den Boden, als würde der Aufzug sich dadurch beeilen, und bezweifelte, dass Singh Zeit gehabt hatte, Ashley zu bitten, sie freizugeben und bei diesem Notfall helfen zu lassen. Egal. Um die Konsequenzen würde sie sich später kümmern.

Der Operationssaal sah aus, als hätte jemand ein Blutbad angerichtet. Singhs Gesicht und Kittel, der Boden, die Lampen und sogar Teile der Wand waren bespritzt. Singh arbeitete fieberhaft am Patienten. Jason stand wie versteinert mit einem Absauggerät in der Hand auf der anderen Seite des OP-Tischs.

»Was ist passiert?« Nadia rieb sich die Hände schnell mit der sterilen Desinfektionslösung ein, bevor sie Kittel und Handschuhe überzog. Die Handgriffe wirkten wie eine schützende Rüstung, die ihren Geist gegen den wahrscheinlichen Ausgang dieses Falls abstumpfte. Angst hatte im OP keinen Platz.

»Nimm mir die Lupenbrille ab, Melissa. Ich sehe nichts«, rief Singh. Dann sagte sie zu Nadia: »Es sollte eine einfache Klappenreparatur sein. Du musst eine Kanüle in die Femoralarterie legen, damit wir ihn sofort an die Maschine hängen können. Er verliert das Blut schneller, als wir es ersetzen können.«

Nadia schob Jason beiseite und setzte schnell einen Schnitt in der Leiste des Patienten. Ihre Hände waren ruhig, obwohl ihr Herz hämmerte, als würde sie um ihr eigenes Leben kämpfen.

Sie begann, die Oberschenkelarterie freizulegen und ihr Operationsfeld versank in einem See aus Blut. Es überraschte sie, dass der Patient überhaupt noch Blut im Körper hatte.

»Assistier mir«, zischte sie Jason an, der immer noch bewegungslos neben ihr stand.

»Ich habe nur eine mediane Sternotomie gemacht, wie immer«, sagte Jason. »Ich weiß nicht, was schiefgelaufen ist.«

Er bewegte sich immer noch nicht. Nadia warf einen Blick zu Singh, die jedoch zu beschäftigt war, um auf ihn zu achten. »Iatrogene Verletzungen sind selten, aber sie kommen durchaus vor«, sagte Nadia. »Es ist nicht unbedingt deine Schuld. Aber wenn wir diesen Patienten verlieren, weil du deinen Job nicht machst, wird das sehr wohl deine Schuld sein.« Sie zerrte Jasons Hand mit dem Katheter zu der Blutlache und wiederholte: »Assistier mir endlich!«

»Ich brauche einen Weitlaner-Retraktor.« Endlich hatte Jason den Schockzustand abgelegt.

Mit der zusätzlichen Hilfe kanülierte Nadia schnell die Arterie und die Vene. Es dauerte wahrscheinlich nur wenige Minuten, aber jede einzelne Sekunde verstrich schmerzhaft langsam, solange der Patient immer noch Blut verlor. Als die Kreislaufunterstützung hergestellt war, atmete sie erleichtert auf.

Singh klemmte die Aorta ab, damit das Blut in den Blutgefäßen blieb und nicht mehr unentwegt aus der Brust des Patienten strömte.

Nadia ignorierte Jason und stellte sich Singh gegenüber, um ihr dabei zu helfen, den Schaden zu reparieren.

»Du kannst dich waschen gehen, Jason«, sagte Singh. »Keating hat das unter Kontrolle.«

Jason stand wie angewurzelt da, die Hände an den Bauch gepresst. Als er zum Tisch trat, als wollte er etwas sagen, schüttelte Nadia den Kopf. Es war jetzt besser, zu schweigen. Singh hatte sich zum Wohle des Patienten unter Kontrolle. Jason sollte ihre Grenzen besser nicht testen.

Als hätte er ihre Gedanken gelesen, nickte er und ging.

»Ich kann ihn nicht länger ertragen. Er hat diesen armen Mann fast hingerichtet«, sagte Singh mit zusammengebissenen Zähnen.

Nadia hätte ihren Kollegen verteidigen können, aber sie tat es nicht. Er hatte die Dissektion unter dem Knochen wahrscheinlich nicht mit den Fingern gemacht und daher die Brustbeinadhäsionen nicht erkannt. Stattdessen hatte er sorglos mit der Säge hantiert und nicht auf den Widerstand des verwachsenen Gewebes geachtet.

»Danke, dass du gekommen bist«, murmelte Singh.

Nadia nickte, ohne etwas zu sagen. Die grässliche Szene hatte sich in ihrem Gedächtnis festgesetzt und jetzt war nicht die Zeit für belanglose Nettigkeiten. Sie konzentrierte sich auf den nächsten Schritt der Operation und den danach. Während die Aorta geflickt und die Klappe ersetzt wurde, assistierte sie still.

Als sie begannen, die verschiedenen Gewebeschichten zu schließen, eine Aufgabe, die alle Herzchirurgen im Schlaf erledigen konnten, sah Singh auf. »Könnten wir etwas Musik haben?«

Melissa sprang auf die Füße und schaltete Singhs liebsten Soft-Rock-Sender ein. Die Pflegekräfte und Anästhesisten folgten Singhs Beispiel, entspannten sich und vertrieben die unheimliche Stille mit lockerem Plaudern.

Nadia war zwar erleichtert, dass der Patient nun stabil war, aber jetzt wanderten ihre Gedanken zu dem bevorstehenden Meeting mit Ashley zurück. Ihr wurde ganz kalt vor Grauen.

Singh ließ den Blick durch den Raum schweifen und Nadia tat es ihr gleich – ein verzweifelter Versuch, im Hier und Jetzt zu bleiben. Boden und Wände waren mit einer gewaltigen Menge Blut bedeckt.

Singh seufzte. »Die einzige Waffe, mit der bewusstlose Patienten sich sofort gegen inkompetente Chirurgen wehren können, ist eine ordentliche Blutung.«

Nadia musterte ihre Mentorin. »William Halsted«, identifizierte sie den Urheber des Zitats. »Der Mann, der unter anderem die Intrakutannaht eingeführt hat.«

»Richtig.« Singh kicherte. »Nur du weißt, dass –«

»– er einer der vier großen Gründerärzte der Hopkins ist. Natürlich weiß ich das, aber warum sollte ich mit dem Offensichtlichen anfangen?« Unter der Maske lächelte Nadia selbstsicher.

Singh lachte, während sie sich wieder ihrer Arbeit zuwandte.

Ermutigt von Singhs besserer Stimmung beschloss Nadia, eine drängende Sache anzusprechen. »Ich hoffe, Sie erklären Dr. Rylan, warum ich ihre Befehle missachtet habe.«

Singh erwiderte Nadias Blick. »Oh, ich bin sicher, ihr könnt euch selbst einigen. Ich will nicht das fünfte Rad am Wagen sein.«

Die Bemerkung über »das fünfte Rad« sorgte dafür, dass Nadia rote Ohren bekam. Sie verzichtete, darauf einzugehen, und beschäftigte sich mit der nächsten zu schließenden Gewebeschicht. Ashley würde Singh bestimmt nie von ihnen erzählen.

»Du bist also ein Fan der Medizingeschichte«, fügte Singh fröhlich hinzu.

Nadia schluckte, ihr Mund war trocken. Es wäre das Beste, zu schweigen, bis sie wusste, worauf das hinauslief. Sie arbeitete weiter daran, die intrakutane Schicht zu schließen. *Noch eine*, dann würde sie aus diesem OP verschwinden.

»Ich möchte dir eine Frage stellen«, fuhr Singh fort. »Da die Geschichte der Chirurgie voller Diskriminierung und vorgefasster Ideen davon ist, wie ein Chirurg aussehen sollte, ist es nicht überraschend, dass früher niemand gleichzeitig eine Frau und ein Arzt sein konnte. Also was denkst du, wer die erste moderne Chirurgin war?«

Nadia ließ die Pinzette fallen. *Verdammt.* »Jose, ich brauche neue Pinzetten«, rief sie ungeduldiger aus als geplant. Schließlich war er nicht der Schuldige.

Sie sah forschend in Singhs Gesicht. Der spöttische Blick ihrer Mentorin zeigte klar und deutlich, dass sie etwas wusste. »Mary Walker.« Froh darüber, dass wenigstens ihre Stimme kühl und ruhig klang, hielt Nadia den Blickkontakt.

»Nein«, sagte Singh. »Walker gilt als erste Chirurgin in den Vereinigten Staaten, aber sie ist es nicht, an die ich gedacht habe. Denk weiter zurück.«

»Elizabeth Blackwell?«, schlug Jeffrey Floyd hinter dem Anästhesisten-Vorhang vor.

»Nein. Blackwell war die erste Ärztin in den Staaten, aber sie erblindete auf einem Auge, daher ist ihr Wunsch, zu operieren, ein Traum geblieben«, erklärte Singh. »Während Blackwell und Walker um das Recht gekämpft haben, Medizin zu studieren, war die Chirurgin, an die ich denke, an der Spitze ihrer sehr beeindruckenden Karriere angekommen.«

Nadia versuchte, sich auf ihre Arbeit zu konzentrieren, aber ihr Blut kochte.

»Komm schon, Keating. Ich bin sicher, du kennst die Antwort.«

Nadia konnte Singhs Frage beantworten oder den OP verlassen. Aber das letzte Mal, als sie gegangen war, hatte sie es bereut. »James Barry«, sagte sie. Es war nicht der Name, den Singh wollte, aber auch nicht falsch.

Floyd lachte. »Das ist ein Männername.«

»Oh, aber sie hat recht, Jeff.« Singh fixierte beiläufig eine Thoraxdrainage, ohne Nadia beim Nähen zu helfen. »James Barry war eine Frau, die ihrer Zeit voraus war. Sie lebte im frühen neunzehnten Jahrhundert, als die guten Leute von England noch die Worte von König Henry VIII. darüber achteten, wer Mitglied der Company of Barber-Surgeons sein durfte.«

Nadia verdrehte die Augen. Hatte Singh etwa einen ganzen Vortrag vorbereitet?

»Henry erklärte, dass Tischler, Schmiede, Weber oder Frauen keine Chirurgie ausüben durften. Folglich musste Barry ein Mann werden, um Chirurg zu sein. Und das wurde sie. Sie hat fünfzig Jahre lang als Chirurgin praktiziert.«

Floyd pfiff anerkennend.

Es war beeindruckend, so lange eine Lüge zu leben. Nadias Wut legte sich, als sie sich fragte, ob Barry bereute, was sie getan hatte. Wie groß waren ihre Opfer gewesen? War sie ihr ganzes Leben lang einsam gewesen?

»Sie hat großartige Dinge geleistet«, fuhr Singh fort. »Sie hat die Hygiene im OP-Saal eingeführt, bevor eine Verbindung zwischen einem Mangel an Sterilität und Infektionen erkannt wurde. Außerdem hat sie einen der ersten Kaiserschnitte durchgeführt, bei dem Mutter und Kind überlebten. Aber trotz dieser großen Erfolge bleibt ihr Leben als *riesiger Betrug* in Erinnerung.«

Diese Worte brachten Nadias Wut mit voller Wucht zurück. Sie knirschte mit den Zähnen. »Wissen Sie, Barry hat vor *seinem* Tod klare Anweisungen gegeben, wie *sein* Körper behandelt und begraben werden sollte. Seine Wünsche wurden ignoriert.« Sie schlug einen warnenden Ton an, damit Singh endlich den Mund hielt. Außerdem starrte sie sie finster an.

Singh erwiderte den Blick gelassen. Langsam erschienen Fältchen in ihren Augenwinkeln, als sie unter der Maske lächelte. »Ja, aber wenn die Wünsche des guten Arztes gewürdigt worden wären, wäre es eine ziemlich langweilige Geschichte, meinst du nicht auch?«

Einen Moment lang starrten Nadia und Singh einander nur an. Wut, Scham und noch mehr Wut bauten sich in Nadia auf, während sie dem stählernen Blick standhielt. Ihr Leben war nicht irgendeine Geschichte, um Singh zu unterhalten. Sie sollte gehen.

»Also wusste niemand, dass er eine Sie war, bis die Leiche für die Beerdigung hergerichtet wurde?« Floyds Frage brach das Schweigen.

Nadia kehrte ohne ein Wort an die Arbeit zurück. *Verdammt*, es war eine einfache Sternotomie-Schließung. Sie hätte bereits fertig sein sollen.

Sie versuchte, Singh zu ignorieren, aber deren Stimme klang laut in dem nahezu stillen Raum.

»Nach der Beerdigung hat Barrys Arzt in einem Brief so getan, als hätte er das Geschlecht seines Patienten nicht gekannt, und angedeutet, Barry wäre vielleicht ein unvollkommen entwickelter Mann gewesen, ein Hermaphrodit oder ein Intersexueller. Als könnte eine Frau ohne Y-Chromosom nie erreichen, was Barry erreicht hat. Denn ein unvollkommener Mann ergab immer noch mehr Sinn als eine vollkommene Frau. Damals glaubten Männer, es gäbe ein Gesundheitsrisiko für zerbrechliche Frauen, wenn sie Blut sehen. Offensichtlich hatten sie keine Ahnung, dass Frauen jeden Monat mit Blut zu tun haben.«

Alle im Saal brachen in Gelächter aus.

Nadia hatte kein Interesse, darin einzustimmen. Sie hatte den Schnitt geschlossen, war fertig mit der Operation und vor allem auch mit Singh. Sie trat vom Tisch zurück, riss sich den blutigen Kittel, Handschuhe und Maske herunter und stopfte alles in den Müll.

»Mein Lieblingsteil der Geschichte ist, als Barry vorgeworfen wurde, eine homosexuelle Beziehung mit einem Gouverneur zu haben. Die Frau des Gouverneurs war schockiert von der Anschuldigung. Nicht, dass die Wahrheit beruhigender gewesen wäre.« Die Bemerkung erntete weiteres Gelächter.

Nadia widerstand dem Drang, ihre Vorgesetzte zu erwürgen. Mit ruhiger Stimme sagte sie: »Danke für die Geschichtsstunde, Dr. Singh. Sie war sehr unterhaltsam.«

»Keating, ich habe noch eine Frage an dich, bevor du gehst.« Singh hielt Nadia zurück. »Was war James Barrys richtiger Name?«

Nadia wünschte, sie hätte ihre Maske aufbehalten. Verrat. Empörung. Wut. Demütigung. Ihre Emotionen liefen Amok und dank Singhs sturem Beharren konnte sie ihre Miene kaum ausdruckslos halten. Zwei Dinge wurden sehr deutlich. Erstens, es war bei Weitem nicht so amüsant, sich den Namen einer obskuren historischen Persönlichkeit für eine Online-Datingseite zu leihen, wie Nadia ursprünglich gedacht hatte. Und zweitens, es war ein riesiger Fehler gewesen, darauf zu vertrauen, dass Frauen mit ihren besten Freundinnen nicht über ihr Sexualleben redeten.

Sie würde Ashley umbringen.

Nadia drehte sich mit geblähten Nasenflügeln zu Singh um. »Ihr richtiger Name war Margaret Bulkley«, sagte sie ruhig, aber fest. Und endgültig.

Sie stürmte aus dem OP. Ihre Wut hatte jetzt ein neues Ziel.

Schnelle Schritte näherten sich Ashleys Büro, dann knallte die Tür zu. Erschrocken zuckte Ashley auf ihrem Schreibtischstuhl zusammen und sah vom Computer zu Nadia auf, die sie mit einem mörderischen Gesichtsausdruck anfunkelte.

»Warum haben Sie Singh von uns erzählt?«, fragte sie leise, aber eisig.

»Was? Pari weiß davon?« Ashley drehte sich der Magen um.

Nadia schloss die Augen, atmete tief durch und öffnete sie wieder. »James Barry?«

Ashley wartete darauf, dass Nadia sich erklärte. Als sie das nicht tat, fragte sie: »Wer?«

Nadia schnaubte. »Margaret Bulkley?«

Der Name raubte Ashley den Atem. »Ich habe nicht … so heißt du doch gar nicht«, sagte sie verständnislos. Es gab keine Verbindung zwischen diesem Namen und Nadia. Oder?

»Was genau haben Sie ihr gesagt?«

»Ich … äh, nichts, woran sie dich erkennen würde.«

»Was. Haben. Sie. Ihr. Gesagt?«

Ashley sah sich um, als würden die richtigen Worte sich irgendwo in ihrem Büro verstecken. Sie dachte daran, was sie Pari erzählt hatte, dass ihre Beziehung zu Nadia sich allmählich in eine positive verwandelt hatte. Hatte Pari das nun ruiniert?

*Nein, nicht Pari.* Es war Ashleys Schuld.

»Ich habe ihr alles erzählt.« Sie senkte den Blick.

»Was heißt ›alles‹?«, fragte Nadia mit zusammengebissenen Zähnen. »Haben Sie ihr erzählt, dass wir Sex in Ihrem Büro hatten?«

Die Frage dröhnte in ihrem Kopf und zerschlug jede Entschuldigung. »Ich habe nicht gesagt, dass es in meinem Büro war, und auch nicht, dass du es warst. Aber ja, ich habe ihr erzählt, dass wir miteinander geschlafen haben.«

»Wir haben nicht miteinander geschlafen. Wir hatten Sex«, zischte Nadia.

Ashley verdrehte die Augen. Semantik.

»Sind Sie ins Detail gegangen?«

Während ihr das Blut aus dem Gesicht wich, murmelte Ashley: »Ja.«

Einen kurzen Moment lang ersetzte Schmerz die Wut in Nadias Blick. »Haben Sie ihr gesagt, dass es mein erstes –«

»Nein!« Sie war ja kein komplettes Monster.

Nadia sagte mehrere Minuten lang nichts, während die Schuldgefühle an jedem einzelnen Nerv in ihrem Körper nagten. Konnte sie das zwischen ihnen je wieder geradebiegen?

»Es tut mir so leid –«

»Stopp.« Nadias Gesichtsausdruck verhärtete sich, die geschmolzene Lava ihrer Wut war zum Stillstand gekommen. »Ich dachte, ich könnte Ihnen vertrauen.« Die kalten Worte trafen Ashley wie Pistolenkugeln.

Sie wollte schreien, dass Nadia ihr sehr wohl vertrauen konnte, aber sie hatte kein Recht, das zu sagen.

»Sie hätten den Mund halten sollen. Sie haben mich vor einer Frau, die ich respektiere, blamiert. Sie haben gesagt, Sie könnten diskret sein. Sie hatten keine Ahnung, wie sehr ich mich im OP-Saal geschämt habe. Sie –«

»Moment mal. Du warst im OP?« Ashley fand ihre Stimme wieder.

»Es gab einen Aortenriss. Jason war panisch und …« Nadia unterbrach sich. »Wissen Sie was? Machen Sie das mit Singh aus. Sie war es, die mich um Hilfe gebeten hat.« Sie funkelte Ashley an, forderte sie heraus, zu protestieren.

»Das werde ich auf jeden Fall.« Ashley hielt Nadias Blick einen Moment lang fest, bevor sie seufzte. »Wenigstens weiß ich jetzt, warum du Blutflecken im Gesicht hast. Ich dachte schon, du hättest Pari ermordet.« Sie reichte Nadia ein antibakterielles Feuchttuch. »Erzähl mir, was passiert ist.«

Nadia setzte sich Ashley gegenüber und begann mit hektischen Bewegungen, sich das Blut von Gesicht und Hals abzuwischen.

Ashley packte fest die Armlehnen des Stuhls, um den Drang, zu helfen, zu unterdrücken.

»Wir haben es geschafft, die Blutung unter Kontrolle zu bringen. Sie hat Jason rausgeworfen. Er war in keiner Weise imstande, zu operieren. Sie sollten nach ihm sehen. Singh war sauer.«

Ashley nickte zerstreut, es juckte ihr immer noch in den Fingern, während Nadia sich das letzte Blut vom Gesicht wischte.

»Als wir geschlossen haben, hat sie aus heiterem Himmel angefangen, über Margaret Bulkley zu sprechen und vor allen im Saal Andeutungen zu machen. Warum zum Teufel konnten Sie Ihr Privatleben nicht privat halten?«

Ashley wand sich unter Nadias eisigem Blick. »Wer ist Margaret Bulkley und warum ist sie relevant?«

Nadia fuhr fort, als hätte sie nichts gehört. »Sie hätten ihr nichts über mich erzählen dürfen.«

»Sie wird es niemandem weitersagen. Ich kenne Pari. Es tut mir leid, dass du ihr unreifes Verhalten ertragen musstest. Ich rede mit ihr.« Sie wappnete sich, als Nadia nur noch finsterer dreinblickte.

Für einen langen Moment sprach keine von beiden. Inzwischen hatte Ashley eine ziemlich gute Vorstellung davon, was Nadia als Nächstes sagen würde. Etwas darüber, dass sie ihre eigenen Schlachten schlagen konnte oder dass Ashley genug getan hatte oder dass sie sich auf niemand anderen verließ.

Schließlich brach Nadia das Schweigen. »Das war ein Fehler«, sagte sie leise. »Zwischen uns hätte nichts passieren dürfen. Wir sind keine Freundinnen. Wir sollten auch nicht so tun, als wären wir welche.«

Die Worte bohrten sich in Ashley wie ein Dolch ins Herz. Nadia konnte sie anschreien und mit ihr streiten, solange sie nur nicht ging.

Dann stand Ashley vom Schreibtisch auf. Sie war die Vorgesetzte und hatte mehr zu verlieren als ihre Untergebene, wenn ihre Beziehung an die Öffentlichkeit kam. Sie nahm Haltung an. Nadia hatte von Anfang an die Regeln diktiert und sie hatte mitgespielt. Es war Zeit, sich zu behaupten. »Wie du willst«, fauchte sie und ballte die Hände zu Fäusten. »Ach, und nach deiner neuesten Insubordination sind dir die OP-Rechte bis Monatsende entzogen.«

Nadia starrte sie einen Moment lang fassungslos an. »Ganz wie Sie wollen, *Dr. Rylan.*« Das Feuer in ihren Augen ließ sie mehr wie eine Soziopatin aussehen als vorhin, als sie noch Blut im Gesicht gehabt hatte. Sie sprang auf die Füße, riss die Tür auf und marschierte davon.

Ashley stand wie angewurzelt da. Es gab nichts mehr hinzuzufügen und sie war sich nicht einmal sicher, ob sie das überhaupt wollte.

Sie drehte sich zum Tisch zurück und ließ sich auf den Stuhl fallen. Als sie wieder aufsah, stand Pari grinsend auf der Schwelle. Sie trat ohne Aufforderung ein und schloss die Tür hinter sich. »Gibt es irgendwas, das du mir sagen willst?«

»Nadeschdas OP-Rechte sind immer noch aufgehoben. Du hast meine Assistentin eingesetzt, ohne mich zu fragen.«

»Du hast deine Assistentin gefickt.«

Die Unverblümtheit tat Ashley weh. Sie zuckte zusammen. »Es ist nicht, wonach es aussieht.« Sie lehnte sich in ihrem Stuhl zurück. »Ich hatte keine Ahnung, dass ich sie treffen würde, bis ich in der Bar war. Und danach habe ich … vielleicht ein wenig … Gefühle für sie entwickelt.«

»Gefühle? So rechtfertigen wir es also, wenn wir mit den Hilfskräften schlafen?«

Es war ein ungeschickter Versuch, witzig zu sein. Die Assistenzärzte waren allesamt erwachsene Profis am Ende ihrer langen und hoch spezialisierten Ausbildung und sehr unabhängig. Aber darauf musste Ashley sie nicht erst hinweisen.

»Ich hätte dir nicht davon erzählen sollen.« Die Reue brannte in Ashley. Aus ihrem Blickwinkel hatte die Sache nichts Komisches an sich.

»Wovon denn?«

»Dass wir Sex hatten. Nadeschda ist sauer auf mich, weil ich nicht diskret war.« Sie begrub ihr Gesicht in den Händen. All die Regeln darüber, was sie sagen durfte und was nicht, waren – kompliziert. »Wahrscheinlich hätte ich dir auch nicht sagen sollen, dass sie sauer ist.«

»Du weißt schon, dass ich eure Karrieren nie gefährden würde, oder?«, sagte Pari ernst.

»Ich weiß das. Sie weiß es bestimmt auch.« Ashley sah auf, um Paris Blick zu erwidern. »Aber du bist immerhin ihre direkte Vorgesetzte. Wie würdest du dich fühlen, wenn dein Chef Details über deinen … persönlichen Kram wüsste?«

»Das würde er nicht. Ich kenne ihn gut genug, um nicht unüberlegt zu handeln.«

»Also wärst du nicht mit Phillip ausgegangen, wenn er ein Kollege gewesen wäre? Du hättest ihn nicht geheiratet oder Kinder mit ihm bekommen?«

»Nein, hätte ich nicht«, antwortete Pari ohne zu zögern.

»Auch wenn er der Richtige gewesen wäre?«

»Ist Keating das? *Die Richtige*?«

Ashleys Herz zog sich in ihrer Brust zusammen. *Ist sie die Richtige?* »Natürlich nicht. Sie kann mich nicht ausstehen, von Mögen ist da keine Rede.« Sie sprach diese schmerzhafte Wahrheit nicht nur für Pari aus, sondern auch für sich selbst.

Keine von ihnen sagte ein Wort. Pari starrte Ashley erwartungsvoll an, als würde sie gleich ein großes Geheimnis zu hören bekommen.

Aber Pari kannte Ashleys Geheimnisse bereits. Es gab nichts mehr zu verraten.

Pari brach das Schweigen. »Ashley, du weißt schon, dass es falsch war, was du getan hast, oder?«

Von Pari zu hören, womit Ashley von Anfang an gekämpft hatte, erfüllte sie mit neuer Entschlossenheit, sie beide vom Gegenteil zu überzeugen. »Es ist nicht so, als würde ich sie bevorzugen. Bei der Arbeit sind Nadeschda und ich völlig professionell. Was ich privat mache, geht niemanden etwas an.«

Pari zog die Augenbrauen hoch und wartete.

»Na gut. Ich weiß, dass es falsch war«, gestand Ashley. »Aber es hat sich nicht falsch angefühlt. Es hat sich richtig angefühlt. Und das hat es schon lange nicht mehr.« Sie schüttelte den Kopf. »Das spielt keine Rolle. Wie gesagt, sie mag mich nicht einmal. Jetzt noch weniger.«

Pari betrachtete sie einige Augenblicke lang stumm. »Ich wollte euch keine Probleme machen. Das im OP war nur ein Scherz. Ich würde nie –«

»Schon gut, Pari. Ich glaube nicht, dass du schuld bist. Du hast ihr nur als Ausrede gedient, um das zu beenden. So war es von Anfang an. Ein Schritt vor, zehn zurück.« Und mit diesen Worten erreichte das Wissen, das die ganze Zeit über in ihrem Kopf gewesen war, auch ihr Herz. Ihre Beziehung mit Nadia war zum Scheitern verurteilt gewesen, bevor sie überhaupt begonnen hatte. Sie sah Pari stirnrunzelnd an. »Aber um Gottes willen, zieh sie nicht mehr damit auf.«

Pari grinste. »Ich kann nichts versprechen. Nicht einmal deiner Freundin.«

Allein bei der Vorstellung, wie Nadia auf diese Worte reagieren würde, verzog Ashley wieder das Gesicht. »Sie ist nicht meine Freundin«, protestierte sie, obwohl sie sicher war, damit auf taube Ohren zu stoßen. Das Wort blieb ihr fast in der Kehle stecken und sie räusperte sich. »Da ist noch etwas.«

»Ja?«

»Wer sind bitte schön James Barry und Margaret Bulkley und was haben sie mit Nadeschda zu tun?«

# Kapitel 17

## *Den Schöpfer nachahmen*

Nadia saß in ihrem dunklen Labor und genoss die Stille. Ihre Mitarbeiter waren vor einer halben Stunde nach einem Zwölf-Stunden-Tag gegangen. Wenn es möglich gewesen wäre, hätte sie sie länger dabehalten. Sie legte das sadistische Grinsen ab drehte sich mit ihrem Bürostuhl um und sah zur Tür. Niemand mehr zu sehen. Es würde auch nichts ändern, weiter die verdammte Tür anzustarren.

Seit dem Vorfall in OP Nummer zehn waren zwei Tage vergangen. Dem Patienten ging es gut, für Nadias Ego galt das jedoch nicht. Nach ihrer Auseinandersetzung mit Rylan hatte sie sich wie ein verwundetes Tier ins Labor zurückgezogen.

*Ja, Rylan.* Sie war immer Rylan gewesen und hätte es auch bleiben sollen. Und Nadia sollte nicht erwarten, dass sie zu ihr kam und sich entschuldigte. Auch wenn sie das tat, es würde nichts ändern. Nadia hatte vor lauter Lust die Augen vor Rylans Unzuverlässigkeit verschlossen. Leise knurrend wandte sie sich wieder ihrem Bildschirm zu. Egal, welche falschen Gefühle in ihrem verräterischen Herz entstanden waren, sie sollte sie ignorieren und sich stattdessen auf das Herz konzentrieren, das sie für Singhs Patient vorbereitete. Ihre bahnbrechende Arbeit würde die Welt verändern. Das war kein Traum, sondern die Realität.

Nadia grinste. Gut, Bescheidenheit war nicht ihr Ding. Aber falsche Bescheidenheit hatte noch niemandem geholfen.

»Wie geht es unserem Patienten?«

Sie fiel beinahe vom Stuhl, als sie Dans Stimme hörte. Er war nicht derjenige, den sie sehen wollte, und sie hatte nicht vor, ihr Missfallen darüber zu verbergen. Sie starrte ihn finster an. »Das Herz ist kein Patient und bestimmt nicht deiner.«

Dan drückte sich hoch und setzte sich auf den Labortisch. »Das sagst *du*, aber ich finde, wir sollten mal über meine Co-Autorenschaft sprechen.« Er lächelte charmant.

Sein jungenhaftes Aussehen und der muskulöse Körperbau, der sogar unter der unförmigen OP-Kleidung nicht zu übersehen war, brachten ihm bestimmt eine Menge Aufmerksamkeit ein. Warum er sich dafür entschieden hatte, der einzigen Frau nachzulaufen, die nicht einmal ansatzweise an ihm interessiert war, überstieg Nadias Verständnis.

*Nun ja, nicht ganz*. Sie konnte natürlich sehen, was ihn anzog.

»Komm schon. Ich bin jeden Abend hier. Ich habe doch bestimmt genug getan, um als zweiter Verfasser genannt zu werden.«

Es stimmte, dass Nadia Dans Neugier ausgenutzt hatte, vor allem abends, wenn ihre regulären Mitarbeiter nicht mehr im Labor waren. Er war wie die meisten Chirurgen schrecklich im Bereich angewandter Forschung, aber seine geschickten Hände waren hilfreich bei der praktischen Umsetzung.

Nadia zog eine Augenbraue hoch. »Vielleicht erwähne ich dich in der Danksagung.«

Dan schnaubte empört und Nadia lächelte. Sie wussten beide, dass dieser Abschnitt einer Forschungsarbeit keine Bedeutung hatte.

»Aber nur, wenn noch Platz ist«, fügte Nadia trocken hinzu.

Dan grinste breit und legte eine Hand auf sein Herz. »Der Traum eines jeden Arztes.«

Nadia verdrehte die Augen angesichts seiner Theatralik.

»Hast du heute schon gegessen?« Er griff in seine Jackentasche und warf ihr ein Sandwich zu.

»So verzweifelt willst du Mitverfasser sein?«, scherzte Nadia. Allerdings war sie tatsächlich am Verhungern und verschlang das Sandwich in wenigen Sekunden.

Nachdem ihr Hunger gestillt war, gingen ihre Gedanken zu Rylan zurück. »Sind wir eigentlich Freunde?«, fragte sie Dan.

Dan sah sie verwirrt an. »Wir sind, äh, freund…«, er grinste, »…*lich* miteinander.«

Nadia starrte ihn finster an. »Aber du hältst unsere Bekanntschaft trotzdem für ausreichend, private Informationen mit mir zu teilen?«

Dan runzelte die Stirn. »Hey, ich mache es mir nicht zur Gewohnheit, mein trauriges Privatleben mit Leuten von der Arbeit zu teilen. Aber ich habe Gefühle und manchmal muss ich Dampf ablassen.« Er wandte den Blick ab. »Außerdem waren meine Gefühle für Ashley nicht gerade ein Geheimnis. Du hast ja schon vorher gewusst, dass ich sie mag.«

»Ashley?« Aus seinem Mund klang der Name einfach falsch. »Wir nennen die Oberärztin also schon beim Vornamen?« Dazu hatte er kein Recht. »Du bist immer noch in der Ausbildung. Du solltest deine Fachärzte mit Titel ansprechen. Oder habe ich etwas verpasst?« Sie wusste sehr gut, dass sie nichts verpasst hatte. »Gibt's denn Neuigkeiten zu berichten?« Sie sah ihm ins Gesicht. »Hast du Rylan umgedreht?« Einen Moment lang plagte sie ihr schlechtes Gewissen, aber der tief sitzende Ärger behielt die Oberhand. Wenn er Rylan den nötigen Respekt zeigen würde, müsste Nadia ihn nicht daran erinnern.

Dan errötete. »Bitte hör auf. Du hast deinen Standpunkt deutlich gemacht. Sie ist immer noch Dr. Rylan. Und nichts ist passiert. Ich habe versucht, ihr aus dem Weg zu gehen, nachdem ich sie vergeblich um ein Date gebeten habe.« Er ließ den Kopf hängen, bevor er wieder zu ihr aufsah. »Wie auch immer, das ist vorbei. Warum kommst du jetzt überhaupt darauf?«

Ja, warum? Immer, wenn sie daran dachte, dass Rylan und Singh über Nadias Leistung im Bett – oder eher im Büro – reden könnten, fühlte sie sich zutiefst gedemütigt. Sie wollte sich das nicht vorstellen, kam aber grausamerweise immer wieder darauf zurück. Nadia verschränkte die Arme. »Ich versuche, zu verstehen, warum Leute den Drang verspüren, persönliche Informationen mit Dritten zu teilen, obwohl es sie nichts angeht.« Sie bemühte sich vergeblich, leidenschaftslos zu klingen.

»Äh … weil Freundschaften nun mal so funktionieren? Wir erzählen Freunden Dinge, versuchen, einander zu unterstützen, zeigen gegenseitiges Vertrauen. So läuft das eben.«

»Ich weiß, was Freundschaft ist«, sagte Nadia knapp. »Ich meine, wenn du mit einer Frau ausgehst, würdest du über sie sprechen? Nicht mit mir, denn anscheinend sind wir nur freundlich zueinander, aber würdest du deinen echten Freunden davon erzählen?«

»Warum sollte ich ihnen nicht erzählen, mit wem ich ausgehe? Ich würde sie ihnen auch sehr gerne vorstellen.«

»Nein, das meine ich nicht. Eher …« Nadia presste die Lippen zusammen. Dan verstand nicht, worauf sie hinauswollte. »Eher intime Details. Würdest du auch darüber sprechen?«

Dan schenkte ihr ein schiefes Lächeln. »Was für Details meinst du genau? Vielleicht brauche ich ein paar Beispiele.«

*Männer sind so unreif.* Nadias Gedanken gingen nicht gerade hilfreich zu ihrer Zeit mit Rylan zurück. Sie schüttelte die Erinnerung ab. »Vergiss es. Ich bereue schon, dass ich überhaupt mit dir geredet habe.« Sie war glücklich, dass ihre Stimme gleichgültig klang. Vor sich selbst konnte sie nicht abstreiten, wie nahe Rylan ihr ging, aber nach außen würde sie das niemals zeigen.

»Na gut, dann eben nicht. Es ist ja nicht so, als hättest du jemals irgendetwas von dir preisgegeben. Und wenn ich daran denke, wie viel Zeit du im Krankenhaus verbringst, gibt es wahrscheinlich auch nicht viel zu erzählen.« Dan musterte sie aufmerksam, als könnte ihm irgendein verräterisches Zeichen von ihr entgehen, sobald er blinzelte.

Nadia setzte eine emotionslose Miene auf und erwiderte seinen Blick, als hätte sie nichts zu verbergen. »Willst du mich provozieren, damit ich dir etwas über mich erzähle?«

»Funktioniert das denn?«

Nadia schnaubte. »Vergiss es, ich habe nichts gesagt.«

»Ein Gentleman würde niemals intime Dinge weitergeben«, sagte Dan, nachdem er offenbar beschlossen hatte, sie nicht weiter zu ärgern. »Aber nicht jeder Mann ist ein Gentleman.« Er zuckte mit den Schultern. »Wenn Kerle zusammenkommen und ein paar Bier intus haben, reden sie nun mal. Manchmal auch über ihre Eroberungen. Und manchmal können sie sich richtig arschig verhalten.«

Beim Gedanken an Rylans Indiskretion musste Nadia heftig schlucken, um die unverarbeiteten Erinnerungen, die in ihr aufstiegen, niederzudrücken. Offenbar war arschiges Verhalten nicht nur Männern vorbehalten.

Dan neigte den Kopf. »Was ist der Grund für diese Befragung?«

Nadia hatte noch nie mit irgendjemandem über ihr Privatleben gesprochen. Dan war zwar der Arbeitskollege, mit dem sie einer Freundschaft am nächsten kam, aber an ihrem Verhalten würde sich dadurch nichts ändern.

Sie schwang den Stuhl von ihm weg und zum Computer. »Verschwinde. Ich muss mich auf meine Arbeit konzentrieren.«

Dan stand auf. »Einen Moment lang dachte ich, wir hätten eine Unterhaltung, die mal nichts mit der Arbeit zu tun hat. Gut, dass du das beendet hast.«

Seine Schritte entfernten sich, während Nadia vorgab, etwas auf ihrem Monitor zu lesen. Ihre Muskeln spannten sich an, als sie Singh direkt vor der Tür mit Dan reden hörte.

Ihr Instinkt schrie geradezu: Kampf oder Flucht. Da sie sich auf keinen Fall ihrer Vorgesetzten stellen wollte, rief sie: »Dan, wohin gehst du? Ich brauche noch deine Hilfe.« Er hielt sie wahrscheinlich für eine Verrückte, nachdem sie ihn zuerst weggeschickt hatte und jetzt wieder zu sich rief. Aber wenn Singh keine Probleme damit hatte, in der Öffentlichkeit mit Anspielungen um sich zu werfen, wagte Nadia es sich nicht vorzustellen, wie ihr Gespräch unter vier Augen verlaufen würde.

»Äh ... du hast doch gesagt, ich soll verschwinden.« Dan sah sie verwundert an.

*Gut*. Er war noch da.

»Keating, ich assistiere dir gerne.« Singh kam ungebeten in ihr Labor. »Dan sollte etwas schlafen. Er hat morgen früh eine anstrengende Operation vor sich.«

Nadia knirschte mit den Zähnen. Singh war zu zuvorkommend, um keine Hintergedanken zu haben.

Dan wandte sich zum Gehen.

»Dan, du weißt, was als Nächstes ansteht. Bleib und hilf mir«, flüsterte Nadia mit einem Hauch Verzweiflung.

»Dan, geh ruhig.« Singhs Ton ließ keine weitere Diskussion zu.

Er sah zwischen Nadia und Singh hin und her.

»Soweit ich weiß, bin immer noch ich deine Vorgesetzte, nicht Keating«, sagte Singh. »Wenn ich sage, du kannst gehen, dann gehst du.«

Ihre Worte machten es ihm leicht, die falsche Entscheidung zu treffen. Nadias Magen rebellierte, als sie ihm hilflos nachsah. Sie drehte sich wieder zu ihrem Bildschirm und hoffte, Singh würde ebenfalls gehen.

Sie ging nicht.

Nach einem unangenehmen Moment des Schweigens fragte Singh: »Brauchst du mit irgendetwas Hilfe?«

Nadia gab ihr die einfachste Aufgabe, die ihr einfiel, in der Hoffnung, sie damit zu verscheuchen. Stattdessen saß Singh vor dem Labortisch und pipettierte stoisch Zellen von einem Reagenzglas ins andere, ohne es mit dem Gehen eilig zu haben.

»Hat das Projekt überhaupt eine Chance auf Erfolg?«

Nadia entspannte sich ein wenig. Singh war hier, um über die Arbeit zu reden. »Ich bin verhalten optimistisch.«

»Michael hat nicht mehr viel Zeit. Ich werde ihn sedieren und ruhigstellen, um sein Herz zu entlasten.«

»Ich weiß, warum wir Patienten sedieren.« Nadia biss sich auf die Lippe.

»Wenn wir ihn ruhigstellen«, fuhr Singh fort, »dann nur, um Zeit zu schinden, damit du dieses Herz bauen kannst. Aber wenn es keine Chance gibt, dass es funktioniert, nehme ich seiner Familie nicht die wenigen Tage mit ihm, die sie noch haben.«

»Warten wir ab, wofür er sich entscheidet.« Nadia zwang sich, nicht an diese Aussichten zu denken. Was, wenn der Patient Nein sagte? Oder schlimmer – was, wenn er Ja sagte und sie scheiterte? Sie wollte der Familie keine falschen Hoffnungen machen. Schließlich vertrieb sie die Zweifel, die sie zu überwältigen drohten, und konzentrierte sich auf die Fakten. »Wenn es nach mir ginge, hätte ich ihn schon gestern sediert. Wenn er stirbt, spielt es keine Rolle, ob das Herz funktioniert oder nicht. Ich kann es niemand anderem geben.« Sie sah zur Bioreaktorkammer. »Es ist maßgeschneidert.«

Als Nadia beschlossen hatte, es zu versuchen, war Sanders bereits zu mehreren experimentellen Studien angemeldet und die Gruppe, mit der Nadia zusammenarbeitete, züchtete gerade seine Stammzellen. Also hatte sie die nativen Zellen aus dem Spenderherz entfernt und Sanders' Zellen zum Gerüst hinzugefügt. Das neue Herz war auf ihn allein zugeschnitten und zeigte bereits Anzeichen kontraktiler Aktivität.

»Er kann sich also sedieren lassen und mit einem neuen Herzen aufwachen oder sterben, ohne seine Familie je wiederzusehen«, fasste Singh die Optionen des Patienten zusammen. »Gut, dass ich ihm das nicht sagen muss. Du wirst das tun. Morgen früh. Es ist deine Idee, also stellst du sie ihm vor. Wenn es funktioniert, wirst du eine Heldin sein, und wenn nicht, wirst du diejenige sein, die seinem vierjährigen Kind einen letzten Tag mit seinem Vater genommen hat.«

Die Worte klangen hart, aber Singh bereitete sie nur auf die Realität als Fachärztin vor.

»Gleich morgen früh«, wiederholte Nadia.

Singh nickte und arbeitete weiter.

Nadia starrte auf den Computerbildschirm und dachte darüber nach, was Singh gesagt hatte. Ihre Verantwortung dem Patienten und seiner Familie gegenüber stand an oberster Stelle, stattdessen hatte sie ihre Energie darauf verwendet, Rylan für ihren Fehltritt zu hassen. Wie trivial ihr das jetzt doch erschien, verglichen mit einem Menschenleben.

Singh schob das Gestell mit den Reagenzgläsern beiseite und Nadia kehrte schlagartig in die Gegenwart zurück. Das Grauen lag wie ein fester Knoten in ihrem Bauch, als sie merkte, dass Singh keinerlei Anstalten machte, aufzustehen. Nadia wusste, was das nächste Gesprächsthema sein würde. Ob trivial oder nicht, sie hatte kein Interesse, darüber zu sprechen.

»Ich habe Phillip an der Uni kennengelernt.«

Und da war es. Nadia verkrampfte sich. Dass Singh plötzlich ihren Mann erwähnte, war kein gutes Zeichen.

»Wir hatten Englische Literatur gemeinsam und ich sage meistens, dass wir uns in dem Seminar kennengelernt haben. Tatsächlich habe ich ihn im ersten Studienjahr auf einer Party getroffen. Ich wünschte, ich könnte sagen, es wäre Liebe auf den ersten Blick gewesen, aber ich war nach einem verlorenen Bier-Pong-Wettkampf zu betrunken, um mehr als einen gut aussehenden Kerl in ihm zu erkennen.«

Nadia rutschte unbehaglich hin und her. Warum hatten Menschen nur dieses Verlangen, so persönliche Dinge zu erzählen?

»Ich weiß nur verschwommen, was danach passiert ist. Aber ich erinnere mich, dass ich mich an jenem Abend halb ausgezogen in einem fremden Zimmer wiederfand und Philipp den vielen Alkohol auf den Schoß gekotzt habe.« Sie schüttelte den Kopf. »Stell dir vor, wie entsetzt ich war, als er seiner Schwester davon erzählt hat. Ich wäre am liebsten im Boden versunken und war so sauer auf ihn. Ich konnte nicht verstehen, warum er so etwas getan hat. Aber für ihn war es nur eine witzige Geschichte. Er konnte es natürlich so sehen, weil er ja nicht derjenige war, der besoffen war. Aber ich habe ihm verziehen. Sonst hätte ich bestimmt nicht die Liebe meines Lebens geheiratet und drei wundervolle Kinder mit ihm bekommen.«

Nadia runzelte die Stirn. Das war offensichtlich ein Trick, um sie dazu zu bringen, Rylan zu verzeihen. Aber Singh wusste nichts über Nadia. Und es ging sie auch nichts an.

»Also«, fuhr Singh fort, »ich denke, damit sind wir quitt.«

Nadia blinzelte. »Quitt?«

»Jetzt, da du etwas Peinliches über mich weißt, kannst du das jederzeit verwenden, wenn du glaubst, dass ich eine Grenze überschreite.« Singh reckte Nadia herausfordernd das Kinn entgegen, als wollte sie, dass sie widerspricht.

»Das würde ich nie tun«, antwortete Nadia kategorisch. Sie runzelte die Stirn darüber, wie Singh nur auf diese Idee kommen konnte. Auge um Auge war nicht ihr Stil.

»Gut. Ich würde diese Grenze auch nie überschreiten, also haben wir nichts, worüber wir uns Sorgen machen müssten. Du brauchst nicht jedes Mal in Panik auszubrechen, wenn wir allein im Raum sind, und kannst dich stattdessen auf deine Arbeit konzentrieren.«

Nadia gab sich Mühe, professionell zu bleiben. »Das war der Zweck Ihrer Geschichte? Meine Produktivität zu verbessern?«

Singh zuckte mit den Schultern. »Ich habe gesagt, was ich sagen wollte. Wenn du eine andere Bedeutung daraus liest, kann ich nichts dagegen tun.« Sie ging so schnell, wie sie aufgetaucht war.

Nadia stand am Fuß des Krankenbetts des Patienten. Singh und die Familie Sanders starrten sie an.

»Das Herz ist in einem automatisierten Bioreaktorsystem inkubiert, das künstliche Umgebungsbedingungen schafft und es mit Nährstoffen versorgt. Wir brauchen noch mindestens dreizehn Tage, damit die Zellen sich voll entwickeln können.« Nadia hielt inne. Was sie sagte, war nicht gerade leicht verständlich für Laien, aber unter den Blicken der Familie schaltete ihr Gehirn auf Autopilot. Mit medizinischen Fachbegriffen um sich zu werfen war nur eine weitere Schutzschicht, die sie vor ihren Emotionen schützte.

»Dr. Keating, ich weiß nicht, ob ich das richtig verstehe«, sagte Sanders mühsam.

Nadia erkannte an der Dyspnoe, wie ernst es um ihn stand, und ein Gefühl der Hilflosigkeit überkam sie. Sie atmete tief durch, um dagegen anzukämpfen, und erinnerte sich, dass sie hier war, um eine Lösung anzubieten – oder wenigstens die Hoffnung auf eine Lösung.

Bevor sie fortfahren konnte, drehte Sanders sich zu Singh. »Wollen Sie damit sagen, Sie basteln an einem neuen Herzen für mich?«

Seine Frau stand auf der anderen Seite des Betts. Sie war seit Tagen rund um die Uhr bei ihrem Mann und mit jedem Tag grub sich die Erschöpfung tiefer in ihr Gesicht. Nadias Herz schlug schnell, als sie beobachtete, wie Sanders und seine Frau Singh voller Vertrauen ansahen.

Singh berührte sanft seine Schulter. »Kea– äh, Dr. Keating arbeitet daran. Es ist noch nicht funktionsbereit und es gibt keine Garantie, dass es gelingen wird, Michael. Sie braucht noch mehr Zeit. Etwa dreizehn Tage. Das Problem ist, dass Sie vielleicht nicht so viel Zeit haben.« Die Wärme in Singhs Stimme milderte die düstere Botschaft ab.

Nadia wünschte, sie wäre mehr wie Singh. Das Flattern in ihrer Brust verwandelte sich in ein schmerzhaftes Verlangen. Sie fühlte sich nie gut dabei, mit Patienten zu sprechen, aber normalerweise konnte sie besser erklären. Hier stand einfach zu viel auf dem Spiel. Und ihre Unsicherheit sickerte durch ihre brüchig gewordene Fassade. »Wir können Ihnen etwas mehr Zeit erkaufen, wenn wir Sie ruhigstellen.« Nadia versuchte es noch einmal. *Einfache, direkte Worte.*

Sanders drehte sich mit halb geschlossenen Augen wieder zu ihr und ihre Entschlossenheit verflüchtigte sich.

»Wir stellen Ihre Muskeln ruhig, damit Sie nicht mehr Energie verbrennen als unbedingt nötig.« Sie presste die Lippen aufeinander. Gut, das musste er vielleicht nicht wissen. *Bleib beim Wesentlichen.* »Sie werden nichts merken. Sie schlafen einfach, bis das Herz bereit ist.«

Sanders nickte.

Nadia spürte die Aufregung, als sie daran dachte, dass sie erfolgreich sein könnte, aber sie sah ihn weiterhin ausdruckslos an. Wenn sie lächelte, gab ihm das vielleicht eine falsche Hoffnung, und der Erfolg war nicht sicher.

»Mr. Sanders, wenn wir Sie sedieren, sind Sie heute vielleicht zum letzten Mal für längere Zeit bei Bewusstsein. Es gibt drei mögliche Ausgänge: Erstens, das neue Herz funktioniert, wir implantieren es und Sie wachen auf und fühlen sich wie neugeboren. Zweitens, wir implantieren es, aber es funktioniert nicht. Drittens, wir können das Herz nicht weit genug entwickeln, um die Operation überhaupt zu versuchen. Bei den letzten beiden Szenarios wachen Sie nie wieder auf. Sie müssen wissen, dass so etwas noch nie versucht wurde. Es gibt keine Garantie, dass es funktioniert.«

Eine Träne lief über die Wange seiner Frau und landete auf Sanders' Hand.

Nadia versuchte, sich bei dem Anblick nichts anmerken zu lassen. Sie hatten so viel durchgemacht und es schmerzte sie, dass sie nicht mehr versprechen konnte.

»Was meinen Sie, was soll ich tun?« Sanders sah wieder zu Singh.

»Michael, Sie wissen, dass ich das nicht für Sie entscheiden kann«, sagte Singh sanft. »Wenn Sie beschließen, dass Sie es versuchen wollen, sollten Sie sich jetzt von Ihrer Familie verabschieden.«

»Aber glauben Sie, dass es funktionieren wird?«, beharrte er.

»Das weiß ich nicht«, sagte Singh. »Ich weiß nur, dass ich diese Option nur aus dem Grund für Sie in Betracht ziehe, weil es Dr. Keating ist, die das Herz baut. Sie hat unermüdlich gearbeitet und wird nicht aufgeben, solange es auch nur eine einprozentige Chance gibt, dass es funktionieren könnte. Wenn ich mein Leben irgendjemandem anvertrauen müsste, dann ihr.«

Nadia sah Singh erstaunt an und ein Gefühl der Wärme überwältigte sie. Es war das erste Mal, dass Singh ein so großes Vertrauen in jemand anderen offen ausgesprochen hatte.

Alle Aufmerksamkeit war jetzt auf Nadia gerichtet. Sie blinzelte gerührt. Sie sollte sich zusammenreißen.

»Ihr Vorname ist Nadia?«, flüsterte Sanders.

Nadia nickte, sie traute ihrer Stimme noch nicht ganz.

»Die Kurzform von Nadeschda?« Er sprach den Namen aus wie ein Russe.

Nadia zuckte unmerklich zusammen. Es gab nur einen anderen Menschen in ihrem Leben, der ihn so aussprach. Ihre Brust zog sich schmerzhaft eng zusammen, aber sie zwang sich, ruhig weiterzuatmen. Sie erwiderte Sanders' Blick. »Ja.«

»Dr. Singh, wussten Sie, dass Nadeschda auf Russisch *Hoffnung* bedeutet?«

»Nein, das wusste ich nicht.«

Sanders mühte sich, zu Atem zu kommen. »Sie haben mir *Hoffnung* gebracht, Dr. Singh.« Seine Mundwinkel hoben sich. »Ich wäre ein Narr, Nein zu ihr zu sagen.«

Niemand sprach, während alle langsam die Bedeutung dieser Worte verstanden. Nadias tiefes Luftholen ging glücklicherweise in einem befreiten Lachen von Singh und Sanders' Frau unter. Das Wortspiel mit ihrem Namen rief widersprüchliche Gefühle in Nadia hervor. Einerseits war sie arrogant genug, zu glauben, dass sie Sanders mehr als nur Hoffnung schenken konnte. Andererseits drohte der Erfolgsdruck ihre Selbstsicherheit völlig zu vernichten.

»Zuerst will ich noch einmal meine Kinder sehen. Sie kommen heute Nachmittag zu Besuch. Danach können wir loslegen.«

Nadias Herz machte einen Satz. Das Vertrauen, die Hoffnung, die Verantwortung – das alles berührte sie tief. Es ging nicht mehr um sie. Es ging nicht um ihre Mitarbeiter oder die Fördermittel oder das Krankenhaus. Es ging um Sanders. Sein Leben lag in ihren unerfahrenen Händen. Ihr Mund wurde ganz trocken. Sie nickte mit ausdrucksloser Miene.

»Und Dr. Keating?« Sanders hielt ihren Blick fest. »Danke.«

Kurz vor Mitternacht betrat Nadia gähnend das dunkle und leere Labor. Die letzten zwei Wochen hatte sie praktisch hier gelebt. Ein Herz für einen Empfänger anzupassen, war ein langsamer, mühsamer und größtenteils passiver Prozess. Trotzdem gab es ihr das Gefühl der Sicherheit, wenn sie das Herz nicht alleine ließ.

Und sie hatte dadurch auch eine Menge Zeit, um darüber nachzudenken, was sie eigentlich wollte.

Die Silhouette einer Person vor dem Bioreaktor ließ sie stutzen. Die offenen blonden Haare, die hohen Absätze und der faltenfreie weiße Kittel verrieten ihr, dass es Rylan war.

*Ashley.* Nadia lächelte sanft und ihr Herz begann zu rasen. Vielleicht war sie doch nicht so fertig mit dem Namen, wie sie gedacht hatte.

Ashley stand vor der Maschine und war offenbar zu sehr beschäftigt damit, das Herz zu bewundern, um Nadia zu bemerken. Es war das erste Mal seit ihrer Auseinandersetzung im Büro, dass sie alleine im selben Raum waren. Nadia war im Labor geblieben und hatte sich auf ihre Arbeit konzentriert – und idiotischerweise gehofft, dass Ashley bei ihr auftauchen würde.

*Und hier war sie.*

Nadia ging zu ihr. Sie verspürte keinen Groll mehr, nur ein unerklärliches Gefühl des Erfülltseins, das nichts damit zu tun hatte, dass ihr experimentelles Herz heute alle Tests mit Bravour bestanden hatte.

Sie versuchte, ihr Lächeln hinter einer neutralen Miene zu verbergen, während sie sich neben Ashley stellte. »Furchtbar müsste es auf den Menschen wirken, wenn es ihm gelänge, den Schöpfer in seinem wunderbaren Wirken nachzuahmen.«

»Was?«, fragte Ashley erschrocken.

»Das ist aus der Einführung zu Mary Shelleys *Frankenstein*. Dr. Singh genießt es, Parallelen zwischen mir und dem Protagonisten zu ziehen.«

Ashleys melodisches Lachen füllte die Leere der letzten zwei Wochen. »Du bist viel niedlicher als Frankenstein.«

Nadia hielt den Blick auf den Bioreaktor gerichtet. »Victor Frankenstein ist der Name des Arztes. Das Wesen, das er baut, bekommt keinen Namen. Es wird immer nur das Monster genannt.« Sie schwieg. Das hier war kein Buchklubtreffen.

»Das wusste ich nicht. Ich bleibe bei meiner Feststellung«, sagte Ashley leise und mit heiserer Stimme. Sie räusperte sich. »Deine Arbeit fordert also Gott heraus, hm?«

Nadia drehte sich zu ihr um und grinste. »Wiederbelebung ist eine göttliche Angelegenheit.«

Ashley wandte sich wieder der Maschine zu. »Ich hoffe, dein Werk bewirkt mehr Gutes als das im Buch.«

Nadia trat näher, bis ihre Schultern sich berührten. Dieses Gefühl war elektrisch, aber sie hatte kein Interesse daran, es zu beenden. Gemeinsam starrten sie auf das Herz – das Herz, das ein enormes Potenzial für Sanders darstellte, für andere Transplantationskandidaten und für weitere unheilbar Kranke, die alle Hoffnung verloren hatten. Blinzelnd vertrieb sie die Vision. »Das hoffe ich auch«, flüsterte sie.

»Ich musste kommen und es mir selbst ansehen. Es ist bemerkenswert, was du –«

»Ich habe dich vermisst.« Die Worte rutschten ihr heraus, bevor Nadia die Geistesgegenwart hatte, sie zurückzuhalten.

Auch als Ashley sich mit großen Augen zu ihr umdrehte, bereute sie sie nicht. Sie waren ehrlich. Sie waren die Wahrheit.

Nach einem Augenblick ersetzte ein warmes Lächeln Ashleys schockierten Gesichtsausdruck. »Ich habe dich auch vermisst.« Sie sah Nadia sanft an. »Aber ich wollte, dass du dich ohne Ablenkungen auf deine Arbeit konzentrierst. Bei unserem letzten Gespräch warst du ziemlich wütend. Ich wollte dir Raum und Zeit für deine Arbeit geben. Sie ist viel zu wichtig, als dass wir sie durch das, was mit uns passiert, vermasseln dürften.«

Nadia wusste nicht, ob die Aussage selbstlos oder mehr ein Befehl war. Ein Teil von ihr wünschte sich, Ashley hätte die Entscheidung nicht für sie beide getroffen. In gewisser Weise wünschte sie sich, Ashley wäre viel früher zur Tür hereingekommen. Aber anstatt etwas zu sagen, entschied sie sich für ihre übliche neutrale Miene, die nichts verriet.

»Was du hier getan hast, geht über bloße Forschung hinaus«, fuhr Ashley fort. »Du revolutionierst die Transplantationsmedizin. Alle

Bereiche der Transplantationsmedizin. Wenn das funktioniert, könnten Tausende Leben gerettet werden.« Sie drehte sich wieder zum Herzen um.

Nadia sah es ebenfalls an. Es schlug rhythmisch und hielt ein stetiges Herzzeitvolumen. Ashleys Worte waren voller Zärtlichkeit und Stolz und zusammen mit Nadias eigenem Gefühl des Erfülltseins strömten die Glücksgefühle nur so durch sie hindurch. »Ich weiß.«

Blindlings griff sie nach Ashleys Hand. Sie wollte ihr signalisieren, dass zwischen ihnen alles gut war.

Ashley erwiderte den Händedruck und die Wärme erreichte mehr als nur Nadias Hand.

»Weißt du«, Nadia hielt den Blick auf das Herz gerichtet, »dass *Frankenstein* ein so tragisches Ende genommen hat, hatte nichts damit zu tun, wie das Geschöpf aussah. Das Monster ermordete Victors Verlobte, weil Victor sich weigerte, die Verantwortung für seine Handlungen zu übernehmen. Wenn er die Konsequenzen seiner Entdeckung akzeptiert hätte, wäre es vielleicht anders ausgegangen.«

Nadia hielt mit klopfendem Herzen inne.

Schließlich fuhr sie fort. »Ich habe mich geirrt. Bei unserem letzten Gespräch ... da habe ich überreagiert. *Ich* war es, die das mit dir angefangen hat. Noch dazu in deinem Büro. Das ist das Gegenteil von diskret. Es war unfair von mir, zu erwarten, dass du niemandem davon erzählst. Ich wusste, dass deine beste Freundin meine Vorgesetzte ist, als ich dich geküsst habe. Ich hatte kein Recht, dir vorzuschreiben, was du ihr oder überhaupt irgendjemandem erzählst oder nicht.«

»Ich hätte ihr nie etwas gesagt, wenn ich geglaubt hätte, sie könnte herausbekommen, dass du es bist«, sagte Ashley leise. »Das tut mir wirklich leid.«

Sie sahen einander nicht an, aber Ashleys leise Stimme, in der so große Reue und Schmerz lagen, vertrieb die letzte Spur Wut aus Nadia. »Ich weiß.«

Mit verschränkten Fingern starrten sie das Herz an. Nadia wusste, sie sollte diese zärtliche Berührung zwischen ihnen nicht zulassen. Trotzdem waren sie hier, betrachteten gemeinsam ein kleines Wunder und hielten sich an der Hand.

»Hey, war Victors Verlobte nicht seine Pflegeschwester?«

»Pst«, sagte Nadia tadelnd. Sie presste die Lippen fest zusammen, um nicht zu lächeln. »Du ruinierst den Augenblick.«

# Kapitel 18

## *Chirurgie endet nie glücklich*

»Nehmen Sie ordentlich UW-Lösung, um auch wirklich alle Gerinnsel auszuspülen«, sagte Nadia, während sie die Perfusionsanlage mit dem biotechnologischen Herzen in Richtung OP rollten.

Bei dem Gedanken daran, Sanders' Operation zu verpassen, drehte sich ihr der Magen um. Daher konnte sie nicht anders, als immer wieder alle möglichen Dinge anzusprechen, obwohl sie wusste, dass Singh eine hervorragende Chirurgin war.

Schließlich drang Singhs genervter Gesichtsausdruck trotz ihrer Nervosität zu Nadia durch und sie hielt den Mund.

»Bist du jetzt fertig? Hast du alles rausgelassen?«, fragte Singh.

»Ja, ich glaube schon.« Nadia ließ den Blick umherschweifen. »Es ist nur … Ich habe dieses Herz gebaut. Ich kann nichts gegen dieses Gefühl tun, es beschützen zu wollen.«

Sie erreichten OP Nummer fünf und Nadia blieb stehen. »Bitte passen Sie gut darauf auf.«

Singh winkte ab. »Hör auf, dich so zu benehmen, als würdest du dein Baby an die Uni verabschieden! Mach dir die Prioritäten klar, bevor du da reingehst. Da drinnen liegt ein echter Mensch.«

»Ich gehe da nicht rein.« Nadia würde sich nicht wieder über die Befehle der Oberärztin hinwegsetzen. Es war mehr als reine Sturheit, die sie vor der Tür stehen bleiben ließ. Sie konnte es nicht ertragen, Ashley noch mehr zu enttäuschen.

»Nicht einmal die große Nadia Keating kann von außerhalb des OP-Saals operieren. Die operierende Chirurgin muss während der ganzen OP anwesend sein. Ich dachte, du kennst die Krankenhausrichtlinien, da du sie ja so gerne brichst.«

Nadia blinzelte. »Ich bin die operierende Chirurgin?«

Singh grinste.

Ein Adrenalinrausch flutete ihren Körper. Jede einzelne Zelle erwachte zum Leben, als sie zu verarbeiten versuchte, was sie gerade gehört hatte.

Es war unerhört, dass eine Assistenzärztin im ersten Jahr eine große Herzoperation leitete. Dann fiel ihr etwas anderes ein. »Sie hätten nicht mit der Oberärztin sprechen sollen.«

Gestern Abend hatte Ashley nichts davon gesagt, dass Nadia ihre OP-Rechte wiederbekommen würde. So gerne Nadia bei dieser Operation auch dabei sein wollte, sie hatte einfach nicht fragen können. Sie hatte es nicht richtig gefunden, Ashley und die Situation so auszunutzen. Und das Letzte, was Nadia wollte, war, dass Singh sich einmischte.

»Ach, entspann dich«, sagte Singh. »Ich habe nicht deine Freundin gefragt.«

Nadia starrte sie finster an. Das Wort reduzierte all die komplexen Gefühle, die sie für Ashley hatte, auf etwas Alltägliches und Normales. Außerdem ging es Singh verdammt noch mal nichts an.

»Ihr zwei gebt euch solche Mühe, nicht als befangen zu gelten, dass es noch deine Karriere ruiniert. Wir wissen beide, dass Ashley überkompensiert, indem sie sich die dümmsten Strafen in der Geschichte der Chirurgie einfallen lässt.«

Nadia hielt den Mund. Ashley hätte sie überhaupt nicht bestraft, wenn Nadia sie nicht dazu gedrängt hätte.

»Welche Chirurgin in Ausbildung darf schon über einen Monat lang nicht operieren?«, fuhr Singh fort. »Du hast nur drei Jahre, um Bypass-OPs, Aortenersatz-OPs, Klappenreparaturen, Tumorentfernungen, Transplantationen, Lobektomien, Pneumektomien und alle möglichen anderen -ektomien zu lernen. Stattdessen versteckst du dich in einem Forschungslabor. Da kannst du genauso gut gleich das Handtuch werfen und in die Forschung gehen. In weniger als drei Wochen maßgeschneidert ein ganzes verdammtes Herz zu bauen, ist genial für eine Wissenschaftlerin, aber reine Zeitverschwendung für eine Chirurgin.«

Nadia biss sich auf die Lippe. Es stimmte, wenn es irgendjemand anders gewesen wäre, wäre sie anders mit der Situation umgegangen. Aber es war Ashley. Es gab vieles, das Nadia gerne anders gemacht hätte, aber für sie ein paar Fälle aufzugeben, fühlte sich wie ein akzeptabler Preis an.

»Wenn du nicht so beschäftigt damit wärst, alles zu vermeiden, was danach aussieht, als schulde sie dir einen Gefallen, nur weil du Sex mit ihr hattest, hättest du eine Beschwerde bei der Personalabteilung eingereicht und verlangt, dass sie gefeuert wird. Stattdessen spielt ihr beiden nur die Rollen, von denen ihr glaubt, ihr müsstet sie spielen.«

Gut, Nadia hätte nicht verlangt, dass jemand gefeuert wurde. Ein Verweis wegen Fehlverhaltens gegenüber Untergebenen hätte ihr gereicht.

Sie wandte den Blick ab. Sie würde es nie zugeben, aber Singh hatte recht. Ihr Urteilsvermögen war von dem Moment an getrübt gewesen, als sie Ashley in der Bar gesehen hatte. Aber anstatt sich mit den Trümmern ihrer Gefühle zu beschäftigen, hatte sie eine Mauer errichtet und versucht, beide Welten getrennt zu halten. Sie hatte alles nur noch schlimmer gemacht.

»Also habe ich deinen Job erledigt«, fuhr Singh fort. »Ich bin zum Leitenden Oberarzt gegangen und habe verlangt, dass er Ashleys Entscheidung aufhebt. Da du heute in diesem Krankenhaus Geschichte schreibst, war er mehr als bereit dazu.«

Nadia runzelte die Stirn, als sie daran dachte, dass sich immer mehr Leute in ihre Angelegenheiten einmischten. »Was haben Sie ihm genau erzählt?«

»Entspann dich.« Singh winkte ab. »Ich habe ihm nichts erzählt, was euch in Schwierigkeiten bringen würde. Ich habe nur gesagt, dass unsere junge Oberärztin meiner bescheidenen Meinung nach zu streng zu dir ist. Außerdem hast du nur meine Anweisungen befolgt, also ist der zweite Vorfall meine Schuld. Du solltest nicht mit einem ganzen Monat dafür bezahlen müssen, vor allem da du eine erstklassige Ärztin mit außergewöhnlicher Arbeitsmoral bist.«

Nadia ignorierte die Andeutung. »Hat der Leitende auch gesagt, dass ich operieren darf?«

»Nein, er hat einfach nur deine OP-Rechte wiederhergestellt. Sanders ist mein Patient und es ist meine Entscheidung, dich operieren zu lassen.«

»Danke.« Das schlichte Wort war alles, was ihr dazu einfiel.

»Du musst dich nicht bedanken. Du hast dir das verdient. Wie du gesagt hast, dieses Herz ist dein Baby. Es ist nur fair, dass du es selbst durchziehst. Ich assistiere, aber du sagst, wo es langgeht. Du verdienst die Anerkennung.«

Nadia nickte. Diese Operation war alles, was sie sich je erträumt hatte. Die langen Studienjahre, die Opfer, die sie gebracht hatte, die Leute, die sie getroffen hatte und die ihr den Weg geebnet hatten – alles lief auf diesen einen entscheidenden Moment hinaus. Hier. Jetzt.

Aber dann dachte sie an Ashley und ihre Begeisterung verflog. »Ich sollte das mit Dr. Rylan abklären, bevor wir reingehen.«

»Warum? Sie hat da nichts zu sagen. Du musst dir keine Sorgen um deine kostbare Professionalität machen.«

»Das ist es nicht.«

»Was ist es dann? Glaubst du, du bekommst Ärger?«

»Nein.« Nadia wandte den Blick ab. Sie kannte Ashley gut genug, um zu wissen, dass sie es hasste, überstimmt zu werden. Und Singh hatte genau das getan. Trotz der Verlockung, in den OP zu gehen und dort ihren rechtmäßigen Platz einzunehmen, blieb Nadia wie angewurzelt im Gang stehen. Die Operation ihres Lebens war es nicht wert, Ashley dafür zu verraten. *Nicht schon wieder und nie wieder.*

»Ich verstehe.« Singh hatte wieder dieses nervige Grinsen aufgesetzt. »Du sorgst dich, dass du die Gefühle deiner Freundin verletzen könntest.«

Warum verwendete sie ständig dieses Wort? »Geben Sie mir bitte eine Minute, um mit Dr. Rylan zu sprechen.«

»Nein. Du gehst jetzt zu deinem Patienten. Konzentrier dich auf deinen Fall.«

Nadia zögerte. Sollte sie auf ihre Mentorin hören, die ihre dramatische Rückkehr in den OP arrangiert hatte, oder sollte sie sich zuerst vergewissern, dass es Ashley gut ging?

»Warum steht ihr hier mitten auf dem Gang herum? Worauf wartet ihr noch?«

Als sie die vertraute Stimme hörte, schlug Nadias Herz schneller. *So ein verräterisches Organ.* Sie drehte sich zu Ashley um.

»Wir stehen hier rum, weil deine Freundin sich weigert, ihre Arbeit zu tun, ohne dich vorher zu fragen«, sagte Singh nüchtern.

»Sie ist nicht meine Freundin.«

»Ich bin nicht ihre Freundin«, sagte Nadia im gleichen Augenblick.

Sie sah Ashley an und ihr finsterer Blick lichtete sich etwas. »Dr. Singh hat gesagt, ich wäre die erste Chirurgin in diesem Fall. Ich hatte nichts mit dieser Entscheidung zu tun. Ich habe selbst gerade erst davon erfahren.«

»Ich weiß.«

Nadia schluckte den Kloß nervöser Anspannung hinunter. »Ist das okay?«

»Mehr als okay. Du wirst großartig sein. Da bin ich sicher. Ich bin froh, dass ich dich noch erwischt habe«, fügte sie hinzu. »Ich wollte dir etwas sagen, das mir gestern Abend endlich wieder eingefallen ist.«

»Was?«

»Unsere erste Begegnung vor sieben Jahren. Ich habe mich erinnert.«

»Das wurde auch Zeit.« Nadia lächelte.

»Pari hatte die Konferenz gerade verlassen und ich hatte eine Pause. Da habe ich dich allein mit der Nase im Laptop im Café sitzen gesehen. Du hast so ängstlich ausgesehen, dass ich helfen musste.«

Nadia warf trocken ein: »Die Retterin aller Medizinstudenten.«

»Nicht, dass du eine gebraucht hast«, sagte Ashley. »Nachdem du die gesamte Präsentation aus dem Kopf gehalten hast, ohne nur einmal zu stottern, hast du mir gesagt, du würdest in Richtung Transplantation gehen wollen, weil Immunsuppression eine barbarische Lösung für das Problem der Organabstoßung wäre.«

»Und Sie haben gefragt, ob ich eine bessere Idee hätte.«

»Du dachtest, du hättest eine. Du warst so arrogant.«

»Das ist sie immer noch«, unterbrach Singh sie.

Die beiden Frauen starrten sie an.

»Lass dich von mir nicht stören, Ashley. Du warst gerade beim spannenden Teil.«

Ashley drehte sich zu Nadia zurück. »Wie auch immer, ich habe dich ermutigt, an deiner Idee zu arbeiten, eine bessere Lösung für Organtransplantationen zu finden.«

»Sie haben es *Science Fiction* genannt. Sie haben nicht geglaubt, dass ich es schaffen könnte.« Nadia grinste. »Ich musste Ihnen einfach das Gegenteil beweisen.«

»Und jetzt sind wir hier.«

Die Zeit stand still, als Nadia in Ashleys wunderschöne Augen sah, aus denen jeder Traum zu leuchten schien, den sie je geträumt hatte.

»Ach, die Geschichte ist so süß, ich könnte glatt Diabetes bekommen.« Singhs Stimme ließ ihre Blase platzen.

»Pari!«, protestierte Ashley mit schriller Stimme.

Nadia räusperte sich, um nicht lachen zu müssen. Das war ein Krankenhaus, kein Freizeitpark. So reserviert sie sich gab, in diesem Moment war sie mehr als glücklich, und das hatte nur wenig damit zu tun, dass sie gleich eine Legende werden würde. Alles, woran sie denken konnte, war, wie viel sie für Ashley empfand. Warum hatte sie diese ganze Zeit verschwendet und ihr nicht genau das – die Wahrheit – gesagt?

Die Schuldgefühle nagten an ihr und Nadia wusste, dass sie diesen Fehler sofort bereinigen musste. Es konnte keine Sekunde mehr warten.

»Dr. Singh, hätten Sie etwas dagegen, wenn ich einen Moment allein mit Dr. Rylan spreche?«

»Wirklich? Jetzt?« Singh runzelte die Stirn.

»Pari, gib uns eine Minute«, sagte Ashley.

Nadia wartete Singhs Erlaubnis nicht ab. Mit rasendem Puls packte sie Ashleys Hand und führte sie in den nächstbesten leeren Vorbereitungsraum zwischen zwei ungenutzten OP-Sälen.

Als die Tür hinter ihr zufiel, drehte Nadia sich zu Ashley um.

»Ich hatte mehr als genug großartigen Sex, bevor ich dich getroffen habe.«

Ashley runzelte verwirrt die Stirn. »Oookay.«

Nadia schnaubte leise, verärgert über sich selbst. »Was ich meine, ist, es ist nicht nur der Sex. Es ist alles. Du bist talentiert und klug und so schön. Du bist das Komplettpaket. Es war dumm von mir, das nicht früher zu erkennen.« Sie hielt inne, um Atem zu holen. »Es war naiv von mir, zu glauben, ich könnte Sex mit dir haben und so tun, als wäre es nie passiert. Es ist passiert. Es war umwerfend. Und ich will, dass es wieder passiert. Aber mehr als das will ich dich. Ich will dich so sehr, dass ich eine einmalige Gelegenheit vernachlässige, um dir das zu sagen.«

Ashley starrte sie an. »Ich will mit dir –«

»Nein«, unterbrach Nadia sie. »Da ist noch etwas, das ich dir sagen muss. Etwas, das ich schon vor langer Zeit hätte sagen sollen.« Ihre Stimme bebte. Sie hielt inne, schluckte schwer und zwang sich, weiterzusprechen, obwohl ihr Herz raste. »Es wird dir nicht gefallen, aber ich muss es sagen. Du sollst wissen, dass ich –«

»Was sind die wichtigsten Schritte einer Herztransplantation?«, warf Ashley ein. Sie klang, als würde sie eine Praktikantin befragen.

»Warum?«, wollte Nadia wissen. Ihre Stimme bebte nicht mehr.

Ashley sah sie unbeirrt an. »Gönn mir das.«

Nadia schnaubte. Sie hasste es, wie eine inkompetente Praktikantin behandelt zu werden. Andererseits liebte sie es, Ashley Dinge zu gönnen. »Ich führe eine mediane Sternotomie durch.« Während sie die einzelnen Schritte erläuterte und die Operation klar und deutlich vor sich sah, beruhigte sich ihr Herzschlag.

»Du würdest die Vena cava inferior nicht kanülieren?«, unterbrach Ashley sie.

Nadia schüttelte den Kopf. »Das ist das Neue. Ich kanüliere stattdessen die Femoralvene, damit ich später mehr Raum für die Anastomose der Vena cava inferior habe.« Sie beschrieb die restliche Prozedur und fügte dann hinzu: »Die Anastomosen führe ich in dieser Reihenfolge durch: linker Vorhof, Pulmonalarterie, Aorta, Vena cava inferior und Vena cava superior.« Sie hielt Ashleys Blick. »Soll ich weitermachen oder bist du zufrieden?«

»Gut.« Ashley lächelte. »Die Operierende hat eine große Verantwortung. Und ich weiß, dass du dich gut schlagen wirst, weil du nun mal du bist. Aber ich will, dass du dich darauf konzentrierst, was du gleich tun wirst. Alles andere kann warten.«

Nadia erwiderte ihr Lächeln. Diese unglaubliche Frau verstand sie so, wie niemand anders es tat. Ashley hatte genau gewusst, was sie hören musste. »Danke«, sagte Nadia und ging einen Schritt auf sie zu. Sie beugte sich vor, gerade als Ashley genau dasselbe tat.

Ihre Lippen trafen sich.

Sie hatte ihn nicht vorgehabt und bestimmt nicht geplant, aber der Kuss geschah trotzdem. Ashleys Lippen waren weich, ihr Duft süß und einladend. Ihr Körper drückte sich an Nadias und steckte jeden einzelnen Nerv in Brand. In diesem Moment spielte nichts anderes eine Rolle. Nadia erkundete mit ihrer Zunge Ashleys Mund, legte alle Leidenschaft hinein, die sie sich die ganze Zeit über verwehrt hatte.

Ashley stöhnte tief.

»Wirklich, Keating? Du verzögerst die Operation des Jahrhunderts für eine Mandeluntersuchung?« Singh stand grinsend in der Tür.

Nadia sprang zurück, ihre Wangen glühten. Sie hatte schon daran gedacht, dass sie es eines Tages in die Annalen schaffen würde, aber ein Beispiel für unprofessionelles Verhalten war nicht gerade das, was sie im Sinn gehabt hatte.

»Ich weiß nicht, ob du es verdienst, diesen Fall zu operieren, da du offensichtlich deine Prioritäten verwechselst. Aber am anderen Ufer kann das schon mal passieren.«

»Pari!« Ashleys Stimme kletterte eine Oktave in die Höhe. »Hör auf, sie zu ärgern.«

»Was? Ich bin ziemlich sicher, dass es eine Richtlinie gegen Küssen in sterilen Räumen gibt. Würden Sie mir da nicht zustimmen, *Frau Oberärztin*?«

Ashley seufzte dramatisch. »Gibt es einen Grund, warum du nicht draußen warten konntest?«

»Im Wartebereich hat sich eine Horde Wissenschaftler, Ärzte und PR-Vertreter versammelt. Alle wollen die Operation miterleben, die ihr verzögert, weil ihr erst noch Knutschen müsst.«

»Ich will ausschließlich das erforderliche Personal«, sagte Nadia mit fester Stimme und ignorierte Singhs albernes Grinsen. Trotz allem, was gerade passiert war, wollte sie nicht im Zentrum eines öffentlichen Spektakels stehen. »Je weniger Betrieb, desto besser. Geöffnete Türen beeinflussen die Luftbewegung im OP, was das Risiko der Wundkontamination erhöht.« Singh sollte die Richtlinien zur Infektionskontrolle zwar kennen, aber irgendwie musste Nadia sich rechtfertigen.

»Na gut«, sagte Ashley. »Ihr zwei macht euch an die Arbeit. Ich kümmere mich um Nadeschdas Fans.« Sie streichelte Nadias Arm. »Du kannst später Autogramme geben.«

*Linker Vorhof, Pulmonalarterie, Aorta, Vena cava inferior und Vena cava superior*. Nadia wiederholte die Reihenfolge der Anastomosen im Kopf, um sich auf etwas anderes als auf die elektrisierende Berührung zu konzentrieren, die das Feuer in ihrem Körper sofort zu neuem Leben erweckte.

Als sie aus dem Vorbereitungsraum trat und in Richtung ihres lebenslangen Traums ging, brannte ihr ein ganz anderes Feuer in der Brust.

»*Danke*, Ashley«, sagte Singh und folgte Nadia.

Nadia sah sich im OP um, bis sie die Perfusionsanlage mit dem Spenderherz entdeckte. Sie widerstand dem Drang, sofort hinzurennen und es zu überprüfen. Wie Singh vorhin gesagt hatte, es gab einen Patienten und Nadia war die operierende Ärztin.

*Die Kapitänin des Schiffs.*

Sie sah den Patienten, *ihren* Patienten, sediert auf dem OP-Tisch liegen. Blaue Tücher bedeckten seinen Körper bis auf den Brustbereich. Das vertraute Piepen des Pulsoximeter-Monitors ging im Plaudern unter. Nadia runzelte die Stirn. Es waren mehr Leute im OP als sonst, die offenbar alle vorgaben, wichtige Aufgaben zu erfüllen. Ein zweiter Anästhesiologe und zwei zusätzliche Pflegekräfte waren dagegen tatsächlich hilfreich.

»Warum starren sie mich so an?«, fragte Nadia Singh. Die Aufmerksamkeit kribbelte auf ihrer Haut.

»Sie warten, dass du ein paar Worte sagst. Du weißt schon, eine Pionierleistung und so weiter.«

Nadias Mund wurde ganz trocken. »Bitte sagen Sie, dass das ein Witz ist.«

Als sie an diesem Morgen aufgewacht war, hatte sie nicht einmal im Traum daran gedacht, in einem Raum zu stehen, in dem ein Dutzend Augen auf ihr ruhten und auf eine Rede warteten. Sie räusperte sich. Irgendetwas Bedeutungsvolles, das sie sagen konnte, musste ihr doch einfallen.

In ihrem Kopf rasten die Gedanken nur so, aber es kristallisierte sich nichts Verständliches heraus. »Ich kann das nicht. Machen Sie das«, flehte Nadia Singh an.

Singh schnaubte, dann wandte sie sich an die Anwesenden. »Okay, Leute, machen wir uns an die Arbeit. Wir sind hier nicht bei den Emmys. Erwartet keine Show, sondern legt los. Sofort.«

Singhs Worte waren kurz und knapp. Und ließen jegliche Inspiration vermissen. Nadias Nervosität verflog ein wenig. Schlechter als das konnte sie nicht sein. Sie atmete einmal tief ein uns aus, räusperte sich und sagte: »1944 führte Alfred Blalock die erste erfolgreiche Herzoperation an einem Baby mit Fallot-Tetralogie durch.« Nadias Stimme füllte den Raum und das Geplauder erstarb. »Neun Jahre später nahm John Gibbon die erste Operation am offenen Herzen vor, bei der eine Herz-Lungen-Maschine die Zirkulation von Blut und Sauerstoff in Gang hielt. 1967 konnte Christiaan Barnard die weltweit erste Transplantation eines menschlichen Herzens durchführen.« Nadia sah sich um.

Alle Blicke ruhten auf ihr und ihr Magen schlug einen Salto. »Das sind nur ein paar der Pioniere, deren außergewöhnliche Leistungen die Medizin vorangetrieben haben. Ohne ihre Bemühungen wären wir heute nicht hier. Aber ihre Geschichten drehen sich um chirurgische Erfolge. Was sie auslassen, ist, dass Eileen Saxon, das blaue Baby, das Blalock operierte, ein paar Tage vor ihrem zweiten Geburtstag starb. Oder dass Louis Washkansky nur achtzehn Tage überlebte, nachdem das neue Herz in seiner Brust zu schlagen begonnen hatte. Und Cecelia Bavolek lebte nach ihrer OP mit der Herz-Lungen-Maschine zwar dreißig Jahre, aber ihr Vorgänger, ein fünfzehn Monate altes Kind, starb bei einem gescheiterten

Versuch derselben Prozedur auf dem OP-Tisch.« Nadia nickte zu dem sedierten Patienten. »Die Geschichte der Medizin ist voll mit menschlichen Opfern und Misserfolgen. Auch wenn von einem Erfolg berichtet wird, ist das keine Garantie für ein glückliches Ende.«

Sie schluckte, ihr Mund war immer noch trocken. »Ihr denkt vielleicht, heute geht es um den nächsten Schritt in der menschlichen Transplantationsmedizin.« Die Zustimmung, Bewunderung und ungeteilte Aufmerksamkeit von jedem Augenpaar im Raum verliehen ihr unerreichte Stärke. »Aber das ist ein Irrtum. Unser einziges Ziel heute ist es, Michael Sanders' Leben zu retten. Darauf und nur darauf wollen wir uns konzentrieren.«

Nadia sah sich um, während ihre eigenen Worte in ihrem Herzen widerhallten, aber das Gefühl dauerte nicht lange an. Unglücklicherweise war ihre spontane Rede zu gut gewesen. Sie ahnte die unvermeidliche Runde Applaus, die auszubrechen drohte. »Wer jetzt klatscht, landet umgehend auf der anderen Seite dieser Türen.«

Die überraschten Mienen waren trotz der Schutzmasken deutlich zu erkennen.

Nadia biss sich auf die Lippe. Das war vielleicht etwas strenger als geplant herausgekommen. »Klatschen beeinflusst den Luftstrom und erhöht das Infektionsrisiko.«

Das Personal kehrte an die Arbeit zurück und sie seufzte. Sie würden sich einfach an ihre Umgangsformen gewöhnen müssen.

»Nicht schlecht«, sagte Singh.

»Die Leute lassen sich leicht von großen Worten beeindrucken. Und sie mussten daran erinnert werden, dass sie nicht wegen einer Sensation hier sind, sondern um ihre Arbeit zu tun.«

»Glaubst du nicht an das, was du gesagt hast?«

Nadia lächelte. »Jedes Wort, das ich gesagt habe, ist absolut wahr.« Ihre Emotionen befanden sich bereits den ganzen Tag auf einer Achterbahnfahrt und in diesem Moment fühlte sie sich auf dem höchsten Punkt, auf dem Angst und Aufregung miteinander verschmolzen und die berauschende Mischung ihr Selbstbewusstsein hob. Sie fühlte sich unverwundbar. Und in Stimmung für einen Scherz. »Aber machen wir uns nichts vor, Dr. Singh. Heute«, Nadia sah, ohne etwas zu fokussieren, vor sich hin, »werde ich Gott.«

Ashley saß unruhig an ihrem Schreibtisch, zu nervös, um sich auf die Arbeit zu konzentrieren. Nachdem sie sich um Nadias »Fans« gekümmert hatte, hatte sie alle fünfzehn Minuten im OP angerufen, um den neuesten Stand zu erfahren. Wahrscheinlich hatte sie das Pflegepersonal in den Wahnsinn getrieben. Aber das war der größte, bahnbrechendste chirurgische Fall, seit Murray 1954 die erste erfolgreiche Nierentransplantation durchgeführt hatte, nur dass dieses Mal die OP von einer Assistenzärztin im ersten Jahr geleitet wurde statt von einem erfahrenen Chirurgen. Also hatte sie den Pflegern gesagt, dass sie deshalb auf dem neuesten Stand bleiben musste. Und das alle fünfzehn Minuten.

In Wahrheit hatte Ashley vollstes Vertrauen in Nadias Fähigkeiten. Und mit Pari an ihrer Seite war es eine Traumbesetzung für den Patienten. Ihr tat nur leid, dass sie Nadias lebensverändernden Moment nicht live miterleben konnte. Ashley wollte diejenige sein, die ihr half, es zu schaffen, nicht diejenige, die jeden ihrer Schritte behinderte. Aber weil sie andererseits auch die harte Chefin sein sollte, die rebellische Untergebene bestrafte, musste sie sich von der Person fernhalten, die vor wenigen Augenblicken mit den drei einfachen Worten *Ich will dich* ihre Welt in Brand gesteckt hatte. Ashley schloss die Augen, fuhr sich mit der Zunge über die Lippen und genoss die Erinnerung an Nadias leidenschaftlichen Kuss.

»Dr. Rylan.« Claire, ihre Verwaltungsassistentin, brachte sie in die Gegenwart zurück. »Da ist noch ein Herr an der Rezeption, der nach Dr. Keating fragt.«

»Ein Journalist?«

»Ich weiß nicht. Ich kann ihn fragen, ob –«

»Nein, schon gut. Ich kümmere mich darum.« Ashley brauchte eine Ablenkung von den völlig unangemessenen Feierszenarien, die sich in ihrem Kopf abspielten. Sie konnte genauso gut etwas Nützliches tun.

An der Rezeption vor der Intensivstation hatten sich einige weibliche Mitarbeiter versammelt. Sie wirkten fasziniert von dem dunkelhaarigen Mann in Jeans und einem engen schwarzen T-Shirt, das seine Muskeln betonte.

Ashley trat näher und presste die Lippen zusammen, um nicht über die lüsternen Gesichter ihrer Kolleginnen zu grinsen. Vermutlich konnte er eine rettende Hand gebrauchen. »Kann ich Ihnen helfen?«, fragte sie.

Er drehte sich mit einem bezaubernden Lächeln zu ihr um, das perfekte weiße Zähne und ein markantes Kinn zeigte. »Das glaube ich nicht. Ich warte auf das Ende einer Operation.«

»Sind Sie für eine Patientin oder einen Patienten hier?« Seine entspannte Miene passte nicht zu jemandem, der wartete, während ein geliebter Mensch operiert wurde.

»O nein. Nadeschda wird nicht operiert. Sie ist es, die operiert.« Sein russischer Akzent verlieh ihrem Namen einen exotischen und wunderschönen Beiklang.

Ashley zuckte zusammen, als sie erkannte, dass sie Nadias Namen die ganze Zeit über falsch ausgesprochen hatte. »Also suchen Sie Na–« *Nein.* Sie würde sich auf keinen Fall blamieren. »Sie suchen Dr. Keating. Sie wird noch einige Stunden lang operieren. Sie müssten sehr lange warten.«

Der Mann schaute sie weiter ganz entspannt an. »Kein Problem. Ich warte so lange wie nötig. Ich habe ein Geschenk für sie und will es ihr selbst geben«, sagte er und deutete auf eine hübsch verpackte Schachtel, die auf dem Tresen lag.

*Macht man zu solchen Anlässen Geschenke?* »Nun, sie schreibt heute Geschichte.« Ashley räusperte sich im Versuch, ihre Verwirrung zu verbergen. »Es ist schön, zu wissen, dass sie auch abseits des Krankenhauses Freunde hat, die ihre Arbeit schätzen.«

Der Mann neigte fragend den Kopf. »Geschichte?«

»Die Transplantation, die sie gerade durchführt. Ist das nicht der Grund für das Geschenk?«

»Sie hat heute Geburtstag!« Er grinste breit. »Ich wusste gar nichts von einer Operation. Dann gibt's ja noch mehr zu feiern.«

Ashley lächelte. Seine Begeisterung war ansteckend.

»Sie hatte zwar mal erwähnt, dass sie diesen Monat wenig Zeit haben würde, aber sie hat dabei so viele Worte benutzt, die ich nicht verstanden habe. Implantiert sie ein Gehirn?«

Ashley lächelte freundlich und gab sich alle Mühe, nicht in ein lautes Lachen auszubrechen. Hatte Nadia wirklich einen Freund, der Gehirntransplantationen für möglich hielt?

»Äh, nein, es ist eine Herztransplantation. Sie hat ein Herz mit den Stammzellen des Patienten versehen, damit sein Körper es nicht abstößt.«

»Oh.« Er starrte sie verständnislos an. »Das ist auch cool, oder?«

»Ja, es ist ... sehr cool.«

»Dann warte ich auf jeden Fall, bis sie fertig ist. Ist das in Ordnung, Dr. … ähm –«

»Rylan, aber bitte, nennen Sie mich Ashley.«

Er riss die Augen weit auf. »Oh, Sie sind die Oberärztin?«

Ihr Lächeln verblasste. Warum kannte er sie, obwohl sie nichts von ihm wusste? Hatte Nadia ihm von ihrer Beziehung erzählt oder sich über ihre Chefin beschwert? So, wie sie Nadia kannte, wahrscheinlich eher Letzteres.

»Sie wirken so ne–«, er stockte, »so jung!« Er lächelte verlegen.

*Definitiv Letzteres.*

»Tja.« Sie räusperte sich wieder. Wenn sie zusammen sein wollten, würde sie ihr Image bei Nadias Freunden zurechtrücken müssen. »Ich muss zurück an die Arbeit, aber es war nett, Sie kennenzulernen, Mr. –?«

»Jewgeni Petrow. Bitte nennen Sie mich Jewgeni.« Er streckte die Hand aus. »Es freut mich, endlich die Person zu treffen, die Nadeschda den letzten Monat über wachgehalten hat.«

»Ach ja?« Ashley spürte, wie ihr die Röte in die Wangen stieg. Vielleicht wusste er doch, was zwischen ihr und Nadia lief.

»In letzter Zeit hat sie fast jeden Abend bis spät in die Nacht hinein gearbeitet.«

»Stimmt. *Gearbeitet.*« Ihr Gesicht wurde noch ein wenig heißer. »Also, woher kennen Sie Na–«, *verdammt,* »Dr. Keating?«

»Wir sind seit fast zehn Jahren zusammen.«

Die Worte zogen Ashleys Brust zusammen wie eine Boa Constrictor. Sie konnte nicht atmen. Ihr Denken setzte aus. Vage hörte sie, wie eine der Frauen in der Nähe fragte, was er mit »zusammen« meinte. Ashleys Brust wurde noch enger. Sie wusste, was es bedeutete.

»Entschuldigen Sie, ich muss in den OP zurück«, brachte sie heraus.

Sie nahm nicht wahr, ob er noch einmal antwortete. Sie fühlte sich wie unter Wasser. Vor ihren Augen verschwamm alles, die Geräusche drangen nur dumpf zu ihr durch und ihr ganzer Körper schrie nach Sauerstoff. Sie drehte sich um und ging davon. Ihre Beine trugen sie automatisch an einen unbekannten Zielort, während ihr Geist zu durcheinander war, um irgendetwas zu verarbeiten.

# Kapitel 19

## *Die Geburt einer Entdeckung*

»Alles Gute zum Geburtstag.«

Ashleys Stimme klang hohl und distanziert, was Nadia in ihrer Arbeit innehalten ließ, um einen Blick auf sie zu werfen. Sie wirkte völlig abwesend. Nadia widerstand ihrem ersten Instinkt, zu ihr zu gehen, und wandte sich stattdessen wieder der offenen Brust zu. Darauf sollte sie sich konzentrieren. »Ja, der ist wohl heute.« Sie begnügte sich damit, das Gespräch am Laufen zu halten.

Das neue Herz war bereits in der Brusthöhle platziert und schlug rhythmisch, aber Nadias Nerven lagen trotzdem blank. Den Patienten von der Herz-Lungen-Maschine zu trennen, war ein relativ kleiner Schritt für die Chirurgen, aber ein wichtiger Moment für das Herz. Sie konnten die Unterstützung der Maschine nur abstellen, wenn das Herz stark genug war, aus eigener Kraft Blut zu pumpen.

Nadia schüttelte den Kopf und runzelte die Stirn. Ashley hatte ihr selbst gesagt, sie sollte sich auf den Fall konzentrieren. Warum lenkte sie sie jetzt mit so trivialem Unsinn ab?

»Bist du nicht neugierig, woher ich das weiß?«

Nadia blickte weiterhin auf die offene Brust. »Geh auf einen Liter«, sagte sie zum Kardiotechniker. »Es steht wahrscheinlich in meiner Personalakte«, beantwortete sie Ashleys Frage, ohne aufzusehen.

»Jewgeni Petrow hat es mir erzählt.«

Nadia erstarrte. Ihr Mund wurde trocken. Ihr Herz begann zu rasen. Sie sah auf und erkannte Ashleys kühlen Blick. Dann wandte sie sich wieder dem Patienten zu. Das neue Herz war ihre oberste Priorität. »Dr. Rylan, ich muss mich auf meine OP konzentrieren. Alles andere kann warten«, sagte sie mit genau denselben Worten, die Ashley zuvor verwendet hatte.

In reglosem Entsetzen wartete sie darauf, was nun folgen würde. Einen Moment später hörte sie, wie Ashley nicht gerade leise den Raum verließ.

In diesem Augenblick brach Nadias wacklige Verteidigung zusammen. Ihre Hände begannen zu zittern. *Verdammt.* Sie zitterten sonst nie während einer Operation. Sie versuchte es mit ihrer üblichen Atemtechnik und erinnerte sich daran, dass sie die Kontrolle über ihren Körper hatte, aber ihre Hände zitterten weiter.

*Ein kurzzeitiges Stocken im Akt des Todes.* So hatte John Collins, ein chirurgischer Gigant des neunzehnten Jahrhunderts, Schock definiert. Als sie diese Worte im Kopf drehte und wendete, wurden ihre Hände langsam wieder ruhig und sicher.

Sie prüfte Sanders' Vitalwerte. *Stabil.*

Ein anderer bekannter Chirurg, Samuel Gross, hatte gesagt, Schock wäre eine *Manifestation des groben Aushebens der Maschinerie des Lebens.* Und Furneaux Jordan hatte einen Patienten in Schock als *so blass, so reglos, so gleichgültig der Außenwelt gegenüber* beschrieben, *als hätte die Verletzung bereits im Tod geendet* – eine perfekte Beschreibung des Zustands, den Nadia gerade erlebte.

Sie stutzte für einen Moment. Das war es also, was ihr Gehirn ihr zu sagen versuchte. Es war nicht der Patient, der im Schockzustand war, sondern Nadia. Sie war es, die sich gleichgültig der Außenwelt gegenüber fühlte, die grob aus dem Leben gehoben wurde, die stockte *im Akt des* –

»Keating, was sollte das denn eben? Wer ist Jewgeni?«, unterbrach Singhs Stimme ihre Gedanken.

Nadia zwang sich, ihren Blick zu erwidern. »Mein Partner.« Anders als ihre in sich zusammenbrechende Existenz vermuten ließ, kamen die Worte distanziert, kalt und sachlich herüber.

Singh riss entsetzt die Augen auf.

Ein lauter Jubel des OP-Personals zog ihre Aufmerksamkeit ab. Das Herz pumpte ganz allein das Blut des Patienten. Das bedeutete, die Herz-Lungen-Maschine konnte abgestellt werden, aber Nadia verspürte keine Begeisterung. Sie war völlig *gleichgültig der Außenwelt gegenüber.*

Als Singh ihre Arbeit wieder aufnahm, musste Nadia ihre Tränen zurückhalten. Sie selbst war unfähig, mit der Operation fortzufahren, die sie so verzweifelt hatte durchführen wollen. Sie war emotional zu angegriffen und körperlich erschüttert. Wenn sie in diesem Zustand operierte, würde das den Patienten nur gefährden. Es war das Vernünftigste, Singh den Fall alleine abschließen zu lassen. Vielleicht konnten sie Dan hinzurufen, um zu assistieren.

»Ich mag es nicht, im OP mit Ärzten zu arbeiten, die *Mediziner* sind.« Wieder durchbrach Singhs Stimme ihre Gedanken. »Weißt du, warum?«

Aus Angst, ihre Stimme könnte brechen, sagte Nadia nichts.

»Das interpretiere ich als Nein«, fuhr Singh fort. »Vor einigen Jahren war ich ein Spenderherz abholen. Eine Kardiologie-Assistenzärztin hat mir assistiert. Das war ein großer Fehler. Mitten in der OP hat sie mit dem Yankauer das Herz getroffen und Kammerflimmern ausgelöst. Wir haben es nie in den Sinus-Rhythmus zurückbekommen und mussten es entsorgen. Sie hat den Katheter fallen gelassen und angefangen zu heulen. Als ich die Geschichte Ashley erzählt habe, musste ich lachen.«

Nadia bekam eine Gänsehaut, als sie den Namen hörte.

»So nett, wie sie ist, hat sie es weit weniger unterhaltsam gefunden als ich. Sie meinte, die Assistenzärztin hätte sich bestimmt schrecklich gefühlt. Vielleicht kannte sie den Patienten, der das Herz hätte bekommen sollen. Vielleicht war es schrecklich für sie, dafür verantwortlich zu sein, dass er doch kein Spenderherz bekommen würde. Aber wir wissen beide, dass Ashley die Chirurgie nicht so versteht wie wir. Unfälle passieren nun mal und manchmal werden bei OPs Fehler begangen.« Singh runzelte die Stirn.

»Der Punkt ist nur, dass solche Reaktionen während einer OP nicht akzeptabel sind. Zweifel und Reue haben im OP keinen Platz. Es braucht eine gewisse Sorte Mensch, um mit schwierigen Situationen richtig umzugehen. Kein Chirurg will als Arzt in Erinnerung bleiben, der während der Operation wegen eines Fehlers in Tränen ausgebrochen ist«, sie sah Nadia vielsagend an, »und sei es auch nur, damit das Operationsfeld nicht kontaminiert wird.«

Singh fixierte einen Drainage-Schlauch. »Das macht große Chirurgen aus: die Fähigkeit, auch mitten im absoluten Chaos ruhig zu bleiben.« Sie sah wieder zu Nadia. »Mach deine Arbeit und schließ den Eingriff ab. Um dein Durcheinander kümmerst du dich später.«

Der kleine Vortrag war wie ein elektrischer Schlag, der Nadias Körper und Geist wieder auf Touren brachte. Gross lag falsch. Schock war kein Sterbeprozess, sondern – wie Crile, ein weiterer Gigant, es formuliert hatte – *ein Aufmarschieren der körperlichen Abwehrkräfte im Kampf darum, zu überleben*. Nadia atmete tief ein und langsam wieder aus. Sie sah das neue Herz in der Brust des Patienten an, das dank ihrer Arbeit schlug.

Sie würde nicht aufgeben. Sie war eine großartige Chirurgin und bereit, das auch zu beweisen.

Sie nahm den Yankauer-Katheter und untersuchte die Bypass-Schläuche. Zeit, das Herz von seinen Gehhilfen zu trennen.

Eine Stunde später war die Operation vorbei. Der Patient wurde in stabilem Zustand auf die Station gerollt. Nadia verstand, wie wichtig diese OP für den Patienten, für die Ärztegemeinschaft, für die Welt war. Aber sie war nicht mit dem Herzen dabei. Wie konnte sie Freude empfinden, wenn Ashleys Leid sie bedrückte?

Während sie neben dem Patienten auf der Intensivstation saß, nahm Nadia sich die Zeit, um nachzudenken. Sobald sein postoperatives Röntgenbild und die Laborergebnisse bestätigt hatten, dass alles stabil war, ging sie in Richtung Ashleys Büro. Ihr unerwartetes Auftauchen im OP konnte nur eines bedeuten: Sie wollte nicht darüber reden. Warum sonst würde sie Nadia ausgerechnet an einem öffentlichen Ort mit dem konfrontieren, was sie herausgefunden hatte?

Es war eindeutig, dass Ashley nichts mehr mit ihr zu tun haben wollte. Und wer konnte es ihr verübeln? Nadia blinzelte die Tränen weg und ignorierte ihre Hilflosigkeit. Sie hatte selbst kein Recht, sich verletzt zu fühlen. Es würde nicht ausreichen, einfach zu sagen, wie leid es ihr tat. Das Beste, was sie jetzt tun konnte, war, Ashley einen klaren Schlussstrich anzubieten. Das und so viel mehr war sie ihr schuldig.

Als Nadia am Wartezimmer vor der Intensivstation vorbeikam, entdeckte sie Jewgeni inmitten einer kleinen Menschentraube.

Er winkte ihr zu. »Nadenka!«

Nadia zwang sich zu einem Lächeln und ging auf ihn zu, während die Übelkeit sich in ihrem Magen breitmachte. Wie konnte sie ihm das antun?

Im selben Moment kam Ashley aus der Intensivüberwachung. Nadia starrte geradeaus und ignorierte sie.

»Jewgeni.« Nadia blieb knapp außerhalb seiner Reichweite stehen.

»Alles Gute zum Geburtstag, Nadenka«, sagte er, indem er den zärtlichen russischen Kosenamen wiederholte. »Ich hab dir ein Geschenk mitgebracht.«

Ashley kam gerade rechtzeitig aus dem Überwachungsraum der Intensivstation, um zu sehen, wie Nadia Jewgeni begrüßte. Ihr kam die

Galle hoch. Sie hasste Nadia, weil sie sie in diese Situation gebracht hatte, und sie hasste sich selbst, weil sie vorhin so impulsiv und unprofessionell in den OP-Saal gestürmt war. Das Wissen, dass die Transplantation reibungslos verlaufen war, schmeckte bittersüß. Sie war erleichtert, dass ihr Verhalten keine Störung verursacht hatte, aber es bestätigte auch, dass Nadia völlig gleichgültig geblieben war, als Ashley ihr erzählt hatte, was sie herausgefunden hatte.

Ashley ballte die Hände zu Fäusten und ging zu Nadia hinüber.

Jewgeni war immer noch von einem Schwarm Frauen umgeben, aber Nadia lächelte ihn an und schien kein bisschen eifersüchtig angesichts all der Aufmerksamkeit für ihn. Und warum sollte sie es auch sein? So, wie er sie ansah, gab es keinen Zweifel, dass er nur Augen für eine Frau hatte.

Ashley kämpfte gegen die aufsteigenden Tränen an. Wenige Stunden zuvor hatte Nadia noch gesagt, sie wollte mit ihr zusammen sein. Sie hatte so aufrichtig geklungen und Ashley hatte sich gefühlt, als wären sie in einem Märchen. Warum war nur wenig später noch ein Ritter in seiner strahlenden Rüstung erschienen?

»Sie wird Krebs heilen«, verkündete Jewgeni seinem Publikum und deutete stolz auf Nadia.

Ashley unterdrückte gerade so ein Schnauben. Sie war sich sicher, gleich mitzuerleben, wie die berüchtigte Keating den Mann wegen seiner ignoranten Bemerkung in der Luft zerriss.

Aber Nadia versuchte nicht einmal, Jewgenis offensichtlichen Irrtum zu korrigieren. Sie sah ihn nur weiterhin lächelnd an, was in Ashley jede Hoffnung, dass die Situation doch anders war, als sie ihr erschien, zunichtemachte.

»Letzte Woche habe ich noch AIDS geheilt. Wie ich sehe, habe ich mich jetzt auf Onkologie verlegt«, scherzte Nadia.

Die Worte trafen Ashley wie ein Schlag in den Magen. Nadias Zuneigung war so groß, dass sie ihm alles durchgehen ließ. Sie räusperte sich laut. »Dr. Keating, können wir reden?«

Nadias warmer Gesichtsausdruck verwandelte sich sofort in den starren, eisigen, an den Ashley gewöhnt war. »Ich bin gleich zurück, Dschenja. Ich muss nur kurz noch etwas wegen der Arbeit erledigen.«

Diese Worte trafen Ashleys empfindliche Emotionen hart. *Arbeit?* So stufte Nadia also ihre Beziehung ein. Ashley schob ihre bittere Wut und Enttäuschung vorerst beiseite und ging voran zu ihrem Büro. Sie hatte heute bereits einmal impulsiv gehandelt. Während sie sich fragte, was die vielen russischen Kosenamen sollten, hörte sie Nadias Schritte dicht hinter ihr.

»Müssen wir wirklich noch darüber reden?«, fragte Nadia, sobald Ashley die Tür hinter ihnen geschlossen hatte.

Ashley wirbelte herum und fauchte Nadia an. »Das ist jetzt nicht dein Ernst, oder?« Wahrscheinlich war es naiv gewesen, zu denken, dass Nadia Schuldgefühle zeigen, geschweige denn Schuld fühlen konnte. Oder dass sie um Vergebung bitten würde. Aber dennoch tat es sehr weh, am eigenen Leib zu erfahren, dass sie es hätte besser wissen müssen.

»Was soll das bringen?«

»Ich gebe dir die Chance, dich zu erklären!«

»Gibt es überhaupt noch etwas, das ich sagen könnte, ohne dass es darauf hinausläuft, dass es zwischen uns vorbei ist?«, fragte Nadia, als wäre sie ein gefühlloser Roboter.

Ashley blinzelte die Tränen zurück, die ihr in die Augen stiegen. »Nein«, flüsterte sie. Sie war völlig am Boden zerstört. Wie sollte sie es je schaffen, einen solchen Betrug zu verzeihen?

»Was hat dieses Gespräch dann für einen Sinn?«

Nadias kalte Gleichgültigkeit ließ Ashleys Wut und Enttäuschung nur noch heißer brennen. »Warum hast du …« Ihre Stimme klang brüchig. Sie hielt inne und setzte noch einmal neu an. »Ich muss verstehen, wie du uns so etwas antun konntest. Nicht nur mir, sondern auch dem Mann, der die letzten vier Stunden auf dich gewartet hat. Was du getan hast, war falsch, Nad–« Sie stockte und der Frust erstickte ihren Kummer. Jewgeni hatte den Namen ruiniert, mit dem Ashley Nadia angesprochen hatte. Sie ließ die Silbe in der Luft hängen.

»Lass ihn da raus. Er hat überhaupt nichts damit zu tun.«

»Wie kannst du das nur sagen?« Ashley ballte die Hände zu Fäusten, als könnte ihr das helfen, nicht laut zu werden. »Er hat alles damit zu tun. Du hast ihn betrogen und mich zu deiner Komplizin gemacht. Wie konntest du nur?«

»Was soll ich es dir noch groß erklären? Wie du gesagt hast, das war's. Wir müssen uns nicht länger hier herumquälen.« Die Worte klangen kalt und gefühllos, als wäre ihre Sprecherin aus Stein gehauen.

»Nade–, verdammt noch mal!« Jetzt liefen Ashley die Tränen über die Wangen. Sie setzte sich auf das Sofa und wandte das Gesicht ab. »Entschuldige«, sagte sie automatisch. »Das wollte ich dir nicht zeigen.«

»Bitte – entschuldige dich nicht bei mir«, flüsterte Nadia. Sie wartete schweigend, bis Ashley sich gesammelt hatte. »Du willst meinen Namen nicht mehr aussprechen. Warum?«, fragte sie sehr viel weicher.

Ashley wischte sich die Tränen ab und sah sie wieder an. »Ich will ihn nicht falsch aussprechen. Du hättest mich von Anfang an korrigieren sollen.«

»Wie kommst du plötzlich darauf, dass du ihn falsch aussprichst?«, fragte Nadia.

Ashley warf ihr einen frustrierten Blick zu: *Was glaubst du denn?*

»Ah.« Nadia nickte. »Er spricht ihn russisch aus. Aber ich bin keine Russin, daher ist er es, der ihn falsch betont. Ich habe dich nie korrigiert, weil du ihn genauso sagst, wie er klingen soll«, meinte sie, als hätten sie ein belangloses Gespräch über kulturelle Unterschiede.

»Du bist nicht russischer Abstammung?«

»Russland ist nicht das einzige slawische Land, in dem Frauen *Nadeschda* heißen.« Sie sprach den Namen so aus, wie Ashley es immer getan hatte.

»Ich kenne dich gar nicht«, sagte Ashley, während ihr Zorn wieder hochkochte. »Ich weiß nicht, wo du herkommst, ich wusste nicht, dass du hetero bist, und ich hatte keine Ahnung, dass du einen Freund hast!«

»Ich bin nicht hetero.«

»Das ist jetzt auch egal. Du hast deinen Partner belogen und betrogen. Damit will ich nichts zu tun haben. Ich weiß nicht, warum ich so viel mehr von dir erwartet habe.«

Es klopfte an der Tür. Die beiden hatten leise miteinander gesprochen, also konnte die Person auf dem Gang nichts mitgehört haben, wer auch immer es war.

Ashley wischte sich das Gesicht ab und räusperte sich. »Herein.«

Dan kam herein, gefolgt von Jewgeni, der immer noch sein Geschenk für Nadia in der Hand hielt.

Die Männer gingen auf Nadia zu, aber Ashley hielt trotzdem halb das Gesicht abgewandt, um ihre von Tränen geröteten Augen zu verbergen.

»Tut mir leid, dass ich störe. Nadia, ich dachte, du wolltest einen Moment mit deinem Freund haben, bevor du dann mit den Journalisten sprichst«, sagte Dan fröhlich, ohne etwas von dem Drama in Ashleys Büro zu ahnen. »Eine Menge Leute wollen mehr über die erste Transplantation eines maßgeschneiderten Herzens hören. Dr. Singh hat bisher die Stellung gehalten, aber jetzt wollen sie mehr darüber von dir hören Warum versteckst du dich hier drin?«

Nadia ging an Dan vorbei und stellte sich vor Jewgeni. »Vor einem Monat hatte ich Sex mit jemand anderem. So, jetzt weißt du es.«

# Kapitel 20

## *Der Weg zur Belohnung*

Niemand bewegte sich oder machte einen Mucks.

Was dachte Nadia sich nur? Warum hatte sie Jewgeni jetzt und hier von der Affäre erzählt? Auf diese Art und Weise? Kannte sie gar kein Erbarmen?

Ashley warf einen Blick zu Jewgeni. Er sah aus, als würde er jeden Moment zu schreien oder zu weinen beginnen. Sie verspürte einen schuldbewussten Stich und sah weg, bevor sie ihm in die Augen schauen musste.

»Ich geh dann jetzt wohl besser«, sagte Jewgeni kaum hörbar. Er legte das Geschenk für Nadia auf dem nächsten Stuhl ab und verließ den Raum.

Nadia drehte sich zu Ashley um. »Zufrieden?«, zischte sie.

Ashley war zu verblüfft darüber, was gerade passiert war, um irgendeine Antwort geben zu können.

Ohne eine weitere Reaktion abzuwarten, sah Nadia zu Dan. »Wo sind die Leute von der Presse?«

»Äh, im Konferenzraum.«

Sie marschierte hinaus und ließ Ashley mit Dan allein.

»Sie hatten eine Affäre mit Nadia«, sagte er leise.

Ashley sah zu Boden. »Ich wusste nicht, dass sie in einer Beziehung ist.«

»Also hatten Sie einfach Sex mit Ihrer Assistenzärztin?«

»Wenn du es gewesen wärst, hättest du dich nicht beschwert!«, fauchte Ashley und starrte ihn durchdringend an.

Dan trat einen Schritt zurück und ließ die Schultern hängen.

Sofort bereute Ashley, laut geworden zu sein. Sie war nicht auf ihn wütend. »Entschuldige bitte, es tut mir leid«, sagte sie reflexartig.

»Was denn – dass Sie es getan haben oder dass Sie erwischt wurden?«

*Beides? Keins von beidem?* Die Hilflosigkeit ließ ihre Augen wieder feucht werden und sie blinzelte. Das Einzige, was ihr wirklich leidtat, war, wie es geendet hatte. Es war naiv von ihr gewesen, zu denken, Nadia könnte eingestehen, dass alles ein Fehler gewesen war, dass Jewgeni ihr nichts bedeutete. Dass sie Ashley nicht die ganze Zeit über angelogen hatte. Dass sie ihr nicht den Kopf verdreht hatte.

Sie wandte sich von Dan ab und schloss die Augen. Sie hörte, wie er davonging und die Bürotür ins Schloss fiel. Ashley war mit sich und ihren Gedanken allein. Sie atmete tief durch und ließ schließlich all die Wut, Enttäuschung und Hoffnungslosigkeit in ihr zu, als wäre ein Damm gebrochen. Die Tränen begannen ihr nur so über das Gesicht zu laufen.

Nadia marschierte zum Aufzug und drückte auf den Knopf. Sie zitterte heftig. Sie vergrub die Hände tief in den Hosentaschen und wendete all ihre Kraft auf, um nicht zusammenzubrechen. Jewgenis entsetzte Miene und Ashleys schmerzerfüllter Blick blitzten abwechselnd vor ihrem inneren Auge auf.

So sollte das nicht laufen. Sie hatte nie vorgehabt, irgendjemanden zu verletzen.

Die Sicht verschwamm vor ihren Augen, als die Aufzugtüren aufgingen und sie gegen die Tränen ankämpfend in die Kabine trat. Sie konnte das schaffen. Sie konnte sich noch so lange beherrschen, bis die Türen sich schlossen.

In letzter Sekunde hielt eine Hand die Fahrstuhltüren auf und Dan kam herein. Nadia grub ihre kurzen Fingernägel ganz fest in ihre Handflächen, der beißende Schmerz half ihr, sich zu beherrschen.

»Bist du in der Lage, mit den Reportern zu sprechen?«

Nadia blickte geradeaus und blinzelte die Feuchtigkeit aus den Augen. Sie zwang sich, so zu tun, als hätte die Szene in Ashleys Büro sie überhaupt nicht berührt. »Heute habe ich gezeigt, dass die Transplantation maßgeschneiderter Organe möglich ist.« Sie konzentrierte sich auf die Tatsache, obwohl sie ihr keine Freude brachte. »Ich bin durchaus imstande, mit der Presse zu sprechen.«

Dan schnaubte. »Da hattest du heute diese bahnbrechende Operation und trotzdem noch Zeit, zwei Menschenherzen zu brechen.«

Nadia atmete tief durch, immer noch, ohne ihn anzusehen. »Jewgeni wird mir verzeihen.« Daran glaubte sie zwar nicht, aber sie würde Dan nicht die Genugtuung geben, sie weinen zu sehen.

»Er vielleicht schon, aber Ashley nicht.«

Nadia spannte sich noch mehr an. Wusste Dan von ihrer Beziehung mit Ashley? »Warum sollte es mich kümmern, was Rylan denkt?«

»Du hast mit ihr geschlafen.«

Nadia biss die Zähne zusammen. Jetzt hatte sie auch noch Ashleys Ruf in Gefahr gebracht.

»Du hast gewusst, wie ich für sie empfinde, und nichts gesagt«, sagte Dan mit bitterer Wut in der Stimme. »Die ganze Zeit über hast du mich hinter meinem Rücken ausgelacht.«

»Eifersucht steht dir nicht, Dan.« Nadia ballte die Fäuste fester zusammen, was ihr ein Gefühl der Kontrolle gab. Sie drehte sich zu ihm um. »Es stand mir nicht zu, dir von ihrer sexuellen Orientierung zu erzählen, und ich bin dir bestimmt keine Erklärung über meine schuldig.«

»Sie muss ja richtig gut sein, wenn du es hinnimmst, einen Monat lang nicht im OP sein zu dürfen!«, fuhr Dan fort.

»Jetzt gehst du zu weit!« Ihre Selbstbeherrschung war es nicht wert, ihn so über Ashley sprechen zu lassen.

»Ich bin nicht der, der unsere Chefin gefickt hat!«

Nadia spürte, wie ihr siedend heiß wurde. Die Aufzugtüren öffneten sich und sie trat hinaus. Sie würde Ashley nur noch mehr schaden, wenn sie ihn in aller Öffentlichkeit anschrie. »Das Gespräch ist beendet.«

Sie musste alles, was sie heute gesagt und getan hatte, aus ihrem Kopf verbannen. Jewgeni und Ashley hatten Besseres verdient. Sie hatte vorgehabt, es besser zu machen. Ihr Kopf dröhnte und ihr Herz schmerzte vor lauter Reue über das Durcheinander, das sie zurückgelassen hatte.

Sie atmete tief ein und langsam wieder aus. Ein … und aus. Es war jetzt zu spät, die Sache mit Ashley zu retten, und alle weiteren Überlegungen würden nichts daran ändern. Sie musste ihre Emotionen in den Griff bekommen und sich auf das biotechnologische Herz konzentrieren, das sie entwickelt hatte. Es war eine Leistung, auf die sie ihre gesamte Karriere lang hingearbeitet hatte. Sie sollte sich glücklich fühlen. Stattdessen verspürte sie lediglich herzzerreißende Verzweiflung.

Nadia spazierte mit einem Kloß in der Kehle um das Gebäude. Es war bereits nach Mitternacht, aber in ihrer Wohnung brannte noch immer Licht. In ihrer *gemeinsamen* Wohnung. Sie würde sich Jewgeni stellen müssen, aber sie ging trotzdem weiter, während sie versuchte, genug Mut aufzubringen, um vor den Mann zu treten, der ihr treu überallhin gefolgt war, wohin ihre chirurgische Ausbildung sie auch geführt hatte.

*Treu*. Sie war Jewgeni alles andere als treu gewesen. Die unsichtbare Last auf ihrer Brust wurde immer schwerer und sie musste gegen den erstickenden Schmerz ankämpfen, um überhaupt noch atmen zu können. Nadia Keating machte nie Fehler. Und sie traf bestimmt keine spontanen, emotionsgesteuerten Entscheidungen, die sie später bereute. Sie hatte nicht vorgehabt, Jewgeni so herzlos von ihrer Affäre zu erzählen.

Am Morgen war ihr alles noch so klar erschienen. Nachdem sie Ashley ihre Gefühle gestanden hatte, hatte sie ihr von Jewgeni erzählen wollen. Es wäre das schwierigste Gespräch ihres Lebens gewesen, aber späte Ehrlichkeit war das Beste, was sie Ashley hatte bieten können. Und sobald das geschehen wäre, hätte sie mit Jewgeni geredet. Die Reaktionen der beiden hätten keine Rolle gespielt, Nadia war nur wichtig gewesen, dass sie endlich zu beiden ehrlich gewesen wäre. Es war ein einfacher Plan gewesen.

Sie hatte sich sehr lange davon zu überzeugen versucht, dass Sex nur Sex war, eine körperliche Interaktion. Und dass Monogamie ein künstliches Konzept war. Das wollte sie glauben. Aber sie hatte Ashleys Reaktion nicht miteingerechnet. Ein Blick von ihr hatte genügt, um die Lügen, die Nadia sich selbst aufgetischt hatte, in Luft aufzulösen.

Ihr stiegen wieder die Tränen in die Augen. Sie hätte Jewgeni nie betrügen sollen. Sie hätte Ashley nicht anlügen sollen. Wenn sie genauer gewusst hätte, was sie wollte, hätte sie nicht die Menschen verletzt, die ihr wichtig waren. Beide wären ohne sie besser dran.

Sie blinzelte die Feuchtigkeit in ihren Augen weg, aber die Qual blieb. Jewgeni hatte ihr schon vor Stunden, kurz nachdem er gegangen war, eine Nachricht geschickt. Er hatte geschrieben, sie müssten reden. Das war alles gewesen. Sie war länger als nötig im Krankenhaus geblieben, um das Unvermeidliche hinauszuzögern, aber sie konnte sich nicht länger drücken. Nadia blieb vor dem Hauseingang stehen und starrte die Tür an. Sie hatte Dan gegenüber behauptet, dass Jewgeni ihr verzeihen würde, aber ganz sicher wusste sie das nicht. Der Gedanke daran, dass er sie abweisen könnte, ließ sie auf dem Absatz kehrtmachen und eine weitere Runde um den Block laufen.

Er legte zu großen Wert auf eine monogame Beziehung, um über ihre Untreue einfach hinwegzusehen. Jedenfalls wusste sie, wie sehr er Treue wertschätzte. Als sie Jewgeni zum ersten Mal getroffen hatte, war er nicht nur gut aussehend, charismatisch und beliebt gewesen. Alle Frauen verfielen seinen blauen Augen und den schönen dunklen Haaren, die in eine Shampoo-Werbung gepasst hätten.

Nur nicht Nadia. Sie war schon immer wenig am anderen Geschlecht interessiert gewesen. Sie war mit Jungen ausgegangen, weil … nun ja, weil Mädchen das nun mal so machten, oder nicht?

Nadia musste lächeln, als sie an ihr erstes Date mit Jewgeni zurückdachte. Er hatte gerade noch offen mit der Kellnerin geflirtet und gleich danach Nadia gründlich von Kopf bis Fuß gemustert. Nadia hatte beschlossen, dass der Junge keinen Funken Ehrenhaftigkeit in sich hatte. Aber er war hartnäckig geblieben und das hatte bewirkt, dass sie sich begehrt fühlte.

Sie dachte an ihren ersten Kuss. Sie hatte erwartet, dass in diesem Moment, wenn sich die eigenen Lippen auf die eines anderen pressen, eine Art Belohnungszentrum im Gehirn aktiv werden würde und … und eine Verschaltung von Neuronen auslöste, die zu großen Glücksgefühlen führten. Küssen sollte den Adrenalinpegel steigen lassen und Serotonin und Oxytocin freisetzen, die Neurotransmitter, zuständig für Verbundenheit und Glück.

Nadia schnaubte frustriert. Physiologie hätte in diesem Augenblick ihr letzter Gedanke sein sollen. Jewgeni war zwar attraktiv und sie hatte sich von seiner Aufmerksamkeit geschmeichelt gefühlt, aber ihre Knie wurden nicht weich und ihr Herz verließ nicht seinen normalen Rhythmus, sobald sie sich küssten. Nein, ihre Füße blieben fest auf dem Boden und ihr Herz schlug gleichmäßig.

Dann war da ihr erster Kuss mit Ashley: Er war übereilt und unerwartet gewesen und hatte ihr den Atem geraubt. Er hatte alle Magie eines ersten Kusses überstiegen, die sie je selbst erlebt oder von der sie gehört hatte. Nadia war ihrer Leidenschaft hilflos ausgeliefert gewesen. Ihr Denken hatte ausgesetzt und ihr ganzer Körper hatte vor Verlangen pulsiert.

Mit Jewgeni hatte sie das zwar nie erlebt, aber er hatte sich langsam in ihr Leben und ihr Herz geschlichen. Hinter der Fassade des hübschen Jungen steckte ein gütiger, großzügiger und fürsorglicher Mann. Er war immer da, wenn sie ihn brauchte, und wusste, wann er sie allein lassen musste. Bei ihm fühlte sie sich sicher. Vielleicht war das genug?

Immer, wenn sie gezweifelt hatte, fand Nadia in seinen Augen die Überzeugung, die ihr fehlte. Seine unerschütterliche Zuneigung hatte ihre Beziehung so lange getragen.

Nadias Herz verkrampfte sich. Er liebte sie so sehr.

Ein vertrauter Klingelton riss sie aus ihren Grübeleien.

»Keating hier.«

Es war Singh mit Neuigkeiten über ihren Patienten. Anders als Nadia, die völlig aufgelöst war, ging es Sanders für einen Mann in seinem Zustand außergewöhnlich gut. Vielleicht sollte Nadia überlegen, als Nächstes sich selbst ein Herz zu bauen. Nadia bedankte sich und beendete das Gespräch, bevor es in ein Gebiet abwanderte, das Singh nichts anging.

Wieder stand sie vor dem Eingang zu ihrer Wohnung. Ihr Licht war immer noch das einzige, das brannte.

Sie atmete tief durch und öffnete die Tür.

Es war Zeit, sich Jewgeni zu stellen.

# Kapitel 21

## *Der zehnte Kreis*

In der Wohnung war es still, abgesehen von dem dumpfen Geräusch von Fäusten, die in einem Nebenraum rhythmisch auf einen Sandsack einschlugen. Nadias Magen zog sich schmerzhaft zusammen. Sie und Jewgeni liebten ihren Fitnessraum und trainierten oft gemeinsam, wenn ihre Arbeitszeiten es erlaubten. Bei dem Gedanken daran, ihr gemeinsames Leben zu ruinieren, wurde ihr übel. Trotzdem blieb sie auf Kurs und folgte dem Geräusch.

Jewgeni umkreiste den Sack, wenn er nicht gerade zuschlug, Schweiß lief über seine nackte Brust. Am liebsten wäre sie weggerannt, aber sie stellte sich auf die andere Seite des Sandsacks, hielt ihn fest und drückte sich etwas dagegen, damit er die Schläge besser landen konnte.

»Wer ist es?«, fragte Jewgeni zwischen zwei Schlägen.

»Spielt das eine Rolle?«

»Ist es ein Kollege? Jemand, der so klug ist wie du?«

»Niemand ist so klug wie ich«, scherzte Nadia, aber keiner lachte. »Und *er*«, mit unerwarteten Ängsten erfüllt erwiderte sie Jewgenis Blick, »ist eine sie.«

Jewgeni hielt inne und starrte sie an.

Nadia hielt seinem Blick stand und einen Moment später schlug er weiter heftig auf den Sack ein.

»Sie ist eine Ärztin, aber das ist irrelevant«, sagte Nadia, um die Stille zu füllen.

Jewgeni hörte wieder auf, zu boxen. »Das ist es also? Du bist jetzt eine Lesbe und deshalb ist es in Ordnung, mich zu betrügen?«

»Das wäre eine lausige Ausrede«, sagte Nadia.

»Stimmt.« Er landete ein paar harte Treffer.

Nadia verbiss sich die Entschuldigung, die ihr instinktiv auf der Zunge lag. Das würde nicht wiedergutmachen, was sie getan hatte. Es war eine selbstsüchtige Reaktion, um ihr schlechtes Gewissen zu befriedigen.

Ihr Blick verschwamm und sie gab ihr Bestes, die Tränen zurückzuhalten. Jewgeni hatte guten Grund, sie zu hassen, und das war alles. »Nichts, was ich sagen kann, wird es in Ordnung bringen, Dschenja.« Ihre Stimme brach. »Ich habe dich betrogen. So ist es nun mal.«

»Habe ich irgendetwas getan?« Er griff nach dem Sandsack, da Nadia ihn losgelassen hatte, und sah sie flehentlich an. »Sag mir die Wahrheit, Nadeschda. Was habe ich falsch gemacht?«

So einfach war es nicht. Er hatte keine Charakterschwächen, die ihr Handeln gerechtfertigt hätten. Er konnte ihre Beziehung nicht reparieren, denn sie war die Schwache.

Nadia sank zu Boden und lehnte sich an die Wand. Sie schloss die Augen, als könnte sie das Bild seines hoffnungsvollen Gesichts aus ihrem Gedächtnis löschen. Die Dunkelheit machte es nur noch schlimmer, ihre schmerzhaften Schuldgefühle traten noch klarer hervor. Sie öffnete die Augen wieder und sah, wie Jewgeni sich ihr gegenübersetzte und mit durchdringendem Blick auf ihre Antwort wartete.

»Ich liebe dich dafür, dass du annimmst, es wäre deine Schuld.«

»Wenn ja, kann ich es besser machen.«

»Was, wenn es nichts zu verbessern gibt?« Nadias Augen wurden feucht, als sie daran dachte, dass sie mit Jewgeni immer sie selbst sein konnte. Er liebte sie so, wie sie war.

»Liebst du mich?«

»Ja«, sagte sie, ohne zu zögern. Jewgeni war immer die eine Konstante in ihrem Leben gewesen, jemand, auf den sie sich verlassen konnte, dem sie vertraute, den sie respektierte und durch und durch kannte. Was war Liebe, wenn nicht dieses unerschütterliche Gefühl von Sicherheit?

Er berührte ihre Hand. »Dann gibt es etwas, das es wert ist, repariert zu werden.«

Sie brach in Tränen aus. »Warum bist du so gut zu mir? Ich habe dich nicht verdient.«

Er setzte sich schnell neben sie und legte die Arme um sie. Sie schluchzte immer lauter, als die Schuldgefühle sie überwältigten.

»Pst, Nadenka«, flüsterte er beruhigend. »So klug und doch so albern. Weißt du denn nicht, dass du alle Liebe auf der Welt verdienst?«

»Komm rein.« Ashley wischte sich die Tränen ab, nachdem Pari an ihre offene Tür geklopft hatte. Sie war immer noch im Krankenhaus, obwohl es längst nach Mitternacht war. »Wie geht es Sanders?«, fragte sie.

»Bemerkenswert gut. Wenn ich es nicht besser wüsste, würde ich es ein Wunder nennen.« Pari zog die Schuhe aus und setzte sich auf das Sofa. Sie rieb sich die Schläfen.

»Warum kann es nicht beides sein? Wissenschaft und Wunder müssen sich nicht gegenseitig ausschließen.«

»Ashley, Gott sorgt für die Wunder. Keating macht nur Chaos.«

»Aha.« Ashley stand vom Schreibtisch auf und setzte sich neben Pari. Ihre frischen Wunden brachen wieder auf, aber sie versuchte nicht, das Thema zu wechseln. »Ich habe mich schon gefragt, wie lange es wohl dauern würde, bist du sie erwähnst.«

»Das war ja ein toller Auftritt in meinem OP. Das hättest du mal besser gelassen. Dein Drama hätte bis nach dem Eingriff warten können.«

»Es war nicht *dein* OP. Du hast deine Assistenzärztin zur operierenden Ärztin gemacht, schon vergessen?«

»Sie hat es verdient und das weißt du. Versuch nicht, das kleinzureden, nur weil sie sich beschissen verhalten hat.«

Ashley seufzte. Pari hatte recht. »Ich hätte nicht auftauchen sollen, aber es hat ja so oder so keine Rolle gespielt. Ich bezweifle, dass Nadeschda betroffen genug war, um ihre Konzentration zu verlieren.«

»Da irrst du dich.«

»Ach ja?« Ashley wurde neugierig, obwohl die ohrenbetäubend lauten, wütenden Stimmen in ihrem Kopf schrien, dass sie mit Nadia fertig war und nie wieder etwas von ihr hören wollte.

»Nachdem du weg warst, ist sie regelrecht eingefroren. Ich war nicht sicher, ob sie sich wieder fangen würde. Ich dachte sogar, sie würde alles stehen und liegen lassen und dir nachlaufen. Stell dir mal vor, wenn sie das getan hätte.«

Ein Funke Sehnsucht durchzuckte Ashley, als sie sich vorstellte, wie Nadia ihr nachlief, für sie kämpfte. Sie schüttelte den Gedanken ab. »Aber das hat sie nicht. Sie ist zu ihrem Freund gerannt.« Ashley war sich bewusst, dass sie übertrieb, aber Genauigkeit war gerade nicht ihre größte Sorge.

»Was ist passiert?«

»Ich habe sie zusammen gesehen. Bei ihm hat sie sich wie ein anderer Mensch verhalten.« Tränen strömten ihr über das Gesicht, als sie sich die Szene in Erinnerung rief. »Sobald wir dann allein waren, meinte sie, es wäre vorbei mit uns. Einfach so. Sie hat keine Erklärung abgegeben. Sie sagte, es hätte keinen Sinn, weil ich ihr nie verzeihen würde.«

»Und hat sie damit recht?«

Immer noch schluchzend runzelte Ashley die Stirn. Paris Fähigkeit, Löcher in jeder Geschichte zu finden, war vielleicht eine diagnostische Stärke, aber Freundschaftspreise würde sie damit bestimmt keine gewinnen. »Sie hätte es wenigstens versuchen sollen. Ich hätte es getan«, murmelte Ashley. »Stattdessen hat sie aufgegeben. Ich habe gesagt, dass es schrecklich ist, was sie getan hat, und dann ist *er* mit seinem Geburtstagsgeschenk aufgetaucht. Das sie hiergelassen hat.« Sie deutete zu der unberührten Schachtel auf dem Stuhl, die sie am liebsten verbrannt hätte.

Pari sprang auf die Füße und holte sie.

»Das kannst du nicht machen«, platzte Ashley heraus, obwohl Pari bereits das Geschenkpapier zerriss. »Es gehört nicht dir.«

»Wirklich, Ashley? Nach allem, was sie dir angetan hat, bin ich jetzt die Böse?«

Womöglich wäre es Nadia ohnehin egal. Gleichgültigkeit schien ja ihre Spezialität zu sein.

Pari pfiff durch die Zähne.

»Was denn?«, fragte Ashley

»Das ist das beste Paar Lupen, das ich je gesehen habe. Verglichen damit sind meine Schrott.«

Ashley warf einen schnellen Blick auf die medizinische Lupenbrille und schnaubte. »Wunderbar.« Für jemanden, der nichts über Chirurgie wusste, hatte Jewgeni eindeutig seine Hausaufgaben gemacht, zumindest was dieses Geschenk betraf. »Er ist also nicht nur absurd gut aussehend, sondern auch noch aufmerksam und großzügig.« Aber wer zählte schon mit? Ashley trat bestimmt nicht mit ihm in Konkurrenz. »Du kannst sie ihr geben, wenn sie morgen zur Arbeit kommt.«

»O nein.« Pari legte die offene Schachtel auf Ashleys Tisch. »Das ist eine Sache zwischen dir und ihr. Außerdem würde ich diese Lupen nicht wieder hergeben, wenn ich sie erst einmal habe.«

»Und wie erkläre ich, dass ihr Päckchen nicht mehr eingepackt ist?«

»Dir fällt schon was ein.« Pari kam zum Sofa zurück. »Sie ist also einfach mit ihm gegangen, hm? Das ist sogar für Keating zickig.«

»Nicht ganz …«, gestand Ashley. »Ich habe ihr gesagt, dass es falsch war, was sie getan hat, und schlimmer noch, dass sie mich zu ihrer Komplizin gemacht hat. Das muss sie erschüttert haben, denn als er reingekommen ist, ist sie direkt zu ihm gegangen und hat gesagt, sie hätte eine Affäre gehabt.« Die Nacherzählung half ihr nicht gerade, die Geschehnisse besser zu verstehen, und betäubte auch nicht den Schmerz in ihrer Brust.

»Sie hat was gesagt?« Pari stand der Mund offen.

»Sie hat nicht gesagt mit wem, aber sie war kalt und klar und er war komplett am Boden zerstört. Dann ist er gegangen und sie ist zu den Journalisten.« Ashley schniefte. »Und Dan war auch noch da. Er hat eins und eins zusammengezählt.«

»Das tut mir leid«, sagte Pari leise.

»Mir tut es auch leid.« Ashley hatte keine Energie mehr, um zu weinen. »Es tut mir leid, dass ich mich in sie verliebt habe.«

»Du liebst sie?«, fragte Pari ruhig, obwohl Sorge in ihrem Gesicht geschrieben stand.

»Nach heute kann ich sie aber nicht mehr lieben …« Ashley schüttelte den Kopf, kämpfte mit aller Kraft gegen das widersprüchliche Gefühl in ihrem Inneren an. »Ich kann es nicht.«

»Viel Glück damit, das deinem Herzen beizubringen.« Pari nahm ihre Hand und tätschelte sie. »Es ist spät. Komm mit. Du solltest jetzt besser nicht allein sein.«

»Nein.« Trotz der Leere in ihrer Brust hatte Ashley genug Gesellschaft für einen Abend gehabt. »Ich muss allein sein. Geh nach Hause zu deiner Familie, Pari.«

»Liebst du sie?«, fragte Jewgeni, als Nadia schließlich zu weinen aufgehört hatte. Es waren die Worte eines gebrochenen Mannes.

Nadia schluckte die neuerliche Welle ihres schlechten Gewissens herunter. »Ich habe anscheinend Gefühle für sie entwickelt.« Sie wollte ihm nicht noch mehr wehtun, aber sie konnte ihn auch nicht anlügen. »Es war nie meine Absicht, eine emotionale Bindung aufzubauen.«

»Warum hast du es dann getan?«

Die Frage war unausweichlich, aber die Reue brachte sie ganz durcheinander und brannte wie Säure in ihrer Kehle. Nadia atmete tief ein. »Ich war der Meinung, dass ich es einmal ausprobieren musste, bevor ich«, sie zögerte, »bevor wir in unserem gemeinsamen Leben den nächsten Schritt tun.«

»Du meinst, bevor du mich heiratest?«

Nadia zuckte bei diesen Worten zusammen. In diesem Moment fühlte sich die Vorstellung, Jewgeni zu heiraten, wie ein Plan aus einem anderen Leben an. »Ja, das meine ich.«

»Wie oft hast du schon Nein gesagt?«

»Viermal. Und es war nie ein Nein, sondern immer ein ›Nicht jetzt‹.« Die Schuldgefühle attackierten ihr Herz von Neuem. Sie wusste, dass ›Nicht jetzt‹ alles gewesen war, das Jewgeni gebraucht hatte, um zu bleiben.

»Bist du sicher? Mir fallen nur drei Nein ein.«

»An dem Tag, als ich meinen Bachelorabschluss hatte, nach dem Doktor-Titel, nach meiner Assistenzzeit in der allgemeinen Chirurgie und dann am letzten Silvesterabend«, sagte Nadia mit der Präzision einer Nachrichtensprecherin. Wie könnte sie diese Momente je vergessen? Jeder einzelne hatte sich mit unergründlicher Trauer in ihr Gedächtnis eingeprägt. Es war egoistisch von ihr gewesen, zu wissen, dass sie ihn nie so lieben würde, wie er sie liebte, und ihn doch nicht loslassen konnte.

»Habe ich dir wirklich an Silvester einen Antrag gemacht?«

»Wir sind nach New York geflogen, obwohl ich nicht wollte«, sagte Nadia. »Wir waren am Empire State Building, als du aus vollem Hals losgeschrien und mir deine ewige Liebe geschworen hast.« Sie lächelte. »Du warst betrunken.«

»Dann ist es gut, dass ich mich nicht erinnere.«

»Es war süß.«

»Aber nicht süß genug. Du hast nicht Ja gesagt und dann hast du mit jemand anderem geschlafen.« Er stockte, atmete tief ein und langsam wieder aus. Es war dieselbe Beruhigungstechnik, die auch Nadia anwendete.

»Weißt du, ich habe es immer gewusst«, sagte Jewgeni.

»Was?«

»Dass du Frauen magst. Ich habe es auf unserem ersten Date erkannt.«

»Wie?«

»Daran, wie du Stephanie angesehen hast, als –«

»Wen?«

Jewgeni lächelte. »Die Kellnerin, als wir unser erstes Date hatten. Du hast wohl nie ihren Namen erfahren.«

»Es überrascht mich, dass du ihn kennst.« Dass Jewgeni ihr erstes Date mit der Kellnerin verlassen hatte, als Nadia sich nicht interessiert daran gezeigt hatte, mit ihm nach Hause zu gehen, hatte sie nicht so sehr gestört wie die Tatsache, dass er bei ihrem nächsten Treffen aufgehört hatte, den Frauen nachzusteigen. Er hatte sich für sie geändert und das lastete schwer auf ihr. Sie konnte sich nicht für ihn ändern.

»Warum? Dachtest du, ich würde mit einer Frau schlafen, ohne zu wissen, wie sie heißt?«

»Hast du das nicht?« Nadia zog eine Augenbraue hoch.

»In dem Fall nicht.« Er lächelte. »Das war ein denkwürdiger Abend. Der, an dem ich dich kennengelernt habe. Ich erinnere mich an jedes Detail, auch an den Namen der Frau, die mit mir nach Hause gegangen ist.«

»Wie romantisch.« Der Sarkasmus half nicht, die Selbstgefälligkeit aus seiner Miene zu vertreiben.

»Als sie Wein auf dich geschüttet und versucht hat, ihn wegzuwischen, hast du sie die ganze Zeit über beobachtet.«

»Du weißt, dass ich es nicht mag, wenn andere mir zu nahekommen«, widersprach Nadia. Wie konnte er sehen, was sie damals nicht einmal vor sich selbst zugegeben hatte?

»Oh, du warst definitiv aufgewühlt, aber nicht aus dem Grund, den du nach außen hin zeigen wolltest. Du hast es genossen. Du warst ein wenig grün vor Neid, als sie mit mir gegangen ist, aber du hast mich an jenem Abend kaum angesehen.«

»Das ist eine ziemlich wilde Spekulation.« Nadia wollte nicht zugeben, wie recht er hatte. Es tat weh, dass sie ihre eigenen Gefühle nicht begriffen hatte, obwohl sie für andere so offensichtlich gewesen waren.

»Du hättest es aus meinem Blickwinkel sehen sollen.«

»Du hast also gedacht, ich wäre homosexuell, und hast mich trotzdem nicht aufgegeben? Wolltest du eine Herausforderung?«

»Nein, das war es gar nicht. Ich glaube nicht daran, dass sexuelle Neigungen geändert werden können.«

Nadia fuhr sich hilflos und frustriert mit den Fingern durch die Haare. Natürlich musste er das sagen. Er war der perfekte Mann, der immer das Richtige sagte. *Gott*, er machte es ihr nicht gerade leichter.

»Ich wollte dich kennenlernen, weil du anders warst als alle Leute, die ich bisher getroffen hatte. Ich habe gehofft, wir könnten Freunde sein.« Seine Stimme wurde immer leiser und brach am Ende. Er räusperte sich. »Wie auch immer, als du mich geküsst hast, dachte ich, du würdest auch Männer mögen. Oder besser gesagt, ich habe nichts gedacht. Das einzig Wichtige war, dass du bei mir warst.« Er seufzte. »Ich hätte es besser wissen müssen. Du hast nie auf andere Männer geachtet. Aber Frauen hast du bemerkt. Du willst es vielleicht nicht zugeben, aber es ist so.«

Nadia wandte den Blick ab. Jewgeni war nie besonders scharfsichtig gewesen, aber er hatte eine Seite an ihr erkannt, die sie vor sich selbst versteckt hatte. Ihn zu verlieren wäre, als würde sie einen Teil ihrer selbst verlieren. Sie sah ihn wieder an. »Ich habe dich gewählt, Jewgeni«, sagte sie leise. »Nicht irgendeine Kellnerin oder jemand anderen. Dich. Ich liebe dich.«

»Wenn das so ist – warum sind wir dann hier?«, fragte er, ohne sie anzuklagen.

Nadia schloss die Augen, begrüßte die Dunkelheit. »Weil ich uns verraten habe.«

»Warum hast du mir das erzählt, Nadeschda? Verlässt du mich für sie?«

»Wir sind nicht zusammen.« Tränen stiegen ihr in die Augen. »Sie wusste nichts von dir, bis du im Krankenhaus aufgetaucht bist. Es ist vorbei zwischen uns.«

»Sie hat es nicht gewusst?«

»Natürlich nicht.« Nadia zog die Knie an die Brust und schlang die Arme darum. Bei dem Gedanken an Ashley begann sie hemmungslos zu weinen.

Jewgeni legte die Arme um sie. Sein vertrauter Duft war beruhigend.

»Es ist deine Chefin, oder?«, fragte er immer noch sanft.

»Es spielt keine Rolle. Sie hasst mich.«

»Niemand könnte dich hassen, Nadeschda. Ich hasse dich nicht. Ich liebe dich. Das weißt du.« Er hielt sie fest, seine Arme und Worte waren unerschütterlich.

Zusammen mit den Tränen kam Nadia das Geständnis über die Lippen. »Eigentlich sollte es nicht sie sein. Überhaupt niemand, die ich kannte. Ich wollte eine Fantasie ausleben. Ich dachte, danach könnte ich sie hinter mir lassen. Und als es zufällig sie war, wusste ich, dass wir nie eine gemeinsame Zukunft haben konnten, weil wir Arbeitskolleginnen sind. Zu der Zeit hat sich das wie eine vernünftige Entscheidung angefühlt. Aber vielleicht war es das gar nicht. Vielleicht habe ich nur eine Ausrede gesucht, weil ich sie wollte. Ich weiß es selbst nicht mehr.«

»Was hättest du getan, wenn sie nicht von mir erfahren hätte?« Jewgeni hob sanft ihr Kinn an.

»Ich hätte es ihr gesagt. Und dann«, sie hielt seinen Blick fest, »hätte ich mich von dir getrennt, Dschenja.«

Seine Miene verfinsterte sich und er sank gegen die Wand zurück. »Sie ist sehr schön«, sagte er leise. »Ich kann verstehen, warum du dich in sie verlieben musstest.«

»Ich habe mich nicht in sie verliebt«, sagte Nadia ebenso zu sich selbst wie zu ihm. »Und du bist der attraktivste Mensch, den ich je getroffen habe. Äußerlichkeiten haben damit nichts zu tun.«

»Und was ist mit dem Sex? Wer ist besser?«

»Jewgeni, das hast du nicht nötig!«

Er ließ den Kopf in die Hände sinken. »Ich weiß nicht. Sie ist klüger und reicher als ich. Und du wirfst alles, was wir miteinander haben, für sie weg. Ich … ich weiß nicht.« Tränen liefen ihm über das Gesicht.

Seine Worte trafen sie wie Schläge. Sie hatte kein Recht, ihn zu trösten, weil sie es war, die ihm wehtat. Und Ashley hatte sie auch wehgetan. Ihre Unentschlossenheit hatte beide verletzt. Alles, was sie wollte, war, sich zusammenzurollen und zu weinen, bis der Schmerz in ihrer Brust abgeklungen war. Bei dem Gedanken fühlte sie sich noch schlechter. Es war egoistisch, zu gehen, und es war egoistisch, zu bleiben. Innerlich hin- und hergerissen blieb Nadia regungslos sitzen.

Die Sekunden wurden zu Minuten, die sich wie Stunden anfühlten. Schließlich brach Nadia das Schweigen. »Bist du wütend, weil ich dich betrogen habe?« Die Frage hatte an ihr genagt, lange bevor sie Ashley getroffen hatte. Sie hatte diesen selbstzerstörerischen Schritt immer wieder unentschlossen vor sich hergeschoben, weil sie bezweifelt hatte, dass Jewgeni sie verstehen würde. In ihrer Beziehung hieß es alles oder nichts für ihn. Ein weiteres schreckliches Detail, das ihr Gewissen plagte.

»Ich bin verletzt«, sagte er mit bebender Stimme. »Wärst du das nicht?«

Sie hatte keine gute Antwort. »Ich wollte dich nie verletzen. Es tut mir leid.«

»Du entschuldigst dich nicht oft.«

»Aber ich meine es ernst. Und ich hätte es früher tun sollen.«

»Ich verzeihe dir. Natürlich«, sagte er. »Aber das ist nicht der Punkt. Sei ehrlich: Wenn das mit ihr vorbei ist, können wir es einfach hinter uns lassen? Kannst du mich heiraten und unser restliches Leben mit mir verbringen? Wärst du glücklich?«

Darüber musste Nadia nicht nachdenken. Sie hatte die Antwort bereits gekannt, lange bevor sie Ashley getroffen hatte. Aber erst jetzt hatte sie die Kraft gefunden, die sie brauchte, um es auch zuzugeben. Sie sah Jewgeni in die Augen und unter der Last der Wahrheit wurde ihr das Herz schwer. Jewgeni war ein Heiliger und sie hatte ihn nicht verdient. Bestimmt gab es einen besonderen Kreis in der Hölle für Leute, die Heiligen wehtaten. Aber sie wusste, was sie wollte, und ihre Augen wurden zum tausendsten Mal an diesem Abend feucht. »Nein, ich wäre nicht glücklich.«

Tränen liefen Jewgeni über die Wangen. »Dann muss das jetzt unser Ende sein.«

»Das Ende«, wiederholte Nadia und die Worte durchbohrten ihr das Herz. Es war vorbei. »Ich liebe dich immer noch«, flüsterte sie.

Jewgeni erwiderte ihren Blick und die Qual stand ihm deutlich in sein schönes Gesicht geschrieben. »Aber du warst nie verliebt in mich.«

# Kapitel 22

## *Die Chancen auf Erfolg*

Ziellos fuhr Nadia durch die Nacht. Jewgeni hatte trotz allem, was sie ihm angetan hatte, darauf bestanden, dass sie blieb. Er hatte sogar angeboten, selbst zu gehen. Nadia wurde ganz kalt bei dem Gedanken daran, dass er die Wohnung verließ, die er ausgesucht und so liebevoll eingerichtet hatte. Die Wohnung, in der sie nur gelegentlich wohnte. Für sie war immer die Arbeit an erster Stelle gekommen, danach erst Jewgeni. *Wie unfair.* Verbitterung schnürte ihr die Kehle zu.

Sie wusste, wenn sie geblieben wäre, hätte sie sich nur noch schlechter gefühlt. Aber sie hatte keinen Plan B und fühlte sich nach diesem emotional, körperlich und geistig erschöpfenden Tag völlig ausgelaugt.

Ihr Herz zog sie in eine verbotene Richtung. Aber Ashley war tabu. *Endgültig.*

Nadia blinzelte den Tränenschleier weg. An einem einzigen Tag hatte sie die beiden Beziehungen zerstört, die ihr alles bedeuteten. *Wie abartig ist das denn?* Ganz zu schweigen davon, dass sie der Geschichte der Organtransplantationen ein neues Kapitel hinzugefügt hatte. Angesichts dieser Ironie, dass der beste und der schlimmste Tag ihres Lebens ein und derselbe waren, stiegen ihr wieder die Tränen in die Augen.

Sie fuhr an den Straßenrand. Die dunkle, leere Straße verstärkte ihre Verzweiflung. Sie versuchte, ihre Gedanken in eine positive Richtung zu lenken, und dachte an Sanders, dem sie das Leben gerettet hatte. Und an die Person, die diesen medizinischen Triumph mit ihr geteilt hatte. Singh hasste sie ganz bestimmt nicht.

Nadia lenkte den Wagen zurück auf die Straße und hielt auf eine Adresse zu, die sie nur einmal vor sieben Monaten besucht hatte. Diese impulsive Entscheidung um drei Uhr morgens war nicht gerade klug, aber sie fühlte sich zu elend, um gegen ihre müden Glieder anzukämpfen.

»Es ist mitten in der Nacht.«

Paris Mann Phillip stand in Boxershorts in der geöffneten Tür. Er rieb sich den Schlaf aus den Augen.

»Ich weiß, wie spät es ist. Ist Dr. Singh noch auf?«

»Sie hat kaum eine Stunde geschlafen. Kann es nicht bis zum Morgen warten?«

Nadia trat einen Schritt zurück. Sie hätte nicht kommen dürfen. Singh hatte auch keine magische Lösung für ihre schuldbewusste Schlaflosigkeit.

»Schon gut, Phillip. Ich bin wach.«

Die Stimme kam aus dem Haus. Nadia blieb stehen und verlagerte unruhig das Gewicht von einem Bein auf das andere. Sosehr sie die Meinung der Frau hören wollte, die immer ruhig und ehrlich mit ihr gewesen war, als sie Singh in einem Morgenmantel anstelle der OP-Kleidung sah, wurde sie nervös.

»Na dann, ich gehe wieder schlafen«, murmelte Phillip und wandte sich von Nadia ab. »Lass dich nicht zu lange von ihr wachhalten«, sagte er zu seiner Frau. »Peyton hat morgen eine Schulaufführung und du solltest besser nicht wieder mittendrin einschlafen wie beim letzten Mal.« Sein amüsierter Tonfall ließ eher vermuten, dass er hoffte, sie würde es doch tun. Er verschwand im Haus.

»Es ist drei Uhr morgens.« Singh klang neugierig und leicht vorwurfsvoll zugleich. Sie ging in die Küche und schaltete das Licht ein.

Nadia folgte ihr steif, immer noch zwischen Erleichterung und Unruhe hin- und hergerissen. »Ich wusste nicht, wohin ich sonst gehen sollte.«

»Aha«, sagte Singh mit einem unüberhörbaren selbstgefälligen Unterton. »Ich nehme an, nach der Szene in Ashleys Büro hat dein Freund dich rausgeworfen?«

»Also hat sie Ihnen davon erzählt«, sagte Nadia. Wenn eine Beziehung mit Ashley bedeutete, dass jedes einzelne Detail ihres Lebens von ihrer Mentorin überwacht werden würde, war sie vielleicht gerade noch einmal davongekommen.

Bei diesem Gedanken schmerzte ihr Herz nur noch mehr.

Nadia seufzte. Wem wollte sie etwas vormachen? Auch wenn Ashley es der ganzen Welt erzählte, sie wollte sie und nichts würde sie davon abhalten. Sie verbiss sich die Frage, wie es Ashley ging. Sie hatte es nicht verdient, das zu wissen. »Er hat mich nicht rausgeworfen. Er hat mir verziehen und wollte mich heiraten.« Nadia setzte sich auf einen Hocker an der Küchentheke. »Aber er ist nicht derjenige, mit dem ich zusammen sein will. Ich bin gegangen, damit ich nicht in Dantes achtem Kreis der Hölle lande.«

Singh kicherte, während sie Wasser aufsetzte. »Ist das der mit der Göttlichen Komödie? Eine dieser Höllen ist für Heuchler reserviert, oder?«

Natürlich wusste sie das. Aber Nadia war nicht hier, um einen Buchklub zu gründen. Sie verdrehte genervt die Augen und ließ zu, dass ihre sarkastischen Gedanken sie von ihren wahren Gefühlen ablenkten.

»Du weißt schon, dass du bereits für den zweiten Kreis qualifiziert bist?«, fuhr Singh nicht unfreundlich fort.

Der Kreis der Wollüstigen. Das hätte Nadia kommen sehen können.

»Außerdem für den vierten, fünften und sechsten.« Singh machte weiter.

Nadia ließ den Kopf auf die Theke sinken. Sie war zu müde, um geistreiche Bemerkungen zu machen.

»Du hast meiner Freundin sehr wehgetan.« Singh nahm zwei Tassen und Teebeutel aus dem Schrank. »Wie kommst du auf die Idee, ich wäre die richtige Person für einen nächtlichen Besuch?«

Nadia versuchte, den Kloß in ihrer Kehle hinunterzuschlucken. Konnte sie zugeben, dass sie sich nach den Geschehnissen des Tages verletzlich und bloßgestellt fühlte und dass sie nicht allein sein wollte? »Ich habe Ihrem Patienten das Leben gerettet. Ich dachte, das würde vielleicht etwas zählen.«

»Nur weil du eine geniale Chirurgin bist, kannst du noch lange nicht tun und lassen, was du willst. Handlungen haben Konsequenzen.«

»Das weiß ich«, fauchte Nadia. Sie atmete einige Male tief durch, um sich wieder zu beherrschen. »Hören Sie, ich wollte nie jemandem wehtun. Ich heile Leute, ich sollte sie nicht verletzen.«

Singh stellte eine dampfende Tasse vor sie hin. »Warum bist du hier?«, fragte sie sanft. »Hast du noch nie von Hotels gehört?« Jedenfalls versuchte Singh, so sanft wie möglich zu sein.

Nadia sah sie aus halb geschlossenen Augen heraus an und wünschte, die Frau würde ihre wortlose Bitte verstehen. Sie hatte keine Kraft mehr, um die Tatsache auszusprechen, dass sie Gesellschaft brauchte. Dass sie dieses eine Mal in ihrem Leben nicht allein sein konnte. Dass die Geschehnisse des Tages sie empfindlich und angreifbar gemacht haben.

»Na gut«, sagte Singh. »Du kannst heute im Gästezimmer schlafen. Aber das bedeutet nicht, dass ich auf deiner Seite bin. Du bist hier nicht das Opfer.«

»Danke.« Nadia nahm ihre Tasse. Der Duft von Kamille erfüllte ihre Sinne. Eine Ruhe, die wenig mit der Wirkung des Tees zu tun hatte, breitete sich in ihr aus.

»Bevor ich es vergesse«, Singh nahm eine Zeichnung von der Kühlschranktür ab, »das haben Sanders Kinder für dich gemalt.«

Das schlichte Bild zeigte ein Strichmännchen im Bett und ein weiteres Strichmännchen mit langen Haaren, das neben dem Bett stand. Nadias Blick blieb an der Gestalt hängen, die blaue OP-Kleidung und einen weißen Kittel trug, der eher wie ein Umhang aussah. In einer Hand hielt sie einen Hammer und es sah so aus, als hätte der Hammer die Maschinen zertrümmert, mit der die Person im Bett verbunden war. In der anderen Hand hielt sie ein goldenes Herz.

*Es ist perfekt.* Wärme, Aufregung, Rührung, so viele positive Gefühle, die Nadia nicht mehr gehofft hatte, in sich zu haben, drohten ihr die Tränen in die Augen steigen zu lassen. Sie blinzelte sie zurück und räusperte sich. Ihre Emotionen lagen zu offen für diesen Anblick.

»Die Details sind bemerkenswert.« Nadia strich mit den Fingern über die Zeichnung. »Das Beatmungsgerät, die Monitore, der Stickstoffmonoxid-Tank – alles ist deutlich erkennbar. Sogar die Kanülen für die ECMO haben sie richtig gezeichnet.«

»Sie haben viel Zeit an seiner Seite verbracht.«

Gemeinsam bewunderten sie das einfache Bild. Trotz ihres privaten Scheiterns hatte Nadia etwas Gutes erreicht. Es war Balsam für ihr leidendes Herz.

Schließlich stand Singh auf. »Ich gehe wieder ins Bett. Das Gästezimmer ist die zweite Tür links auf dem Flur. Saubere Bettwäsche und Handtücher sind im Schrank. Nimm dir morgen frei und ruh dich aus.«

»Danke«, flüsterte Nadia.

»Wofür?«

»Dafür, dass Sie nicht gefragt haben, warum ich es getan habe.«

Singh zuckte mit den Schultern. »Was hätte es für einen Sinn? Was geschehen ist, ist geschehen. Die einzige Frage ist jetzt, was du tun wirst, um es zu reparieren. Aber das musst du selbst herausfinden.«

Singh ging die Treppe hinauf in das obere Stockwerk und ließ Nadia mit dem warmen Tee in den Händen zurück.

*Es gibt nichts mehr herauszufinden.*

Ashley spielte mit dem Dacron-Transplantat, mit dem sie unter Nadias Anleitung das Nähen geübt hatte. Sie faltete das Stück Polyester zerstreut zusammen und wieder auf. Es war reine Selbstsabotage. Sie hatte sich geschworen, nicht mehr an Nadia, an ihren Verrat zu denken. Und doch scheiterte sie jeden Tag – nein, jede Minute – kläglich, diesen Schwur einzuhalten.

Sie ließ das Transplantat auf den Tisch fallen und schob geräuschvoll ihren Stuhl zurück. Warum war das so schwierig?

Nadia war seit zwei Wochen nicht mehr zur Arbeit gekommen und Ashley konnte sie nicht aus dem Kopf bekommen, betrauerte den Verlust von etwas, das sie nie gehabt hatte. Dabei sollte sie sich freuen, dass Nadia um Urlaub gebeten hatte.

Ashley sah zur Tür. Ihr verräterisches Herz hoffte unvernünftigerweise, dass Nadia jede Sekunde hereinstürzen würde. Als sie es nicht tat, zwang Ashley sich, den Blick abzuwenden. Trotz ihrer Fehltritte vermisste sie Nadia.

Ein Klopfen an der Tür unterbrach ihr Grübeln.

»Herein.«

Ihre Verwaltungsassistentin Claire steckte den Kopf herein. »Dr. Rylan, da ist ein Herr an der Rezeption, der mit Ihnen sprechen möchte.«

»So früh am Morgen?«

»Er hat keinen Termin, aber er lässt fragen, ob Sie jetzt vielleicht einen Moment Zeit für ihn hätten.«

»Worum geht es?«

»Das hat er nicht gesagt.«

»Ja, jetzt passt es. Wie heißt er?« Wahrscheinlich war es ein weiterer Reporter.

»Ich, äh, habe seinen Namen wieder nicht ganz verstanden.« Claire errötete. »Aber es ist der, der so gut aussieht.«

Ashleys Mund wurde trocken. Ihr fiel nur ein Mann ein, der mit seinem Aussehen Frauen so um den Verstand bringen konnte, dass sie seinen Namen vergaßen, und ihre Wunden waren noch zu frisch, um mit *ihm* zu reden. »Also, wenn ich recht darüber nachdenke, bin ich doch zu beschäftigt.« Während sie sich noch abmühte, eine glaubhafte Erklärung zu finden, meldete sich ihr Pager. Gleichzeitig wurde über die Lautsprecher ein Code Blau in der Intensivstation ausgerufen.

Ashley stand auf, seufzte und bekam sofort ein schlechtes Gewissen. Sie sollte nicht einmal ansatzweise darüber erleichtert sein, dass jemand einen Herzstillstand erlitten hatte, auch wenn es ihr half, die Begegnung mit dem ungeladenen Besucher zu vermeiden.

Während sie den Gang entlangrannte, hörte sie, wie ein Mann nach ihr rief. Sie stürmte weiter und ignorierte ihn. Auf der Intensivstation folgte sie den anderen, die in Richtung des Betts mit dem Notfall liefen. Eine eiskalte Hand packte ihr Herz, als sie erkannte, dass es der Patient in Bett elf war.

»Was ist passiert?« Sie zog ein Paar sterile Handschuhe über.

Dan führte bereits Thoraxkompressionen durch. »Der Patient hat akute Atemnot und Brustschmerzen bekommen. Dann sind seine Werte gesunken. Ehe ich mich versehen habe, hatte er Kammerflimmern.«

»Pads sind auf 200 geladen«, sagte ein Pfleger.

Dan griff die Pads vom Defibrillator hinter sich und drückte sie auf Sanders Brust. »Bereit.«

Alle um den Patienten herum traten einen Schritt zurück. Einen Moment lang wurde es still im Raum und Ashley hörte nur, wie ihr eigenes Blut in ihren Ohren rauschte. Sanders Körper zuckte, als Dan den Elektroschock auslöste.

Das Team ging zum Bett zurück, um den Patienten weiter zu bearbeiten. Ashley ignorierte ihren rasenden Puls und half bei den Wiederbelebungsmaßnahmen. Der Patient brauchte sie konzentriert, nicht verängstigt.

»Tubus ist drin!«, rief ein Assistenzarzt.

Ashley beobachtete, wie er den Beatmungsbeutel rhythmisch drückte und darauf achtete, dass er nicht zu fest oder zu schnell pumpte, sondern genau die richtige Luftmenge in Sanders' Lungen blies.

Dan pausierte mit den Kompressionen und Ashley legte ihre Finger auf Sanders' Handgelenk. Sein Puls war schwach, aber gleichmäßig. Das war gut. Aber dann sah sie auf seinen Hals. Bei dem Anblick der deutlich angeschwollenen Blutgefäße erfasste sie ein kalter Adrenalinschub. »Ich brauche ein Echo. Sofort!«

Dan stellte sich neben sie. »Was vermuten Sie?«, fragte er.

»Sieh dir seinen Hals an.«

»Lungenembolie!« Dan sprach die lebensbedrohliche Diagnose aus.

Das Ultraschallgerät wurde ans Bett gerollt. Ashley war sich sicher, dass ein riesiges Gerinnsel zu seinem Herzen gewandert war und den Blutfluss zu seinen Lungen blockierte. Kein Blut in den Lungen bedeutete keinen Sauerstoff für den Körper. Er konnte innerhalb weniger Minuten sterben. Ashleys Herz verdoppelte seine Bemühungen, als wäre es ihr eigenes Leben, für das sie kämpfte.

Ungeduldig wartete sie darauf, dass Dan die Untersuchung beendete, und dachte an ihren letzten Emboliefall. Es war der Abend gewesen, als Nadia sie geküsst ... sie berührt ... und ihr gesagt hatte, sie könnten nie wieder zusammen sein.

Ashley knirschte mit den Zähnen, als sie an Nadias Worte eine Woche darauf dachte: *Eine Embolektomie wird bereits als gescheitert erklärt, bevor der Schnitt überhaupt gesetzt wird.*

*Gescheitert.* Das Wort hallte in ihrem Kopf wider. Nadia hatte sie verrückt genannt, weil sie geglaubt hatte, die Operation am Bett vornehmen zu können. *Es ist vergebliche Mühe, außerhalb des OPs am offenen Herzen zu operieren.*

Jeder seriöse Chirurg würde Nadia zustimmen, aber Ashleys Bauchgefühl rebellierte.

»Mein Gott!«, sagte Dan.

Ashley wandte ihre Aufmerksamkeit sofort wieder ganz dem Patienten zu. Das Bild auf dem Monitor bestätigte, was sie geahnt hatte. »Wir müssen sofort operieren, sonst erleidet er noch einen Herzstillstand.« Ihre Stimme war ruhig. Zum Teufel mit ihren Zweifeln und damit, was Nadia gesagt hatte. Diese Situation verlangte eine offensive Herangehensweise, und wenn sie das zur Idiotin machte, dann war es eben so. Sie trat gerade lange genug zurück, um einen sterilen Kittel und neue Handschuhe überzustreifen, bevor sie sich wieder neben Sanders stellte.

»Sie können ihn nicht hier öffnen«, protestierte Dan.

»Ich lasse Nadias Wunderpatienten nicht auf dem Weg zum OP sterben.« Ashley spritzte etwas Betadine-Lösung auf seine Haut, um den Bereich so steril wie möglich zu machen. Dann zog sie das Skalpell über Sanders Brust, direkt über dem Schnitt seiner Implantations-OP.

»Wir haben keine Herz-Lungen-Maschine hier«, sagte Dan. »Ashley, das ist verrückt!«

»Ich kann und werde das genau hier tun. Und Herz-Lungen-Maschine brauche ich keine.« Ashley arbeitete zügig und trotz seiner Proteste hielt Dan mit ihr mit. Sie durchtrennten und zogen die Nähte, die vor zwei Wochen ordentlich gesetzt worden waren. Sanders Brust gab nach, als beide Seiten des Brustbeins von der Mitte zurückgezogen wurden. »Wir machen eine abgewandelte Trendelenburg.«

»Ashley, das ist keine gute Idee. Trendelenburg bei Lungenembolie hat null Aussichten.«

Er hatte nicht unrecht. Die Wahrscheinlichkeit, dass die Trendelenburg-Operation funktionierte, war ungefähr so hoch wie die eines Lottogewinns. Aber auch diese Chance würde exponentiell sinken, wenn sie nicht sofort operierte.

Das Wunderherz versuchte noch einige Male kläglich, zu schlagen, bevor es komplett aussetzte. Obwohl ihr eigenes Herz hämmerte, blieben Ashleys Hände ruhig. Sie hatte das erwartet.

»Herzstillstand. Bereit machen für –«

»Nein, Dan.« Sie klammerte die Aorta. »Wenn wir eine Trendelenburg machen, überlebt der Patient. Folge einfach meinen Anweisungen. Wir müssen uns beeilen.«

Ashley hatte einmal einen Artikel über eine Schusswunde gelesen. *Die Aorta wurde geklammert, die Lungenarterie an ihrer Bifurkation eingeschnitten, das Schrapnell entfernt und die Lungenarterie geschlossen – alles in fünf Minuten. Der Patient hat überlebt.*

Sie würde genau dieselben Schritte durchführen, um das Gerinnsel zu entfernen.

Die Stille wurde lediglich von ihren Atemgeräuschen durchbrochen, während Ashley und Dan fieberhaft arbeiteten und alle anderen warteten.

»Seit Herzstillstand verstrichene Zeit: eine Minute«, sagte eine Pflegerin.

Ashley weitete den Schnitt und ignorierte den Druck auf ihrer Brust. *Der Patient hat überlebt*, erinnerte sie sich an den letzten Teil des Artikels.

»Verstrichene Zeit: zwei Minuten.«

Ashleys Hand zuckte kurz, aber das Gerinnsel war draußen. *Der Patient wird überleben.*

»Drei Minuten.«

Ihre Sicht verschwamm, je länger sie eingehend auf das Operationsfeld starrte, ohne zu blinzeln, aber ihre Hände brauchten diese Wahrnehmung nicht. Reines Muskelgedächtnis führte sie. Sie schloss die Lungenarterie. *Mein Patient wird überleben.*

»Vier Minuten.«

Ashley sah zu Dan auf. »Jetzt kannst du ihn wiederbeleben.« Sie zog die Nähte, bereit, sie zu verknoten, sobald der Kreislauf wiederhergestellt war.

Dan entfernte die Klammer und Blut strömte aus, was das Entlüftungsmanöver vervollständigte. Er säuberte den Bereich mit dem Katheter und Ashley zog den Knoten fest.

Das Herz begann sich mit Blut zu füllen. Als es wieder schlug, erlaubte Ashley sich einen tiefen Seufzer und blinzelte heftig, um den Schleier vor ihren Augen zu vertreiben. Das Herz schlug kräftig und in stetigem Rhythmus, als wollte es nicht nur leben, sondern auch aufblühen. Es war wirklich ein Wunderherz.

»Sir, Sie können auf gar keinen Fall hier reingehen.«

Jemand riss den Vorhang beiseite. Ashley sah auf und erstarrte, als sie sich keinem anderen als Jewgeni Petrow gegenübersah.

Sein entschlossener Ausdruck wurde schnell zu einem, der sein ganzes Entsetzen verriet. Sie verstand, warum. Sie sah im Moment alles andere als vorzeigbar aus. Ihr Kittel und ihre OP-Maske waren blutüberströmt und sie steckte bis zum Ellbogen in der Brust eines Mannes.

Glücklicherweise wurde schnell klar, dass sie sich nicht weiter mit dem Eindringling beschäftigen musste. Der Mann wurde ganz bleich, er verdrehte die Augen, begann zu wanken und verlor erst das Gleichgewicht und dann auch den Kampf gegen die Schwerkraft.

Im Fallen griff er instinktiv nach dem nächstbesten Gegenstand und warf eine Ablage mit chirurgischen Instrumenten um. Der Lärm des Metalls, das auf den Boden fiel, war ohrenbetäubend. Dabei riss Jewgeni sich die Hand an einem Skalpell auf. Er landete hart auf dem Boden.

Inmitten der schockierenden Szene blieb Ashley in Gedanken ganz beim Wesentlichen. »Bringt den Mann in die Notaufnahme«, sagte sie ruhig und entschlossen. »Und ersetzt meine kontaminierten Instrumente. Ich hab hier noch einen Brustkorb zu schließen.«

»Du denkst wieder an sie.«

Singhs selbstgefällige Bemerkung holte Nadia in die Gegenwart zurück. »Ich denke an niemanden«, fauchte sie.

Nadia hatte die letzten zwei Wochen bei Singh verbracht, ohne weitere Pläne schmieden zu können. Die Welt mochte denken, sie hätte mit ihrem biotechnologischen Herzen den Tod besiegt, aber ihre einzige Erinnerung von diesem Tag drehte sich darum, wie ihr eigenes Herz zerbrochen war. Und je länger sie sich von allem, was ihr wichtig war, fernhielt, desto schwieriger fiel es ihr, die selbstbewusste Fassade aufrechtzuerhalten.

»Du denkst schon viel zu lange an niemanden«, scherzte Singh.

»Liebes, gib Nadia doch noch ein wenig Zeit, ihre Gefühle zu ordnen.« Phillip sah von seiner Zeitung auf.

»Mein Lieber«, sagte Singh und ihre Stimme troff nur so vor geheuchelter Nachsicht, »tu nicht so, als würdest du sie nicht nur aus Eigeninteresse heraus ermutigen.«

Phillip grinste verschmitzt, sagte jedoch nichts.

In den zwei Wochen, die sie bei ihnen wohnte, hatte Nadia bemerkt, dass Phillip den Laden am Laufen hielt und den Löwenanteil der Verantwortung für die Familie übernahm, obwohl er selbst eine Vollzeitstelle hatte. Er und ihre drei kleinen Kinder wussten es besser, als sich in Singhs Karriere einzumischen. Ihm im Haus zu helfen war das Mindeste, was Nadia tun konnte. Zwar beruhigte es weder ihre strapazierten Nerven, noch gab es ihr ein Gefühl der Erfüllung, aber die einfachen Aufgaben waren besser, als gar nichts zu tun.

»Ich habe auch nichts dagegen, dass sie noch bleibt«, fuhr Singh fort, »aber Keating hat sich nicht zehn Jahre lang ausbilden lassen, um Nasen zu putzen und Kekse zu backen.«

Beides hatte Nadia leider schon mehr als einmal getan.

Im Nebenzimmer klingelte Singhs Handy und sie stand auf. »Apropos«, sie sah Nadia an, »Parker hat heute einen Arzttermin. Ich schreibe dir auf, was du wissen musst, um ihn hinzubringen.« Sie eilte davon, um den Anruf entgegenzunehmen.

Phillip lächelte über Singhs Befehl. Er war offensichtlich nicht der Einzige, der sich über Nadias Hilfe freute.

»Es stört mich nicht, zu helfen. Dann habe ich wenigstens was zu tun«, sagte Nadia zu ihm.

»Ich beschwere mich nicht, aber Pari hat recht. Du kannst dich nicht ewig hier verstecken. Früher oder später musst du dich deinen Dämonen stellen.«

Seine Stimme durchbrach ihre Benommenheit und Nadia hasste den Gedanken, wie recht er hatte. Glücklicherweise wandte sich Phillip wieder seiner Zeitung zu, ohne sie zu einer Antwort zu drängen.

Kurz darauf kam Singh zurück und nahm ihre Tasche und die Schlüssel. »Das war Dan. Sanders hatte eine Sattel-Embolie und sie haben ihn noch auf der Intensiv geöffnet.«

»Hatten sie Zeit für die ECMO?«, fragte Nadia plötzlich hellwach.

»Nein.«

Ihr Magen verkrampfte sich. Ohne mechanische Kreislaufunterstützung gab es nur eine Operation, die Dan hätte versuchen können. »Ist er am Leben?«, fragte Nadia und wappnete sich gegen schlechte Neuigkeiten. Kein Patient überlebte eine Trendelenburg-Embolektomie. Punkt. Und egal, wie gut Dan als Chirurg war, seine Erfolgschance war gleich null.

»Ja.« Singh grinste. »Deine Freundin hat ihn gerettet.«

Nadias Herz setzte einen Schlag lang aus und ein albernes Lächeln drohte sich auf ihrem Gesicht breitzumachen. Ashley hatte das Unmögliche geschafft!

»Sie ist nicht meine Freundin«, fauchte Nadia. Sie fühlte sich zwar unendlich froh und glücklich, aber diese Emotionen wollte sie nach außen hin doch nicht zeigen.

»Und wessen Schuld ist das?« Singh wandte sich zur Tür. »Ich schaue vor der Visite noch bei unseren Patienten vorbei. Wenn ich zurückkomme, will ich deinen ersten Entwurf des lange überfälligen, preisverdächtigen Manuskripts darüber sehen, wie du die Welt der Transplantation verändert hast. Du hattest genug Zeit für Selbstmitleid.« Sie schloss die Tür, ohne auf eine Antwort zu warten.

»Ja, Ma'am. Gleich nachdem ich Ihr Kind zu seinem Arzttermin gebracht habe«, murmelte Nadia.

»Sie ist nicht mit Absicht so gemein. Nettigkeit ist einfach nicht ihr Ding.«

Phillip stand vom Tisch auf, er war immer noch im Morgenmantel. Er stellte sich den Wecker immer zwei Stunden früher als nötig, um mit

Singh zu frühstücken, obwohl sie es nie zu bemerken schien. Meistens eilte sie morgens zur Tür hinaus, ohne sich auch nur zu verabschieden.

Nadia fragte sich, ob sie Jewgeni genauso behandelt hatte. Hatte sie ihn all die Jahre als selbstverständlich angesehen? Ihr Herz begann wieder zu schmerzen. »Ich ziehe Ehrlichkeit ohnehin vor«, sagte sie, bevor sie die Ironie der Bemerkung begriff. *Wunderbar.* »Ich meine, ich mag es auch nicht, mit oberflächlichen Nettigkeiten Zeit zu verschwenden. In letzter Zeit war ich einfach nicht ich selbst.«

»Gut zu wissen, dass Apathie nicht dein Normalzustand ist«, sagte Phillip und ging, um seine Kinder zu wecken.

Nadia trug die zwei leeren Kaffeetassen und ihr Glas zum Waschbecken und begann, sie auszuspülen, während sie über das Gespräch nachdachte. Ihre Hände erstarrten, als das kalte Wasser sie traf. Sie war nicht apathisch. Nadias Magen rebellierte, wie um zu beweisen, wie tief ihre Gefühle gingen und wie wenig Kontrolle sie über sie hatte.

Sie hatte die letzten zwei Wochen damit verbracht, den Kopf in den Sand zu stecken, und nichts damit erreicht. Sie hätte diejenige sein sollen, die Sanders das Leben rettete.

*Aber das habe ich nicht. Ashley hat ihn gerettet.*

Ein warmes und doch unerwünschtes Gefühl schlich sich in ihr Herz. Indem sie das Unmögliche schaffte, bewies Ashley immer und immer wieder, dass Nadia sich in ihr geirrt hatte. Das störte Nadia nicht. Sie war glücklich, dass Ashley eine so gute Chirurgin war. *Und sie ist mit Mitgefühl und Güte ohnegleichen gesegnet.*

Unglücklicherweise hatte Nadia kein Recht mehr, in den Genuss dieser Eigenschaften zu kommen.

Sie blinzelte das Brennen aus ihren Augen und erinnerte sich, dass sie Ashley um nichts bitten durfte. Sie hätte ihr bereits die Wahrheit sagen sollen, als sie sich damals in der Bar getroffen hatten. Aber das hatte sie nicht und jetzt war es wahrscheinlicher, dass Ashley einen weiteren Patienten mit ihrer verzweifelten Trendelenburg-Operation rettete, als dass sie Nadia verzeihen würde. Wenigstens standen die Chancen für die OP nicht astronomisch schlecht.

Um ihre Beziehung zu retten, war es dagegen zu spät.

Nadia schüttelte den Kopf. Es war naiv von ihr, zu denken, dass sie eine Beziehung haben könnten. *Und es hat noch nie geholfen, in seinen Fantasien zu schwelgen.* Sie hielt das Glas, das sie gerade spülte, fest in der Hand. Plötzlich hörte sie es klirren und beobachtete, wie Blut in den Abfluss strömte, bevor ihr Gehirn auch nur den tiefen Schnitt registrierte und sie das Pochen der Wunde spürte.

*Na super, auch das noch!*

Während Ashley noch vor den Türen zur Intensivstation stand und all ihren Mut zusammennahm, schwang die Tür von der anderen Seite her auf.

»Was für eine Überraschung, Sie hier zu sehen, Dr. Rylan. Haben Sie einen Patienten hier?«

Ashley zwang sich, zu lächeln. »Nein, Dr. Hayes. Ich, äh …« Was machte sie hier bloß? »Ich will einen Freund besuchen.«

»Ich hoffe, es ist nichts Ernstes. Sagen Sie Bescheid, wenn ich irgendwie helfen kann.« Er lächelte mitfühlend.

»Danke, Robert.«

Ashley betrat die Intensivstation und wurde mit jedem Schritt nervöser. Sie studierte das Whiteboard mit den Namen der Patienten. Petrow lag in Bett Nummer fünf. Sie kämpfte gegen den Drang an, sich umzudrehen und zu flüchten, als sie zum Bett und dann zurück zur Tür sah.

Jewgeni war allein. Er lag, den Kopf von der Tür abgewandt, und hielt sich etwas blutigen Verbandmull an die Hand. Gut. Ohne Publikum würde dieses Gespräch leichter sein. Sie atmete tief durch und ging auf ihn zu. Mit jedem Schritt wurde ihr bewusster, dass sie schlichte blaue OP-Kleidung trug. Nach ihrem spontanen Eingriff an Sanders war ihr Business-Outfit trotz des sterilen Kittels voller Blutspritzer gewesen und sie hatte es ausziehen müssen. Es hätte ihr das Selbstbewusstsein verliehen, das sie jetzt dringend gebraucht hätte. Stattdessen jagte eine Mischung aus Widerwillen, Schuldgefühlen, Reue und Eifersucht durch ihren Kopf. Wegrennen würde nicht helfen.

Jewgeni hörte sie kommen, drehte sich zu ihr um und seine Miene hellte sich auf. »Da sind Sie ja.«

Sie nahm sein Krankenblatt und studierte es. »Keine Gehirnerschütterung«, murmelte sie. »Das ist gut.«

»Ich habe mir den Kopf nicht gestoßen.«

»Und war noch niemand hier, um sich Ihre Hand anzusehen?«

»Nein, aber das ist in Ordnung. Es gab vorhin irgendeinen Notfall. Ich nehme an, damit sind sie noch beschäftigt.«

Ashley presste die Lippen aufeinander. Wie konnte jemand, der so lächerlich attraktiv war, auch so nett und verständnisvoll sein? »Wir sind hier auf der Intensivstation. Es ist die Aufgabe der Ärzte, sich um Notfälle zu kümmern. Eine einfache Schnittwunde hätten sie inzwischen längst versorgen müssen.« Sie sah sich um. »Ich kann das übernehmen, wenn es Ihnen recht ist.«

»Das ist sehr nett von Ihnen«, sagte Jewgeni, »aber ich bin sicher, die Oberärztin der Herz-Thorax-Chirurgie hat Besseres zu tun, als einen kleinen Schnitt zu stopfen.«

»Zu nähen«, korrigierte sie automatisch. »Sie wollten mit mir sprechen?«

Er nickte.

»Währenddessen kann ich genauso gut Ihre Hand versorgen.«

Sein Lächeln kehrte zurück. »Ja, natürlich. Danke, Dr. Rylan.«

Sie nickte und holte die chirurgischen Instrumente für die Behandlung von Schnittwunden, bevor sie es sich anders überlegen konnte. Wieder zurück beschäftigte sie sich damit, das Operationsbesteck auszubreiten. Der Schnitt war tief, aber die Blutung hatte aufgehört und es waren keine Sehnen oder Nerven betroffen. Ashley hielt den Blick auf seine Hand gerichtet, säuberte die Wunde gründlich, betäubte die Stelle und begann zu nähen.

Nach einem kurzen verlegenen Schweigemoment sagte Jewgeni: »Ich wusste nicht, dass Sie auch außerhalb des OPs operieren können.«

»Normalerweise machen wir das auch nicht direkt auf der Intensivstation.« Sie sah kurz auf, um seinen Blick zu erwidern.

»Aber warum hat mich niemand davon abgehalten, da reinzugehen? Ich bin einfach ein paar Ärzten gefolgt, als die Türen aufgingen, und die Patienten lagen gleich hinter Vorhängen. Es sollte nicht so leicht sein, da reinzukommen.«

Ashley schüttelte leicht den Kopf. »Das ist kein Gefängnis. Wir können nicht überall Sicherheitspersonal hinstellen. Die Patienten auf der Intensivstation brauchen viel mehr Aufmerksamkeit als die auf anderen Stationen und durch die Vorhänge kann das Pflegepersonal sie leichter im Auge behalten. Und sie dürfen Besuch von ihren Familienangehörigen bekommen. Es ist keine militärische Zone, in der Zivilisten nichts verloren haben.«

»Es tut mir leid. Ich hätte nicht einfach hereinplatzen sollen.« Jewgeni senkte den Blick. »Normalerweise werde ich auch nicht so schnell ohnmächtig.«

Ashley zuckte mit den Schultern, bevor sie sich wieder auf ihre Arbeit konzentrierte. »Vasovagale Synkopen sind eigentlich ziemlich häufig. Manche Leute werden sogar ohnmächtig, wenn sie ein paar Tropfen ihres eigenen Bluts sehen.«

Als er schwieg, sah sie auf. Er starrte sie an, als hätte sie klingonisch gesprochen.

Ashley lächelte. »Das ist der medizinische Begriff dafür, was Ihnen passiert ist. Sie haben etwas Verstörendes gesehen, sind in den Modus Kampf oder Flucht verfallen und Ihr Blutdruck ist in die Höhe geschossen. Ihr Kreislauf hat überkompensiert und Ihr Blutdruck ist genauso schnell wieder gesunken. Der Bewusstseinsverlust ist eine Art Verteidigungsmechanismus. In horizontaler Lage kann das Herz leichter Blut zum Gehirn pumpen.«

Jewgenis verständnislose Miene verriet Ashley, dass sie zu viel redete. Ihre Wangen wurden ganz heiß und sie schloss den Mund. Zeit, den Vortrag zu beenden. »Sie haben einen Mann mit offenem Brustkorb gesehen und hatten eine normale körperliche Reaktion darauf. Das hat nichts mit einem Mangel an Männlichkeit zu tun.« Zu spät erkannte sie, wie das für ihn klingen musste. Sie hatte nicht andeuten wollen, dass Nadia ihn deshalb betrogen hatte – obwohl es offenbar einen Mangel an sexueller Befriedigung gegeben haben musste. *O Gott,* sie wandte den Blick ab, als sie bei ihren unangemessenen Gedanken unwillkürlich ganz glänzende Augen bekam.

»Das ist nicht der Grund, warum ich mit Ihnen reden wollte.« Unglücklicherweise schien Jewgeni dieses Thema viel besser zu verstehen als den Vortrag über Neurobiologie.

»Warum dann?«, fragte sie mit trockener Kehle. War es naiv von ihr, zu hoffen, dass er nicht wusste, mit wem Nadia ihn betrogen hatte?

»Ich wollte mit Ihnen über Nadeschda reden. Ich weiß, dass Sie es waren, mit der sie geschlafen hat.«

Ashley schlug das Herz bis zum Hals. Sie war naiv. »Ich wusste nicht, dass sie einen Freund hatte, bis ich Sie getroffen habe. Es war vorbei, sobald ich davon erfahren habe.« Sie zwang sich, seinen Blick zu erwidern. Er musste wissen, dass sie es ernst meinte. Dass sie nie wissentlich ihn oder jemand anderen so verletzen würde, egal, wie sie für Nadia empfand.

»Ja, das hat sie mir erzählt.« Er winkte mit der gesunden Hand ab.

Ashley starrte ihn verwirrt an. Er wirkte weit weniger wütend, als sie an seiner Stelle gewesen wäre.

»Ich bin nicht gekommen, um Ihnen Vorwürfe zu machen«, fuhr Jewgeni fort. »Nichts dergleichen.«

Ashleys Herzschlag beruhigte sich etwas. Das Gespräch lief offenbar deutlich besser, als sie befürchtet hatte.

Sie sah ihn an. »Warum sind Sie dann hier?« Und hielt den Atem an. Wollte sie das wirklich wissen?

Er blickte ihr direkt in die Augen. »Sie sollten Nadeschda noch eine Chance geben.«

# Kapitel 23

## *Die Geschichte der Embolektomie*

Ashley blinzelte. Ein... zwei... dreimal.

Jewgenis Augen hielten ihren Blick fest.

Sie konnte sehen, warum Nadia ihn sich ausgesucht hatte. Es ging über sein bloßes Aussehen hinaus. Es war sein Charakter, der wahrhaftig strahlte. Und das bewirkte, dass Ashley ihm am liebsten eine verpasst hätte. Niemand war so selbstlos.

»Ich liebe Nadeschda. Ich liebe sie, seit ich sie zum ersten Mal gesehen habe.« Als Ashley nichts sagte, fuhr Jewgeni mit seiner absurden Erklärung fort, warum er Ashley bat, Nadia zu verzeihen. »Aber im Grunde wusste ich immer, dass sie mich nicht genauso lieben kann. Ich wollte sie nicht verlieren, also habe ich sie nie gefragt. Es war egoistisch, ich weiß, aber es war besser, wenigstens einen Teil von ihr zu haben als gar nichts. Erst jetzt habe ich erkannt, wie unglücklich es uns beide gemacht hat, zusammenzubleiben.«

»Aber sie hat Sie betrogen! Wieso können Sie nicht wütend auf sie sein?«

Jewgeni schüttelte den Kopf. »Ich bin traurig, aber nicht wütend. Ich kenne Nadeschda. Sie ist keine Frau, die normalerweise so etwas tun würde. All die Jahre muss sie sich so gefangen und allein gefühlt haben.« Seine Stimme wurde rau. »Und ich habe erkannt, dass sie erst in den letzten paar Wochen vor unserer Trennung zum ersten Mal glücklich war.«

*Trennung?* Das Wort hallte in Ashleys Hirn wider, aber sie schüttelte den Kopf, schob die verbotenen Gedanken beiseite. »Sie irren sich, Jewgeni«, sagte sie mit bebender Stimme. »Nadeschda kann mich überhaupt nicht leiden.« Sie schluckte mehrmals, um das Zittern zu vertreiben. »Seit Sie im Krankenhaus aufgetaucht sind, hat sie mich gemieden, wo immer es möglich war. Sie ist nicht mal zur Arbeit gekommen. Und die Arbeit ist ihre *wahre Liebe*.«

»Genau!« Jewgeni starrte sie an, als würde das alles erklären.

Ashley neigte den Kopf. Das ergab keinen Sinn. Sie wünschte, sie könnte wieder über die Physiologie vasovagaler Reaktionen sprechen.

»Verstehen Sie nicht? Sie ist so erschüttert davon, was mit Ihnen passiert ist, dass sie sich das versagt, was sie am meisten liebt.«

Ashley schüttelte den Kopf. Seine Erklärung war weit hergeholt und ergab keinen Sinn. *Nadeschda kann mich nicht ausstehen.* Ashleys Herz zog sich schmerzhaft zusammen. *Sonst hätte sie nicht gelogen.*

Er seufzte. »Wissen Sie noch, als sie diese, äh, OP am Magen hatte?«

»Am Blinddarm, eine Appendektomie.« Ashley lächelte. Jewgenis medizinische Ahnungslosigkeit lenkte sie vorübergehend von ihrer inneren Unruhe ab.

»Ja, genau. Sie hat darauf bestanden, am nächsten Tag zu arbeiten.«

Ashley nickte. »Niemand konnte sie davon überzeugen, sich den Tag freizunehmen.«

»Und das eine Mal, als sie mit diesem Medizinstudenten arbeiten musste, nur weil er der Sohn von irgendjemand Wichtigem war?«

»Der Sohn des Leitenden Oberarztes. Er war acht Wochen hier und Bratton hat darauf bestanden, dass Nadeschda ihn anleitet, weil sie die Beste ist. Sie hat jede einzelne Sekunde gehasst.«

»Aber sie ist trotzdem jeden Tag zur Arbeit gekommen. Auch an den Tagen, die sie eigentlich freihatte. Und was war damit, als sie nicht in den OP durfte?«

Ashley senkte den Blick, während ihre Wangen rot wurden. »Davon hat sie Ihnen erzählt?«

»Sie erzählt mir alles. Ich bin ihr bester Freund.« Das unausgesprochene *aber auch nicht mehr als das* hing in der Luft. Er hielt inne und atmete tief ein. »Nichts hält sie von ihrer Karriere fern. Aber für Sie würde sie mehrere Jahre harter Arbeit einfach wegwerfen.«

Ashley hatte immer noch den Nadelhalter in der Hand. Sie öffnete und schloss ihn rhythmisch, während sie über seine Worte nachdachte und sich dann dazu entschloss, ihm nicht zu glauben. Sie hatte bereits so viel durchgemacht. Selbst der kleinste Funke Hoffnung ängstigte sie bloß noch. Sie hielt den Atem an, um jede Spur davon zu ersticken.

Nein, bei ihrem letzten Gespräch war Nadia so kalt und gleichgültig gewesen, dass sie sich viel eher von der Klinik und ihrer Arbeit fernhielt, weil sie Ashley hasste.

»Sagen Sie mir eins«, fuhr er fort, als sie nichts erwiderte. »Lieben Sie sie?«

Ashley erstarrte kurz und das klackernde Geräusch des Nadelhalters riss abrupt ab. Ihr Herz tat einen Satz und sie begann damit, die benutzten Instrumente wegzuräumen. Als sie zurückkehrte, um die Wunde zu verbinden, fand sie endlich ihre Stimme wieder. »Diese Frage ist nicht gerade angemessen. Wir sollten Rivalen sein.«

»Also wollen Sie doch um sie kämpfen.«

»Das habe ich nicht gesagt. Ich meine, wir sollten nicht einmal miteinander reden.« Ashley fixierte den Verband und wandte sich ab, um zu gehen. »Ich muss weiter.«

»Warten Sie.« Jewgeni berührte ihren Arm. »Es tut mir leid, wenn ich zu weit gegangen bin, aber ich bin nicht Ihr Feind. Ich will nur um eines kämpfen, nämlich dass Nadeschda glücklich ist.«

*Meine Güte.* Ashley schürzte die Lippen. *Geht es noch ein bisschen kitschiger?*

Er sah sie mit seinen tiefblauen Augen an und sie biss die Zähne zusammen. Warum war er so charismatisch und sagte ständig das Richtige? Das sorgte nur dafür, dass sie ihn noch mehr hasste. »Ich dachte, ich würde anfangen, sie zu lieben, aber wie kann ich das noch, nach all dem, was sie getan hat?« Die Worte rutschten ihr ungewollt heraus.

»Ich denke, wir sind einer Meinung. Nadeschda ist einzigartig«, sagte Jewgeni sanft und Schmerz lag in seinem Blick. »Wenn ich eine Chance bei ihr hätte, wäre es mir egal, ob es richtig ist oder nicht. Ich wäre einfach nur bei der Frau, die ich liebe.«

Ashley schluckte den Kloß in ihrer Kehle hinunter. Ihr Verstand wehrte sich gegen Jewgenis Beschreibung von Nadia. Sie wollte nicht hören, dass Nadia einzigartig war. Dass sie es wert war, ihre Integrität herauszufordern. Sie wollte nicht, dass allein schon der bloße Gedanke an Nadia reichte, damit Ashleys Herz vor lauter Widerspruch heftig zu schmerzen begann.

Ashley trat einen Schritt zurück, ohne eine Idee, was sie jetzt tun sollte. Sie sah Jewgeni nachdenklich an. »Kommen Sie in zwei Wochen wieder, um sich die Fäden ziehen zu lassen.«

Jewgenis Worte kreisten unentwegt in Ashleys Kopf herum, während sie für ihren nächsten Patienten zurück zum OP ging. *Nadia ist nicht mehr mit ihm zusammen.* Der Gedanke kehrte immer wieder und Ashley versuchte mit aller Kraft, ihn von sich zu schieben. Das sollte keine Rolle spielen. Was jedoch eine Rolle spielte, war, dass Nadia gelogen und nicht versucht hatte, sich zu erklären. Sie hatte sich nicht einmal entschuldigt. Nach allem, was Ashley wusste, hasste Nadia sie, weil sie sie dazu gezwungen hatte, Jewgeni die Wahrheit zu sagen. Obwohl sie Nadia nicht wirklich zu irgendetwas zwingen konnte, das diese nicht tun wollte.

Ashley überlegte, aus welchen anderen Gründen Nadia sich von ihr ferngehalten hatte. Vielleicht war sie zu stur, um um Verzeihung zu bitten. Das wäre typisch Nadia. Außerdem hatte Ashley gesagt, dass nichts, was sie sagen könnte, genug wäre. Was hätte eine Erklärung dann für einen Sinn, wenn Ashley sie nicht hören wollte?

Sie kam am OP an und traf dort Pari, die gerade Packungen mit frisch sterilisierten chirurgischen Instrumenten durchsuchte. »Stiehlst du jetzt medizinisches Zubehör?«

Pari sah zu ihr auf. »Es ist wohl kaum ein Verbrechen, sich etwas Material auszuleihen.« Sie griff ein paar Päckchen, dazu Nahtmaterial und Desinfektionsmittel und drückte alles Ashley in die Hände. »Und ich nehme nichts mit. Das machst du.«

»Ich habe gleich eine OP. Ich habe keine Zeit für Rätsel.«

»Hast du das noch nicht gehört? Dein Termin wurde abgesagt, weil ich hier jetzt eine akute Aortendissektion habe.«

Ashley sah auf ihr Handy. »Nein, wusste ich nicht.« Sie sah auf die Materialien in ihrer Hand. »Und warum brauche ich all das hier jetzt?«

»Weil mein Tag gerade voller geworden ist und deiner leerer. Du wirst das jetzt für mich zu mir nach Hause bringen.«

»Verstehe ich nicht.« Ashley runzelte die Stirn.

Pari tippte auf ihr Handy ein und sah nicht auf. »Keating hat sich in die Hand geschnitten. Sie meint, es muss genäht werden, aber sie will nicht ins Krankenhaus kommen. Es klingt nicht allzu schlimm, aber du weißt ja, dass sie solche Sachen gerne herunterspielt.«

Ashley starrte sie an, während sie zu verarbeiten versuchte, was Pari gerade so beiläufig gesagt hatte. »Sie ist bei dir zu Hause?«

»Ja.«

»Und wie lange ist sie schon dort?«

»Seit zwei Wochen.«

»Und dir ist bis jetzt nicht eingefallen, mir das zu sagen?«

»Richtig.«

»Weil …?«

Pari sah endlich auf. »Weil ich dachte, ihr zwei hättet inzwischen eine Lösung gefunden. Stattdessen führst du hochriskante Operationen an meinem Patienten durch und meine Star-Nachwuchschirurgin babysittet meine Kinder, anstatt besagten Patienten zu beobachten. Ansonsten sitzt sie mit deprimierender Sehnsucht nach dir in meinem Gästezimmer.«

Von all den vielfältigen Emotionen, die durch Ashley wirbelten, siegte die Neugier. »Sie sehnt sich nach mir?«

Pari schnaubte genervt. »Geh und rede mit ihr. Es ist sonnenklar, was ihr zwei füreinander empfindet, aber ihr seid beide zu stur, um es zuzugeben. Beendet bitte endlich euer Drama, damit sie wieder zur Arbeit kommen kann.« Pari deutete auf die Sachen, die Ashley in der Hand hielt. »Ich brauche sie mit funktionierendem Kopf und gesunden Händen. Für das blutige, heulende Durcheinander, das sie jetzt ist, habe ich keine Verwendung.«

Ashley schüttelte ungläubig den Kopf. Pari hatte eine Vorliebe für Dramatik. Es war biologisch unmöglich, dass Nadia Keating weinte. Aber dann kam ihr ein anderer Gedanke. »Du hast gesagt, es wäre falsch, eine Beziehung mit einer Ärztin in Ausbildung zu haben. Warum hast du deine Meinung geändert?«

»Ich bin immer noch dagegen, dass Fachärzte und Assistenten miteinander rummachen. Aber Ashley, hier geht es nicht mehr um Personalvorschriften. Es geht um dich. Du hast noch nie so großes Interesse an jemandem gezeigt. Und wenn du das je vor Keating erwähnst, drehe ich dir höchstpersönlich den Hals um, aber sie ist nur pro forma eine Ärztin in Ausbildung. Ich vertraue ihrem Urteil mehr als der Hälfte der Fachärzte hier. Außerdem habt ihr beiden schon so viel Chaos darum verursacht, dass ihr nicht zusammen seid, ich kann mir nicht vorstellen, dass es noch schlimmer wird, wenn ihr es doch tut.« Pari schob sie sanft zur Tür. »Hör auf, nach Gründen zu suchen, um nicht mit ihr zu reden, und bring es endlich hinter dich.«

Ashley stieß einen leisen ergebenen Seufzer aus, als sie die Tür erreichten. Pari hatte recht. Sie war es sich selbst schuldig, Nadia anzuhören. Das Gespräch war längst überfällig.

»Viel Glück mit deinem Fall«, sagte Ashley, als sie aus dem Raum trat.

Pari grinste. »Brauche ich nicht. Ich bin die operierende Ärztin, also wird es dem Patienten großartig gehen.«

Ashley verdrehte theatralisch die Augen. *Sind denn alle außer mir hier größenwahnsinnig?*

Während sie rasch davonging, rief Pari ihr hinterher: »Und es wird noch viel besser laufen ohne Assistenten, die meine Entscheidungen infrage stellen.«

Ashley schüttelte den Kopf. Als ihre Entscheidungen im OP angezweifelt worden waren, war alles noch ganz einfach gewesen. Jetzt stand so viel mehr auf dem Spiel als ihr Ego.

Ihre Füße hämmerten hart auf den Boden und sie ignorierte alle weiteren geistreichen Bemerkungen, die Pari ihr nachrief. Jede Zelle in ihrem Körper sprühte vor Energie, und Hoffnung keimte in ihr auf. Diesmal kämpfte sie nicht gegen ihre Gefühle an. Sie ließ sie wachsen und zu dem brennenden Wunsch werden, dass alles vielleicht doch noch gut ausgehen könnte.

Nadia trommelte mit den Fingern neben der Tastatur auf den Tisch. Sie las den ersten Satz der Einleitung noch einmal: *Die Herztransplantation ist und bleibt die einzige Heilmethode für Herzinsuffizienz im Endstadium.* Sie knurrte unzufrieden und ihre Finger trommelten schneller. Sie hatte mit der ganzen Herz-aus-dem-Labor-Idee nur deshalb angefangen, weil Ashley sie vor sieben Jahren dazu angestiftet hatte. Und weil sie aus dem OP verbannt gewesen war, hatte sie die nötige Zeit gehabt, sie endlich umzusetzen.

Ihre Finger stoppten und sie dachte daran, dass ihr erstes Mal mit Ashley passiert war, weil sie sich entschuldigt hatte. Konnte es wirklich so einfach sein? So einfach wie Entschuldigung und Vergebung? Sie schauderte. Sie hatte sich noch nie so stark zu jemandem hingezogen gefühlt. Und das lag nicht nur an Ashleys Geschlecht. Nadias Herz spielte nicht für jede beliebige Frau verrückt. Aber für Ashley.

Sie lehnte sich in ihrem Stuhl zurück. Es hatte keinen Sinn, an dem Manuskript zu arbeiten, wenn sie sich nicht konzentrieren konnte. Und es war offensichtlich, warum sie nichts Produktives tun oder auch nur das Haus verlassen konnte. Sie war endlich so weit, zuzugeben, dass Ashley anders war als ihre vorherigen Liebhaber, weil sie die Einzige war, die Nadia je geliebt hatte.

Die hoffnungslose Erkenntnis tat ihr im ganzen Körper weh. Welche Person, die noch bei klarem Verstand war, würde eine Beziehung mit einer Lügnerin wollen?

Nadia gab sich große Mühe, anders zu empfinden, aber ihr Herz wollte einfach nicht hören. Vielleicht sollte sie sich selbst ein neues bauen.

Das Geräusch der Schlüssel an der Haustür riss sie in die Gegenwart zurück. Singh hatte geschrieben, dass sie einen Notfall habe und ihr das Zubehör, um ihre Schnittwunde zu nähen, nicht selbst bringen könne. Natürlich wäre es einfacher gewesen, wie jeder andere normale Mensch ins Krankenhaus zu fahren, aber Nadia weigerte sich, das Risiko einzugehen und womöglich der Frau über den Weg zu laufen, die ihr Herz und ihre Gedanken quälte.

»So früh habe ich Sie gar nicht erwartet.« Nadia hielt den Blick auf den Bildschirm gerichtet, so, als würde sie arbeiten, während Schritte sich näherten. »Parker ist vor einer halben Stunde schlafen gegangen, also gehen Sie bitte nicht in sein Zimmer.«

»Bist du jetzt ein Vollzeit-Kindermädchen, Nadeschda?«

Nadias Herz begann wild in ihrer Brust zu pochen. Sie drehte sich zu Ashley um. »Ich dachte, Sie wären Dr. Singh«, sagte sie und klang dabei nicht gerade intelligent.

Der Anblick von Ashley in Singhs Wohnzimmer bewirkte, dass Nadia sich wortreich für alles entschuldigen wollte, was sie falsch gemacht hatte. Stattdessen konzentrierte sie sich auf ihre Atmung. Entschuldigungen würden nichts ändern.

»Sie hat zu tun. Sie wollte, dass ich dir das hier bringe.« Ashley warf den Beutel mit dem medizinischen Material auf den Tisch.

Keine von beiden wandte den Blick ab. Wie konnte Nadia auch irgendwo anders hinsehen? Entgegen aller Vernunft hatte ihr dummes Herz gehofft, dass Ashley auftauchen und ihr verzeihen würde. Und wenn sie jetzt blinzelte, würde das nur den Moment zerstören.

*Ashleys Anwesenheit bedeutet nicht, dass sie dir verziehen hat,* beharrte eine kleine Stimme in ihrem Hinterkopf. Der Gedanke wurde immer lauter und hartnäckiger und Nadia tat alles dafür, um die hochkochenden Emotionen unter der Oberfläche zu zähmen. »Danke«, sie zögerte, »Dr. Rylan.«

»Wirklich, Nadeschda? Ich denke, wir haben die Titel inzwischen weit hinter uns gelassen.«

Nadia kniff die Lippen zusammen. Was hatte es für einen Sinn, Ashley noch mehr zu reizen?

Sie wandte den Blick ab, nahm den Beutel und breitete den Inhalt methodisch vor sich aus, um ihre Schnittwunde zu behandeln. Ihre Atmung beruhigte sich, während sie die vertrauten Handbewegungen ausführte. Unter Ashleys eingehendem Blick, der auf ihrer Haut prickelte, säuberte und betäubte Nadia die Wunde. Sie nahm den Nadelhalter mit der linken Hand und begann ungeschickt zu nähen.

»Soll ich dir helfen?«, fragte Ashley.

»Ich bin sehr wohl in der Lage, einen einfachen Schnitt zu nähen. Ich brauche keine Hilfe.« Einen Streit anzuzetteln war leichter, als offen zu reden.

Nicht, dass sie ein Recht darauf hatte, wütend zu sein. Ihre Gedanken waren ganz durcheinander und daher schlug sie instinktiv den vertrauten Weg der Selbstzerstörung ein. Nadia knirschte mit den Zähnen und ermahnte sich, daran zu denken, dass Schweigen wirklich das Beste war.

Ashley beobachtete, wie Nadia stur mit ihrer nicht dominanten Hand ihre eigene Wunde nähte. Trotz des ungeschickt aussehenden Griffs schaffte sie es erstaunlich elegant. Diese Verbissenheit war typisch – und so wahnsinnig sexy. Ashley seufzte. »Warum kämpfst du gegen mich?«

Nadia sagte nichts.

Warum gab sie sich so gleichgültig? Wenn Pari und Jewgeni sie nicht von Nadias Reue überzeugt hätten, hätte Ashley nicht vermutet, dass Nadia welche empfindet. Es ging über Ashleys Verstand, warum Nadia an dieser kaltherzigen Fassade festhielt.

Dann dämmerte es ihr. Nadia hatte gesagt, es hätte keinen Sinn, sich mit einer Aussprache zu quälen, da ihre Beziehung ja vorbei war. Das tat sie oft – sie zog sich zurück, sobald die Situation zu emotional wurde. Ashley lockerte ihre Schultern und ließ allen Frust los. Diesmal würde Nadias Verteidigungsmechanismus nicht funktionieren. Sie zog einen Stuhl heran, setzte sich neben Nadia, zog sterile Handschuhe über und streckte ihre Hand aus.

Nach einem Moment des Zögerns reichte Nadia ihr den Nadelhalter und wandte dann den Blick ab.

Es war eine winzige Geste, mit der sie die Kontrolle abgab, aber sie machte Ashley ein wenig Hoffnung. Sie konzentrierte sich auf die tiefe

Wunde anstatt auf die zierliche Hand. »Bei unserem letzten Gespräch«, sagte Ashley, »da hattest du recht.«

Nadia sah sie an.

»Ich war entschlossen, dich zu hassen. Nichts, was du gesagt hättest, hätte meine Meinung geändert. Weil ich nicht bereit war, zuzuhören.« Sie berührte leicht Nadias Hand, wobei sie sorgfältig den Schnitt mied. »Jetzt bin ich bereit.«

Nadia schloss die Augen. Als sie sie wieder öffnete, waren sie voller Tränen. »Ich wollte dir nicht wehtun.«

Ashley packte den Nadelhalter. »Dafür ist es jetzt etwas spät«, sagte sie leise.

»Ich weiß.« Nadia senkte den Blick und ihre Tränen tropften auf den Tisch.

»An jenem Tag in der OP-Schleuse ... vor Sanders OP, da wolltest du es mir sagen, oder?«

»Ich wollte es dir schon lange davor sagen«, sagte Nadia. »Aber es ist leicht, etwas aufzuschieben, das nur Leid verursachen wird. Vor allem etwas, das man mit nichts rechtfertigen kann.«

Ashley blinzelte, um ihren Blick zu klären. Sie begann Nadias Hand zu nähen. »Nein, ich glaube nicht, dass es eine Rechtfertigung für Betrug gibt.«

»Nachdem ich erkannt hatte, wie ich für dich empfinde, dachte ich ... ich habe gehofft, wenn ich es dir persönlich sagte, würdest du mir wenigstens vertrauen.«

Ashley stiegen immer mehr Tränen in die Augen und sie unterbrach ihre Arbeit. Nadia hatte recht. Sie vertraute ihr nicht.

»Übrigens, ich habe von Sanders' OP auf der Intensivstation gehört.«

Bei dem plötzlichen Themenwechsel sah Ashley auf. Vielleicht vermied Nadia nur wieder, über ihre Gefühle zu sprechen. Aber es war eine willkommene Ablenkung. »Er ist stabil«, sagte Ashley.

»Du hast ein Wunder vollbracht, das weißt du, oder?«

Ashley schenkte ihr ein leichtes Lächeln. Es war extrem selten, dass Patienten eine solche Nahtoderfahrung überlebten. Wenn Sanders es getan hatte, konnten vielleicht auch sie und Nadia es entgegen aller Wahrscheinlichkeit schaffen.

»Kennst du die Geschichte dieser Operation?«

Ashley schüttelte den Kopf. Sie kannte die technischen Einzelheiten, aber Nadia konnte eine Geschichte zum Leben erwecken.

»Als Trendelenburg 1908 die Operation erfand, wurde sie für eine große Entdeckung gehalten. Und das war sie auch – theoretisch. In der Praxis blieb sie erfolglos, da die Patienten bereits aktiv im Sterben liegen mussten, bevor die Chirurgen sie auch nur versuchten. Trendelenburg selbst hat damit nie auch nur ein einziges Leben gerettet. Einmal erkannte ein junger Chirurg, der seinen Patienten hilflos beim Sterben zusah, dass die Operation nie funktionieren würde, wenn es nicht einen Weg gab, das Blut währenddessen am Zirkulieren zu halten.«

»John Gibbons kardiopulmonale Bypass-Maschine«, bemerkte Ashley leise.

»Ja, seine Erfindung hat alles geändert. Aber Gibbon hat die wundersame Herz-Lungen-Maschine erst 1953 entwickelt. Was sollten Chirurgen davor tun? Die Trendelenburg-Operation war die einzige Lösung, die sie damals hatten. Ihre Bemühungen waren fast immer vergeblich, aber welche andere Wahl hatten sie, als es wenigstens zu versuchen?«

Ashley verband die genähte Wunde und erwiderte Nadias Blick. »Warum erzählst du mir das?«

»Ich will, dass du verstehst, wie etwas, das zu einer bestimmten Zeit angemessen erscheint, sich rückblickend als sehr mangelhaft herausstellen kann.« Nadia stockte, als suchte sie die richtigen Worte. »Ich habe Jewgeni gewählt, weil er alle Kriterien erfüllt hat. Er hat mich verstanden, er hat mich unterstützt und er ist der gütigste Mann, den ich je getroffen habe. Und er liebt mich so sehr. Aber genau wie Trendelenburgs Embolektomie ohne Gibbons Maschine war auch meine Beziehung mit ihm zum Scheitern verurteilt. Es erging mir wie den Schicksalen von Trendelenburgs Operation: Es war gerade genug, um mich glauben zu lassen, dass es funktionieren könnte. Aber letztendlich hat es das nie.«

»Weil du keine Herz-Lungen-Maschine hattest?«

»Weil ich mit dem falschen Menschen zusammen war«, sagte Nadia hastig und ihr Blick aus den geröteten Augen flehte um Verständnis. »Aber ich kannte keine Alternative. Also habe ich mich damit abgefunden, was ich hatte.«

Ashley runzelte die Stirn. »Du warst mit Jewgeni zusammen, weil du dachtest, er wäre deine beste Option?«

»Es klingt schlimm, wenn du es so formulierst. Ich habe ihn nicht benutzt, aber ich konnte seine Gefühle auch nicht erwidern ... jedenfalls nicht so, wie er es verdient gehabt hätte. Ich bin trotzdem bei ihm geblieben, weil ...« Nadia presste die Lippen aufeinander. »Das ist jetzt viel schwieriger, als ich dachte.«

Ashley berührte ihre Hand. »Du bist nicht die erste homosexuelle Person, die sich um eine heterosexuelle Beziehung bemüht hat.« Sie lächelte unsicher. »Aber wahrscheinlich die erste, die die Erfindung der Bypass-Maschine als Metapher dafür verwendet.«

Nadia stöhnte. »Man sollte meinen, die Person, die die einzig wahre Methode für Organtransplantationen entwickelt hat, hätte inzwischen ihre sexuelle Vorliebe erkannt.«

»Die *einzig wahre* Methode, hm?«, neckte Ashley sie. »Ich bin froh, dass dein Mangel an Bescheidenheit keinen Schaden genommen hat.«

»Da wäre ich mir nicht so sicher.« Nadia drehte ihren aufgeklappten Laptop zu Ashley, ohne sie anzusehen. »Wie es scheint, hast du mich zu so einem Wrack werden lassen, dass ich nicht einmal einen einfachen Artikel schreiben kann.«

Nicht, dass es in der Medizin überhaupt so etwas wie einen einfachen Artikel gab. Neugierig überflog Ashley den Titel: *Die erste erfolgreiche Transplantation eines biotechnologischen Herzens mit gespendeter extrazellulärer Matrix*. Es war ein fesselnder Titel. Jedenfalls für einen trockenen wissenschaftlichen Artikel.

Als Nächstes las sie die Verfasserzeile durch: *Nadeschda R. Keating, DO; Riku Sato, PhD; Dan S. Myers, MD; Sarah M. Ross, BS; Li Wei, MD; Robert J. Stevens, MD; Ashley Rylan, MD; Pari J. Singh, MD.*

Sie las die Liste noch einmal. Nadia vergab die Ehre einer Mitverfasserschaft nur für echte Verdienste. Natürlich staunte Ashley, als sie ihren Namen direkt vor Paris, dem der hochrangigeren Hauptbeteiligten, sah. »Mein zweiter Vorname beginnt mit C«, sagte sie und lächelte. »Für Christina.«

»Das werde ich einfügen«, sagte Nadia nüchtern. Sie räusperte sich. »Nur damit du es weißt, ich hatte keine Hintergedanken, als ich deinen Namen hinzugenommen habe. Ich hätte dasselbe für jeden anderen getan, der den Patienten vor einer Sattel-Embolie gerettet hätte.«

»Verstanden«, sagte Ashley, indem sie Nadias geschäftsmäßigen Ton nachahmte.

Der restliche Entwurf war weniger vernünftig durchdacht. Die Einleitung begann mit einem zusammenhängenden Satz, ging aber dann zu einer bizarren Parallele zwischen einem organisch gebrochenen Herzen ohne mögliche Behandlungsmethoden und einem emotional gebrochenen über. Ashley klebte regelrecht am Bildschirm und verbiss sich das Lachen, so absurd war es, was sie da las. Es klang überhaupt nicht wie etwas, das Nadia geschrieben haben könnte. »Wenn ich gewusst hätte, dass du nach der Entdeckung des Jahrhunderts den üblichen Stil und das Format dieser Artikel dermaßen übergehen darfst, hätte ich versucht, mir selbst eine Innovation einfallen zu lassen.«

Ein winziges Lächeln huschte über Nadias Lippen, bevor Trauer ihr Gesicht überzog. Das Lächeln erreichte die Augen nicht.

Auch mit Ashleys Belustigung war es schnell vorbei. Der Text war voller Selbsthass und harter Urteile. So ging Nadia an ihre Arbeit heran – kritisierte, entmutigte und verurteilte Fehler – und offenbar auch an ihr Privatleben. Ashley klappte den Laptop zu und sah Nadia an, die auf ihre bandagierte Hand starrte und sich weigerte, ihren Blick zu erwidern. Nadias Gehirn war vielleicht nicht für Vergebung geschaffen, aber Ashley merkte, wie sehr sie sich genau danach sehnte.

Wenn es nur so einfach wäre.

»Was hast du gedacht, wie ich reagieren würde, wenn du mir von ihm erzählst?« Ashley versuchte, die Anklage aus der Stimme herauszuhalten. »Oder wärst du bei ihm geblieben, wenn ich dich abgewiesen hätte?«

»Nein …« Nadia sah auf, salzige Tränenspuren auf den Wangen. »Natürlich nicht. Er verdient etwas Besseres, als der Trostpreis zu sein. Mein impulsives Geständnis in deinem Büro … hat nur das Unvermeidliche beschleunigt. Wir haben uns getrennt.« Nadia senkte wieder den Kopf und begann, an den Rändern ihres Verbands zu zupfen. »Ich erwarte nicht, dass es einen Unterschied macht, aber nur um es gesagt zu haben, nachdem du und ich … Na ja, seitdem hatte ich keinen Sex mehr mit ihm. Ich konnte nicht. Es hat sich einfach … falsch angefühlt.«

Ashley saß verblüfft schweigend da. Nadia war praktisch rund um die Uhr im Labor gewesen, als sie das Herz für die Transplantation vorbereitet hatte, aber es war trotzdem schwer sich vorzustellen, dass sie Jewgeni komplett gemieden hatte. Ashley wusste, wenn sie neben Nadia schlafen würde, könnte sie nicht einmal für eine Nacht die Finger von ihr lassen, geschweige denn mehrere Wochen. Aber Nadia wirkte aufrichtig, als sie ihr das sagte.

Trotz allem hatte sie nie gelogen. *Sie hat es nur immer wieder versäumt, einige wesentliche Details zu erwähnen.*

Und dieses Versäumnis reichte aus, um Ashleys Misstrauen am Leben zu erhalten, obwohl es ihr gefiel, dass Nadia nicht mehr mit Jewgeni schlief. Das Gefühl, dass sie dieses Misstrauen immer verspüren könnte, ließ ihr einen kalten Schauder über den Rücken laufen.

»Was ist?«, fragte Nadia.

»Er war dir wichtig und du hast ihn trotzdem betrogen. Wie kann ich darauf vertrauen, dass du mir nicht dasselbe antust?«

Nadia packte Ashleys Hand und drückte ihre Fingerspitzen seitlich an ihre Halsschlagader, was sofort eine Gänsehaut über Ashleys Rücken schickte.

»Spürst du das nicht?«

Nadias rasender Puls ließ Ashleys zur Antwort ebenfalls schneller werden.

»Das machst du mit mir. Mein Herz will mir jedes Mal schier aus der Brust springen, wenn ich dich nur sehe. Jedes. Verdammte. Mal. Vor dir hatte ich das nie. *Nie.*«

Ashley widerstand dem Drang, die Hand weiter auszustrecken und ihre Finger in Nadias Nacken zu schieben. Mit aller Kraft kämpfte sie gegen das Verlangen an, sie zu küssen. Denn wann war das je eine Lösung gewesen?

»Ich will dich nie wieder anlügen«, sagte Nadia, den Blick direkt auf Ashley gerichtet. »Ich kann nicht versprechen, dass ich keine Fehler mehr machen werde. Auch wenn ich diesen einen nie wieder mache, bin ich nicht sicher, ob ich nicht wieder etwas genauso Idiotisches tun werde, um unsere Beziehung zu sabotieren. Es wäre dumm von mir, zu versprechen, dass ich nicht scheitern werde. Ich kann aber sehr wohl versprechen, dass ich immer versuchen werde, besser zu werden, wenn du mir die Chance dazu gibst. Denn obwohl du für ständiges Herzrasen bei mir sorgst, will ich so sehr mit dir zusammen sein, wie ich noch nie etwas gewollt habe. Operieren eingeschlossen.«

Ashley schnappte nach Luft. Das war genau die Ermutigung, die sie brauchte. Sie zog Nadia an sich und genoss einen Moment lang ihre Wärme und ihren Duft, bevor sie ihre Lippen auf Nadias legte.

Nadia reagierte atemlos und zog sie noch näher an sich.

Der Kuss fühlte sich wie das Richtigste auf der Welt an und entfesselte eine Leidenschaft, deren Existenz Ashley bereits fast vergessen hatte. Ihre Haut brannte vor Verlangen, vor Sehnsucht nach immer mehr Berührungen, und ihr Körper zerschmolz zu einer Lava, in der alle Zweifel untergingen.

Schließlich wich Ashley ein Stück zurück und sah in Nadias dunkle Augen. »Du kannst dir wenigstens immer ein neues Herz bauen.«

Nadia verzog die Lippen zu einem frechen Lächeln. »Ja, das ist etwas, das ich definitiv kann.« Sie beugte sich vor und küsste Ashley.

Als Nadias Hand unter ihr Oberteil glitt, ihre zarte Haut streichelte und eine Gänsehaut hinterließ, war Ashley sich sicher, dass ihr Herz noch viel schneller schlug, als Nadias es je konnte. Sie drängte sich Nadias Berührung entgegen und knurrte zustimmend, als Nadia ihre Brust fand.

Ein Handy klingelte und riss Ashley mit einem Ruck in die Realität zurück. Sie zügelte ihren ersten Reflex, das Ding an die Wand zu werfen, und erinnerte sich daran, dass sie immer noch in Paris Esszimmer waren. Nadia schien das völlig vergessen zu haben, denn ihre Hand strich immer noch über Ashleys Rücken.

»Warte.« Mühsam löste sie sich von Nadia, die mit einem erstickten Keuchen protestierte.

Ashley hauchte ein *Tut mir leid* und nahm das Gespräch an. Es war Claire mit einer Liste an Terminen, an denen sie gleich teilnehmen musste.

»Du musst gehen«, sagte Nadia nüchtern, nachdem Ashley geendet hatte.

Ashley nickte und kämpfte gegen das brennende Bedürfnis, zu bleiben, an. Sie hatte Pflichten. »Ich hatte eine OP, die abgesagt wurde, also muss ich jetzt an den Sitzungen teilnehmen, die ich sonst ausgelassen hätte. Und anscheinend brechen alle gleich in Panik aus, wenn die Oberärztin mitten am Tag einmal kurz die Arbeit verlässt. Das hätte ich vielleicht nicht tun sollen –«

»Ich bin froh, dass du gekommen bist.« Nadia berührte ihren Arm und Ashley hielt endlich den Mund.

Sie lächelte. »Ich auch.«

Nadias entspanntes Gesicht, das endlich einmal keine negativen Emotionen zeigte, sorgte dafür, dass Ashley sich am liebsten krankgemeldet hätte. Sie stellte in Gedanken schon eine Liste glaubhafter akuter

Erkrankungen zusammen. Aber mit einem tiefen Seufzer ließ sie diesen Plan fallen. Auch wenn sie es irgendwie schaffte, ihr eigenes Pflichtgefühl zu ignorieren, bezweifelte sie doch, dass ein Workaholic wie Nadia sie noch respektieren würde, wenn sie sich so etwas erlaubte.

»Machen wir heute Abend weiter, wo wir aufgehört haben? Gib mir deine Adresse.« Nadias glühender Blick hielt Ashleys fest.

Ashley bezwang den heftigen Wunsch, zuzustimmen. »Nein.«

Nadia runzelte die Stirn. »Wir können uns auch hier treffen, aber ich kann nicht versprechen, dass es ohne Auswirkungen auf mich bleibt, wenn ich weiß, dass Singh idiotisch grinsend im Nebenzimmer sitzt.«

Ashley lachte. »Definitiv nein.«

»Ein Hotel?«

Ashley schüttelte den Kopf. »Wir haben es auf deine Art versucht. Jetzt machen wir es auf meine.«

Nadia verschränkte die Arme und zog eine Braue hoch. »Und welche Art wäre das genau?«

»Ein Essen an einem öffentlichen Ort.«

»Sind wir darüber nicht hinaus?«

Ashley lächelte breit. »Wir sind *genau* an diesem Punkt.« Sie ahmte Nadias Anweisungen für ihr erstes Treffen nach. »Wir treffen uns diesen Freitag um sieben Uhr in einem Restaurant. Zum Essen. Danach wird es Drinks geben. Wir reden und lernen uns besser kennen. Und falls dir noch nicht klar ist, was ich damit meine: Es wird ein echtes, altmodisches Date sein.«

Nadia seufzte theatralisch. »Muss das sein?«

Immer noch ganz berauscht von Nadias Leidenschaft vor wenigen Augenblicken fragte Ashley: »Willst du mich?«

»Ja«, antwortete Nadia, ohne zu zögern.

»Da hast du deine Antwort.«

Nadia schnaubte leicht. »Na gut. Wir machen es auf deine Art.« Sie lächelte verschmitzt. »Warten wir ab, wie lange du die Hände bei dir behalten kannst.«

Ashley kicherte, während sie sich zum Gehen wandte. »Oh, ich glaube nicht, dass wir uns um *meine* Hände Sorgen machen müssen.«

# Kapitel 24

## *Die Facharzt-Assistenzarzt-Beziehung*

Es war bereits nach zehn, als Nadia Singhs Schritte hörte. Die Kinder lagen längst im Bett, und da der erste Entwurf ihres Manuskripts peinlich unbrauchbar gewesen war, hatte sie seit Ashleys Weggang daran gearbeitet, es komplett neu zu schreiben.

Sie sah von ihrem Laptop auf. »Ist Ihre OP gut verlaufen?«

»Du hättest es geliebt. Ich habe dein Lieblingsverfahren angewandt – einen klappenschonenden Aortenwurzelersatz«, scherzte Singh und erinnerte sie einmal mehr an den Vorfall, für den sie aus dem OP-Saal geflogen war. »Und wie ich sehe, hat Ashley deine Hand versorgt«, fuhr sie fort und deutete auf Nadias Verband. »Gut. Ich war mir sicher, dass du dich absichtlich geschnitten hast, um ihr noch zwei Wochen aus dem Weg zu gehen.«

»Ich kann einen einfachen Schnitt sehr wohl selbst nähen«, sagte Nadia tonlos.

»Bedeutet das, ihr habt euch nicht ausgesprochen?«

Nadia sagte nichts. Sie hatte keinerlei Verlangen, Singh irgendetwas aus ihrem Privatleben zu erzählen.

»Na gut, dann sag eben nichts. Ich sehe es sowieso auf der Nanny-Kamera.«

Nadia wurde ganz rot im Gesicht. »Sie haben keine Nanny-Kamera.« Sie beendete den Satz eher wie eine Frage, was ihr ein neckisches Lächeln von Singh eintrug.

»Langsam denke ich, ich sollte eine besorgen.«

»Es ist nichts passiert«, beharrte Nadia.

»*Etwas* muss passiert sein, sonst wärst du nicht so rot.«

Nadia wandte den Blick ab, während Singh über ihre mangelnde Selbstbeherrschung lachte. »Na ja, egal, was vorhin in meinem Haus passiert ist, ich freue mich für euch beide! Ihr seid intelligent, stur und perfekt füreinander. Es wäre eine Schande gewesen, wenn du es vermasselt hättest.«

»Ich habe doch gesagt, dass hier nichts passiert ist, Dr. Singh.« Das war mehr oder weniger die Wahrheit, auch wenn Nadia nicht ganz glaubwürdig rüberkam.

»Also muss ich für morgen keinen Aufpasser für die Kinder organisieren?«

Nadia runzelte die Stirn. Wann hatte sie sich in Singhs Kindermädchen verwandelt? »Doch. Ich gehe morgen wieder zur Arbeit, Sie sollten also jemand anderen finden. Versuchen Sie es mit einem der Medizinstudenten. Dann wären die mir wenigstens nicht im Weg.«

Singh kicherte. »Schön zu sehen, dass du wieder du selbst bist.«

»Übrigens, ich maile Ihnen den Entwurf des Artikels über das biotechnologische Herz noch diese Woche. Wir sollten ihn sofort einreichen. Ich denke, wir versuchen es bei den Besten, wie *The Lancet* oder *JAMA* oder –«

»Wechsle nicht das Thema, Keating«, unterbrach Singh sie. »Ich hätte erwartet, dass du etwas kommunikativer wärst, nachdem ich zwei Wochen lang ertragen musste, wie du in meinem eigenen Haus Trübsal geblasen hast. Ich könnte ja auch Ashley fragen. *Sie* würde mir *alles* erzählen.«

»Na gut.« Nadia stieß einen langen Seufzer aus. Singh hatte recht. Es hatte keinen Sinn, diskret zu sein. »Ja, wir haben uns ausgesprochen. Aber mein Privatleben wird keine Auswirkungen auf meine Arbeitsleistung haben, falls Sie sich deswegen Sorgen machen.«

»So wie es bisher keine Auswirkungen darauf hatte?«

Nadia knirschte mit den Zähnen. Singh hatte ins Schwarze getroffen und sie hasste es.

»Ach, schau nicht so zerknirscht drein. Ich wollte dich nur ärgern. Ich vertraue darauf, dass du dich während der Arbeitszeiten nicht allzu sehr von deiner Freundin ablenken lässt.«

Nadia klappte ihren Laptop zu und stand auf, um das Gespräch zu beenden. Sie ging auf das Gästezimmer zu.

»Was? Du bleibst heute Nacht hier?«, rief Singh ihr nach.

Nadia drehte sich um. »Sie will es langsam angehen lassen.«

»Na toll.«

Nadia unterdrückte ein Lachen. »Das können Sie laut sagen.«

»Mit Männern hatte ich dieses Problem nie.«

»Mhm.« Nadia nickte unwillkürlich. Dann fing sie Singhs Blick auf. »Aber sie ist das wert.«

»Gut. Denn wenn du sie wieder verletzt, haben du und ich ein Problem.«

Singh hatte jedes Recht, ihre Freundin beschützen zu wollen. Aber Nadia war nicht der Feind. Sie hatten dasselbe Ziel – Ashleys Glück.

Anstatt allzu emotional zu antworten und sie damit wahrscheinlich beide in Verlegenheit zu bringen, wechselte Nadia doch lieber das Thema: »Parker hat heute seine Impfung bekommen, in die linke Schulter. In den nächsten Tagen muss er sich auf Druckempfindlichkeit an der Stelle und ein wenig Fieber einstellen.«

Nadias Rückkehr ins Krankenhaus wurde mit Lob und Glückwünschen aufgenommen, als würde sie gleich die Wiederauferstehung einleiten. Die Aufmerksamkeit hatte einen bittersüßen Beigeschmack. Sie badete zwar in dem Ruhm, aber sie sehnte sich nach Ashley.

Beide hatten lange und hektische Arbeitstage und der professionelle Abstand, den sie hielten, verkomplizierte alles noch. Es gab keine offiziellen Regeln gegen Beziehungen zwischen Fachärztinnen und solchen in der Facharztausbildung, aber niemand hielt es für eine gute Idee, vor allem nicht in derselben Klinik. Normalerweise hätte Nadia von ganzem Herzen zugestimmt, aber bisher war sie nie eine der betroffenen Parteien gewesen. *Nun ja*, ihr Fall war die Ausnahme, die die Regel bestätigte.

Da alle wussten, dass Beziehungen nun mal passierten, bestand der naheliegendste Rat darin, sie geheim zu halten. Sie hatten vereinbart, über ihr Privatleben zu schweigen, bis Nadia selbst die Facharztausbildung abgeschlossen hatte. Wenn andere von ihrer Beziehung erfuhren und die Aufmerksamkeit des Leitenden Oberarztes darauf lenkten, würden die Folgen vor allem Ashley treffen. Das und die Tatsache, dass Nadia nicht gerade interessiert daran war, Details über ihr Privatleben mit dem restlichen Krankenhauspersonal zu teilen, machte Diskretion zu einer leichten Entscheidung.

Etwas schwieriger war es, sich auf ihr Date am Freitagabend vorzubereiten. Allein die Wahl der passenden Kleidung trieb sie in den Wahnsinn.

Nadia saß in ihrem frisch angemieteten kleinen Apartment auf der Bettkante, betrachtete nacheinander kritisch jede Hose in ihrem Schrank und verwarf jede einzelne wieder. Dasselbe hatte sie bereits mit ihren

Röcken, Kleidern, Blusen und allen anderen Oberteilen getan. Nichts erschien ihr gut genug.

Sie rieb sich die Schläfen. Es war noch nie so schwierig gewesen, sich zum Ausgehen fertig zu machen. Aber da es mit Ashley zu tun hatte, wurde jeder flüchtige Gedanke und jede Handlung bedeutungsvoll und wiederholter, eingehender Prüfung unterzogen.

Nadia stand auf und ging zum Schrank, um ihren Mangel an Möglichkeiten noch einmal in Augenschein zu nehmen.

Ashley sah immer hinreißend aus in ihren stylischen Businessoutfits und würde zweifellos auch heute wunderschön aussehen. Nadia raufte sich die Haare. Warum konnte sie nicht wie alle anderen während der Arbeit OP-Kleidung tragen? Ihr Blick fiel auf eine ordentlich gefalteten OP-Hose, aber sie sah gleich wieder weg. Nein, das ging nun wirklich nicht.

Warum hatte Ashley auf dieser Kennenlern-Scharade bestanden? Nadia hatte inzwischen genug Zeit mit ihr verbracht, um zu wissen, wer sie war. Widerwille stieg in ihr auf und zerrte an ihren Nerven. Es fühlte sich wie ein Test an, bei dem sie zum Scheitern verurteilt war.

Nadia schloss die Augen, griff blindlings in ihren Schrank und zog einen marineblauen Hosenanzug heraus. Sie verdrehte die Augen. Wunderbar, sie würde also ihr Vorstellungsgespräch bei Ashley nachspielen. Sie seufzte und versuchte es noch einmal.

Nadia beobachtete, wie ein Kellner im Frack ein Tablett mit Tellern darauf zu einem Tisch in der Nähe trug. Alle Tische waren mit makellos weißen Tischdecken und viel zu viel Besteck eingedeckt, um zu wissen, mit welchem sie anfangen sollte. Aus den Lautsprechern an der Decke drang leise klassische Musik.

Sie nahm ihr Handy und schrieb:

*Ich bin da.*

Die Antwort kam sofort:

*Verspäte mich. Es tut mir so leid! Komme in 10 Minuten.*

Sie knallte das Handy auf den Tisch. *Verspätung und Entschuldigungen.* Eine Kombination, die sie bei anderen tief verachtete. Warum tolerierte sie sie bei Ashley immer wieder?

»Weißt du, ich habe mich immer gefragt, wie sauer du warst, als ich bei unserem ersten Date zu spät gekommen bin«, sagte Ashley, die plötzlich wie aus dem Nichts erschienen war. »So schlimm, hm?«

Nadias Ärger löste sich sofort auf. »Es war kein Date damals«, korrigierte sie.

»Aber das hier ist eins.«

Anstatt zu antworten musterte Nadia Ashley ausführlich, ließ den Blick langsam von ihrem Gesicht zu ihren Beinen hinabwandern und wieder zurück. Sie sah atemberaubend aus. Perfekt zerzauste blonde Haare fielen in mehreren Stufen über ihre beinahe nackten Schultern und ihr dunkelgrünes Kleid schmiegte sich um jede Kurve ihres Körpers und stellte Nadias Beherrschung auf die Probe. Sie hätte am liebsten mit beiden Händen darüber gestrichen. Die Anmut, mit der Ashley sich bewegte, ließ ihre sexy hohen Schuhe fast bequem aussehen. Alles arbeitete harmonisch zusammen, um zu betonen, was sie zweifellos darunter verbarg.

Nadia lächelte und gab glücklich nach. »Ja, das ist ein Date.«

Ashley setzte sich ihr gegenüber. »Du siehst absolut hinreißend aus.«

Nadia errötete unter Ashleys intensivem Blick, zum Teil weil sie eine peinlich lange Zeit damit verbracht hatte, ihre Bluse und Hose auszusuchen. Da diese untypische Schüchternheit ihr unangenehm war, tat Nadia, was sie am besten konnte – sie rollte mit den Augen und schnaubte ungehalten. »Und du siehst natürlich so hinreißend aus wie immer. Sind wir fertig mit den Komplimenten des Abends? Was kommt als Nächstes? Tauschen wir uns darüber aus, wie man am besten Lidschatten aufträgt?«

Ashley kicherte. »Du kannst das wirklich nicht gut.«

»Ich will ja nicht ohne Grund keine Dates haben.«

»Hattest du wirklich nie eines? Nicht einmal mit Jewgeni?«

»Nein.« Nadia senkte den Blick. Seinen Namen aus Ashleys Mund zu hören, fühlte sich wie ein Schlag in den Magen an.

»Schon gut«, fügte Ashley gutmütig hinzu. »Ich habe gesagt, ich will dich besser kennenlernen, und das habe ich auch so gemeint. Du musst nicht so tun, als hätte dein Leben mit ihm nie stattgefunden.«

Nadias Magen verkrampfte sich. Sie hasste es, über ihre Fehler zu sprechen und ihre weniger perfekte Seite zu zeigen. Aber sie wusste, dass Ashley nicht deswegen gefragt hatte, und zwang sich dazu, sich ihr gegenüber zu öffnen. Sie erwiderte ihren Blick und nickte. »Wir sind einmal zum Essen ausgegangen, als wir uns gerade erst kennengelernt hatten. An dem Abend hat er mit der Kellnerin geschlafen. Danach habe ich ihn jedes Mal daran erinnert, wenn er vorgeschlagen hat, auf ein Date zu gehen. Nach einer Weile hat er aufgehört, zu fragen.«

Ashley grinste und schüttelte den Kopf. »Seltsamerweise passt diese Geschichte sehr gut zu dir.«

Nadia entspannte sich ein wenig und lehnte sich in ihrem Stuhl zurück.

»Versuchen wir es mit etwas anderem. Was hältst du von dem Restaurant hier?«

Nadia wollte ihr gerade ganz genau sagen, was sie von einem Lokal hielt, das keine Preise auf die Speisekarte hatte, weil sie den Gästen wahrscheinlich einen Herzinfarkt verursachen würden, aber Ashley hielt eine Hand hoch und stoppte sie. »Ich möchte, dass du einige Dinge bedenkst, bevor du antwortest.«

»Was für Dinge?«

»Zum Beispiel, warum ich gerade dieses Restaurant ausgewählt habe und dass es unser erstes offizielles Date ist. Denk außerdem daran, dass ich Zeit gefunden habe, nach Hause zu fahren und mich umzuziehen, obwohl ich einen hektischen Arbeitstag hatte.«

Es war Ashleys Tag der offenen Sprechstunde gewesen und zusätzlich zu den ambulanten Patiententerminen hatte sie auch zwei dringende Bypass-Fälle gehabt. Als Nadia das Krankenhaus verlassen hatte, war sie immer noch zwischen dem OP-Bereich und ihrem Arztzimmer hin- und hergerannt.

»Du willst also, dass ich nett statt ehrlich bin?«, fragte Nadia.

Ashley legte die Hand auf Nadias. »Das eine muss das andere nicht ausschließen.«

*Leichter gesagt als getan.* Nettsein bewirkte gar nichts. Leuten zu sagen, was sie falsch machten, dagegen schon. Nadia verbiss sich die Erwiderung und atmete tief ein. »Es ist sehr sauber und gepflegt.« Danach fiel ihr nichts mehr ein, das beide Kriterien erfüllte.

Ashley musste lachen.

»Aber«, fuhr Nadia fort, »ich möchte darauf hinweisen, dass ich Meeresfrüchte hasse.«

Ashley hörte auf, zu lachen, und ihr verblüffter Gesichtsausdruck war es wert, dafür das Wir-kennen-uns-schon-Argument Lügen zu strafen. »Warum hast du nichts gesagt?«

Nadia zuckte mit den Schultern. »Du klangst so begeistert, als du das Restaurant vorgeschlagen hast. Und ich wusste, dass du gründlich darüber nachgedacht hattest, wohin wir gehen sollten. Ich wollte es dir nicht vermiesen.« Sie trank einen Schluck aus ihrem Wasserglas. »Wie dem auch sei, es gibt immer ein Gericht mit Huhn für Leute, die gegen ihren Willen hierher gezerrt werden.«

Ashley sah sich um und verriet: »Eigentlich bin ich auch kein großer Fan von Meeresfrüchten.«

»Warum hast du dann dieses Lokal ausgesucht?« Nadia starrte sie schockiert und verwirrt an.

»Ich weiß nicht. Es gehört zu den besten der Stadt. Ich wollte dich wohl beeindrucken.«

Nadia nahm Ashleys unruhige Hand und drückte sie sanft. »Das ist süß, aber unnötig. Ich bin schon mehr als beeindruckt. Alles, was du tun musst, ist, du selbst zu sein.«

Ashleys schüchternes Lächeln schickte einen elektrischen Schlag durch Nadias ganzen Körper, so sehr wollte sie sie am liebsten mit mehr als nur Worten beruhigen. Ein Wunsch, der sich hier und im Moment nicht erfüllen ließ. Also hielt sie stattdessen Ashleys Hand fest. »Außerdem«, fügte sie hinzu, »bin ich eine pflegeleichte Frau.«

Ashley brach wieder in Lachen aus.

Nadia gab ihr einen leichten, gespielt missbilligenden Klaps auf die Finger.

Der Kellner trat an ihren Tisch und fragte, ob sie schon gewählt hatten.

Ohne einen Blick auf die unberührten Speisekarten zu werfen, antwortete Nadia: »Wir nehmen zweimal das Huhn.«

Ashley und Nadia verbrachten einen guten Teil ihres Dates damit, die siebzehn Regeln durchzugehen, die Nadia vorbereitet hatte. Geschenke waren offenbar streng verboten und Ashley hatte sie zwar auf das Date eingeladen, aber irgendwie verlor sie trotzdem die Diskussion darüber, wer das Essen bezahlte.

Sie wusste nicht, ob sie davon überrascht sein sollte. Es lag in Nadias DNA, alles zu kategorisieren und zu quantifizieren. Also lehnte sie sich einfach zurück und amüsierte sich über Nadias Meinung, wie viel Zeit vergehen musste, bevor nach einem ersten Date wieder Kontakt aufgenommen werden sollte. Die Tatsache, dass sie sich morgen im Krankenhaus sehen würden, war nebensächlich.

Aber als sie zu persönlichen Interessen kamen, entgleiste das Gespräch schnell. Ashley versuchte, typische gemeinsame Aktivitäten aufzulisten. »Wandern?«

»Das verschwendet mehr Zeit als Kalorien.«

»Yoga?«

»Dehnen ist nur Aufwärmen, nicht die eigentliche Übung. Die Leute sollten sich nichts vormachen.«

»Kochen?«

»Noch mehr verschwendete Zeit.«

»Lesen?«

»Ich dachte, wir wollten etwas finden, das wir gemeinsam tun können. Sollen wir uns abwechselnd vorlesen?«

Ashley war mit ihrer Weisheit am Ende.

»Hör mal«, sagte Nadia und berührte wieder Ashleys Hand, »mach dir keine Sorgen darüber, was wir gemeinsam tun oder nicht tun werden. Ich kenne dich schon, das wird kein Problem sein.«

Ashley nagte an ihrer Unterlippe. »Aber das stimmt nicht. Außerhalb des Krankenhauses kennen wir uns gar nicht.«

»Da bin ich anderer Meinung.« Nach einer Pause seufzte sie, als müsste sie ein düsteres Geheimnis verraten. »Du trägst Biogel-PI-Handschuhe, weil du eine leichte Latexallergie hast, und nimmst lieber blaue Einmalhandschuhe als grüne, einfach weil Blau deine Lieblingsfarbe ist. Du gehst immer schon in den OP, bevor die Patienten sediert sind, um sie zu beruhigen, und du setzt Schnitte erst mit dem Skalpell und dann mit dem Bovie, um die Vernarbung zu minimieren. Du hältst –«

»Meine Lieblingsfarbe war geraten. Der Rest hat mit der Arbeit zu tun.« Ashley senkte den Blick. Sie verstand, warum Nadia diese Dinge wichtig waren, denn ihr selbst waren sie auch wichtig. Trotzdem wünschte sie unwillkürlich, Nadia würde sich wenigstens ein bisschen für die persönlichen Details ihres Lebens interessieren. »Du bist eine aufmerksame Assistentin. Das ist nicht unbedingt romantisch.«

Nadia runzelte die Stirn. »Erstens musst du mich nicht gleich beleidigen. Medizinstudenten sind Assistenten. Ich bin eine assistierende Chirurgin.«

Trotz ihrer Enttäuschung musste Ashley über Nadias Abgrenzung lachen.

»Und zweitens kenne ich dich sehr wohl.«

»Nein, tust du nicht.« Ashley rutschte auf ihrem Stuhl nach vorne. »Was ist mein Lieblingsfilm?«

»Warum ist das relevant?«

Ashley öffnete den Mund, um zu erklären, dass das nur zeigte, wie wenig sie einander kannten, aber Nadia hielt abwehrend die Hand hoch.

»Na gut. Du willst anderen weißmachen, es wäre *Little Women*, weil du glaubst, es würde dich kultiviert wirken lassen, aber ich würde sagen, es ist *Professor Marston & The Wonder Women*, weil du auf diese bestimmte Art und Weise darüber redest.« Nadia lächelte wissend. »Der ist auch viel heißer.«

Ashley lächelte zurück. »Das würde ich nie zugeben.«

»Und ich wette, dein Lieblingsbuch ist *Cutting for Stone*, weil du alle neuen Medizinstudenten, Praktikanten und Fachärzte fragst, was ein Schrock-Shunt ist.«

»Ja, ich habe verstanden. Ich rede viel im OP.«

»Nein«, Nadia drückte wieder Ashleys Hand, »ich beobachte dich nur schon länger, als ich zugeben will.«

Dass Nadia offen ihre Hand hielt und ihre Zuneigung beteuerte, hob Ashleys Stimmung sofort. Aber dann kamen die Worte bei ihr an. Sie sah auf ihren leeren Teller hinab. »Ich weiß nichts über dich.«

Nadia winkte dem Kellner. »Wir sind bereit für das Dessert. Wir teilen uns das Schokoladen-Soufflé.«

»Die Zubereitung dauert vierzig Minuten.«

Nadia lächelte Ashley an. »Das sollte genug Zeit sein, um zu erklären, warum *Der Zauberberg* von Thomas Mann das beste Buch ist, das je geschrieben wurde.«

Der Kellner ging, um ihre Bestellung weiterzugeben.

»Weißt du, Mann hat den Literaturnobelpreis bekommen«, sagte Nadia, ohne den Blick von Ashley abzuwenden.

»Natürlich weißt du alles über ihn. Und dein Lieblingsfilm?« Ashley hielt die Hand hoch. »Sag nichts. Es ist *Ein Werk Gottes*, in dem Alan

Rickman den Herzchirurgen spielt. Oder *Malice*, weil Alec Baldwin darin als Unfallchirurg sagt, wenn Patienten zu Gott beten, beten sie eigentlich zu ihm.«

Nadia lachte. »Beides nicht schlecht. Aber es ist *Quills*.«

Ashley schüttelte leicht den Kopf. Den Film kannte sie nicht, aber irgendwie bezweifelte sie, dass es darin um Federkiele ging.

»Er dreht sich um den Marquis de Sade.«

»Der Kerl, der Sadismus populär gemacht hat?« Ashley kicherte. *Ja, das ergab Sinn.*

Nadia lächelte. »Kate Winslet spielt darin mit.«

Ashley stützte das Kinn in die Hand. »Ich bin ganz Ohr.«

Als Ashley klar wurde, dass sie eine Sofakissenkrise hatte, war es fast Mittag. Nadia würde jeden Moment hier sein.

Unruhig lief sie in ihrer Wohnung auf und ab. Zu einem ordentlichen Sofaarrangement gehörte ein dominierendes Kissen, das mit einem kleineren, dazu passenden Akzentkissen kombiniert wurde, und einem dritten Kissen in der Mitte zwischen beiden, damit das Ganze nicht zu harmonisch aussah. Sie hatte ein Kissen zu wenig und nicht genug Zeit, um noch schnell eines zu kaufen. Seufzend ließ sie sich auf das Sofa fallen.

Ihr erstes Date hatte unspektakulär mit einem schnellen Kuss vor dem Restaurant geendet. Nadia hatte auch während der Woche über im Krankenhaus Abstand gehalten.

Ashley war dankbar, dass Nadia ihr Raum und Zeit gab, das Vertrauen in sie wiederzufinden, aber es wäre nett gewesen, wenn Nadia etwas weniger … Zurückhaltung gezeigt hätte. Geduld war eine Tugend, die Chirurgen normalerweise nicht besaßen. Für viele bestand die Befriedigung im sofort sichtbaren Ergebnis ihrer Arbeit. Das machte diesen Bereich der Medizin für sie so attraktiv. Egal, wie die Operation ausging, die Chirurgie bot immer schnelle Antworten.

Aber Nadia zeigte für Chirurgen ungewöhnliche Geduld. Trotz ihrer Kissenkrise musste Ashley lächeln. Nadia gab ihr den Raum, den sie brauchte. Das Problem war aber, dass Ashley immer, wenn sie Nadia sah, ihr eigenes für Chirurgen typisches Bedürfnis nach sofortiger Befriedigung stillen wollte.

Die Türklingel schrillte und beendete Ashleys Grübeleien. Sie sprang auf, arrangierte die Kissen schnell neu und hastete dann zur Tür.

Nadia stand, halb hinter einem Strauß roter und weißer Rosen verdeckt, im Hausflur und sah in der schwarzen Jeans und dem lockeren Oberteil mit V-Ausschnitt hinreißend aus.

»Ich dachte, auf deiner umfangreichen Liste mit Dating-Regeln hätte auch *keine Geschenke* gestanden«, neckte Ashley sie.

»Ich habe gesagt, ich will keine Geschenke, aber nicht, dass ich dir keine machen werde.« Nadia hatte einen todernsten Gesichtsausdruck aufgesetzt. »Außerdem sterben die Blumen innerhalb von sieben bis zehn Tagen. Oder früher, wenn du nicht die Stängel frisch anschneidest, das Düngermittel verwendest und alle paar Tage das Wasser wechselst.« Sie hielt inne. »Wenn ich so darüber nachdenke, habe ich dir gerade bloß Arbeit gemacht. Entschuldige.« Sie ging einen Schritt vor, hielt Ashley den Strauß hin und lächelte. »Ich konnte nicht anders. Ich habe noch nie Blumen verschenkt.«

Ashley nahm die Rosen und atmete den süßen Duft ein. »Danke … das glaube ich dir.« Sie hielt die Tür auf und trat zur Seite. »Komm rein.«

Ashley fand eine Vase und stellte die Blumen auf den Küchentisch. Sie betrachtete den Strauß. Sie zählte fünf weiße und sechs rote Rosen. Nadia hatte entweder sehr gut geraten oder Pari nach ihren Lieblingsblumen gefragt. Entspannt lächelnd kehrte sie ins Wohnzimmer zurück, wo Nadia unruhig auf und ab tigerte.

»Also«, Nadia zog fragend eine Braue hoch, »bekomme ich eine Wohnungsführung?«

Ashley zeigte ihr sämtliche Räume und sah ihre eigene Wohnung kritisch mit neuen Augen. Sie hatte sich viel zu wenig mit den Kissen in den anderen Räumen beschäftigt.

Aber Nadia äußerte sich weder zu den Kissen oder sonst irgendetwas anderem. Inzwischen erwartete Ashley auch nichts anderes von ihr und diese Berechenbarkeit half etwas gegen ihre Nervosität. Jedenfalls bis sie in Ashleys Arbeitszimmer kamen. Ashley musste schlucken, als Nadia mit der Hand über die Tischoberfläche strich und sie mit einem kaum unterdrückten Grinsen ansah. »Robust.«

Bei dem Wort wurden Ashleys Knie weich. »Wir müssen das nicht machen.« Ihr wurde ganz heiß.

Nadia lehnte sich an den Tisch, ohne den Blick abzuwenden. »Du hast gesagt, du wolltest heute Brot backen. Und ich will meinen freien Tag mit dir verbringen«, sie seufzte theatralisch, »egal, wie unpraktisch es auch ist, was wir alles machen.«

»Kannst du einmal etwas sagen, das einfach nur nett ist?«

»Ich arbeite daran.« Nadia stieß sich vom Tisch ab und griff nach Ashleys Hand, als sie in die Küche zurückgingen. »Hast du den Sauerteig schon vorbereitet?«

Ashley blinzelte. Es überraschte sie nicht, dass Nadia Backen für Zeitverschwendung hielt, aber sie hatte nicht erwartet, dass sie tatsächlich die einzelnen Zubereitungsschritte für Sauerteigbrot kannte.

»Was? Hast du gedacht, ich würde mich nicht auskennen, nur weil ich Backen hasse? Also wirklich. Ich habe das Thema *ausführlich* recherchiert.«

»Natürlich hast du das.« Ashley lachte. »Und ja, ich habe den Sauerteig schon vor Monaten angesetzt und ihn gestern aktiviert. Heute lasse ich den Teig gehen und morgen backe ich ihn.«

»Mhm. Ist dir schon mal aufgefallen, dass du für dieses Brot länger brauchst, als ich gebraucht habe, um ein menschliches Herz zu bauen?«

»Das ist nicht dasselbe!«

»Ganz genau«, antwortete Nadia. »Meine Zeit war nicht verschwendet.«

Ashley schüttelte lachend den Kopf. »Du bist unmöglich.« Sie beugte sich vor und küsste Nadia.

Einen Moment später wich Nadia zurück und sah Ashley an. »Hast du handelsübliche Hefe genommen?«

»Nein.« Der Moment war vorbei. Ashley drehte sich um und nahm das Mehl, eine Waage und eine große Schüssel aus dem Schrank.

»Gut. Handelsübliche Hefe hemmt die Milchsäuregärung und dem Brot wird es an Geschmack, Elastizität und der feinen Porung des Teigs fehlen. Das liegt daran, dass die Bildung von kurzkettigen Fettsäuren verloren –«

»Ich habe doch gesagt, dass ich keine Hefe verwendet habe.« Ashley wog Wasser und Mehl ab, um den Biologievortrag abzubrechen.

Nadia zog eine Braue hoch. »Leitungswasser?«

Ashley stöhnte. »Ich mache nicht zum ersten Mal Sauerteigbrot. Ich weiß es besser, als die Bakterien mit chlorhaltigem Wasser abzutöten.«

Die Bemerkung hielt Nadias Verhör nicht auf. Im Gegenteil. »Es fühlt sich kalt an. Weißt du, manche Bäcker sagen, die Temperatur sollte wie eine Zutat behandelt –«

Scheinbar war Backen mit Nadia ungefähr so wie Operieren mit ihr, nur dass sie sich in Ashleys Küche noch weniger zurückhielt als im OP.

»Das sollte eigentlich eine entspannende Tätigkeit sein«, sagte Ashley gepresst.

»Und?«

»Ich bin gerade alles andere als entspannt.«

Nadias Versuch einer Unschuldsmiene scheiterte, als sie grinste. »Du magst es also nicht, wenn andere vermuten, du wüsstest nicht, was du tust?«

In diesem Moment verstand Ashley, dass Nadia gerade absichtlich nachahmte, wie sich Ashley im OP verhielt. »Ich stelle wohl wirklich viele Fragen, hm?«

»Als die Ausbilderin hast du das Recht, Fragen zu stellen.« Nadia strich ihr eine Haarsträhne aus dem Gesicht und ließ ihre Finger an Ashleys Schläfe liegen. »Trotzdem wäre es schön, wenn du mir ab und zu einen Vertrauensbonus geben würdest. Manchmal weiß ich, was ich tue. Und außerhalb der Arbeit bin ich dir ebenbürtig.«

»Na, dann«, Ashley legte das Sieb mit dem Mehl zur Seite und hielt die Hände hoch, »da du ja so viel recherchiert hast, solltest du ab hier übernehmen. Beeindrucke mich mit deinen Fähigkeiten.«

Mehrere Stunden später – während derer sie über ihre Kindheiten, ihre Studienzeiten und Erfahrungen aus der Assistenzzeit geredet hatten – lagen zwei Brotlaibe ordentlich eingewickelt in Frischhaltefolie im Kühlschrank, wo sie über Nacht ruhen sollten. Dann bestellten sie thailändisches Essen und setzten sich mit einer Flasche Weißwein auf die Couch, um zu warten.

»Du hast gar nicht gesagt, wie du meine Wohnung findest.«

Nadia trank einen Schluck Weißwein und musterte demonstrativ das große Sofa. Sie strich mit der Hand vielsagend über den Stoff. »Weich und groß. Genug Platz, um mehr darauf zu tun, als nur zu sitzen.«

Sie sprach mit leiser, rauer Stimme und Ashleys Verlangen erwachte erneut. Sie beugte sich vor und küsste Nadia, atmete den Duft ihrer Haare ein. Mit Nadias Lippen an ihren begannen Ashleys Lungen nach Sauerstoff zu hungern, aber ihr Körper sehnte sich nach mehr. Mehr Berührungen, mehr Reibung, mehr Nadia. Ashley packte Nadias Hand und führte sie zu ihrer Brust.

Nadia riss sich los. »Ich sollte jetzt besser gehen. Ich muss morgen früh bei der Arbeit sein.«

Atemlos starrte Ashley sie an. *Was ist gerade passiert?*

Alles in ihr verkrampfte sich und sie sprach die Frage nicht aus. Stattdessen murmelte sie ungläubig: »Okay.«

Nadia hielt Abstand, während sie sich hölzern verabschiedeten, und Ashley zwang sich, dieselbe leidenschaftslose Fassade aufzusetzen.

Erst als sie allein in der Wohnung war, ließ sie sich mit einer einzigen großen Frage im Kopf auf das Sofa zurückfallen. *Was, wenn es nur eine Phase ist?* Nadia hatte gesagt, dass sie vor Ashley nie mit einer Frau zusammen gewesen war. Was, wenn sie beschloss, dass es doch nicht das war, was sie wollte?

Ihre Gedanken rasten, bis die Türklingel sie zusammenzucken ließ. Sie brauchte ein paar Momente, um sich daran zu erinnern, dass sie Essen bestellt hatte. Ashley öffnete, während sich ihr Magen umdrehte. Das Essen war da, aber ihr Appetit war zusammen mit Nadia verschwunden.

# Kapitel 25

## *Das Marshmallow-Experiment*

Nadia betrachtete Ashley, während Jason über das letzte Patientengespräch des Morgens berichtete. Normalerweise hätte sie sich amüsiert über Jasons Versuch, sie davon zu überzeugen, dass ein Patient, der kein Eingreifen erlauben wollte, ein Operationskandidat war, aber im Moment sorgte sie sich eher, warum Ashley sich in letzter Zeit so distanziert gab.

Es hatte wahrscheinlich mit ihrer abrupten Flucht aus Ashleys Wohnung vor ein paar Tagen zu tun. Aber Nadia hatte versprochen, es langsam anzugehen, weil sie wusste, dass Ashley das wichtig war. Und inzwischen war Nadia klar, dass sie alles für Ashley tun würde.

Dieses Versprechen hielt Nadias Körper jedoch nicht davon ab, jedes Mal, wenn sie einander nahe waren, vor Verlangen zu pulsieren. Nadia sah zu Boden, während sie bei der Erinnerung an ihren letzten Kuss ganz rote Wangen bekam.

Um sich abzulenken, dachte sie an den Stanford-Psychologen Walter Mischel. Er hatte in den späten Sechzigern ein Experiment mit Kindergartenkindern durchgeführt. Jedes Kind hatte einen Marshmallow bekommen und konnte ihn entweder gleich essen oder fünfzehn Minuten warten, um dann mit einem zweiten Marshmallow belohnt zu werden. Die Kinder wurden mit der verlockenden Süßigkeit auf einem Teller allein gelassen und hatten nichts, mit dem sie sich ablenken konnten. Manche warteten, andere nicht. Als Mischel die Eltern der Kinder Jahre später noch einmal kontaktierte, fand er heraus, dass die Kinder, die gewartet hatten, höhere Punktzahlen bei ihren Abschlussprüfungen in Schule und Studium erzielt hatten und als selbstständiger galten. Die Botschaft war klar: Selbstbeherrschung und die Fähigkeit, die eigene Befriedigung hinauszuschieben, deuteten auf größeren Erfolg im Leben hin.

Objektiv gesehen war Nadia selbst die erfolgreichste Person, die sie kannte. Also sollte Selbstbeherrschung ein Spaziergang für sie sein.

Dann sah sie zu Ashley und seufzte. Theorie und Praxis waren zwei verschiedene Dinge.

»Er will so bald wie möglich eine Perikardektomie«, schloss Jason.

»Hat der Patient das gesagt?« Ashley runzelte die Stirn. »Hast du nicht erwähnt, er wäre während der Untersuchung nicht bei klarem Verstand gewesen?«

Nadia presste die Lippen fest zusammen, um nicht zu lächeln. Ashley sah süß aus, wenn sie verwirrt war.

»Na ja, schon«, sagte Jason. »Aber er hat den starken Wunsch geäußert –«

»Er wollte auch einen Marsmenschen heiraten. Sollen wir auch diesen Wunsch erfüllen?«, unterbrach Nadia ihn. Dieses Meeting dauerte ihr einfach zu lange. »Er ist das Problem der Inneren. Wir leiten die Flüssigkeit ab. Wenn sich neue ansammelt, leiten wir sie wieder ab. Operieren ist wegen seines fortgeschrittenen Leberversagens keine Option. Wenn wir es trotzdem versuchen, stirbt er uns auf dem Tisch.« Nadia unterbrach sich und sah in verblüffte Gesichter. Unbeirrt blickte sie zurück, als forderte sie alle heraus, ihr zu widersprechen. »Dann sind wir mit den Visiten wohl fertig.«

Alle sahen zu Ashley, die etwas Zustimmendes murmelte und die Teilnehmer von der Visite entließ. Dann drehte sie sich auf dem Absatz herum und ging schnell aus dem Raum.

Nadia lief ihr nach. »Dr. Rylan, können wir kurz reden?«

»Was gibt es?«, fragte Ashley, während sie das nächste leer stehende Krankenzimmer betraten.

»Du gehst mir aus dem Weg. Warum?«

»Ich dachte … in meiner Wohnung … da dachte ich, du wolltest … aber dann bist du gegangen.«

Nadia musste schmunzeln über Ashleys mangelndes Vokabular. Aber als diese nicht mit einfiel und nur noch tiefer die Stirn runzelte, seufzte Nadia. »Lass es mich deutlich sagen.« Sie erwiderte Ashleys Blick. »Ich will dich. Wenn wir das auf meine Art machen würden, gäbe es keinen Small Talk und kein Essen. Aber ich kenne dich. Deshalb weiß ich auch, dass dir das Gesamtpaket wichtig ist. Du willst das überteuerte Restaurant, Blumen, die verblühen, das ganze belanglose Wissen über unsere Persönlichkeiten.« Nadia streichelte Ashleys Wange und fügte leise hinzu: »Und ich will dir diese Erfahrung geben und noch so viel mehr.«

Ashley schluckte. »Du hast keine Zweifel bekommen? Das mit mir ist nicht nur … eine Phase für dich?«

»Glaubst du, ich finde dich nur vorübergehend anziehend?« Selbst eine blinde Person musste sehen, wie viel Ashley ihr bedeutete. »Ganz sicher nicht.«

Ashley wirkte nicht überzeugt, während sie an ihrer Unterlippe kaute und Nadias Blick mied.

Nadia seufzte schwer. Scheinbar machten Frauen eine Menge Arbeit. »Für mich bist du nicht irgendein Teenager-Schwarm. Hör auf, deine vorherigen Erfahrungen auf uns zu projizieren. Ich habe dich gewählt.« Sie ließ ihre Hand und ihren Blick auf Ashleys Shirt ruhen und zupfte sanft am Saum. »Wenn es nur vorübergehend wäre, würde ich nicht ständig meine ganze Willenskraft aufbringen, um mich davon abzuhalten, dir sofort die Kleider vom Leib zu reißen.« Sie trat näher und Ashley stöhnte leise. Ja, das hier war jetzt unangebracht und unüberlegt. Und ihre Dreistigkeit hatte ein Keuchen verdient. Es erregte Nadia, wie nur Ashley sie erregen konnte. »Wie wäre es für den Anfang mit einem Kuss?« *Zum Teufel mit der Selbstbeherrschung.*

Nadia beugte sich vor, fing Ashleys Mund mit ihren Lippen ein und unterbrach damit ihr begeistertes Nicken. Ashley packte den Kragen von Nadias OP-Kleidung und zog sie fest an sich. Nadia stöhnte, Ashleys süßer Geschmack löste all ihre Hemmungen. Es bestand kein Zweifel daran, Nadia wollte bis in alle Ewigkeit genau an dem Ort bleiben, wo sie jetzt war.

Nachdem sie sich noch einen Moment lang hatten gehen lassen, nahm Nadia all ihre noch vorhandene Selbstbeherrschung zusammen und löste sich von Ashley. Sie ignorierte den quälenden Rausch der Lust, der durch ihren ganzen Körper strömte, und sah sich um, ob sie noch alleine waren. »Du hast dieses Wochenende frei, oder?«

Ashley nickte.

»Dann bin ich jetzt an der Reihe, dich auszuführen. Ich fürchte nämlich, du könntest auf die Idee kommen, reiten oder am Strand spazieren gehen zu wollen, wenn ich dir alle Entscheidungen überlasse.« Sie runzelte die Stirn. »Oder noch schlimmer – am Strand reiten zu wollen.«

Ashley verdrehte die Augen. »Du hast echt ein Talent dafür, schöne Dinge ganz schrecklich klingen zu lassen.« Sie grinste. »Aber ich freue mich auf das, was du als ein angemessenes Date ansiehst. Wann wollen wir uns treffen?«

»Sagen wir um sieben Uhr morgens.«

»So früh schon? An unserem freien Tag?«

»Ja.« Nadia hatte in dem Moment, als sie das überteuerte Restaurant verlassen hatten, in das Ashley sie eingeladen hatte, bereits begonnen, Pläne für die Gegeneinladung zu schmieden. »Und zieh dir was Sportliches an.«

Ashley runzelte die Stirn. »Gehen wir ins Fitnesscenter?«

»Vielleicht«, Nadia senkte die Stimme, »vielleicht will ich dich aber einfach nur in knallengen Leggings sehen.« Ashleys blasse Wangen nahmen sofort Farbe an und Nadia kicherte. Ashley erröten zu lassen wurde schnell zu einer ihrer Lieblingsbeschäftigungen.

»In der Zwischenzeit ...«, Nadia streichelte leicht ihre heiße Wange, »bin ich liebend gern bereit, die Analyse unserer Gefühle beim Lunch fortzusetzen.«

»Ich habe leider um eins eine Telefonkonferenz«, sagte Ashley bedauernd.

»Da ich dir heute assistiere, könnte ich die OP etwas beschleunigen, damit wir ein wenig Zeit für ein Mittagessen haben?«

Ashley lächelte. »Das klingt gut.« Sie sah auf Nadias Hand. »Wie geht es deiner Verletzung?«

Im OP hatte Nadia ihre Hand mit einem transparenten Wundverband abgedeckt gehabt und ihre Fingerfertigkeit hatte kein bisschen unter dem Schnitt gelitten. Aber dass Ashley sich trotzdem daran erinnerte und nachfragte, tat ihr sehr gut. Langsam hob sie die Hand und wackelte mit den Fingern. »Ist voll funktionsfähig.« Sie zwinkerte.

Ashleys Wangen liefen wieder rot an, während sie vehement den Kopf schüttelte. »Das ist nicht ... deswegen habe ich nicht gefragt.«

Nadia nickte mit gespieltem Ernst. »Natürlich nicht.«

Als sich Schritte näherten, wurden sie daran erinnert, wo sie sich befanden. Nadia schwieg, bis die Pflegerin weitergegangen war, dann räusperte sie sich. »Aber zurück zum Thema. Ich weiß, dass es sich um einen Bypass-Austausch handelt, aber ich bin sicher, dass wir keine Herz-Lungen-Maschine brauchen. Dann geht es sehr viel schneller.«

Ashley verschränkte die Arme und durchbohrte Nadia mit ihrem Blick.

»Na gut«, räumte Nadia ein. »Es ist dein Fall. Wir machen es auf deine Art.« Sie lächelte sie bewundernd an, weil Ashley standhaft geblieben war. Außerdem mochte sie zwar diese Runde gewonnen haben, aber Nadia würde nicht zulassen, dass sie das letzte Wort behielt. »Während du auf den Patienten wartest, solltest du dir Mischels Studie über Belohnungsaufschub ansehen. Wir sprechen beim Essen darüber.«

Ashley kniff die Augen zusammen. »War das nicht das Marshmallow-Experiment?«

Nadia saß auf einer alten Holzbank neben dem Wanderweg und atmete die kühle Morgenluft ein. Sie sog den einzigartigen Duft des frischen Grases und der Bäume um sie herum auf. Nadia atmete tief durch, entspannte sich und beobachtete, wie ihre ausgeatmete Luft zu einer blassen Wolke Kondenswasser wurde und sich vor ihr zerstreute. Sie entdeckte Ashley, die vom Parkplatz her kam, und lächelte ihr entgegen.

Ashleys Trainingsoutfit bestand aus schwarzen Leggings und einem dazu passenden hellgrauen Hoodie, die beide ihre Figur perfekt betonten. Nadia starrte Ashley demonstrativ an. Genau wie im Restaurant, als sie das sexy grüne Kleid getragen hatte, musste Nadia auch jetzt gegen den Drang ankämpfen, Ashley zu berühren. Das visuelle Fest musste fürs Erste reichen.

Ihr Blick fiel auf die makellos sauberen weißen Laufschuhe, die ein Outfit vervollständigten, das die Seiten einer Sportmodenzeitschrift zieren könnte. »Hast du die eben noch schnell gekauft?«, scherzte Nadia.

»Nein.« Ashley zog die Nase hoch. »Gestern.«

Nadia lachte und deutete auf den Weg. »Wollen wir?«

Sie spazierten los, umgeben von hohen Bäumen und Vogelgezwitscher. Der asphaltierte Weg ging in einen schmaleren Pfad aus festgestampfter Erde über und Nadia hörte bereits leise die Wellen, die sich ein Stück vor ihnen am Strand brachen. Sie waren zwar fast gänzlich alleine unterwegs um diese Uhrzeit, aber Nadia blieb trotzdem ganz nahe bei Ashley und ihre Schultern streiften sich gelegentlich. Die überwältigende Natur und die Ruhe, die sie ausstrahlte, bewirkten, dass sie ewig so neben Ashley hergehen wollte.

Sie machte ein paar Dehnübungen und Sprünge, um sich aufzuwärmen und wieder zu konzentrieren. Ihr Körper und Geist waren zu entspannt, um mit dem Training zu beginnen. »Das hier ist ein Drei-Meilen-Rundweg, angeblich der malerischste der Gegend. Es sollte eine schöne Laufroute sein.«

»Du läufst normalerweise nicht hier?«

»Nein, ich gehe immer nur aufs Laufband. Aber du hast einmal erwähnt, dass du wandern möchtest, also dachte ich, versuchen wir einen Kompromiss. Heute geht es darum, gemeinsam ganz einfache, alltägliche Dinge zu tun.«

Ashley sah besorgt auf den Pfad vor ihr. »Äh, ich jogge normalerweise nicht.«

Nadia grinste mit einem Blick auf die brandneuen Nike-Schuhe. »Das wäre mir jetzt gar nicht aufgefallen.« Sie berührte Ashleys Schulter. »Komm schon. Wir gehen es langsam an. Du gibst das Tempo vor.«

Ashley errötete und sah zu Boden.

»Und wir laufen diesmal nur eine Runde.«

Nadia joggte los. Ashley zögerte kurz, dann schloss sie schnell auf.

Jedes Mal, wenn Nadia zu Ashley sah, geriet ihre Atmung aus dem Rhythmus, aber sie konnte nicht anders. Der Anblick zu ihrer Rechten war noch ein ganzes Stück attraktiver als die Landschaft um sie herum.

Der Geruch des Meeres wurde stärker und bald konnten sie durch den Wald zu ihrer Linken den blauen Himmel und den Ozean sehen, die sich am Horizont trafen. Als sie den Strand erreichten, ließ Ashley sich unelegant auf den Sand fallen und schnappte nach Luft.

»Du solltest dich nicht gleich nach dem Laufen hinsetzen«, bemerkte Nadia, bevor sie sich umdrehte, um die Aussicht zu bewundern. »Die Online-Bewertungen haben nicht übertrieben. Das Fleckchen hier ist atemberaubend.«

»Dazu kann ich nichts sagen«, keuchte Ashley.

Nadia lachte. »Für das erste Mal hast du dich tapfer geschlagen.«

»Was kommt als Nächstes? Fallschirmspringen?«

Bei dem Widerwillen in ihrem Blick wünschte Nadia sich, sie hätte das tatsächlich geplant. »Heute nicht. Ich habe dir ein alltägliches Wochenende versprochen. Ich muss nachher noch im Labor vorbeischauen und ein Perfusionsexperiment prüfen, das meine Mitarbeiter heute durchführen. Davor können wir zum Umziehen und Frühstücken zu dir fahren.«

Ashley nickte immer noch keuchend, zu atemlos, um irgendetwas dagegen einzuwenden.

Ashley hatte Nadia allein gelassen, damit sie sich einige Stunden lang auf die Arbeit konzentrieren konnte, aber jetzt konnte sie nicht länger ohne sie sein.

Als sie das Labor betrat, begrüßte Nadia sie mit einem Lächeln. »Hast du mich vermisst?«

Mit großen Augen sah Ashley zu Sarah, die an dem Computer neben Nadia arbeitete. Sie nickte der Studentin zu.

»Zeit für die Mittagspause«, rief Nadia laut.

Sarah zuckte erschrocken zusammen. »Das ist schon in Ordnung, Dr. Keating, ich esse nie zu Mittag.«

»Wenn das so ist, gehst du in die Bibliothek und bereitest schon einmal ein Referat über die Geschichte der Membranoxygenatoren vor. Jetzt.«

In Ashley regte sich das schlechte Gewissen, als Sarah aus dem Labor eilte. »Das arme Mädchen wird noch einen Herzinfarkt bekommen.« Sie traute sich nicht zu, innerhalb einer Stunde das verlangte Referat erarbeiten zu können, ganz zu schweigen von der schüchternen Studentin.

»Keine Sorge. Ich habe nicht vor, mir ihr Gestotter anzuhören, weil sie zu wenig Zeit hatte. Diese gute Nachricht werde ich ihr aber erst in etwa fünfundfünfzig Minuten mitteilen.«

Ashley lachte. »Du bist so ein gemeines Stück.«

»Hm.« Nadia verzog amüsiert die Lippen. »Sie wird so oder so nichts sagen. Aber nächstes Mal versuche ich, diskreter zu sein. Sieht so aus, als würde ich total unvernünftig werden, sobald du in der Nähe bist.«

Ashley räusperte sich. »Also, wo wollen wir zu Mittag essen?«

Der intensive Blick aus Nadias braunen Augen sorgte dafür, dass die Schmetterlinge in Ashleys Magen wild zu flattern begannen. Am liebsten würde sie ihr Gefühl für Anstand ignorieren und noch viel mehr tun, als Nadia nur zu küssen. Aber sie schüttelte den Gedanken ab. Am Arbeitsplatz mussten sie Vorsicht und Zurückhaltung walten lassen.

»Ich habe Italienisch bestellt. Es steht schon nebenan im Pausenraum.«

Ashley schluckte. Auf so engem Raum allein mit Nadia zu sein würde ihre Entschlossenheit, im Krankenhaus nichts Unangebrachtes zu tun, mit Sicherheit auf die Probe stellen.

»Ich habe gehört, du hast eine neue Wohnung gefunden«, sagte Ashley, als sie sich nebeneinander auf das kleine Sofa gesetzt hatten.

»Warum müssen wir überhaupt noch miteinander reden, wenn Singh dir schon alles erzählt, was in meinem Leben passiert?«

Ashley fuhr unbeirrt fort. »Außerdem hat sie gesagt, sie wäre – und ich zitiere – richtig beschissen. Es gäbe keine Küche und das Schlafzimmer wäre so groß wie ein Schuhkarton.«

Nadia spießte ein Raviolo mit ihrer Gabel auf. »Eine große Tragödie, ich weiß. Mein berühmtes kulinarisches Geschick wird verkümmern.«

»Nadeschda, ich meine es ernst. Du hättest was sagen sollen.«

»Damit du dich schlecht fühlst, obwohl du nichts dafürkannst?« Nadia erwiderte Ashleys Blick und die Intensität war alles andere als sexy. »Nein. Schon gut. Es spielt keine Rolle. Ich verbringe sowieso die meiste Zeit hier. Reden wir über etwas anderes.«

Ashley wusste, dass Nadias Wohnsituation nicht ihr Problem war, aber es belastete sie trotzdem. Trotz ihres Erfolgs bekam Nadia immer noch das Gehalt einer Ärztin in Ausbildung und Ashley erinnerte sich noch gut daran zurück, wie einschränkend diese Zeit gewesen war. Sie schob das Gefühl von sich und sagte sich, dass Nadia eine erwachsene Frau war, die keinen fürsorglichen Ritter in strahlender Rüstung brauchte.

»Erzähl mir was, das ich noch nicht über dich weiß.«

Nadia verdrehte die Augen. »Fängst du wieder mit diesem Unsinn an?«

»Wir können auch weiter über deinen Schuhkarton reden.«

»In letzter Zeit habe ich sehr viel von mir erzählt.« Ein Lächeln erschien auf Nadias Gesicht. »Warum erzählst du mir nicht mal was über dich?«

»Hm, mal sehen …« Ashley tippte sich mit der Gabel ans Kinn. »Du warst die erste Person, mit der ich je auf einer Datingwebseite gechattet habe«, sie fuhr sich mit der Zungenspitze über die Lippen, »und du bist die erste, bei der ich zugestimmt habe, Sex zu haben, ohne sie zuerst kennenzulernen.«

Nadia streichelte leicht über Ashleys Hand. Die Berührung war voller elektrischer Spannung, die ihre Nerven kribbeln ließ. »Das ist süß«, sagte sie leise, »aber nicht gerade ein Geheimnis.«

»Hey!« Ashley schlug ihr spielerisch auf die Hand, während Nadia über ihre Reaktion lachte.

Die Tür ging auf und Ashley zuckte zusammen. Vor allem aber erkannte sie zu spät, dass sie und Nadia ziemlich nah beieinandersaßen.

»Entschuldigung … Ich dachte, du wärst allein«, stammelte Dan.

»Was ist?«, fragte Nadia und presste die Lippen zu einem dünnen Strich zusammen.

»Es ist nichts Dringendes. Tut mir leid, dass ich störe.« Er eilte aus dem Raum und knallte die Tür hinter sich zu.

Ashley seufzte. »Hier hast du ein Geheimnis: Er hat mich vor einem Monat um ein Date gebeten.«

»Das wusste ich auch schon«, sagte Nadia und stand auf. »Bin gleich zurück.«

Angetrieben von dem brennenden Bedürfnis, endlich einmal etwas richtigzustellen, holte Nadia Dan vor dem Aufzug ein. Sie sah ihm fest in die Augen. »Es tut mir leid.«

»Was?«

»Na gut«, sagte Nadia. »Es tut mir nicht leid. Was dich angeht, würde ich nichts anders machen. Aber wenn Rylan dir so wichtig ist, wie du behauptest, solltest du sie nicht so quälen.«

Dan runzelte die Stirn. »Was soll das heißen, ich quäle sie?«

»Du weißt schon – dein ständiger sehnsüchtiger Welpenblick und das Schmollen.«

»Das ist jetzt alles andere als aufmunternd, was du von dir gibst.«

Nadia grinste. »Das höre ich nicht zum ersten Mal.«

»Aber du hast recht.« Er schloss die Augen und seufzte tief, bevor er sie wieder öffnete. »Sie sollte sich nicht elend fühlen, nur weil ich das tue.«

»So ist es«, stimmte Nadia zu. »Ich habe wie immer recht.«

Dan schüttelte resigniert den Kopf. »Und dazu noch auf ganzer Linie.« Der Aufzug kam und Dan ging hinein, hielt aber die Türen auf. »Ich wollte dir nur sagen, dass wir Sanders entlassen, falls du dich von ihm verabschieden willst.«

Nadia zog eine Braue hoch. »Du weißt doch, wer auf solche gefühlsduseligen Momente Wert legt?«

Dan verdrehte die Augen. »Wenn ich gewusst hätte, dass Ashley heute hier ist, hätte ich es ihr gesagt.«

»Ich sage ihr Bescheid.« Nadia nahm ihr Handy heraus, aber dann hielt sie inne und sah ihn an. »Und sie heißt immer noch Dr. Rylan.«

Als Ashley zu ihnen in die Intensivüberwachung kam, meinte Nadia nur: »Dan möchte dir etwas sagen.«

Er sah Ashley mit dem liebeskranken Blick an, den er immer in ihrer Nähe bekam, und Nadia spürte, wie die vertraute Eifersucht in ihr aufstieg. Sie ignorierte sie. Hier ging es nicht um sie.

»Es tut mir leid, dass ich unser Verhältnis habe so unangenehm werden lassen«, murmelte Dan.

Nadia räusperte sich.

»Dr. Rylan«, fügte er hinzu.

»Wunderbar«, sagte Nadia. »Damit wäre eine unangenehme emotionale Situation erledigt. Gehen wir für die nächste zu unserem Patienten.«

Nadia marschierte voran und ignorierte ihre verblüfften Mienen.

Sie verstand nicht, warum alle ein solches Aufheben um Sanders Entlassung machten. Er würde in einer Woche für einen Kontrolltermin zurückkommen. Tatsächlich hatte er eine Reihe Untersuchungen vor sich, damit sie beobachten konnten, wie das Herz sich langfristig anstellte. Ihre Schritte wurden zögerlicher, als sie daran dachte, was für einen langen Weg Sanders und sein neues Herz vor sich hatten, aber dann ging sie schnell weiter. Sie musste einen gesunden Abstand wahren, durfte keine Bindung zu den Patienten eingehen.

»Da ist sie ja!«

Singh, Sanders, seine Frau, seine Kinder und einige andere Leute, die Nadia nicht kannte, applaudierten. Sie lächelte unsicher. Mrs. Sanders kam mit ausgebreiteten Armen auf sie zu, aber Nadia schaffte es, rechtzeitig zur Seite zu springen und der Umarmung zu entgehen. Sie deutete hastig zu den Kollegen, die hinter ihr standen. »Erinnern Sie sich an Dr. Rylan und Dr. Meyers? Die beiden haben die Notoperation durchgeführt, die Ihrem Mann das Leben gerettet hat.«

»Ja, natürlich. Vielen, vielen Dank Ihnen beiden!« Die Frau umarmte beide nacheinander, bevor sie wieder auf Nadia zustürzte. »Glauben Sie ja nicht, Sie könnten mir entkommen, Dr. Keating. Sie bekommen auch eine Umarmung!«

Nadia stand still da und wartete darauf, dass sie ihren persönlichen Raum zurückerhielt.

»Bereit dafür, hier endlich rauszukommen?«, fragte Ashley Sanders.

»So bereit, wie man nur sein kann. Der Ausblick von meinem Fenster zu Hause ist deutlich schöner als der hier. Nichts für ungut.«

Ashley lächelte. »Ich verstehe.«

Nachdem alle einander die Hände geschüttelt hatten, begleiteten die Mitarbeiter die Familie zu einem Seitenausgang, um den Journalisten zu entgehen, und verabschiedeten sich endgültig. Nadia stieß einen erleichterten Seufzer aus, als die Last, Höflichkeit und angemessene Distanz miteinander zu verbinden, von ihren Schultern genommen wurde. Schließlich war sie wieder mit Ashley allein.

»Das war aufregend.« Ashley grinste. »Was steht als Nächstes auf deinem Tagesplan für unser Date?«

Nadia sah sich um, ob der Korridor leer war. Sie trat einen Schritt vor und sah in Ashleys leuchtende Augen, während ihr Herzschlag sich beschleunigte. »Als Nächstes frage ich dich, ob ich heute Abend zu dir mitkommen könnte. Und nur dass das klar ist – diesmal wird nichts gebacken.«

»Bedeutet das, die fünfzehn Minuten sind um und ich kann jetzt den Marshmallow essen?«

Nadia, die etwas ganz anderes im Sinn hatte, zog fragend die Brauen hoch.

Ashley lief sofort tiefrot an. Sie schloss die Augen. »Das, äh, das habe ich so nicht gemeint.«

Nadia kämpfte gegen das Lachen an, das in ihr hochstieg. »Ich werde dir den Gefallen tun und dir noch eine Chance geben, um meine Frage zu beantworten.«

Ashley stöhnte und bedeckte das Gesicht mit beiden Händen. »Ja. Bitte komm mit zu mir.«

Nadia berührte Ashleys Hand, sie wollte lieber ihr hinreißendes Gesicht sehen. »Ich weiß, ich hatte dir einen normalen Tag angekündigt, aber einen normalen Abend kann ich nicht versprechen.«

Ashley wurde wieder rot.

Nadia trat einen Schritt zurück. So verlockend es auch war, mit Ashley zu spielen, sie sollten auf der Arbeit nicht so vertraut miteinander umgehen. »Ich komme um sieben vorbei, Dr. Rylan.«

»Äh, Nadeschda?«

Nadia blieb mitten in ihrer Bewegung stehen.

»Du solltest mich wirklich Ashley nennen.«

Die Vorstellung, den Namen laut auszusprechen, scheuchte einen ganzen Schmetterlingsschwarm in Nadias Bauch auf. Aber selbst nachdem Ashley wiederholt darauf bestanden hatte, dass Nadia sie beim Vornamen nannte, fühlte es sich nicht richtig an, damit mitten auf dem Korridor zu beginnen. Sie würde diese süße Folter noch etwas in die Länge ziehen müssen. Für Ashley natürlich. Sie lächelte boshaft und sagte: »Ich werde darüber nachdenken.«

# Kapitel 26

## *Die Schönheit liegt in der Symmetrie*

Als Ashley das Krankenhaus verließ, empfand sie eine Mischung aus Vorfreude und Angst. Warum war sie so nervös? Weil Nadia zu ihr kommen wollte? Sie hatten schon einmal Sex gehabt.

*Aber das war damals etwas anderes gewesen.* Zum einen war es impulsiv geschehen. Sie hatte keine Zeit gehabt, um darüber nachzudenken, was passieren würde und was das bedeutete. Aber seit sie heute nach Hause gekommen war, gab es nichts anderes mehr, woran sie dachte. Nachdem sie den Blick durch ihr Wohnzimmer hatte schweifen lassen, ging sie zum dritten Mal an diesem Abend ins Schlafzimmer und begann nervös, die Kissen aufzuschütteln und die Bettdecke glatt zu streichen.

Das erste Mal war für Nadia so einschneidend gewesen, dass sie die Beziehung mit ihrem langjährigen Freund beendet hatte. Aber diese Begegnung war nicht typisch für Ashley gewesen. Normalerweise war sie nicht so … dominant. Damals hatte die Wut sie angetrieben. Aber konnte sie sich auch so gehen lassen, wenn sie nicht wütend war?

Erwartete Nadia, dass sie sich immer so verhielt?

Das Klingeln an der Tür riss sie aus ihren Gedanken. Während sie ging, um zu öffnen, warf sie einen letzten Blick auf die Kissen auf dem Sofa. Sie schüttelte den Kopf. Jetzt war wirklich nicht der richtige Moment für Gedanken über ihre Inneneinrichtung.

»Da bist du ja!« Ashleys Stimme war kaum mehr ein nervöses Krächzen.

Nadia trat ein und ihr Lächeln verbarg ihre eigene Nervosität nur schlecht.

Ashley schien entschlossen, die perfekte Gastgeberin zu spielen. »Möchtest du etwas trinken? Ich habe Wein, rot und weiß, Bier, Whiskey, Bourbon –«

»Nein danke.«

»Wie wäre es mit etwas Alkoholfreiem? Wasser? Limonade? Tee? Ich bin sicher, ich habe –«

»Hör auf damit.« Nadia legte ihre Hände auf Ashleys Schultern. »Warum bist du so nervös?« Zu wissen, dass sie diesen Effekt auf Ashley hatte, gab ihr aber auch eine gewisse Befriedigung.

»Ich will nichts Falsches sagen. Ich will dich nicht vertreiben.«

»Ich habe deutlich gemacht, dass ich komme, um zu bleiben. Aber wenn du eine Bestätigung brauchst, verspreche ich hiermit, nicht zu gehen, außer du bittest mich darum.« Nadia trat bis auf wenige Zentimeter an sie heran. Leise sagte sie: »Könntest du dich jetzt bitte entspannen?«

Ashleys besorgter Gesichtsausdruck vertiefte sich. »Ich glaube nicht, dass ich mich in deiner Nähe jemals werde entspannen können.«

Nadia beugte sich vor und streifte Ashleys Lippen leicht mit ihren. Sie drückte sich an sie und vertiefte den Kuss. Sie saugte an Ashleys Unterlippe, genoss das Gefühl. Es war nicht das Neue, das sie erregte, der Rausch des Neuen lag hinter ihnen. Es war das Gefühl des Vertrauten, das das unpraktische Verlangen in ihr weckte, Ashley bis in alle Ewigkeit so zu halten und zu küssen.

Schließlich lehnte sich Nadia weit genug zurück, um Ashleys Blick aufzufangen. »Besser?«

Ashley schüttelte den Kopf.

Nadia kicherte. »Bin ich so einschüchternd? Sollte es nicht vielmehr umgekehrt sein?«

Einen Augenblick lang sagte Ashley nichts, dann richtete sie sich abrupt auf, als hätte sie eine Entscheidung getroffen. »Ausziehen«, befahl sie.

Diese Worte sorgten dafür, dass Nadias Innerstes sofort vor Verlangen zu pochen begann. Es war der Ton, den Ashley beim ersten Mal angeschlagen hatte, als Nadia zugestimmt hatte, ihr die Führung zu überlassen. Nein, nicht zugestimmt – sie hatte es *herausgefordert*. Sie hatte nicht gedacht, dass Ashley dazu fähig wäre. Wie so oft in letzter Zeit war es ein Irrtum von ihr gewesen, anzunehmen, dass es Ashley an Führungsqualitäten mangelte.

Aber diesmal hatte Nadia etwas anderes im Sinn und das sorgte dafür, dass sie am ganzen Körper aufgeregt vibrierte. Sie schob Ashley zur nächsten Wand und drückte sie fest dagegen. »Ich liebe deine herrische Seite. *Wirklich*. Aber sie wird warten müssen. Zuerst muss ich noch eine Ungerechtigkeit ansprechen.«

»Ach ja?«

Nadia beugte sich näher zu ihr und setzte eine betont ausdruckslose Miene auf. »Ich erinnere mich deutlich daran, dass ich als Einzige komplett nackt war, als wir zum letzten Mal Sex hatten.«

Ashley starrte sie einen Moment lang an, bevor sie schallend lachte. »Sie haben wie üblich recht, Dr. Keating. Das ist wirklich eine große Ungerechtigkeit.«

»Eine, die ich in den nächsten dreißig Sekunden zu beheben gedenke.«

Mit einer einzigen Bewegung schob Nadia Ashley das Oberteil über den Kopf und warf es zu Boden. Sie schluckte schwer, während sie den Anblick des schwarzen Spitzen-BHs auskostete. Er bot einen starken Kontrast zu Ashleys blassen Brüsten, die sich mit jedem Atemzug hoben und senkten. Nadias Hände zuckten sehnsüchtig. Sie wollte mehr sehen.

Sie trat näher, griff hinter Ashleys Rücken nach dem Verschluss und öffnete ihn mit einem schnellen Griff. Mit der anderen Hand knöpfte sie Ashleys Hose auf und schob auch diese mit einer einzigen Handbewegung über Ashleys Hüften nach unten.

»Beeindruckend«, schnurrte Ashley.

»Es wird noch viel beeindruckender.« Ashley hielt Nadia gerade weit genug von sich weg, damit diese aus der Hose steigen und den BH abstreifen konnte. Nadias Herz klopfte heftig, als sie erkannte, dass sie nur noch ein winziges Kleidungsstück davon entfernt war, ihr Versprechen zu halten.

Sie sank auf ein Knie und zog Ashleys schwarzen Bikini-Slip bis zu den Knöcheln hinab. Ashley stieg heraus und streckte Nadia die Hände entgegen, um ihr wieder aufzuhelfen.

Nadia hielt inne und betrachtete sie gründlich. Ashley wirkte nervös. *Warum bloß?* Sie hatte einen herrlichen Körper.

Als Osteopathin war Nadia geübt darin, kaum sichtbare Asymmetrien zu finden, die auf strukturelle Dysfunktionen hinwiesen. Schon leicht ungleichmäßig ausgebildete Rückenmuskeln konnten die Krümmung der Wirbelsäule verändern, die Schultern schräg stellen und den Gang einer Person beeinflussen.

Aber Ashleys Körper raubte ihr den Atem. Sie weidete sich an dem Anblick. Ihre blassen, glatten Brüste kontrastierten mit den harten Nippeln und Nadia wurde der Mund trocken vor Aufregung. Sie ließ ihren Blick an den weichen Konturen von Ashleys prächtigem Körper entlanggleiten und verfolgte die zarte Linie, die mitten über den flachen und leicht trainierten Bauch zu ihrem Nabel hinabführte. Dann ging ihr Blick tiefer zu einem ordentlich gestutzten blonden Haardreieck zwischen Ashleys Beinen und sie fuhr sich mit der Zunge über die Lippen.

Ashleys Körper war pure Weiblichkeit. Damit unterschied sie sich stark von Nadias vorherigen Geliebten, aber die Anatomie war ihr natürlich vertraut. Der Kontrast aus Vertrautem und Unbekanntem entzündete ein Feuer in ihr, das sie noch nie empfunden hatte.

»Nadeschda, ich weiß, dass das alles neu für dich ist, aber hast du vor, mich die ganze Nacht lang nur anzustarren?«

Nadia hob den Blick und sah in Ashleys ausdrucksstarke blaue Augen, in denen das Versprechen einer ganzen Welt zu liegen schien. Sie lächelte. »Ich würde gerne noch viel mehr tun als das hier.«

Nadia trat ganz nahe an Ashley heran und strich vorsichtig mit den Fingern über ihre Brust. Das Gefühl der weichen Haut und des festen Nippels ließ sie bis ins tiefste Innere erschaudern. Als sie die Berührungen mit der Zunge wiederholte, spielte ihr Körper verrückt. Sie leckte und saugte an Ashleys Nippel und das kehlige Stöhnen spornte sie an, immer mehr zu erkunden. Nadia nahm Ashleys zweite Brust in die Hand, drückte, streichelte, liebkoste sie. Liebte es … liebte *sie*.

Sie ließ ihre Finger über seidig weiche Haut nach unten gleiten.

Ohne Vorwarnung fing Ashley ihre Hand ab. »Nein, so geht das nicht. Du hast deine Ungerechtigkeit korrigiert, aber es gibt noch eine.« Ashley lächelte scheu. »Ich schulde dir einen Orgasmus.«

»Führst du Buch?«, scherzte Nadia. Sie wollte gerade nichts anderes, als Ashleys Körper weiter zu erkunden.

»Nein, es gibt kein Protokoll unserer Begegnungen.« Ashley lachte melodisch.

*Hinreißend.* »Bist du sicher?«

»Absolut. Aber …«, sie stieß sich von der Wand ab, packte Nadias Schultern und drehte sie zu sich um, »nichts würde mir mehr Freude machen, als zu sehen, wie du die Beherrschung verlierst.«

Sie hatte inzwischen ganz offensichtlich ihre anfängliche Nervosität abgelegt. »An was denkst du?«, fragte Nadia, während das Verlangen, sie zu befriedigen, in ihrem Körper und ihrer Stimme vibrierte.

Ashley lächelte. »Zieh dich aus.«

Nadia gehorchte, ohne zu zögern, und ließ ihre Kleider auf den Boden fallen. In der kühlen Luft bekam sie eine Gänsehaut auf den Armen und wollte sich an Ashley drücken, ihre Wärme suchen. Bevor sie das jedoch tun konnte, packte Ashley ihre Hand, stieß sie auf das Sofa und beugte sich vor, um ihrerseits Nadia zu erkunden: Sie leckte, küsste und biss sanft in jeden Zentimeter ihres Halses.

»Du bist perfekt«, murmelte Ashley in Nadias Ohr.

Nadia stöhnte, als sie deutlich spürte, wie ihr ganzer Körper reagierte. Sie brauchte mehr.

»Davon habe ich geträumt«, sagte Ashley, während sie sich Nadias Hals hinab über ihre Brüste küsste. Sie begann, mit den Lippen Nadias Brustwarzen zu erforschen.

»Ja?«

»Ja.«

Ashleys Mund blieb auf ihrem Nippel liegen und Nadia schloss die Augen, um ihre flüchtigen Gedanken zu sammeln. »Wovon genau hast du geträumt?«, brachte sie keuchend heraus.

»Wie wäre es, wenn ich es dir nicht sage, sondern zeige?«

Sie begann, fester über Nadias empfindliche Brustwarze zu lecken.

»Ja.« Nadia stöhnte. »Zeig es mir.« Ihr Körper pulsierte und sie wand sich unter Ashley.

Ganz langsam wanderte Ashley leckend und küssend immer tiefer, ohne je den Kontakt zu Nadias Haut zu unterbrechen. Nadia musste ihre ganze Selbstbeherrschung aufbringen, um nicht frustriert aufzustöhnen. Sie brauchte mehr.

Als Ashley endlich zwischen ihren Beinen angekommen war, hielt Nadia in quälender Erwartung dessen, was gleich kommen würde, kurz den Atem an.

Aber anstatt ihr zu geben, wonach sie sich sehnte, begann Ashley, Nadias Schenkel zu küssen, erst die Innenseite des einen Beins, dann die des anderen. Die Spannung in Nadia baute sich weiter auf, heftig und unerbittlich, wuchs immer weiter an, bis Nadia kaum noch in der Lage war, ihre Atmung zu kontrollieren. Als Ashley sich wieder weiter von der Stelle entfernte, an der Nadia sie verzweifelt brauchte und wollte, warf sie den Kopf in den Nacken und stieß ein tiefes Stöhnen aus.

Ashley sah sie mit funkelnden Augen an. »Stimmt was nicht?«

Nadia stemmte sich auf die Ellbogen hoch. »Brauchst du eine Erinnerung, wie weibliche Anatomie funktioniert?«

Ashley grinste verschmitzt. »Nein danke. Diese Prüfung habe ich mit Auszeichnung bestanden.« Und sie machte weiter, diesmal indem sie federleicht über Nadias glühende Haut strich.

Nadia verbiss sich ein weiteres Stöhnen. »Dann schlage ich doch vor, du wendest etwas von diesem Wissen endlich praktisch an.«

Ashleys Fingerspitzen streiften für einen winzigen Moment Nadias empfindliche Klitoris. Sie schob Ashley vergeblich die Hüften entgegen, in dem verzweifelten Versuch, die Spannung zu lindern, die in ihr kochte wie ein Vulkan.

»Es kommt mir so vor, als würdest du dich zu stark auf ein unwichtiges Detail fixieren.« Die geheuchelte Unschuld in Ashleys Stimme machte ihre Belustigung nur noch deutlicher, und wie um sie zu steigern, wiederholte sie die Berührung mit den Fingerspitzen.

Nadia wandt sich hilflos unter ihr und verfluchte den Tag, an dem sie diese Formulierung im Labor benutzt hatte. »Jetzt verstehe ich. Du hast davon geträumt, mich zu foltern!«

Ashley kicherte. »Es liegt in deiner Macht, das zu ändern.«

»Du willst, dass ich höflich um einen Orgasmus bitte?« Nadia ignorierte die Finger, die dem ersehnten Ziel mit voller Absicht fernblieben. Das Pochen in ihrer Vagina versicherte ihr, dass sie bereit war, zu bitten – nur dieses eine Mal.

»Nicht ganz.« Ashley beugte sich tiefer zu dem hochempfindlichen Nervenbündel zwischen Nadias Beinen. Sie blies sanft darauf, was Schockwellen der Lust durch Nadias Wirbelsäule schickte. »Ich will hören, wie du *mich* bittest«, hauchte Ashley sehr langsam und absichtlich nahe ihrer Klitoris, nur um sie weiter zu reizen.

*Darum geht es also?* Mit einem abfälligen Schnauben, das mehr wie ein Stöhnen klang, stützte Nadia sich auf die Ellbogen. »Keine Spielchen mehr, *Ashley*. Bitte. Ich brauche dich.«

Ashley verschwendete keine Zeit. Sie drückte den Mund zwischen Nadias Beine und Nadia schrie auf. Sie warf den Kopf zurück und kniff die Augen fest zu. Sie griff nach Ashley, vergrub die Finger in den blonden Locken und zog sie gierig dichter an sich.

Als Ashley ihre Finger in sie gleiten ließ, gab Nadia das letzte Quäntchen würdevoller Selbstbeherrschung auf, das sie gerne besessen hätte, und stieß ein tiefes Stöhnen aus. Und noch eines. Und noch eines. Mit jedem Stoß, jeder Bewegung stieg Nadias Lust exponentiell an und begann zu pulsieren, während ihre Muskeln sich immer heftiger anspannten und entspannten und verzweifelt die Erleichterung suchten, die so nahe war.

»Komm für mich«, knurrte Ashley zwischen ihren Beinen.

In der gleichen Sekunde überkam Nadia eine schaudernde Explosion. Sie versteifte sich und heftige Wellen reiner Glückseligkeit durchströmten sie von Kopf bis Fuß. Die Anspannung war schlagartig verschwunden, ersetzt durch das unbeschreibliche Gefühl, zu schweben und gleichzeitig dahinzuschmelzen.

Ashley wartete an Ort und Stelle, bis Nadia wieder zu Atem gekommen war. Dann leckte und küsste sie Nadias Schenkel, zuerst leicht und langsam, wobei sie von einer Seite zur anderen wanderte. Der Druck wurde stärker, als sie zur Quelle von Nadias Lust zurückkehrte. Nadia, die immer noch ganz außer sich war, konnte nicht viel tun, außer ermutigend zu stöhnen.

Natürlich war Nadia mit dem Konzept multipler Orgasmen vertraut. Was sie allerdings nicht erwartet hatte, waren die unglaublichen Empfindungen, die dieses Phänomen mit sich brachte.

Ihr Körper reagierte willig und erreichte Höhen der Lust, die sie nie für möglich gehalten hatte.

Erregungsphase, Plateauphase, Orgasmusphase und Rückbildungsphase. Kaplans lineares Schema der sexuellen Aktivität schien viel zu vereinfacht, um zu erklären, worauf sie in diesen wunderbaren Momenten intuitiv reagierte. Sie sprang zwischen den einzelnen Phasen vor und zurück, wobei sie in einer endlosen Schleife der Lust miteinander verschmolzen und sich wiederholten. Wenn es Ashleys Ziel war, Nadia vergessen zu lassen, wie viele Orgasmen sie erlebte, nun ja, dann war die *Mission erfüllt*.

Nadia drückte den Rücken durch und stöhnte lauter, als sie sich eingestehen wollte. Es war nicht ihr Ding, die Kontrolle zu verlieren. Oder war es jedenfalls nie gewesen. In diesem Moment kümmerte es sie kein bisschen.

Schließlich gipfelte die Stimulierung in einem letzten mächtigen Orgasmus, der Nadia heftig nach Luft schnappend zurücksinken ließ.

Ashley schob sich neben sie auf die Couch und legte einen Arm um sie. Einen Augenblick lang lagen beide einfach im Nachglühen da, bis das Keuchen und Beben sich legte.

»Bin ich die beste Liebhaberin aller Zeiten?«

Nadia brauchte einen Moment, um die Frage zu verarbeiten, da ihr Körper und Geist immer noch ganz im Bann von Ashleys himmlischer Behandlung standen. Dann musste sie laut lachen.

»Was ist daran so komisch?«

»Du machst Witze, oder? Das ist doch genau die Frage, die ein Mann stellen würde, um sein Ego zu befriedigen, oder?«

Ashley runzelte die Stirn, als wäre sie tief in Gedanken. »Hm. Nein, ich bin mir ziemlich sicher, dass sie nicht nur für Männer reserviert ist.« Sie lächelte. »Außerdem muss auch das weibliche Ego befriedigt werden.«

»Ach, wirklich?«

Ashley nickte.

Nadia setzte eine ernste Miene auf und sagte: »Na, wenn das ein Wettbewerb wäre, müsstest du disqualifiziert werden.«

»Warum das?«

Während sie immer noch darum kämpfte, ihre ausdruckslose Miene beizubehalten, sagte Nadia: »Als Frau *und* Ärztin nutzt du deine umfassenden Kenntnisse des Subjekts, um effektivere Stimuli zu erreichen. Es wäre kein fairer Vergleich.«

Ashley kicherte. »Was ich da heraushöre, ist, dass ich gewonnen habe.«

»Dann hörst du nicht richtig zu«, tadelte Nadia sie. »Denn was ich sage, ist, dass du eine Gegnerin haben solltest, die ebenso bewandert in der Sache ist wie du.« Wieder zu Kräften gekommen, stützte sie sich auf, verlagerte das Gewicht und schob sich über Ashley.

»Oh, und du bist jetzt plötzlich eine Expertin?«, konterte die mit einem albernen Lächeln.

»Noch nicht.« Neuerliches Verlangen strömte durch Nadias Körper. »Aber Übung macht die Meisterin.«

Ashley schlang die Arme um Nadia und genoss ihren Körper, ihr Gewicht auf sich zu spüren. Mit Zunge und Lippen erkundete Nadia ihre Brüste und drückte ihr Knie sanft, aber bestimmt zwischen Ashleys Beine. Sofort verblasste alles um Ashley herum bis auf Nadia.

In diesem Moment war Nadia alles, was Ashley roch, spürte, sah und hörte. Sie wollte ihren Duft einatmen, ihre Berührungen spüren, sie stöhnen hören, sobald sie zusammen kamen.

Als Nadia abrupt innehielt, brauchte sie einige Sekunden, um zu begreifen, warum. Ihr Handy klingelte und unterbrach den Moment. Sie knirschte mit den Zähnen und unterdrückte ein protestierendes Stöhnen. Warum passierte das immer wieder in den unpassendsten Momenten?

»Hast du Bereitschaft?«, fragte Nadia mit finsterer Miene.

»Nein, aber wann hat das die anderen je aufgehalten?« Bitterkeit vertrieb die Wärme aus ihrer Stimme. Es war nicht so, dass sie die Arbeit, für die sie so viel gegeben hatte, nicht liebte, aber wenn ihre Kollegen rund um die Uhr ihre ungeteilte Aufmerksamkeit verlangten, stellte das diese Liebe doch auf eine harte Probe.

Ashley zwang die Entrüstung nieder, die in ihr aufstieg. Das war nun einmal die Verantwortung, die die Position der Oberärztin der Herz-Thorax-Chirurgie mit sich brachte. Sie griff nach dem Handy, aber Nadia nahm es ihr ab, bevor sie das Gespräch annehmen konnte.

Sie sah auf das Display und dann zu Ashley. »Ich kann das erledigen.«

Ashley zögerte.

»Überlass es einfach mir. Bitte … *Ashley*?«

Als Nadia ihren Namen sagte, nickte Ashley und gab jede Illusion von Kontrolle auf. Vielleicht würde sie es später bereuen, aber in diesem Moment wollte sie nichts weiter, als Nadia zu gefallen.

»Kann das nicht warten?«, bellte Nadia in das Telefon.

Ashley blickte sie stirnrunzelnd an. Begann Nadia immer so ihre eigenen Telefonate?

In dem stillen Raum hörte Ashley Teile des Gesprächs mit. Ihr Gesicht brannte heiß, als sie erkannte, dass Nadia mit Dan sprach.

»Das geht so nicht. Ich rufe dich in einer Minute zurück.«

Nadia beendete das Gespräch, wählte eine Nummer und zwinkerte Ashley zu. *Oha!*

»Ja, ich weiß, wie spät es ist, Dr. Bratton.«

Ashley hörte einen Wortstrom vom anderen Ende der Leitung her und riss die Augen auf. Sie war wie erstarrt, als hätte gerade jemand einen Kübel eiskaltes Wasser über ihrem Kopf ausgeschüttet. Warum hatte sie Nadia nur erlaubt, an ihr Telefon zu gehen? Und warum rief Nadia den Leitenden Oberarzt der Chirurgie an?

Ganz auf das unmittelbar bevorstehende Desaster konzentriert, wurde Ashley abgelenkt, als Nadia sich plötzlich zwischen ihre Beine kniete. Ihr Herz klopfte bis zum Hals, als sie Nadia ansah und mit den Lippen die

Worte *Was machst du da?* formte. Aber das war eine dumme Frage. Es war ziemlich offensichtlich, was Nadia tat.

Sie drückte das Handy an die nackte Haut, damit ihre Antwort nicht zu hören war. »Ich teste eine Theorie«, sagte sie leise.

Bratton redete immer noch. Wahrscheinlich schimpfte er, wie unverschämt es von ihr war, so spät noch anzurufen.

»Welche Theorie wäre das?«, flüsterte Ashley zurück.

»Dass ich dich mit den richtigen Stimuli dazu bringen kann, die Arbeit komplett zu vergessen.«

Als tastende Finger zwischen ihre Beine vorrückten, wusste Ashley, dass es verlorene Mühe wäre, Nadia das Gegenteil beweisen zu wollen. Sie stöhnte.

»Pst«, murmelte Nadia an ihrem Bein. Sie drückte leichte Küsse auf die Stelle, wo eben noch ihre Hand gewesen war. »Du musst sehr leise sein.«

Die Aussicht darauf, Nadia die Führung zu überlassen, schickte einen Adrenalinschub durch Ashleys Körper und lenkte ihre Gedanken auf ein einziges Ziel. Nadias Theorie war bestätigt: Ashley wünschte sich nicht länger, irgendetwas anderes zu tun, als genau da zu sein, wo sie gerade war.

Nadia lehnte sich zurück und kicherte gnadenlos, als Ashley sich auf die Lippe biss, um ein Stöhnen zu unterdrücken. Als sie das Handy wieder ans Ohr nahm, unterbrach sie Brattons Monolog und fügte sehr bestimmt hinzu: »Und im Übrigen spricht hier Dr. Keating.«

Der Wortstrom am anderen Ende der Leitung setzte aus und Nadia grinste breit. Offenbar hatte Bratton mehr Respekt vor Nadia als vor der Oberärztin der Herz-Thorax-Chirurgie, eine Erkenntnis, die Ashley normalerweise gestört hätte, wenn sie gerade nicht so gründlich abgelenkt gewesen wäre.

»Wie ich hörte, hat Dr. Williams beschlossen, heute Abend keinen Bereitschaftsdienst zu übernehmen«, fuhr Nadia ruhig fort. Sie hielt das Handy in der rechten Hand, sodass die linke dort weitermachen konnte, wo ihr Mund aufgehört hatte. »Ich bin sicher, er hat gute Gründe dafür, da ich ebenfalls gehört habe, dass er gerade bei Ihnen ist.«

*Aha*, das hatte Dan ihr also erzählt. Wahrscheinlich hatte er versucht, selbst die Situation zu klären und Peter direkt angerufen, dem Personal aber gesagt, sie sollten stattdessen Ashley kontaktieren. Frustriert über

Peters typisches Verhalten, seine Freundschaft mit dem Leitenden Oberarzt auszunutzen, verdrehte Ashley genervt die Augen.

»Wissen Sie, ich habe selbst gerade ein Meeting mit *Dr. Rylan*«, sagte Nadia und betonte den Namen, während ihre freie Hand genau die richtige Stelle berührte.

Ashley schloss die Augen und presste verzweifelt eine Hand auf ihren Mund, um leise zu bleiben.

»Und sie gibt sich *große* Mühe, mich zu überzeugen, eine Stelle in Ihrem Krankenhaus anzunehmen, wenn meine Ausbildung abgeschlossen ist.«

Ashley riss erstaunt die Augen auf. Hatte Nadia sich gerade selbst einen Job angeboten?

Natürlich wäre es ein Glück für sie alle, Nadia als Fachärztin gewinnen zu können. Sie war jetzt ein Star, was bedeutete, dass andere Krankenhäuser sich um sie reißen würden. Vielleicht boten sie ihr sogar bessere Möglichkeiten an, ihre Facharztausbildung abzuschließen. Ashley schauderte bei der Vorstellung, dass Nadia gehen könnte, was sie vorübergehend ein wenig von ihrer steigenden Erregung ablenkte.

»Aber wie kann ich so ein Angebot ernsthaft in Betracht ziehen, wenn ich ständig daran denken muss, dass in drei Jahren ich diejenige wäre, die Schichten für Fachärzte übernimmt, die Anrufe ignorieren, obwohl sie eigentlich in Bereitschaft sein sollten? Und wenn ich ständig zusätzliche Schichten übernehmen muss, werde ich nicht an den vielen Forschungsprojekten arbeiten können, die bereits in Planung sind.«

Ihre Worte ließen den nötigen Respekt nicht vermissen, aber die Botschaft war klar: *Ich bleibe nur, wenn Sie nach meinen Regeln spielen.*

Als sie Nadias beeindruckende Fähigkeit miterlebte, ruhig zu bleiben, während sie gleichzeitig berufliche Ultimaten stellte und daneben sehr persönliche Angelegenheiten erledigte, kehrte Ashleys volle Aufmerksamkeit unwillkürlich zu den geschickten Fingern in ihr zurück.

Sie packte das nächstbeste Kissen, presste es sich aufs Gesicht und dämpfte damit ihr unkontrolliertes Stöhnen.

Vage nahm sie ein unverständliches Murmeln aus dem Telefon, Nadias triumphierendes Lächeln und den Austausch unaufrichtiger Höflichkeiten wahr.

Als Nadia noch einmal Dan anrief, klang sie nur zu erfreut, ihn darüber zu informieren, dass Peter Williams plötzlich doch frei war und seinen Job erledigen würde. Ein Daumen gesellte sich zu Nadias langen Fingern und zeichnete Kreise auf Ashleys Klitoris, was ihre Fähigkeit, still zu bleiben, ernsthaft strapazierte. Der Druck, der sich stetig in ihr aufbaute, wurde so viel heftiger und sie keuchte schwer ins Kissen.

»Ruf mich an, wenn du irgendwelche Probleme mit ihm hast.« Sie hörte kurz zu und grinste breit. »Mach besser zwei draus. Mindestens.« Sie warf das Handy beiseite und sah Ashley an. »Dan hat mir versichert, dass dich die nächsten zwei Stunden niemand mehr stören wird.« Sie bedachte Ashley mit einem glühenden Blick aus ihren braunen Augen, die Welten eroberten und bewirkten, dass Ashley ihr völlig ausgeliefert war. »Nutzen wir sie aus.«

»Wie ist es möglich, dass du so gut beim Liebemachen bist?«, fragte Ashley.

Sie lag genüsslich auf ihrem Sofa ausgestreckt, Nadia neben sich. Beide kuschelten sich unter eine Decke, die so weich war wie Samt.

»Hm. Scheinbar inspirierst du mich zu mehr als nur dazu, Herzen für Transplantationen zu bauen.« Nadias Lächeln ließ nach, als sie hinzufügte: »Ich hoffe, ich habe keine Grenze überschritten.«

»Was?«

Nadia strich ein paar blonde Haarsträhnen aus Ashleys Gesicht – dem Gesicht der Frau, die die letzten drei Stunden damit verbracht hatte, ihre Idee von Lust neu zu definieren. »Ich meine Dans Anruf vorhin.«

»Ach das! Hm.« Sie richtete sich auf und sah Nadia an. »Das war völlig unprofessionell, Dr. Keating«, tadelte sie halbherzig.

Nadia senkte den Kopf, um Reue zu zeigen, die sie nicht verspürte.

»Aber im Ernst«, sagte Ashley nüchtern. »Du weißt schon, dass ich meine eigenen Schlachten schlagen kann, oder?«

Nadia dachte über ihre Antwort nach. Es hatte eine Zeit gegeben, da hätte sie, ohne zu zögern, Nein gesagt. Es war nicht so, dass ihre Meinung sich geändert hatte, aber jetzt verspürte sie den Drang, Ashley zu beschützen und zu unterstützen, anstatt sie zu verletzen. Ashleys Erfolg war auch Nadias Erfolg.

»Ich weiß, du hättest dich selbst darum kümmern können … auch wenn das bedeutet hätte, mich zu verlassen, bevor ich mich hätte revanchieren können«, sagte sie unverblümt. Sie konnte das nächste Mal wieder versuchen, nett zu sein. »Ich versichere Ihnen also, *Dr. Rylan*, meine Absichten waren rein egoistisch.« Sie beugte sich vor und streifte Ashleys Wange leicht mit den Lippen.

»Hast du das ernst gemeint, was du Bratton gesagt hast? Denkst du darüber nach, als Fachärztin bei uns zu bleiben?«

»Ich habe ein Spiel gespielt. Er wollte etwas – mich – und ich habe das als Druckmittel genommen, um zu bekommen, was ich wollte – dich.« Sie liebkoste sanft die Wange, die sie gerade geküsst hatte. *Zarter als die Decke.* »Ich weiß nicht, wohin meine Karriere mich führen wird, und ich weigere mich, für immer an dieses Krankenhaus gebunden zu sein. Und du solltest das auch nicht. Aber für die nächsten zwei Jahre bin ich hier und danach treffen wir unsere Entscheidungen gemeinsam.«

Ashley schaute sie mit großen Augen an. »Du glaubst, wir sind in zwei Jahren noch zusammen?«

»Ich habe vor, mit dir zusammen zu sein, solange du mich willst«, sagte Nadia. Das war ein Versprechen, das sie noch nie zuvor jemandem gegeben hatte, denn es hatte sich noch nie richtig angefühlt. Aber jetzt kam es von Herzen. »Macht dir das Angst?«

Ashley wandte den Blick ab.

Nadia drehte ihren Kopf sanft zurück, sodass sie ihr in die Augen schauen konnte. »Ich gehe nicht, egal, was du sagst, *Ashley*. Bitte.«

»Das letzte Mal, als wir ... Das war anders.« Sie errötete. »Ich hatte Angst, du wärst enttäuscht, wenn es nicht dasselbe sein würde.«

Nadia atmete tief ein, bevor sie sprach. »Als du die Führung übernommen hast – nun, das war schön. *Sehr* schön. Ich habe noch nie jemandem so die Kontrolle überlassen, keinem Mann, und ich glaube nicht, dass ich es bei irgendeiner anderen Frau getan hätte. Aber du warst es und ich wollte, dass du es tust. Das bedeutet nicht, dass du dich verstellen musst, nur weil du glaubst, dass ich das so will. Ich will dein echtes Selbst, Ashley, denn ich liebe *dich*.«

Sie hatte es nicht laut aussprechen wollen – noch nicht – und es sorgte dafür, dass ihr Herz wild klopfte. Sie wartete auf Ashleys Reaktion.

Sie starrte Nadia an wie ein Reh im Scheinwerferlicht.

»Das sollte nichts Neues für dich sein«, sagte Nadia in dem Versuch, sie aus ihrer Trance zu reißen.

»Aber Nadeschda, wir kennen uns kaum!«

»Ich brauche nicht länger, um zu wissen, was ich für dich empfinde. Ich *weiß* es. Aber es ist in Ordnung, wenn du mehr Zeit brauchst. Oder wenn du es nie sagen willst. Das ist auch in Ordnung. Es spielt keine Rolle. Es ist nur ein Wort.« Nadia seufzte, als sie erkannte, dass sie nicht aufhörte, zu reden. »Aber … mach das Ganze nicht komplizierter als nötig. Wir können uns auch einfach nur genießen. Wir müssen auch nicht alles bis ins Letzte analysieren und vorausplanen. Es geht schließlich nicht um die Chirurgie; es ist nur Dating.«

Ashley grinste. »Du hast mit Pari geredet.«

»Sie ist eine großartige Beziehungsratgeberin«, sagte Nadia trocken. »Du solltest auf sie hören.«

Ashley lachte, aber es klang angestrengt. »Ich bin noch nicht bereit, es auszusprechen.«

»Und ich habe gesagt, das ist in Ordnung.« Nadia drückte Ashleys Hand.

Sie hatte zwar die winzige Hoffnung, dass Ashley ebenso empfinden würde, aber sie hatte nie erwartet, dass sie das auch gleich in Worte fasste. Ob Nadia die drei magischen Worte jetzt auch aus Ashleys Mund hörte oder nicht, würde nichts an ihren eigenen Gefühlen ändern.

Ashley biss sich auf die Unterlippe und machte ganz offensichtlich genau das, wovon Nadia ihr eben noch abgeraten hatte – viel zu sehr über alles nachzudenken. »Wie wäre es mit einer anderen Idee, was unsere Beziehung angeht?«

»Ich höre.«

»Meine Eltern kommen nächste Woche für eine Konferenz in die Stadt.«

Nadia nickte langsam. Wenn sie so an Ashleys positive Lebenseinstellung dachte, war sie wahrscheinlich umgeben von bedingungsloser Liebe und heißer Schokolade aufgewachsen. »Ich habe keine Angst davor, deine Eltern zu treffen.« Nadia war stolz darauf, dass ihre Stimme nicht versagte. »Um welche Konferenz geht es?«

»Gynäkologie und Geburtshilfe.«

Ashley wartete aufmerksam auf eine Reaktion, also gab Nadia ihr Bestes, nicht verächtlich das Gesicht zu verziehen. Ihrer Meinung nach waren Gynäkologen die schlimmsten Ärzte. Sie waren nur begrenzt chirurgisch ausgebildet und glaubten doch naiv daran, dass ihr Fachbereich ein Teil der Chirurgie war.

»Es passt, dass deine Eltern Ärzte sind.« Nadia entschloss sich für die ungefährliche, wenn auch langweilige Variante einer Antwort. »Du hattest schon früh im Leben mit Medizin zu tun und deshalb bist du so gut.«

»Meine Mom ist Gynäkologin. Mein Dad ist interventioneller Kardiologe.«

Diesmal seufzte Nadia theatralisch. »Du machst es mir nicht leicht, dich zu lieben, oder?«

Ashley lachte. »Falls das hilft, sie sind beide große Fans deiner Arbeit.«

»Na«, sagte Nadia, »dann gibt es vielleicht noch Hoffnung für sie. Apropos ...« Sie stand auf, holte ihren Rucksack und zog einen Stapel Manuskriptseiten heraus. »Ich halte das schon eine Weile vor Singh zurück. Ich will, dass du die Erste bist, die meinen Artikel liest. Du hast mich dazu animiert, also ist das nur fair.« Sie ließ sich wieder auf das Sofa fallen. »Und was noch wichtiger ist, ich möchte, dass du weißt, dass ich auch einen ordentlichen Forschungsartikel schreiben kann.«

Ashley nahm die Seiten aus Nadias Hand, schüttelte die Kissen in ihrem Rücken auf und machte es sich bequem. »Hast du –«

Nadia las ihre Gedanken und reichte ihr einen Stift. »Du weißt hoffentlich, dass das nicht mehr als eine nette Geste ist. Der Artikel ist perfekt, so wie er ist. Schließlich habe *ich* ihn geschrieben.«

»Oh, aber ich wäre doch keine gute Mitverfasserin, wenn ich nicht ein paar kleine Änderungen machen würde«, scherzte Ashley. Sie las die erste Seite. »Hängst du sehr an dem Titel? Denn ich hätte an etwas Auffälligeres gedacht wie *Der Beginn der individualisierten Medizin*.«

Nadia schnaubte. »Ich bereue jetzt schon, dass ich ihn dir gegeben habe.«

Sie griff halbherzig nach den Seiten, aber Ashley packte sie nur noch fester. Mit zusammengezogenen Brauen begann sie zu lesen und dabei zu korrigieren.

Nadia entspannte sich und sah Ashley beim Lesen zu. Das war die Frau, die sie herausgefordert hatte, in die Transplantationsforschung zu gehen und die Entwicklung der Medizin zu verändern. Durch Zufall hatten sie sich wiedergetroffen und diesmal hatte Ashley sie herausgefordert, ihr Privatleben zu verändern. Es war Ashley, die in allen wichtigen Momenten in Nadias Leben aufgetaucht war, und Nadias Liebe für sie erfüllte ihr Herz.

*Ja, in der Tat. Schönheit liegt in der Symmetrie.*

# Kapitel 27

## *Der Beginn der individualisierten Medizin*

### *Fünf Jahre später*

Das Klingeln ihres Handys um 2:26 Uhr morgens dröhnte in Ashleys Kopf. Sie rieb sich die Augen und tastete zum Nachttisch hinüber. Immer noch im Halbschlaf begriff sie langsam, dass sie zu einem Notfall gerufen wurde. *Nicht gerade überraschend.* Sie verzog die Lippen und runzelte die Stirn. »Williams hat heute Bereitschaft, Casey.«

»Peter operiert gerade ein Aortenaneurysma«, sagte Casey, die Pflegedienstleiterin, knapp. »Er meinte, es würde noch mindestens vier Stunden dauern, bis er wieder frei ist.«

Ashley biss die Zähne zusammen, um ein gereiztes Seufzen zu unterdrücken. »Was ist mit Singh? Steht sie nicht als Back-up bereit?«

»Pari ist auf einer Konferenz in Las Vegas, um für biotechnologische Organe zu werben, schon vergessen?«

Wenn sie zu einer vernünftigen Uhrzeit angerufen worden wäre, hätte Ashley sich vielleicht erinnert.

»Dr. Keating hat gesagt, sie würde übernehmen«, fuhr Casey fort, »aber sie transplantiert gerade noch eine Lunge.«

Wie die meisten examinierten Pflegekräfte nannte Casey fast jeden Chirurgen beim Vornamen. Nadia dagegen behandelten alle wie eine Göttin, die über den normal Sterblichen stand, mit denen sie sonst arbeiteten. Nur wenige kannten die wundervolle Frau, die sie außerhalb des OP-Saals war.

»Bring den Patienten rein, aber sag der Anästhesie, sie sollen ihn noch nicht sedieren. Ich bin in zwanzig Minuten da.«

Ashley beendete das Gespräch und streckte sich, um ihren Körper aufzuwecken. Immer noch verschlafen stand sie auf, zog sich schnell an und wollte gerade gehen, als das Handy wieder klingelte. Mit einem letzten Rest Benommenheit fragte Ashley sich, warum der Klingelton so anders klang. Und dann grinste sie, als sie erkannte, dass die sonst so akribische Nadia Keating ihr Handy vergessen haben musste, als sie zur Transplantation gefahren war.

Sie fand es zwischen Matratze und Bettgestell eingeklemmt. Mit zusammengekniffenen Augen sah sie auf das Display. Es war eine unbekannte ausländische Nummer. »Hallo?«

»Hallo, spreche ich mit Dr. Na-desch-da Keating?« Die fröhliche Stimme mit schwedischem Akzent verunstaltete Nadias Namen.

Ashley riss die Augen auf, als ihr die Bedeutung des Anrufs dämmerte. *Jetzt* war sie hellwach. »Sie ist gerade mitten in einer Operation«, stammelte sie.

»Sie wollen sie vielleicht trotzdem ans Telefon holen. Dieser Anruf ist sehr wichtig. Sehr. Wichtig.« Er betonte jedes einzelne Wort. »Aus Stockholm.«

»Ich hasse es, allein aufzuwachen.«

Ein Schauer lief Nadia über den Rücken, als Ashleys Atem warm über ihr Ohr strich. Die Worte waren so leise geflüstert, dass nicht einmal das Pflegepersonal neben ihnen sie verstehen konnte. Trotz der Ablenkung behielt Nadia ihre Konzentration bei, während sie mit kompetenter Selbstsicherheit an den Anastomosen der rechten Lungenarterie weiterarbeitete.

»Katheter«, befahl sie dem Assistenten. Sie schloss und entlüftete die Arterie. »Klammern.« Die Lunge begann sich rosa zu färben und sie lächelte unter der Maske. Den Blick starr auf den Operationsbereich gerichtet fragte sie: »Dr. Rylan, ich habe gehört, Sie hätten eine Notfall-OP. Was machen Sie hier in *meinem* OP? Wollen Sie beobachten, wie ich mit der Behandlung dieses Patienten Pionierarbeit leiste?«

»Daran habe ich keinen Zweifel, Dr. Keating«, antwortete Ashley ebenso theatralisch. »Aber wie Sie sehr richtig erwähnt haben, habe ich meinen eigenen Notfall, um den ich mich kümmern muss. Eigentlich bin ich gar nicht hier.«

»Ach ja?«

»Entgegen der allgemein verbreiteten Ansicht dreht sich die Welt nicht allein um Nadeschda Keating.«

Alle im Raum lachten.

Nadia beendete das sofort mit dem eisigsten Blick, zu dem sie in der Lage war. Sie drehte sich kurz zu Ashley um und zog amüsiert eine Augenbraue hoch. Wenn sie den ganzen Raum mit einem Blick zum Schweigen bringen konnte, *sollte* die Welt sich vielleicht um sie drehen.

Ashley schmunzelte vergnügt und wandte sich ab, um mit der OP-Pflegerin zu sprechen. Nadia verstand nicht, was sie sagte, aber sie achtete auch nicht weiter darauf. Sie hatte eine Operation zu beenden und musste gleichzeitig Christopher, ihrem jüngsten Assistenten, zeigen, wie die OP ausgeführt wurde – etwas, von dem er ganz offensichtlich noch keine Ahnung hatte. Außerdem musste sie ein Auge auf die Medizinstudentin neben Christopher haben, deren mangelhaftes Wissen über grundlegende Hygienetechniken ein Kontaminationsrisiko war, das sie in ihrem OP einfach nicht dulden konnte. Nadia nahm effektives Lehren ernst, auch wenn sie es insgeheim genoss, ihre Schützlinge einzuschüchtern.

Gerade als Ashley den OP verließ, stieß die Studentin gegen den Instrumententisch und warf ein einwandfreies – und ziemlich teures – Klammernahtgerät zu Boden, wodurch es unbrauchbar wurde.

»Tu mir einen Gefallen, Jessica –«

»Janelle«, krächzte das Mädchen.

»Wie auch immer. Wenn die Zeit kommt, dich zu spezialisieren, nimm nicht die Chirurgie. Die Welt hat auch so schon genug Probleme.«

Die anderen im Raum lachten verhalten und die junge Frau sah aus, als würde sie gleich losheulen. Nadia schnalzte gereizt mit der Zunge. Das würde das Operationsfeld bestimmt auch noch kontaminieren.

»Sei ein wenig netter, Nadeschda«, sagte Ashley, die wieder dicht hinter sie getreten war. »Sie lernt ja noch.«

»Was hältst du davon, wenn sie bei dir weiterlernt?«

»Komm mal bitte gleich in mein Büro, wenn du hier fertig bist«, flüsterte Ashley, nachdem sie offenbar beschlossen hatte, Nadias Bemerkung zu ignorieren. »Rede mit niemand anderem und höre auf nichts, was andere sagen. Verstanden?«

Nadia nickte, während ihr Herz hart schlug. Ashley kam nur selten mit Bitten – oder eher Befehlen – zu ihr, aber wenn sie es doch tat, endete es normalerweise mit einer Menge sexueller Befriedigung für Nadia.

»Sehr gut«, schnurrte Ashley hinter ihr.

Sie verließ den Raum, gerade als Janelle Christopher mit dem Ellbogen anstieß. Er ließ den Katheter auf den Boden fallen.

Nadia seufzte frustriert und überlegte, warum die Inkompetenten immer ihr zugewiesen wurden. Das würde sie mit dem Leitenden Oberarzt besprechen müssen.

Das Getuschel begann, sobald Ashley gegangen war. Nadia hörte, wie die OP-Pflegerin ans Telefon ging und sagte: »Dr. Keating ist im Moment beschäftigt und kann keine Anrufe annehmen, auch wenn es der Papst höchstpersönlich ist.«

Als Nadia wissen wollte, was los war, tat sie so, als wüsste sie es auch nicht. Nadia konzentrierte sich wieder auf die OP und beschloss, sich nicht von der Neugier ablenken zu lassen. Wenn es wirklich so wichtig war, würde sie es schon noch erfahren.

Als die OP vorbei und der Patient stabil war, ging sie schnell in Ashleys Büro. Im Sonnenlicht wirkten die tristen Korridore, die sie passierte, täuschend frisch. Es war bereits Morgen und Nadia fühlte sich nicht müde, obwohl sie seit mehreren Stunden wach war. Zeit hatte im OP keinerlei Bedeutung und am Ende eines jeden Einsatzes war das Erfolgsgefühl stärker als die Erschöpfung.

Unglücklicherweise kamen mit der Sonne auch die Menschen.

Nadia ging an Kollegen vorbei, die gerade ihre Arbeit antraten, während sie Ashleys Auftritt im OP im Kopf noch einmal durchspielte. Jetzt hatte sie Zeit und Muße, sich zu fragen, warum Ashley sie zu sich bestellt hatte.

Ein Chirurg, an dessen Namen sie sich nicht erinnern konnte, kam breit grinsend auf sie zu. »Herzlichen Glückwunsch!«

Nadia nickte und runzelte dann die Stirn, als sie an ihm vorbei war. Er war bereits der Dritte, der heute Morgen so etwas zu ihr gesagt hatte. Normalerweise wäre sie stehen geblieben und hätte gefragt, was los war, aber Ashleys Anweisungen waren klar und deutlich gewesen.

Nadia betrat Ashleys Büro und schloss die Tür hinter sich ab. »Du weißt es besser, als in meinen OP zu kommen und mich herumzukommandieren. Du hast eine Regel gebrochen und dagegen werde ich etwas unternehmen müssen.«

Ashleys Sessel wurde herumgedreht und es war Dan, der darin saß. »Erzähl mehr davon, was hinter verschlossenen Türen passiert, wenn Ashley sich danebenbenimmt.« Er hatte das breiteste Grinsen aller Zeiten im Gesicht.

Nadia zog die Brauen zusammen, um ihren Schock über den Ausrutscher zu verbergen. »Das würdest du gerne wissen, hm?« Schnell fasste sie sich wieder. »Was machst du hier, Dan?«

»Deine Freundin hat mich gebeten, dich zu dem Termin mit der Schule zu begleiten, da sie mit einer OP beschäftigt ist«, erklärte Dan so wenig überzeugend, dass er garantiert etwas zu verbergen hatte.

Nadia sah über sein seltsames Verhalten hinweg und fragte sich, was sie mehr störte: die Tatsache, dass andere Ashley als ihre Freundin bezeichneten, oder die Tatsache, dass Ashley Nadia nicht zutraute, Termine einzuhalten.

»Ich brauche keinen Aufpasser«, sagte sie. »Ich habe ihr gesagt, dass ich mich darum kümmere, und das mache ich auch.« Nadia beschloss, dass die Bezeichnung *Freundin* schlimmer war. Ashley war so viel mehr als das.

»Sie hat gesagt, ich soll dir ausrichten, dass das nicht verhandelbar ist.«

Nadia schnaubte. Ashley war heute ungewöhnlich herrisch. »Und du kannst der Original-Rylan einfach nichts abschlagen, oder? Mit welcher Version von ihr gehst du diese Woche aus, Dan? Mit der schüchternen Rylan? Der heißen Rylan? Der naiven Rylan? Die heiße Rylan hat mir gefallen. Sie war ... nun, heiß.«

Vor ein paar Jahren hatte Nadia bemerkt, dass Dans Freundinnen immer verschiedene Versionen von Ashley waren: blond, blauäugig und entweder in der Medizin oder einem anderen Hochleistungsberuf tätig. Der Unterschied bestand allerdings darin, dass sie alle tatsächlich an ihm interessiert waren – ein entscheidender Unterschied, der dafür gesorgt hatte, dass Nadia ihre Eifersucht endlich überwinden konnte und beide gute Freunde geworden sind. Außerdem sorgte Dans ständiges Leugnen ihrer scharfsinnigen Beobachtung dafür, dass sie ihn bei jeder Gelegenheit wieder damit aufziehen konnte.

»Madeline ist überhaupt nicht blond, der Witz fliegt dir also selbst um die Ohren.«

»Ah, also ist es diesmal die brünette Rylan?«

Dan starrte sie an. Der vertraute unbeeindruckte, genervte Ausdruck stand ihm unübersehbar ins Gesicht geschrieben. »Bist du jetzt fertig? Wir sollten gehen.«

Nadia grinste. Er hatte offensichtlich keinen guten Konter gefunden.

»Hat Ashley dir mein Handy gegeben?«

»Kein Telefon. Die Chefin will, dass du direkt zum Termin gehst. Denk nicht mal daran, dich umzuziehen.«

»Sie ist nicht mehr meine Chefin und deine auch nicht.« Nadia seufzte, als sie an das lästige Treffen dachte, das vor ihr lag. »Seit wann ist es wichtig, ob eine Vierjährige schon in die erste Klasse gehen kann? Malen Kinder in diesem Alter nicht sowieso den ganzen Tag lang mit Fingerfarben?«

Nadia tat so, als würde sie eine Broschüre über Kindererziehung studieren, während sie darauf wartete, sich mit der Schuldirektorin zu treffen. Ohne Handy wusste sie nicht, was sie mit ihren Händen tun sollte. Dan verbrachte die Zeit damit, Nachrichten zu schreiben und alberne Gesichter zu ziehen. Seine neue Freundin musste ja zum Schießen komisch sein.

Nach zwanzig Minuten kehrte die Assistentin zurück und meinte, die Direktorin bestehe darauf, beide Elternteile zu treffen.

»Das kann nicht Ihr Ernst sein.« Nadia erhob die Stimme.

»Okay«, sagte Dan. »Ich rufe Ashley an und frage, ob sie kommen kann.«

Nadia zwang sich dazu, ihre Atmung zu kontrollieren, da sie ja sonst nichts kontrollieren konnte.

Dan tätigte den Anruf und steckte dann sein Handy weg. »Wie kommt es, dass du so früh heute Morgen schon eine Transplantation hattest? Ich dachte, die würden jetzt alle während der üblichen Arbeitszeiten stattfinden, nachdem du den Bereich neu erfunden hast.«

Nach dem Erfolg von Nadias biotechnologischem Herzen hatte die Transplantationsmedizin einige große Fortschritte erlebt. Ein französisches Team hatte ein Protokoll entwickelt, um HLA-Marker zu entfernen, die Proteine, die das Immunsystem als fremde Eindringlinge erkannte und attackierte. Darauf aufbauend hatte eine japanische Gruppe eine Methode gefunden, eine dezellularisierte Niere als Gerüst zu verwenden und mit HLA-negativen Stammzellen zu versehen, was die Niere für beliebige Empfänger geeignet machte. Damit wurde das Beschaffen eines passenden Organs für die Transplantation inzwischen fast so einfach, wie Bettwäsche für Krankenhausbetten zu bestellen.

»Ab und zu kommen Notfälle rein«, sagte Nadia und der Themenwechsel besänftigte ihr Temperament. Das Wissen, dass sie das alles angestoßen hatte, zauberte jedes Mal ein zufriedenes Lächeln auf ihr Gesicht. »Der Patient heute Morgen war ein Brandopfer. Er hatte so viel Ruß und Rauch eingeatmet, dass seine Lunge völlig hinüber war. Er bekam nicht mal mit maximalem Support genug Sauerstoff. Eine neue Lunge hat seine anderen Organe davor bewahrt, zu hypoxisch zu werden, um richtig zu arbeiten.«

Dan stieß spielerisch ihre Schulter an. »Sieh dich nur an, die Heldin, die –«

»Hier bin ich.« Ashley betrat atemlos den Wartebereich.

»Wo ist mein Handy?«, fragte Nadia trocken, obwohl sie beim Anblick ihrer Partnerin wie üblich Herzrasen bekam.

Ashley trat an die Rezeption, während sie die Frage offenbar bewusst ignorierte. »Es tut mir leid, dass ich zu spät bin. Können wir den Termin noch wahrnehmen?«

»Natürlich, Mrs. Keating.« Die Assistentin lächelte warm.

Die absurde Anrede ließ Nadia zusammenzucken. Allein das *Misses* vor ihrem Namen schmerzte in den Ohren. Sie warf einen Blick zu Ashley, die nur noch breiter lächelte, während sie sich bei der Assistentin bedankte.

»Meine Dienste werden wohl nicht länger gebraucht.« Dan stand auf. »Wir sehen uns heute Abend.«

Alle drei planten, Jewgenis Verlobungsparty zu besuchen. Dan und Jewgeni hatten sich nach ihrem Kennenlernen vor fünf Jahren angefreundet. Nadia würde nie verstehen, wie Männer mit einem bloßen Fingerschnippen Freunde werden konnten.

Und Jewgeni war trotz allem, was zwischen Nadia und ihm passiert war, in ihrem Leben geblieben. Er war einige Jahre lang mit verschiedenen Frauen ausgegangen und hatte dann ein ehemaliges Model getroffen, eine Frau, die ihm in Sachen Attraktivität Konkurrenz machte, was an sich schon eine Errungenschaft war. Jewgeni hatte gemeint, sie wäre Nadia sehr ähnlich, aber Nadia sah das ganz anders. Ihrer Meinung nach war die Frau kalt, distanziert und zu direkt. Wenigstens wurde sie in Jewgenis Nähe etwas sanfter, also freute Nadia sich für die beiden.

Sie hätte nie gedacht, dass sie einmal Gast bei seiner Verlobungsfeier sein würde, geschweige denn mit Ashley als Begleitung. Aber Jewgeni hatte die Vergangenheit hinter sich gelassen. Nadia konnte das nicht. Sie gab sich selbst die Schuld dafür, dass sie sowohl Ashley als auch ihn verletzt hatte. Sie konnte sich auch nicht vorstellen, jemals zu heiraten. Das war etwas, das sie Jewgeni zu versprechen versucht hatte, und wenn sie es doch einmal tat, würde es sich nur wie ein weiterer Verrat anfühlen.

Natürlich hatte Ashley – typisch für sie – Nadias Entscheidung akzeptiert, als sie sie ihr erklärt hatte. Trotzdem wurde sie das Gefühl nicht los, dass ihre Partnerin enttäuscht war.

Sie ignorierte den Schmerz, den ihre wandernden Gedanken mit sich brachten, und folgte Ashley zum Büro der Direktorin. Es war leer. *Unglaublich.* Nadia schüttelte leise schnaubend den Kopf, aber ihre Wut hatte sich bereits mit Ashleys Auftauchen gelegt. Außerdem hatte sie nichts gegen etwas Zeit zu zweit, da sie Ashley nach ihrem merkwürdigen Auftreten von vorhin fragen konnte. »Wo ist mein Handy denn? Hältst du es als Geisel?«

Ashley sah aus, als wäre sie mit der Hand in der Keksdose erwischt worden. »Sei nicht paranoid. Es liegt in meinem Auto.«

»Und was, wenn es einen Notfall gibt?«

Ashley lachte. »So etwas wie Notfall-Transplantationen gibt es nicht mehr. Wie auch immer, ich habe allen im Krankenhaus gesagt, dass du dir den restlichen Tag freinimmst.«

Nadia runzelte die Stirn. Zuerst war Ashley in den OP geplatzt, während Nadia gearbeitet hatte. Dann hatte sie sie in ihrem eigenen Büro versetzt. Jetzt änderte sie Nadias Arbeitszeiten. Außerdem rutschte sie auf ihrem Stuhl hin und her, als hätte sie Hummeln im Hintern. Irgendetwas war da los.

»Du verhältst dich heute richtig komisch.«

»Hm?« Ashley tat so, als hätte sie keine Ahnung, wovon Nadia sprach. Sie sah zur Tür und hoffte, die Direktorin würde bald kommen. Sie war nicht gut darin, Dinge vor Nadia zu verbergen.

»Du hast mich genau gehört.« Nadia starrte Ashley aus zusammengekniffenen Augen an. »Und glaub ja nicht, dass ich dir dein unangemessenes Verhalten heute Morgen durchgehen lasse.«

»Hat es dich angemacht?« Ashley lächelte anzüglich. Es hatte eine Zeit gegeben, da hätte sie Nadias Verhalten fälschlicherweise für Feindseligkeit gehalten. Inzwischen wusste sie es besser. Für Nadia war Eis eine Art Vorspiel. »Hast du dir gewünscht, du könntest an Ort und Stelle auf die Knie gehen und –«

»Entschuldigen Sie bitte, dass Sie warten mussten.« Eine Frau betrat den Raum.

Ashley zuckte zusammen und wurde rot. Aus dem Augenwinkel sah sie, wie Nadias Lippen zuckten, als sie sichtlich ein Lachen unterdrückte. Wenigstens hatte eine von ihnen Spaß.

»Dr. Keating, es ist eine Ehre, Sie persönlich zu treffen.« Die Direktorin schüttelte Nadias Hand. Ja, nur Leute, die die letzten fünf Jahre in einer einsamen Höhle gelebt hatten, kannten den Namen *dieser* Chirurgin nicht. »Und Sie müssen Mrs. … ähm …« Sie verstummte, während sie ihre Papiere durchblätterte.

»*Doktor* Rylan.«

»Ashley.«

Nadia und Ashley sprachen gleichzeitig. Der Unterschied war, dass Nadia drauf und dran schien, die Frau bei lebendigem Leib zu häuten. Ashley lächelte, teils um die Situation zu entschärfen und teils um ihre Belustigung darüber zu verbergen, wie eingeschüchtert die Direktorin bereits wirkte.

Sie war zwar dankbar, dass Nadia um Respekt für sie kämpfte, aber sie mochte es nicht, ihren Titel abseits der Arbeit zu verwenden. Es fühlte sich so elitär an. Genau deshalb bestand Nadia darauf.

»Wir sind nicht verheiratet«, fügte Nadia steif hinzu.

Ashleys Lächeln verzog sich kurz, aber sie fing sich schnell wieder. Glücklicherweise sah Nadia weiterhin die Direktorin an und merkte nichts. Ashley hatte ihren Frieden damit geschlossen, dass Nadia nicht heiraten wollte, obwohl sie selbst seit ihrer Kindheit davon träumte. Sie schüttelte den flüchtigen Gedanken ab. Es war ein kleiner Preis, den sie für das zahlte, was Nadia ihr geschenkt hatte.

»Oh.« Die Frau räusperte sich. »Ich bin Ms. Grey. Wie ich höre, möchten Sie, dass Ihre Tochter in dieselbe Klassenstufe kommt wie ihr Bruder.«

»Das ist korrekt«, sagte Nadia schlicht.

Ashley, die gegen Nadias Einschüchterungstaktiken immun war, verdrehte wieder amüsiert die Augen.

Die Direktorin blätterte auf der Suche nach irgendetwas fieberhaft ihre Papiere durch.

»Katja ist zwar eineinhalb Jahre jünger, aber ein sehr intelligentes Mädchen«, sagte Ashley. »Ich bin sicher, sie hat alle nötigen Tests bestanden, um –«

»Was ist hier das Problem?«, wollte Nadia wissen.

»Es tut mir sehr leid. Ich kann die richtige Akte nicht finden. Ihr Sohn ist das einzige Kind mit dem Nachnamen Keating.«

Nadia funkelte sie an. »Ihr. Name. Ist. Ekaterina. Rylan.«

»Oh.« Grey blätterte wieder durch den Papierstapel, bis sie das Blatt fand, das sie suchte. »Sie haben recht. Ihre Tochter hat alle Tests mit Bravour bestanden. Tatsächlich ist sie mehr als qualifiziert für diese Schulstufe, genau wie ihr Bruder. Sie sollten stolz auf Ihre intelligenten Kinder sein.«

»Das sind wir wirklich –«

»Sind wir jetzt fertig?«, unterbrach Nadia Ashley ungeduldig.

»Nein, da wäre noch etwas, Dr. Keating.« Grey richtete sich auf. »Wenn ein Kind in eine höhere Klasse kommt, gibt es noch andere Vorbehalte. Kindern in ihrem Alter mangelt es an emotionaler Reife. Aus Studien geht hervor, dass zu große Erwartungen an ein junges Kind zu erhöhtem Stress und Beeinträchtigungen der psychischen Gesundheit führen.«

»Wollen Sie damit andeuten, dass wir schlechte Eltern sind?« Nadias Stimme war eiskalt.

Diesmal starrte Ashley die Direktorin ebenso finster an. Grey wusste nichts über ihre Familie und sie sollte nichts unterstellen, was ihren Erziehungsstil betraf.

»Nein, keineswegs, Dr. Keating.«

»Dann kommen Sie mir nicht mit Statistiken, Ms. Grey.« Nadia ließ nicht locker. »Als die führende Wissenschaftlerin des Landes kann ich Ihnen versichern, dass ich meine Sorgfaltspflicht erfüllt habe – ich bin mit den aktuellen Erziehungsrichtlinien vertraut.«

Ashley sprang mit einer freundlicheren Erklärung ein. »Als wir Katja und Rai kennengelernt haben, hatten sie schon so viel durchgemacht. Sie waren gezwungen, schnell groß zu werden, aber wenigstens hatten sie einander. Wir glauben, dass es richtig ist, sie nach Möglichkeit zusammenzulassen.«

»Natürlich. Rais Geschichte ist recht bemerkenswert. Er war der zweite Patient, der je ein biotechnologisches Herz bekommen hat. Dr. Keating, Sie haben ihn operiert, bevor Sie ihn adoptiert haben, richtig?«

»Ms. Grey, unsere Kinder sind beide aufgrund ihrer persönlichen Eigenschaften *recht bemerkenswert,* nicht aufgrund ihrer Krankengeschichten.«

Trotz Greys neugierigem Gesichtsausdruck ging Nadia nicht näher ins Detail und Ashley hielt den Mund. Was die Privatsphäre ihrer Kinder betraf, war Nadia sogar noch übervorsichtiger als bei ihrer eigenen.

Natürlich steckte mehr dahinter. Ursprünglich war Rai Nadias Patient gewesen, aber nachdem sie ihm ein Herz angepasst hatte, hatte Nadia beschlossen, dass es grausam wäre, ihn ins Pflegesystem zurückzuschicken, aus dem er gekommen war, nachdem seine biologischen Eltern ihn und seine Schwester jämmerlich im Stich gelassen hatten.

Als Nadia Rai mit nach Hause gebracht und verkündet hatte, dass sie seine Adoption beantragt hatte – eine lebensverändernde Entscheidung, die sie ganz allein getroffen hatte –, war Ashley zunächst sprachlos vor Wut gewesen. Noch mehr hatte sie sich über Nadias Lösung des Problems geärgert: Sie hatte Ashley vorgeschlagen, seine jüngere Schwester zu adoptieren. Als Ashley Nadia zu erklären versucht hatte, dass die Kinder keine Welpen waren, hatte Nadia nur gesagt, dann würde sie das kleine Mädchen eben auch noch selbst adoptieren.

Das alles hatte zwar wie eine impulsive Entscheidung ausgesehen, aber Ashley hatte schließlich erkannt, dass Nadia sie doch gründlich durchdacht hatte. Und als der Adoptionsprozess endlich abgeschlossen war, konnte Ashley sich ihr Leben ohne ihre gemeinsamen Kinder nicht mehr vorstellen. Bei der Adoption ging es nicht darum, irgendeine Leere zu füllen – inzwischen nur mehr eine ferne Erinnerung –, Ashleys Leben einen Sinn zu geben, oder auch nur darum, Nadias verrückter Beharrlichkeit nachzugeben. Es war ein ungewohntes und doch starkes Gefühl der Zusammengehörigkeit, die Überzeugung, dass ihre Familie füreinander bestimmt war.

Zum Beweis dafür, dass es Schicksal war, bekam der kleine ecuadorianische Junge, der als Patient an Nadia überwiesen wurde, den Nachnamen Rylan. Und mit der Adoption hatte Ashley den Namen ihrer Tochter von Catherine in die slawische Version Ekaterina geändert, damit die Kinder etwas mit beiden Eltern teilten.

»Wir haben sorgfältig abgewogen, welche Auswirkungen es auf Katjas psychische Entwicklung haben wird, sie in einer höheren Klasse anzumelden«, fuhr Nadia in ihrem üblichen kühlen Tonfall fort. »Ich lasse Ihnen gerne meine Nachforschungen zukommen, wenn Sie Interesse daran haben, sich aktuellere Studien zu dem Thema anzusehen. Also, ist das jetzt alles oder gibt es noch etwas, das Sie diskutieren möchten?«

Grey ließ die Schultern hängen. Stumm reichte sie den beiden Frauen die nötigen Einverständnisformulare und Verzichtserklärungen zur Unterzeichnung. Ashley verkniff sich jegliche Reaktion.

Nadia verlieh dem Wort *Gottkomplex* eine ganz neue Bedeutung. Sie war mächtig und gnadenlos und wenn sie anfing, Forschungsartikel zu zitieren, schmolz Ashley regelrecht dahin, so sexy war ihre gebieterische Stimme. Nach ihrem Abschluss zur Fachärztin hatte Nadia den Posten der neuen Leiterin der Chirurgie angeboten bekommen, was der Klinikvorstand zweifellos aus Gründen der Publicity gemacht hatte. Sie hatten nicht ahnen können, dass Nadia ihre Position nutzen würde, um ihr Krankenhaus zum besten Gesundheitszentrum des Landes, möglicherweise der ganzen Welt zu machen – so, wie sie Nadia kannte, wahrscheinlich eher Letzteres.

Bei dieser Erinnerung musste Ashley immer stolz lächeln. Zuerst fühlte es sich seltsam an, dass ihre Rollen plötzlich vertauscht waren, aber nach einigen kleineren Reibereien hatten sie ein Gleichgewicht gefunden, bei dem sie einander nicht allzu oft auf die Zehen traten.

Nachdem sie die Formulare unterzeichnet hatten, fuhren sie nach Hause, um sich für Jewgenis Verlobungsparty fertig zu machen. Ashley freute sich für ihn, aber ihre Freude war nicht ganz selbstlos. Sie fühlte sich für seine Trennung vor fünf Jahren verantwortlich, obwohl Nadia sie immer wieder daran erinnerte, dass es allein ihre Schuld gewesen war. Jetzt, da er das hinter sich ließ, fühlte sie sich trotzdem … leichter.

»Mami, endlich bist du zu Hause!« Ein kleines Mädchen mit dunklen Haaren und blauen Augen rannte zu Ashley und schlang die Arme um ihre Beine.

Nadia durchzuckte ein kleiner Funke der Eifersucht. Ihre Tochter ging immer zuerst zu Ashley. Ja, Nadia fehlte es an Ashleys natürlicher Wärme, aber sie wünschte sich trotzdem, dass Katja ihre tiefe Zuneigung zu ihr spürte.

»Warum seid ihr zwei noch auf?«, fragte Nadia und presste die Lippen zu einem dünnen Strich zusammen. »Es ist schon längst Schlafenszeit.«

Dann seufzte sie in amüsierter Resignation über sich selbst. Sie sah ein, dass es sie nicht gerade zum beliebtesten Elternteil des Jahres machte, wenn sie immer nur die Böse spielte.

»Ohne eine Geschichte können wir nicht einschlafen.« Ein kleiner Junge mit dunklen Locken und wachem Blick kam hinter dem Sofa hervorgekrabbelt.

Auf dem Wohnzimmertisch hinter Rai sah Nadia das halb zusammengesetzte Modell eines anatomisch korrekten menschlichen Oberkörpers, mit dem die Kinder sich wohl gerade beschäftigt hatten, und lächelte stolz. Als sie es nach Hause gebracht hatte, hatte Ashley natürlich protestiert, das sei zu hoch für einen Sechsjährigen und eine Viereinhalbjährige. Der verstörte Blick ihres Kindersitters hatte signalisiert, dass er diese Bedenken teilte. Aber die Kinder liebten es. Außerdem war es lehrreich. Bildung *traumatisiere* nicht *fürs Leben*, wie Ashley es so dramatisch formuliert hatte.

»Soll das bedeuten, dass James keine Geschichten kennt?«, fragte Nadia ihren Sohn, bevor sie dem jungen Mann kurz zuzwinkerte.

»Er kennt nicht die, die wir wollen.« Katja ließ Ashley endlich los und klammerte sich fest an Nadias Beine.

Nadias Herz erwärmte sich sofort um einige Grad. *Besser spät als nie.* Nachdem sie ihre Tochter von ihren Beinen gelöst hatte, ging sie auf die Knie, um mit ihr auf Augenhöhe zu sein. »Und welche Geschichte wäre das, Katja?«

»Wir wollen die Geschichte von den Chirurgen!«

Nadia lächelte. Am ersten Abend, an dem sie alle als Familie zusammen gewesen waren, hatte sie die Geschichte vor allem zu Ashleys Vergnügen erzählt. Die Kinder waren zu jung, um sie zu verstehen, und wahrscheinlich eher aus Langeweile eingeschlafen und nicht wegen Nadias Erzählfähigkeiten. Aber am nächsten Abend wollten sie dieselbe Geschichte wieder hören und dann auch am übernächsten. Vermutlich lag es eher an Nadias Begeisterung als am Inhalt, aber sie genoss es trotzdem, wenn sie darum baten. »Okay, aber ihr müsst mir vielleicht dabei helfen.«

Katja und Rai sprangen mit begeisterten Jubelrufen auf und ab.

»Geht euch zuerst die Zähne putzen und zieht eure Schlafanzüge an«, sagte Ashley.

Nachdem sie den Kindersitter bezahlt und verabschiedet hatten, ging Nadia in ihr Schlafzimmer, um sich umzuziehen. Sie streifte ihr schwarzes

Cocktailkleid ab und zog eine blaue OP-Hose und ein T-Shirt an, was sich gleich viel bequemer anfühlte. Anders als Ashley trug Nadia auch als Fachärztin selten etwas anderes als ihre OP-Kleidung. Ashley dagegen schien es nicht eilig zu haben, das sexy dunkelrote Kleid auszuziehen, das ihren Hautton wunderbar betonte. Nadia hatte den Blick den ganzen Abend lang nicht von ihr abwenden können und sich während der Feier mühsam beherrschen müssen, um ihre Hände von nicht jugendfreien Stellen fernzuhalten.

»Ich kann die Kinder ins Bett bringen, wenn du dich umziehen willst.« Nadia drückte Ashley gegen die Theke in der Küche und strich mit den Händen über ihren Rücken. Sie beugte sich vor und küsste sie.

»Ich liebe dich«, murmelte Ashley, die Lippen auf Nadias Mund.

Inzwischen hatte Ashley die drei magischen Worte bereits viele Male gesagt, aber Nadia verspürte immer noch jedes Mal einen Rausch reiner Glückseligkeit, wenn sie sie hörte. Und sie gab immer dieselbe Antwort darauf. Mit ihrem besten selbstsicheren Lächeln hauchte sie: »Ich weiß.«

Ohne den Blick abzuwenden, schob Nadia die Hand in Ashleys Handtasche, die neben ihr auf der Theke lag. »Ich glaube, es ist Zeit, dass du mir endlich mein Handy zurückgibst.«

Ashley gab ihr einen spielerischen Klaps auf die Hand. »Immer diese unglaubliche Besessenheit mit dem Telefon. Jetzt nicht. Und ich komme mit dir, damit du den Kindern die blutigen Details ersparst, die du ihnen so gerne in die Köpfe setzt.«

Nadia verdrehte die Augen. Ihre Geschichten waren sehr kinderfreundlich. »Jawohl, Ma'am.«

Sie behielt die Hände noch einen Moment an Ashleys Körper, bevor sie sich zwang loszulassen, und ins Zimmer ihrer Tochter zu gehen, wo beide Kinder bereits in Katjas Bett aneinandergekuschelt lagen. Rai blieb immer bei seiner Schwester, bis sie einschlief. Er wollte sie ständig beschützen. Nadia setzte sich zu ihnen auf die Bettkante, während Ashley sich an den Türrahmen lehnte.

»Es war einmal«, begann sie, »ein reicher König, der seine mutigsten und klügsten Ritter belohnen wollte. Der Name des Königs war –«

»Nobel!«, rief Katja laut.

Nadia lächelte, als sie ihr eine Haarsträhne aus dem goldbraunen Gesicht strich. »Und was hat König Nobel getan, Rai?«

Ihr Sohn runzelte nachdenklich die Stirn. »Er hat das Nobelturnier erfunden, in dem Ritter gegen böse Monster kämpfen und der mutigste einen großen Preis bekommt.«

»Kannst du die fünf Kategorien des Turniers nennen?« Es war eine schwere Frage, vor allem für einen Sechsjährigen, aber sosehr Nadia es auch liebte, zu sehen, wie Rai ihre Selbstsicherheit nachahmte, sie wollte ihn auch lehren, dass Selbstbewusstsein immer mit echtem Wissen einhergehen sollte.

»Es gibt eins für Physiologie und Medizin, und, äh«, er kratzte sich am Kopf, »eins für Chemie und noch drei für Physik, Literatur und Frieden.« Rai strahlte.

»Physiologie *oder* Medizin, nicht *und*.«

»Nadeschda.«

Nadia zuckte mit den Schultern und fügte hinzu: »Aber du hast alle fünf Kategorien genannt, gut gemacht.« Sie fuhr mit der Geschichte fort. »Im Medizinturnier waren die Chirurgenritter die coolsten und stärksten Kämpfer im ganzen Land.« Nadia wusste, ohne sie ansehen zu müssen, dass Ashley die Augen verdrehte. »Und der erste Ritter, der gegen das Kropfmonster kämpfte und es besiegte, war –«

»Kocher«, riefen die Kinder im Chor.

Nadia lächelte unsicher. Sie ergänzten immer begeistert die Details, aber bisher hatten sie nie von sich aus Namen genannt. »Und was hat *Dr.* Kocher getan, Katja?« Nadia hörte schon fast die Warnung, weil sie eine so schwere Frage stellte.

»Er hat das Kropfmonster mit seinem Schwert abgeschnitten, weil es die Leute krank gemacht hat.«

»Das ist richtig. Er hat eine Strumaresektion bei Kropfpatienten durchgeführt.«

Rai warf ein: »Aber dann hat das Abstoßungsmonster angegriffen, sodass die Leute wieder krank geworden sind.«

»Aber bevor sie die Abstoßung bekämpfen konnten, hat ein anderer Ritter das Blutungsmonster besiegt.«

»Dr. Carrel«, rief Katja.

Nadia lächelte anerkennend. Ihre Tochter hatte sich gemerkt, dass Chirurgen Doktor genannt werden sollten. Es war nie zu früh, diese professionellen Dinge zu lernen, wie sie fand.

»Beide Ritter haben also für ihre großen Siege den Turnierpreis bekommen«, fuhr Nadia fort. »Aber obwohl sie die Monster Kropf und

Blutung vertrieben hatten, terrorisierte ein noch furchterregenderes Monster das Königreich und machte Leute krank.«

»Das Abstoßungsmonster!«, sagten Katja und Rai gemeinsam.

»Und der tapfere Ritter, der es besiegt hat, war –«

»Dr. Murray«, rief Rai. »Er hat es nicht besiegt, aber er hat es geblendet, damit es nicht sehen konnte, wo es angreifen sollte.«

»Das ist richtig.« Nadia lächelte über ihre eigene Idee, den Kindern verständlich zu erklären, dass Murray eine Nierentransplantation zwischen Zwillingen durchgeführt hatte. »Wo sind eure Nieren?«, fragte Nadia scheinbar zufällig, um die Geschichte noch etwas lehrreicher zu machen.

Rai und Katja zeigten auf ihre Seiten, zum anatomisch korrekten Sitz ihrer Nieren.

»Wieder richtig. Also, Dr. Murray hat die Abstoßung zwar nicht besiegt, aber er hat gezeigt, dass es möglich war. Das wird Machbarkeitsnachweis genannt.«

»Es gibt noch einen Chirurgenritter«, sagte Rai.

Ashley hatte Nadia mehrmals davor gewarnt, über das Lobotomiemonster zu sprechen, solange die Kinder noch so jung waren. »Du hast recht, aber dieser Ritter wurde im Turnier belohnt, weil sein Kampf in dem Moment wie eine gute Idee ausgesehen hat. So wie es vielleicht wie eine gute Idee erscheint, eure ganzen Halloweensüßigkeiten auf einmal zu essen, aber später bekommt ihr Bauchweh davon.«

Die Kinder kicherten wissend, obwohl sie auch die Köpfe schüttelten.

Rai sagte: »Wir brauchen noch einen Ritter, der die Abstoßung besiegt.«

Nadia sah ihn und dann Katja an. Sie kicherten in sich hinein und tauschten Blicke und sie waren dabei nicht die Einzigen. Nadia drehte sich zu Ashley um.

Ashley räusperte sich und versuchte augenscheinlich, einen neutralen Gesichtsausdruck zu bewahren. »Ich stimme Rais Einschätzung zu, Dr. Keating. Jede gute Geschichte hat ein glückliches Ende«, führte sie die Kritik des Inhalts genauer aus. »Die Abstoßung muss endgültig besiegt und der Held belohnt werden.«

Alle außer Nadia hatten eine Menge Spaß mit einem Witz, den sie nicht verstand. Noch nicht. Trotz ihrer wachsenden Neugier behielt sie ihre ruhige Miene bei, um mitzuspielen. »Katja, stimmst du deiner Mutter und deinem Bruder zu?« Sie sah die jüngste Mitverschwörerin an.

»Ja! Wir brauchen noch einen *Lorahtritter* für ein gutes Ende.«

Nadia war sehr stolz, dass Katja das Wort *Laureat* kannte, obwohl sie es fürchterlich ausgesprochen hatte. »Na ja, die Abstoßung wurde besiegt, aber die Belohnung wurde noch nicht vergeben.« Nadia deutete ein Lächeln an, eher in Richtung Ashley.

»Kinder, merkt euch diesen Moment«, sagte Ashley theatralisch. »Wie wir alle wissen, macht Nadeschda Keating nur selten einen Fehler, aber das könnte einer dieser seltenen Fälle sein.«

Endlich gab Ashley Nadia ihr Handy zurück. Es zeigte eine Nachrichtenseite, die verkündete: *Nadeschda Keating, DO, ist die diesjährige Nobelpreisträgerin in Physiologie oder Medizin.* Nadia sah zu Ashley, dann wieder auf das Handy, und las die zweite Zeile: *für ihre Entdeckungen betreffend biotechnologischer Organe in der Behandlung menschlicher Erkrankungen.*

Nadia blinzelte. Und starrte. Und blinzelte. Ihr Verstand war eingefroren, ihre Nerven bebten. Die Kinder begannen, auf dem Bett auf und ab zu hüpfen, und schrien aufgeregt durcheinander – ein perfektes Abbild dessen, was sich in ihrem Herzen abspielte.

Ashley nahm das Handy aus Nadias Hand und zog sie in eine feste Umarmung, wie um ihr zu beweisen, dass es kein Traum war. »Herzlichen Glückwunsch, Dr. Keating«, flüsterte sie.

Plötzlich ergab ihr bizarres Verhalten einen Sinn. »Du weißt schon den ganzen Tag lang davon«, sagte Nadia leise. Sie warf einen Blick zu ihren aufgedrehten Kindern, bevor sie wieder Ashley ansah. Lächelnd zog sie eine Braue hoch. »Hast du diese kleine Geschichte inszeniert?«

»Nach meiner OP bin ich nach Hause gekommen und wir haben geübt.« Ashley grinste. »Ich wollte, dass es ein besonderer Tag wird, nicht nur ein Anruf aus Stockholm. Ich wollte, dass du es von deiner Familie erfährst.«

»Es ist perfekt.« Nadia gab Ashley einen zarten Kuss.

Als die Kinder nicht aufhörten, zu lärmen, beugte Ashley sich vor. »Der Abend ist noch nicht vorbei«, flüsterte sie mit einem Versprechen des Kommenden in der Stimme. »Als deine Vorgesetzte muss ich dafür sorgen, dass dir all der Ruhm nicht den Kopf verdreht.«

»Aber Dr. Rylan, Sie sind jetzt schon eine ganze Weile nicht mehr meine Vorgesetzte.«

»Ich bin immer noch die Oberärztin der Herz-Thorax-Chirurgie und soweit ich weiß, bist du immer noch eine Herz-Thorax-Chirurgin.«

Nadia könnte entgegnen, dass die Leiterin der Chirurgie *über* der Oberärztin einer einzelnen chirurgischen Abteilung stand, aber diesen Territorialkampf würde sie sich für ein andermal aufheben. Stattdessen sagte sie: »Jawohl, Ma'am.«

»Ich mag es, wenn du das sagst.« Ashleys Stimme wurde heiserer. »Weißt du, ich hatte noch nie eine Nobelpreisträgerin vor mir knien.«

Nadias Herzschlag beschleunigte sich. »Das sollten wir sofort beheben.«

Aber zuerst war es Zeit, die Kinder ins Bett zu bekommen. Nadia machte einen Schritt zurück, was ihr verspieltes Geplänkel vorerst effektiv beendete.

»Mami hat gesagt, du bist die erste Frau als Chirurg, die den Preis bekommt«, sagte Katja, während sie es sich im Bett bequem machte.

»Das ist wohl wahr.« Nadia deckte sie zu. »Aber du solltest die Erfolge von Leuten nicht auf ihre Anatomie schieben.«

»Du bist auch die erste DO, die den Preis bekommt«, fügte Rai hinzu und rieb sich die Augen.

»Stimmt, aber in der Chirurgie sind DOs und MDs ein und dasselbe.«

»Ich hab's«, sagte Ashley, während sie ihrem Sohn über die Haare strich. »Nadeschda Keating ist«, sie hielt kurz inne, *»die fünfte Chirurgin«*.

Nadia dachte über die Worte nach. Ihren Namen unter den Giganten der Medizingeschichte zu sehen, erfüllte sie bis ins tiefste Innere ihrer Seele mit unvorstellbarem Stolz. Langsam breitete sich ein Lächeln auf ihrem Gesicht aus. »Das ist gut.«

## Ebenfalls im Ylva Verlag erschienen

www.ylva-verlag.de

## Skalpell, Tupfer, Liebe

**Lola Keeley**

ISBN: 978-3-96324-433-9
Umfang: 211 Seiten (72.000 Wörter)

Die Chirurgin Veronica leitet ihre Krankenhausabteilung mit eiserner Hand, bis ihre Welt durch eine neue Unfallchirurgin auf den Kopf gestellt wird. Cassie ist Militärchirurgin und interessiert sich wenig für verkrampfte Bürokratie. Als Cassie in schmutzige Geldgeschäfte verstrickt wird, kommen sich die beiden auf der Suche nach der Wahrheit näher.

## Hängematte für zwei

**Jae**

ISBN: 978-3-95533-841-1
Umfang: 384 Seiten (120.000 Wörter)

Dr. Jordan Williams verbringt ihre Tage im OP und ihre Nächte in den Betten ständig wechselnder Frauen.

Ihre neue Nachbarin, die alleinerziehende Emma, ist das komplette Gegenteil. Familie und Treue gehen ihr über alles.

Als Jordan sich bei einer Rettungsaktion den Arm bricht, fühlt Emma sich verpflichtet, ihre Hilfe anzubieten.

Könnten die sechs Wochen im Gips der Anfang eines Happy Ends sein?

## Heißkalte Chemie

**Rachael Sommers**

ISBN: 978-3-96324-776-7
Umfang: 286 Seiten (94.000 Wörter)

Lily kann es kaum erwarten, ihren neuen Job als Chemielehrerin an einer Highschool anzutreten. Allerdings bekommt ihr Enthusiasmus direkt einen Dämpfer, als sie ihrer Biologiekollegin Eva begegnet, die von Anfang an ihre Abneigung gegen Lily deutlich macht. Doch bei den Wortgefechten der beiden unterschiedlichen Frauen knistert es bald gewaltig …

## Das Geheimnis der roten Akten

*(Aus dem Newsroom – Buch 1)*

**Lee Winter**

ISBN: 978-3-96324-555-8
Umfang: 322 Seiten (110.000 Wörter)

Getrieben von dem Wunsch, in die Politikredaktion zu wechseln, stößt die ehrgeizige Klatschreporterin Lauren King auf eine Story: Was haben 34 Prostituierte aus Nevada auf einer Party in L.A. zu suchen? Zusammen mit ihrer Rivalin, der einschüchternden Catherine Ayers, macht sie sich auf die Suche nach der Wahrheit …

# Über Faith Prize

Faith Prize hatte zwei Träume, als sie aufwuchs: Ärztin zu werden und ein Buch zu schreiben. In den letzten zehn Jahren ist sie quer durch die Vereinigten Staaten gereist, um den ersten Traum zu verwirklichen, während sie den zweiten vernachlässigt hat. Ihre einzige Schreiberfahrung bestand darin, knochentrockene Forschungsartikel zu verfassen. Zum Glück besann sie sich rechtzeitig und erkannte, dass sich die beiden Bereiche nicht ausschließen. Die Medizin ist und bleibt ihre Muse. Im Gegensatz zu ihren Sachbüchern, die durch harte Fakten begrenzt sind, sind ihre fiktiven Geschichten voller Möglichkeiten, die nur durch ihre Vorstellungskraft begrenzt sind.

Bibliografische Information der Deutschen Bibliothek
Die Deutsche Bibliothek verzeichnet diese Publikation in der Deutschen Nationalbibliografie; detaillierte bibliografische Daten sind im Internet über www.dnb.de abrufbar.

1. Auflage
Taschenbuchausgabe 2024 bei Ylva Verlag, e.Kfr.

ISBN: 978-3-96324-883-2

Dieser Titel ist als Taschenbuch und E-Book erschienen.


Übersetzung: Vanessa Tockner
Lektorat: Kati Krüger
Korrektorat: Tanja Eggerth
Satz & Layout: Ylva Verlag e.Kfr.
Bildrechte Umschlagillustration vermittelt durch Shutterstock LLC; iStock; AdobeStock
Coverdesign: Streetlight Graphics

**Kontakt:**
Ylva Verlag, e.Kfr.
Inhaberin: Astrid Ohletz
Am Kirschgarten 2
65830 Kriftel
Tel: 06192/9615540
Fax: 06192/8076010
www.ylva-verlag.de
info@ylva-verlag.de
Amtsgericht Frankfurt am Main HRA 46713

Printed in Poland
by Amazon Fulfillment
Poland Sp. z o.o., Wrocław

34367086R00194